小说卷

中国当代著名女作家大系

狐狸十三段

林 白 作品

陕西新华出版传媒集团
太白文艺出版社

图书在版编目（CIP）数据

狐狸十三段 / 林白著. — 西安：太白文艺出版社，2017.10
（中国当代著名女作家大系 / 何向阳，张莉主编. 小说卷）
ISBN 978-7-5513-1286-8

Ⅰ. ①狐… Ⅱ. ①林… Ⅲ. ①中篇小说—小说集—中国—当代②短篇小说—小说集—中国—当代 Ⅳ. ①I247.7

中国版本图书馆CIP数据核字（2017）第250742号

狐狸十三段
HULI SHISAN DUAN

作　　者	林　白
责任编辑	卢虹竹
装帧设计	焚香图文
内文设计	前程设计
出版发行	陕西新华出版传媒集团 太白文艺出版社（西安北大街147号 710003） 太白文艺出版社发行：029-87277748
经　　销	新华书店
印　　刷	西安市建明工贸有限责任公司
开　　本	787mm×1092mm　1/16
字　　数	263千字
印　　张	16.75
插　　页	4
版　　次	2017年10月第1版 第1次印刷
书　　号	ISBN 978-7-5513-1286-8
定　　价	32.50元

林白，生于广西北流，现居北京。目前为自由撰稿人。

20世纪80年代初开始写作，先诗歌，后小说。著有长篇小说《一个人的战争》《说吧，房间》《万物花开》《妇女闲聊录》《北去来辞》等，另有中短篇小说《回廊之椅》《西北偏北之二三》及诗歌、散文。获华语文学传媒大奖年度小说家奖、老舍文学奖长篇小说奖、《人民文学》长篇小说双年奖、十月文学奖、首届及第三届中国女性文学奖，获《当代》2013年度长篇小说五佳、新浪中国好书榜年度十大好书等荣誉。长篇小说《北去来辞》入围第九届茅盾文学奖。部分作品被译为日、韩、意、法、英语等。

和阿毛在夏威夷

2004 年的林白

和李浩、弋舟、黄土路在知青点

社会变革中的女性声音

何向阳

进入21世纪以来，中国社会发生了巨大变化，作为目睹社会进步的中国作家，未曾缺席于社会变革的记录，而在中国社会前进历程的忠实的录记者中，当代中国女作家已成为一种不容忽视的力量。于新时期蹒跚起步、于新世纪日臻成熟的当代女作家，无论其社会观察的视野，人性探索的深度，还是对人类文化的传承与借鉴，对艺术风格与艺术手法的积淀和历练，就整体风貌而言，都较20世纪初、中期女作家写作有极大的进步。文学史将会对这一代，甚或几代女作家的写作成就做出高分值的评估。作为中国改革开放受益者的当代女作家，正以她们敏锐的洞察和细腻的书写，投入中国突飞猛进的现代化进程中，并为后人提供着观照和研究这一时代变化的精神档案。

20世纪末，我曾以《夏娃备案：1999》为题，对1999年的由女作家写作、以女性作为主人公的十二部小说加以梳理。20世纪、21世纪的世纪更替之年，中国女作家经由写作提出的一些与自身、与人类相关的问题，给出了寻勘身心发展的道路，其对于性别心理与社会发展的深入思考，不仅丰富了文学的承载量，更提供了人类认知自我的新经验，比如铁凝《永远有多远》传递给我们母性教育的传统乃至本能；王安忆《剃度》展示了特立独行的时代女性的决绝个性；而方方《在我的开始是我的结束》让我们看到的是女性在亲密关系中寻求自我的渴望或是在他者身上印证自我的失败。分歧的，共生的，冲突的，裂变的，未成型的，已板结的，需解冻的，身体的，心灵的，灵魂的，我们从她们的文学中得到的东西根植于一个国度一个时代却终将超越对一个国度一个时代的了解。

哲人曾言，“女性的进步是社会进步的一面镜子”，足见女性在社会中的重要地位。文化亦然。女性的文化进步是社会文化进步的投影，其实两者更是深层互动的，女性对于文化、身份、性别、社会的思考，已成为推动整体社会向前运动的力量。

这种力量的成因源于中国女性在20世纪经历的三次解放。1919年，新文化运动，使中国妇女从封建性的三从四德中解放出来。这次的解放，思想解放意义大于经济独立意义，男女平等平权的思想深入人心，于此，如丁玲、冰心、林徽因、萧红等女作家写出了她们年轻时期的代表作。其中，《莎菲女士的日记》《生死场》影响深远。1949年，新中国成立，宪法规定男女平等，中国妇女的地位与作用发生了巨大变化，经济上的独立使其摆脱了对男性的依附，而在各领域取得进步与成就。女作家得益于这一社会风气之先，丁玲、杨沫、茹志鹃等均有佳作推出，中国女作家的写作开始受到国外研究者的重视。1978年，中国实行改革开放，思想上的解放使作家焕发出极大的创造力，女作家作为思想活跃、敏感的一个群体，在思考社会问题的同时，更注重对性别文化的勘探。张洁《爱，是不能忘记的》、宗璞《三生石》等作品代表了这一时期的探索。三次思想文化上的洗礼和社会发展的互动，使得中国文学在1978年之后迎来了迅速发展的黄金时代。

中国自20世纪70年代末改革开放以来，这一时期的文学被称为新时期文学，新时期文学近四十年来，女作家写作发展迅速，可以说，就是从这个新时期开始，中国女作家集体发声，并以其强劲的写作，呈现出时代女性对于社会发展的文化“干预”。巾帼不让须眉，这种独有的文化现象引人瞩目，以致在新世纪成熟壮大，被一些文化研究者们称为她世纪。20世纪80年代，女作家的性别觉醒与文化自觉开始较早，她们在关注外部世界变革的同时，开始关注内心，关注精神。张洁《爱，是不能忘记的》、张抗抗《隐形伴侣》写社会问题，但却是女性立场上对于情感的深度审视与叩问。张辛欣《在同一地平线上》，关注精神上的两性平等与女性自我价值的实现，以及知识分子女性在爱情与自我之间试图寻找到一个两全存在空间的努力。刘索拉《你别无选择》，反思男性文化传统，也对传统女性化写作提出了颠覆性的质疑。刘西鸿《你不可改变我》《花儿为什么这样红，为什么这样红》的女性书写，将“我”与“你”即女性与男性的一系列性别问题提出来，并均做出了来自女性个人的答案——你别无选择！你不可改变我！其勇敢的姿态更是对历史框定的女性顺从与懦弱的文化性格的诘问与反叛。

20世纪八九十年代，叶文玲、池莉、赵玫、范小青、裘山山等佳作频仍，其在多个文体间的跨越更打磨了小说的锋芒；90年代始，林白、陈染、海男等期望通过身体而将视点拉回到性别关注上来。这种写作在历史、个人、身体、社会、情感间跳跃，呈现出女性写作的犹豫和艰难的自我调整。而从20世纪80年代《对一个精神病患者的调查》、90年代《羽蛇》，到21世纪《炼狱之花》《天鹅》，三十年跨度始终坚守女性精神自我深度写作的徐小斌引人瞩目。新一代女作家，注重隐藏在身体性后面的社会文化，不那么尖锐，更倾向温暖、幽默、智性的表达，但她们心底仍然保留着一个完整的女性空间，如徐坤《厨房》、迟子建《世界上所有的夜晚》、潘向黎《白水青菜》、魏微《大老郑的女人》、盛可以《手术》、叶弥《小男人》等，都体现了以女性文化视角介入历史现实的丰富性追求。

新世纪伊始，女作家写作成果斐然，杨绛等老一代作家也有新作推出。张抗抗《把灯光调亮》在坚守其新时期开端之作《北极光》的浪漫主义理想底色的同时，强化了传统知性写作的典雅；叶广芩《梦也何曾到谢桥》《黄金台》为代表的我称之为“后视镜”式的写作，在对传统文化与现代化的可持续性发展的探索方面可谓独树一帜；方方的《水随天去》等探讨经济不平衡发展对于纯真爱情的挤压；蒋韵《心爱的树》《完美的旅行》《行走的年代》试图在对“已逝”岁月的追踪中确立传统价值的独立性；林白《长江为何如此远》和《妇女闲聊录》提供给了我们回溯历史与观察现实的与众不同的角度；孙惠芬《歇马山庄的两个女人》等系列作品将观察点定位于出走与还乡两大母题，使其作品在现实性的叙事之上平添了哲学的意蕴；葛水平《喊山》《地气》承续了中华山川地气中深藏的诗意之美，其利落的行文中苍凉的味道耐人寻味；邵丽《明惠的圣诞》聚焦纷繁复杂的社会环境中日常生活的个人体验与情感微澜；金仁顺《云雀》《桃花》等根植饮食男女，其心思缜密又声色不动的叙事兼具温润与冷凛两种魅力；乔叶《走到开封去》等承续了她个人创作中对“慢”的探求，审视的目光于小事情间不经意扫过，却如探照灯一般揭示出最深处的幽怨和最原始的黑暗；鲁敏的写作确如“取景器”，隐秘的、细微的、节制的，带有缠绕感甚或是残缺的生活，成就了她小说的“气象与光泽”，《思无邪》《饥饿的怀抱》均写日常生活的不如意处，却在极简主义式的写作中透出干净与温暖；付秀莹《爱情到处流传》《六月半》篇篇出手不凡，以感伤与坚忍并存的从容气度体认着中华美学的精髓，并使诗化小说通过个人的写作向前推进了一步；滕肖澜《美丽的日子》等笔触在沪上弄堂里小人物的日常生活间腾挪有致，有柴米油盐的实在，也有细碎世俗中的温情；阿袁《长门赋》《鱼肠剑》等让我们看到了人性的丰富驳杂，其小说的精神分析与反讽意味承接了现代写作的传统。

以上列举的只是活跃于文坛的当代女作家群体的一小部分。无论是社会发展还是写作环境，当代女作家们都身处一个创造力得以充分发挥的时代。1977年以来，作为中国文学长篇小说最高奖的茅盾文学奖，评出九届，有四十余部长篇小说正式获奖，女作家占八部，所占比例五分之一。1995年以来，作为除长篇小说以外的其他门类文学作品的最高奖鲁迅文学奖，已评六届，共有二百多人获奖，女作家超过四十人次，所占比例五分之一。1980年以来，全国优秀儿童文学奖，评出十届，获奖者中，女作家在小说、童话、幼儿文学（绘本）等均有收获。20世纪70年代始评的全国少数民族文学创作骏马奖，获奖者中多次见到女作家的身影。而由中国当代文学研究会下属的中国女性文学研究会设立的中国女性文学奖，有效推动了女性文学的创作与理论探索。获奖只是专业荣誉，更广泛的社会承认，还包括作家文学作品的读者拥有度、文学作品的文化艺术衍生品以及国外研究与译介，在此不一一列举。总之，女作家无论创作还是思想，都表现出不让须眉的强劲实力，她们通过文学所表达的对于社会人生诸多问题的思考，在整体上已然超越了文学史上她们前辈的书写。

这就是我们今天编选《中国当代著名女作家大系》的原因。当今世界正发生着日新月异的变化，置身于这样一个时代是作家们的幸运，作为中国社会变革的见证者，同时也是人类社会发展的一个重要组成部分的女作家，她们的录记、思考与贡献，我们不能忘记。

2017年10月12日　北京

（何向阳，女，中国作家协会创作研究部主任，研究员。出版诗文集《思远道》《自巴颜喀拉》、理论集《夏娃备案》、专著《人格论》等，获鲁迅文学奖，作品译成英、俄、西班牙文）

目录

西北偏北之二三

出门的理由有许多种，其中一种叫作，不问阴晴圆缺，管他赵钱孙李，说走就走。当然，这得有股子热情。作为一个马上就要四十岁的人，赖最锋相当希望自己还拥有这种类似于冲动的东西。事实上，一年前他就想来一趟额济纳，那时候，春河刚刚失踪。

到额济纳可以先从北京到呼和浩特，再从呼和浩特换火车到额济纳，但他舍近求远，先到兰州，再到张掖，然后坐长途班车到额济纳。他喜欢一种想象中的千辛万苦的感觉，也因为这条线路更古老，更西域，而沿途的武威曾经叫凉州，张掖曾经叫甘州，想一想著名的《凉州词》《八声甘州》什么的吧。当然，同时，春河一年前就是从武汉到北京，再到兰州，然后坐旅游大巴到张掖，再到额济纳的。他就决定也这样走一趟。不同的是，她跟了一个自助旅行团队，是从武汉坐飞机出发，他则独自一人，从北京坐火车。

说起来，春河跟他没什么直接关系，暗恋对象而已。她比他大三岁，在学校时，他刚上初一，她就已经上高一；她高考，他才刚刚中考。为了接近春河，他跟她哥哥交了朋友，这都得益于他在《圭宁报》副刊的职业。春河的哥哥是聋哑学校的体育老师，股骨头坏死之后提前病退。他写文章，赖最锋为了让他多发表，在他的《圭江》副刊上给他开了个专栏。不过好景不长，才一年多，上面取消县市级报纸广播电台电视台，《圭宁报》及《圭江》副刊一并烟消云散。

赖最锋倾向于认为，春河失踪是她自己的选择，但大多数人不这样看。

那一阵，媒体有不少版面报道此事，后来就不再提了。一般人都会认为，这个失踪的女白领，八成是被害了。

行李简单，只背了一个背包——两件长袖T恤、一件帽衫、一件厚布外套、一件薄羽绒衣。在北京四年，赖最锋渐渐接受了某些知名的运动品牌，这比普通品牌贵一到两倍甚至更多，但质量好，耐穿，而且版型帅气，穿上身的确提神一些。尤其像他这种不够高有点瘦有驼背习惯的人，穿上品牌运动服，居然也显得硬朗挺拔起来。

此外他还随身带了一个纸本子，这是早年留下来的习惯。虽然已不再写诗，但时常还是有一些句子从脑子里飘出来，他会习惯性地从口袋里掏出本子，记下来。将来自己看，或者写一点东西。至于能否写成，那都是天知道的事。也有可能不再写，本子里记下的永远只是些碎片，像沙砾，成不了一座建筑。会有一些遗憾，但人生就是由遗憾堆积起来的，到现在为止，生活根本就不是遗憾所能概括的。遗憾算得了什么呢？什么都不算。

当年疯癫冒失，如今失败落寞。自从离开《圭宁报》，他就再也没有写过诗。不知道是不写诗所以不再冒失疯癫，还是因为不再疯癫冒失而写不出来诗。10月份到来的时候，他忽然意识到，自己马上就要满四十岁了，步入中年，热情消失，荷尔蒙大概也所剩无几了。

四年前他把“鸟巢”幼儿园的一大摊子事扔给老婆，自己跑到北京参加一个半年制的影视编剧短训班。之后就留了下来，给一线编剧当枪手，写过两部不咸不淡的电视连续剧的初稿，之后到一家民营文化公司做图书推广，积累了两三年，好歹搬离了地下室。春河失踪，仿佛当头一棒。同代人中忽然有人没了，而且几乎是最重要的人。当头一棒，然后悠久地震荡。

赖最锋在硬卧车厢的上铺，对他而言，难受的不是越过中铺爬到上铺，而是窝在上铺腰伸不直，即使侧斜着，头也会撞到车顶。但他不愿意坐到过道，他喜欢一个单独的空间，周围没有人来来去去。列车的上铺几乎就是这样一个密室，甚至比密室更妙，你可以看见过道、中铺和下铺，以及窗外飞速向后的房屋田野山峦和树林，而它们完全看不到你。

仰面躺着，有时趴在枕头上。

人终有一死，失踪把死的空间变大了。如果她去动手术，然后化疗，放疗，人骨瘦如柴，头发掉光，那又会好到哪里去？她母亲韦医生最相信现代医学，想保守治疗都保守不了。最终一定是在药气浓稠的病房里，全身插满管子，痛苦地离开这个世界。额济纳的好地方多得是，湿地的芦苇，成群的红嘴鸥从遥远的西伯利亚飞过来。有大湖，一个叫作居延海的地方。有著名的胡杨林，近年来总是冷不防地遇见这个，在电视、微博、酒店某间客房的镜框里。是，在沙漠里生长，死后千年不倒，倒后千年不朽。那些金黄色，那些横陈地上千奇百怪的树干，嶙峋而坚硬。

列车有节奏地摇晃，单调的咣当声，以及窗外连绵不断的光秃土色山峦，都有一种抚慰人心的作用，赖最锋杂乱的心思渐渐沉静下来。心中长年的乱麻仿佛被快速行进的火车一下一下梳着，乱麻一根根自动列出了头绪，接成了一根长长的麻线。

他此行并不是某个一闪而过的念头那样，追寻某人的踪迹，不过是，自己想出来换个心境，振作一下，把乱七八糟湿乎乎的自己拎出来晾一晾。

这些年，过得实在是有些乱糟糟的。大学毕业，从省城回到圭宁，巴掌大的圭宁，像样的单位没几个，而且也不是给平民的孩子准备的。在郊区中学当了几年语文老师，干得悲观厌世，却得了一个“赖最疯”的绰号。忽然各个县都办了报纸、广播电台、电视台。总算时来运转，新成立的《圭宁报》要找一个文学青年来编副刊，好歹考了进去。好日子没过几年，上面又不让县城办报纸了。回家办幼儿园，整日骑着摩托车去望街岭买菜，永不消散的鲢鱼的腥气和永不停歇的孩子们的嚷嚷声……断然离开圭宁，当北漂，住地下室，吃方便面，到大学里混，看一些戏，听一些摇滚演唱会，自写了一些电视剧本，也挣到了一点当枪手的钱。最后还去了家虽然是民营却还算不错的文化公司，但还是觉得心里没有着落，永远不安稳。媒体上经常说到的“文化民工”，不错，就是指他这一类的人。他不知道在哪儿可以找到自己想要的生活，而想要的生活是什么也从来不够明确。一直以来他想离婚，想要等到春河需要他的时候，可以陪着她。但多年来离这个梦想似乎是越来越远，到现在，天人永隔。

幼儿园还办着，减了一半规模，是老婆在管着。

老婆就是老婆，强悍、能干、麻利，相当于胡适的江冬秀，但比江冬秀更宽容。她知道他心里放着冯春河，但从来不点破，她聪明，仿佛一眼就看出了此事的虚幻性质。家是她的，儿子是她的，幼儿园也是她的，有这些就够了，至于赖最锋，那是个书呆子兼疯子，随他怎么去折腾。老婆对他还是好的，说不清是爱还是怜惜，再说分得那么清也是无聊。在孤独的地下室的夜晚，赖最锋有时也会怀着温情想起老婆和儿子。他拨家里的电话，没人接，过了一会老婆打过来，问，有什么事？没事别吓我。硬邦邦的，寡淡，无味。不过到了第三句又变了，问，你地址变没变？给你寄了桂圆和腊肠。他还想说什么还没说出来，老婆又补上一句，腊肠放入电饭锅饭面上一蒸，饭好菜也好了，晓得不了？你个傻头！

也就是说，他是有退路的，圭宁、老婆、家，都是他的退路。而春河没有退路。

有几年，春河完全处于一种漂浮状态。在银行里除了上班还要拉储蓄，每月都有定额。所谓拉储蓄，是要擅长交际的，要活络，能说会道；要奔赴各种饭局，要善饮，要识逗；更重要的是，要经得起调戏。春河不是这块料。焦虑、黯淡、沉闷，仿佛被压断了肋骨，从燕子变成了石头。越来越重，越来越硬，越来越冰凉。买断工龄辞职，单位一次性付给她三万元，从此一刀两断，医疗、养老再无保障。毫不打扮，不参加同学聚会，对时装没兴趣，饭量大减，人瘦得惊心。总算去了武汉的企业，月薪三千块，管吃住，两人一间宿舍。但她病了，妇科病。不正常的生活，无路可走，无从梳理，长久的忧愁，暗处的伤口，被自己唾弃的人生。

我是生死不明的流浪汉，一艘沉没的轮船。赖最锋脑子里忽然跳出了这一句诗。说来奇怪，四五年没有写过诗了，阅读也少。大概因为人在路上，脑子的灰尘抖掉了，以前印象深的句子会自动跳出来。如同少数热爱诗歌的文科大学生，赖最锋先是喜欢海子，后来一转就到了茨维塔耶娃，他发现自己喜欢女诗人，狄金森、普拉斯、毕巧普、阿赫玛托娃。她们虽然是女诗人，却超越性别，但在超越性别的同时，还是天才中的女性。如果有人告诉他，这些诗是男诗人写的，他马上就觉得乏味很多。赖最锋喜欢女性诗歌，也喜欢某些女作家的小说，比如，麦卡勒斯，弗兰纳里·奥康纳，不过他还是更喜欢女性诗歌。他不知不觉地形成了这样的观念：男人和女人的写作有着深刻的区别，女性诗歌是天籁，试想，如果茨维塔耶娃的那些诗是男诗人写的，那是多么不对劲。她全身盖满了淤泥，像光束照射在碎石上，我高高地爱过你，我把自己埋葬在天空上。是，完全不对劲，是女诗人让诗歌有了不可思议的魅力。基于这种认识，他对自己放弃诗歌写作心安理得。

河水的羊，灯光的嘴。到了兰州，脑子里跳出这两句，好像是一首摇滚里的歌词，就叫《西北偏北》。十几小时比想象的要快，在车上只吃了一顿。下午在北京西站上的火车，第二天早上就到了。晚饭吃了列车上的盒饭，早上没吃早餐，下车去吃了兰州拉面。汤是清的，辣椒油是红的，青蒜是绿的，三种颜色鲜明地汪在大碗里，心满意足。又加了佐菜：酱牛肉、卤蛋、酸菜。面要了最细的那种，吃下去，全身热乎乎的。

在兰州换成了长途客车，路修得很好，完全没有想象中的颠簸和辛苦。一路想着心事，看着西北的景色。黄土，干涸的河流，焦黄或暗绿的庄稼，戈壁滩和沙漠，贴地的芨芨草和骆驼刺，满是灰尘的低矮的红柳，还看到了祁连山山顶的雪，不算多，但总算是白的，远远看去，也是壮观。明代的古长城是土夯的，矮得让人不敢相信这就是长城。经过几百年，现在最多只能挡住羊——人类的力量终究渺小。路过著名的酒泉卫星发射中心，戈壁深处独然耸立的航天发射塔，远看不过是一个铁架子，也并不高。路过高台时看到吓人的标语：小心别泄密，泄密就枪毙。标语刷在一个部队大门两边的墙上，有三重岗哨。

到达镇的时候已经是傍晚，赖最锋拎着行囊，在长途车站旁边的面店吃了一大碗面，又要了一甜一咸两个芝麻饼带回去，准备晚上饿时吃，之后才到酒店登记入住。酒店是网上订好的，所以并不着急。这段时间是旅游淡季，因为此地最著名的沙漠胡杨林的叶子已经颓败失色，叶子虽未落下，但不再金黄，大多数变成了泥土一样的颜色，少数即使还是黄色的，也失却了那种金色坚硬的光芒，再也没有人们所期待的纯然夺目的美感了。酒店空得很，网上预订折扣更大。而在旺季，全国的摄影师都跑来了，业余的专业的长枪短炮蜂拥而至，别说一个标准间，仅一张加床也得五百大洋。

进到酒店，赖最锋略为意外地看到了一伙北京游客——听她们的口音就能断定。叽叽喳喳的几个人同时在抱怨什么，几个人说的是一个意思：酒店外表不错，怎么连个电梯都没有，行李怎么拿上去？有人说干脆换个酒店，领头的说，钱都打那公司了，酒店是对方订的，大家克服一下。

奇怪得很，这六七个人是一色的女性，领头的看上去有点像《黄金时代》里的丁玲，也是短发，看她的脸，大概在五十岁以上，身材灵巧有活力，又像只有四十出头。其余各人，衣服穿得长长短短，各有看头。有穿短裙高跟鞋的，有穿长裙旅游鞋的；套头针织长衫长到膝盖，外头一件薄皮夹克；一件修身休闲小西服，头肩搭一条素花大披肩。以黑色为主体，也有红的绿的鲜艳颜色一段一段地跳出来，那是她们的领口、腰、腿。种种名堂，姹紫嫣红，赖最锋看得眼花缭乱。有一个穿紧身牛仔裤的女孩，外面套了件黑色镂空长衫，长到腿肚子，外面一件红色的短款坎肩，肩上是艳绿艳红的花色，一边耳朵打着三只小耳钉，头发短得像男生。她拿着手机一连串地说，你还得找两个运动品牌，耐克和卡帕；家电也找一两个，海信和海尔；饮料这块，找个康师傅。你牛×你找可乐也行，不过话说回来人家得认你……都带到北京来……你得事先约好，这阵我事特多。声音是小女生的爽嫩细脆，话却说得像家大业大的主管。

领头的女人一转身看到赖最锋，冲他一笑，她的眼睛又大又亮又深，非常有吸引力。赖最锋感到心里一跳，像是被谁打了一鞭子。他慌乱地冲她点点头，忽然又想起来什么，几乎是跳起来说，我来帮，你们的箱子，我来我来。

女人的箱子跟男人的很不同，干净，有一种说不出来的妩媚感，有人的箱子还隐隐透出若有若无的香水气，当然了，她们的衣服是香的。总而言之，如果你知道了一只箱子是女人的，那它立即就有了某种魅力。赖最锋乐于搬动这些箱子，他一手一只，快步走上楼梯，箱子的主人在后头跟着，说，慢点慢点，歇会吧。他在房门口轻轻放下箱子，仿佛里面装着贵重物品。女人们在他身后笑脸盈盈道谢，你真好。

他片刻也不停留，动听的声音在后脑勺银铃似的震荡，你真好，你真好。两三个来回之后他才到大堂办理自己的入住，之后目无斜视地直上他的四层房间。

这个酒店虽然没有电梯，却供应早餐。次日早上他们在餐厅碰到了，领头的短发女人在盛小米粥，她顺便也给赖最锋盛一勺，对他说，谢谢你昨天帮忙。两人就算正式认识了。她叫齐援疆，这七八个人是她组的团，都是她“地平线”的志愿者。团队的人陆续下来用餐，大多数人换了一身新的行头，让人眼睛一亮。赖最锋猜不出来她们平时是干什么的，总之大多数会是白领吧。

春河混在她们中间会怎样呢?

她们当中谁都不像她，她谁都不像。不过春河就是跟着一个团队来到额济纳的，网上组成的团队，驴友们。她在一丛红柳后面解小手，让队友们先走两分钟，她马上就来。结果再也没有见到她。

额济纳，十年前，他做梦也没想到会来到这个地方。海子写的那首《北斗七星，七座村庄——献给萍水相逢的额济纳姑娘》他倒还有些印象，村庄，是沙漠深处你居住的地方，额济纳！沙漠深处，戈壁深处，当然是。不过这个地方虽然叫镇，因是旅游点，有不少酒店和餐馆，并不荒凉，根本就不是他想象中的“沙漠深处”的样子。

胡杨林、黑河故城遗址、居延海，赖最锋都不算特别感兴趣，如果跟个游客似的投入这些名堂，那他就成了来旅游的，而他压根就不认为自己是个游客。他不过是来走走看看，来晾晾快要发霉的自己。而额济纳这个地名，既切合了他的想象，又和春河的轨迹重合。

他毫无目的地在街面上走了个来回，饭馆一家连着一家，以川菜馆拉面馆为主。赖最锋走进昨天的那家，又买了两个芝麻馅饼带上，他准备到周边转转，饿了就当中饭。这种馅饼特别好吃，尤其是甜的圆的那种，外面是一层白芝麻，里面是红豆沙，香甜脆软兼有，面发得真好，加之又炸得恰到好处。咸的那种是长形的，外面没有芝麻，是一层酥皮，也好吃，不过略逊于甜馅饼。

转过街角，有个中年男人上来问他去不去二道桥。人突兀，地名陌生，赖最锋一时反应不过来。二道桥，我去那儿干什么？男人奇怪道，去看胡杨林啊，这还用问。

对，胡杨林，赖最锋仿佛如梦初醒，他基本上把胡杨林忘记了。原来是辆黑车，景区门票要二百四十块，黑车把人带进去，六十块就行。见赖最锋不置可否，男人自动把价降到四十，就成交了。

上了车，两三分钟就出了城，果然一路的胡杨林都被铁丝网围了起来。车开出没多远就到了一个卡口，一根长长的树干拦着，两辆小面包车正被拦下。黑车男人神气地绕过那两辆面包车，路障被设卡的人迅速挪开，黑车轻快地一径开入，在一处开阔的路面停了下来。男人指点着说，这就是二道桥，往下是三道桥、四道桥、五道桥……一直到八道桥，你就慢慢转吧，长着呢。

他积极地把赖最锋从二道桥的收票口领进去，然后就消失了。

铁丝网围着的树林里，有木板铺成的栈道，比走沙地轻松舒服；还有供休息的木墩，有厕所。赖最锋从一片林子走到另一片林子，见有一处土色的围墙，院墙外有牌子，是一个什么王爷的府第，他进去转了转，脑子空空的。看胡杨林的黄金时间确实是过去了，据说黄金期只有一周左右，没想到这种死了千年不倒、倒了千年不朽的树木，它叶子上的光芒跟樱花一样短暂。

赖最锋只到了四道桥就回来了，时候早得很，他在大堂里闲坐。没有人入住，也没有人离开，大堂里静悄悄的。如果齐援疆那伙人进来就好了，无论老的小的，她们真是让人提神的一群。

天黑透的时候他才出去吃晚饭，刚走进一家川菜馆，就听见一群女人叽叽喳喳的声音，正是她们。她们刚从居延海回来，看见了大群红嘴鸥，这些鸥鸟从西伯利亚飞来越冬，停留在这个称作海的淡水湖边。她们拍了无数照片，这会正兴奋地亮出来互相炫耀。人人脸上都闪着光，热气腾腾的，她们也让赖最锋看得意的照片。照片上的红嘴鸥是灰色的、肥的，憨憨的，一只只卧在空地上晒太阳。湿地的大片芦苇是麦黄色的，有湖水，有天空，红嘴鸥飞起来了，它们的翅膀长而有力。

有人还拍到了一只特别大的白鹤，在芦苇的深处一闪。拍到白鹤的是一个看起来有些病恹恹的女人，她脸色白得有些不同寻常，始终戴着一顶黑色的绒线帽子，每个人都喊热的时候也没摘下来。她兴奋着，喘着气让大家看。那只白鹤正要飞起来，细细的长腿，长而弯的脖子，全身羽毛纯然白色。大家纷纷说，姐是一个有福气的人，我们都没看见，只你一人看见了，而且还拍下来了。姐，一定会有奇迹的。病女子看着她的白鹤，脸上微笑着，眼里有着光。过了一会，神情慢慢淡了，眼里的光也远了。她得了绝症，最后的心愿就是出来逛一趟，看看美景，以资别过。“地平线”的人都是陪她的，当然，她们自己也要来玩。

齐援疆招呼赖最锋跟她们拼桌，她们纷纷说，多个男生挺好的。有人拿出在路边买的本地葡萄，赖最锋抢着拿去洗干净，又去后厨要了一只大海碗，盛好端上，摆在桌子中央。女士们大多低着头看手机刷微博，有人忽然说，哎！快看这个。是一个喜欢标新立异的女人，并不知名，自称行为艺术家，她在网上晒出了她到达武汉的照片。她这次行为艺术的题目叫“身体”，内容是不带一分钱上路，以身体为资本，走遍全中国。她从深圳出发，先到了广州，又到了长沙，现在到了武汉，每到一地，她会在网上发表她的日志，并配以照片。据说，一路畅通，她住过的酒店、坐过的航班、吃过的饭馆，等等，都一一得到了露脸的机会。如此活色生香，网上点击量也飙得高高的。而各地有点钱又有点文化，或者虽然没有文化却喜好刺激的男人们无不摩拳擦掌，等着她的绣球抛到自己头上。菜还没上来，众人说得热烈，一个说，叫个“身体”也还是含蓄了，不如直接叫“身体旅行”。另一个就接上来，说，叫“卖身旅行”。又一个接上来说，这就是男权强势，掌握了更多的资源，女性出卖色相换取所需，若是一个没有任何知名度的男人，搞这么一个身体旅行，绝对砸。

吃完晚饭出来，赖最锋看到了她们租的车。车不够好，虽然也说不上破旧，但真的不够好，鬼才知道是怎么回事。按说，起码也得是像样些的越野车，这辆面包车真配不上她们。

她们叽叽喳喳上了车，从一片叽喳声中赖最锋领悟到她们好像不是回酒店，而是要出城看星星。他朝她们挥挥手以示告别，就有人嚷道，还有空位呢，你也上来吧。正犹豫间，在一旁抽烟的齐援疆走近车门，朝他微笑道，一起去吧！他便受了催眠似的，一声不吭上了车。

长久以来，赖最锋在女人面前适应了这样的角色：仆役。她们喜欢邀他一起玩，使唤他，支配他，拿他当保镖，或者拿他开心。相熟的女文友说，反正你就是一个毫无危险的男人。是的，不危险，等同于没有魅力，不会让女人紧张、心跳。同时他看上去忠心耿耿，老实厚道，自从他不再写诗，他的性格就平和多了，不再神经质，大多时候寡言。他真是一个女性团队中理想的男同伴。

到戈壁滩看星星，是一些没见过真正的星空的人热衷的事。赖最锋小时候在圭宁小城，只要走到河边就没什么光线干扰了。河水黑漆漆的，天也黑漆漆的，在黑而透的天空上，镶满密密麻麻的繁星。出门几步就是圭江河，那里有河风，在夏天，谁不到河边乘凉呢？要看星星和银河，抬头即可，哪至于现在要跑几千里上万里路。也的确，在北京，无论春夏秋冬，即使没有雾霾，能见到的星星也只有数得过来的几颗，哪怕是小城圭宁，现在也不可能看见当年繁星满天的景象了。

达镇只有几条街道，一眨眼就出了城。虽然没了大片的灯光，但还不够黑，远近散落的民居或远处的小镇，那些一小点一小片的灯光都会影响到星空的完美。车一直往前开，雇来的当地司机大概不是第一次干这事了，他早已见惯这些吃饱了撑的城里人的古怪行径。他沉默着不言语，车呼呼地向前，四面黑漆漆的，只有车前灯开辟的一条狭窄通道，两边红柳密密有一人多高，仿佛两边均是高壁。没有对面开过来的车，越发显得封闭。已经出城很远了，已经够黑，车还没有停下来的意思。四面戈壁荒无人烟，司机一言不发，车子一味冲驶，仿佛要冲进一个深不见底的黑暗之渊。车里气氛有点紧张，一车女人，默默地静着。

还好，往前走了不多时，车好歹停了下来。大家觉得简直走得太远了，其实也不过才一二十公里。这里有一处岔路，路面稍开阔，路基和戈壁也几乎持平。

一落地，赖最锋心中一震，他感到自己忽然掉进了一个有着密密光点的巨大洞穴中，密密麻麻重叠闪烁的光点轰隆隆，从四面奔涌而来。他惊得有些摇晃，好歹站稳，才挣扎着深吸了一大口气。

浩大星空笼罩四野，用不着抬头，星星密密地就在眼前，难以想象地多，难以想象地亮，万亿星星蜂拥着环绕四野并鼓荡着激流，它们在宇宙深处奔涌，令人晕眩。不要说那些生长在城里的女孩，就连赖最锋，在未经开发的边远小镇度过了童年的人，此时也着实被镇住了。

齐援疆让大家看银河。一道银白的漫洇的星流，河心的两股是断开的，相依相偎成旋涡状。她说，看看我们的头顶，那就是银河的河心！只见著名的北斗七星悬在地平线上方，几乎是平躺的，它斗口朝上，闪闪仰着。赖最锋从未见过躺在地平线边缘上的北斗七星。牛郎织女星在哪里呢？有人知道吗？齐援疆大声问。赖最锋本来是知道的，但他忘了。二十多年未见，实在是久违了。他茫然地望着银河两边。齐援疆指点给大家看，在离河心稍远处的下方，牛郎挑着一对儿女，中间一颗星，两头各一颗，离它远些的是男孩，近的是女孩，因为男孩重女孩轻。再看右上方，有一簇小星星聚在一堆，那是天梭座，六颗至八颗星星，时而六，时而七，时而八，它们是淘气的，只有最犀利的眼睛才能捉到，而人类的视力已大大降低。

天鹅座 A 在哪里呢？已经忘记了。齐援疆很小的时候（大概三岁）听舅舅说过。舅舅留美归国，后来被送到甘肃的夹边沟农场劳动并死在那里。车从张掖到额济纳路过了夹边沟，很多年前她和母亲去过一次，那时候就已经改成了林场，只有两排平房，完全看不出当年有三千多知识分子在那里改造思想并最终死去。

也都久久望着。银河的河心，那相依相偎的两段星流，那闪闪仰着的北斗七星，那牛郎织女，那天梭，以及那蜂拥、奔旋、鼓荡着的全体星星的激流。赖最锋仰身躺倒在戈壁滩上，他最大限度地摊开四肢，亿万星星从遥远的宇宙深处发着热，呼呼俯向这个敞开四肢的人，他感到裸露的脸、摊开的四肢，被这些密密的光点击打着，一直跳进他的血液里。他感到自己大概又会重新变得疯癫狂妄冒失冲动，潜伏在他身体里的那个小人就要神秘复活了。是的是的，银河的河心非同小可。

刚上车，赖最锋发现他的手机不见了，大家热心着下车找，齐援疆把她们赶回了车上，自己陪赖最锋下到戈壁滩。她拨他的手机号，果然，在漆黑的戈壁滩上，有一处小小的闪亮，是他仰躺时从口袋里掉了出来。一切顺利，车里气氛松弛兴奋，人也变得爱说话。齐援疆说起戈壁和沙漠，她说出城看了一回星星，这次大西北就没白来。

齐援疆生在新疆，从小见惯戈壁的星空。20 世纪 70 年代末上大学前，在乌鲁木齐的一个拖拉机厂，她是锅炉房的水处理工，每天不停地往水管子里倒盐水以防止结水垢。三班倒，每年六个月干这个，剩下的六个月切割钢板。水处理班全是青年女工，只有她一个人考取了大学。厂子倒闭了，厂址地皮被房地产商买了，工人买断工龄，每月五百元。

赖最锋很想跟这个齐援疆多聊会，但回来的路似乎比去时短很多，一眨眼就到了酒店。回到房间，赖最锋还很兴奋，他拿出小笔记本和笔，想在上面写点什么，结果什么也没写出来，倒是想起了几句诗。毛茸茸的星星……迷失在其他的绵羊中，奔向那有着金毛的羊群……茨维塔耶娃的诗句。奇怪得很，想起的这几句，跟他的感受几无共通之处，毛茸茸的、多毛的星星，他看到的星星可不是毛茸茸的，没有毛，戈壁滩上空的星星干燥光洁，这里的星星不是金毛的羊群，而是……诗都是蛮不讲理的。

吃过早餐，太阳已经升得老高，赖最锋打算在达镇再走一走。昨天从四道桥返回时，路过一片水域，在水的中央，长着三棵胡杨树，它们叶子金黄，倒影完美，岸上还横着几棵粗大扭曲的树干，在夕阳下呈现一种久远的灰白色。如果略去不远处的公路，那真有点像仙境。他信步朝出城的方向行去。

本以为会在早餐的时候再次碰上她们，但是一个都没有，餐厅里只是陆续进来一些西北口音的男人，看上去是来开会的。赖最锋到大堂总台打听，才知她们已经退了房，昨天半夜，团队有人发病去看急诊，估计是情况危急，清晨5点多她们就退了房走了。齐援疆倒是给了他一个名片，她们“地平线”也要男志愿者的。而且手机上也保存了她打的手机号，可以发个短信问问，不过，还是没发。这些女人是什么职业，他到底也不晓得。那个三耳钉女孩，她其实跟春河在网上聊过天，那个网名为“春眠不觉晓”的网友去年失踪，她知道，她还帮着转发微博寻人；那个一直穿一件玫红色冲锋衣的女孩，是一个网络写手，不太知名，但已经写了几百万字；还有那个IT女孩，喜欢在微博上发表简短高见，自称是杂家。她们跟赖最锋都可能有共同的熟人。不过他们就这样擦肩而过了。

赖最锋走过拉面馆，四川菜馆，早餐铺子，杂货铺。路边还有一处烂尾楼，三层砖楼，红色的砖裸露着，已经有些陈旧，看样子烂尾多时了。一处空当，进去是一条土路，路边上吹过来一些肮脏的手纸，大概是路人把烂尾楼后面当成露天厕所了。也难怪，此地的公共厕所实在脏得可怕，即使是收费厕所，即使收了每人三元，也仍然污秽横流飞虫成片，根本没法下脚。过了这空当，又是一家川菜馆。不是饭点，有个中年妇人坐在门口嗑瓜子，一个女孩子蹲在台阶下。乍一看，赖最锋以为是小孩蹲着大小便，这倒也不稀奇。但这小孩也太大了一点，少说也有八九岁，再一看，还不止，大概有个十四五岁。她呢也并不是大小便，没开裆裤，穿得端端正正的，也算干净。她一动不动，样子反常。嗑瓜子的妇人冲赖最锋笑道，大哥，吃饭？炒菜米饭面，样样有。又冲蹲着的女孩喊道，翘儿，还不赶紧起来，挡人的道！女孩仍不动，像没听见。妇人走下台阶，把女孩拽起，说，犯了毛病，说自己是蘑菇，傻头啊。

赖最锋想起来，曾看过一本关于疯子的书，是有一类精神病患者坚信自己是蘑菇或者石头什么的。那都是些离奇的人，这跟眼前的女孩大概不是一回事。他往前走，路过一间墙上刷着“驼绒”两字的小砖房。他往里探了一下头，看见入门的地上散着一些毛茸茸的东西，浅褐色，大概这就是驼绒。

有一把很大的木弓，一个男人坐在靠墙的一个条凳上吸烟，水烟筒吸得咕咕响。

云完全散尽，天是蓝的，天地亮崭崭一片，赖最锋深吸了好几大口空气，干燥，有阳光和干爽的草气，而北京这几天正是雾霾黄色预警，躲过了，有小小的庆幸。路上车不多，久久才过一辆。一辆小型农用车，运了一车香瓜；一辆大卡车，运一车压成方块的干草；还有一辆，装的是一车半大不小的猪，猪们挤在铁笼子里，有一只发出了悠长的号叫，声音随车远去，一直拖到路的尽头。又路过一大片瓜田，匪夷所思的是，香瓜遍野，只只饱满，却颜色暗淡，瓜藤干枯，看上去像是一片弃田。赖最锋下到地垄，捡了一根棍子捅那瓜，一捅就有浑浊的瓜汁流出。早就烂透了。他拍了几张照片，一路想着给这被丢弃的瓜田取一个触目惊心的标题。

那片水域就到了。除了水域，确实很难用别的词概括它，既不是河，也不是湖，当然更不是水洼，比水洼辽阔得多，岸边没有平缓的坡地，陡然入水，没有草。从不远处堆起的沙堆看，很可能是大量挖沙之后形成的连绵低地，聚了雨水，就成了湖。而当初长在陆地的胡杨树也就长在了水中，正在岸边的几大截扭曲的树干恰好留在了原地，搭上那种久远的灰白色，局部的仙境就形成了——就像某些诗，要裁掉一大半，剩下的两句才是有诗意的。

他在倒伏的粗大树干上坐了一小会，然后绕到水域的对面。路很难走，没有所谓的路，几大堆沙之间的低洼处是湿的，一脚踩下去是稀泥，好在不深，没不过脚脖子。拐弯处是密密的红柳，低矮分杈冲冲撞撞。视野很好，安静，他在沙地上坐着，又躺下，阳光晃眼，他眯起来，眯得眼角处全是细细密密的皱纹。

在沙地上躺了一会，掏出手机看了看，又收起来。看着齐援疆的手机号码，他想起自己落下的手机在戈壁滩上亮起的一小片，四野黑沉沉，这一小片亮光既孤独又奇特。他有些怅然若失。但渐渐地，仿佛从另一个方向不断得到灌溉，内心不久又满了起来。笼罩四野的星空银河河心仰着的北斗星以及她们的脸庞悦耳的声音衣服上的色彩，在他的身体里来来去去，像电影画面，也像梦，但比梦都更真切。虽然真切，却已消散殆尽，所以还是像梦一样。

好闻的空气有一点润泽，却并不湿冷，人暖融融的，全身松软。银河的气泡内部咕咕作响并发酵，他闭上了眼睛，太阳光在摊开的四肢上荡来荡去，星空，银河的气泡，地平线，天梭座啊齐援疆，北斗七星口朝上，我爱女人身体黑色的甜蜜。这个老头真想得出，黑色的甜蜜，如果老了还能写诗就写这样的诗。我并不希望与她们做爱，我的双目渴求她们……为了创作一部颂歌中的颂歌，给一小小的、多毛的、不能被驯服的动物。在半醒半睡中，不久前看到的米沃什晚年的诗一簇一簇地在他脑子里掠过，像此地又肥又大的喜鹊，一只接一只地飞过他身体上方的天空。

醒来时他发现太阳已经偏到公路的那一侧了，他坐起来，发现透过水域中的三棵胡杨树拍落日是个不错的选择，倒映的光，剪影，错落有致的树。可惜这树太瘦，又弱，不够有力，如果是半倒伏的大树，像刚才坐的几棵，那效果，定然是又狰狞，又有力，又悲哀。但落日的方向不在那里。

他慢慢往回走，绕过水域回到公路。太阳离真正落下还有两竿子高，空气明显比上午凉多了。他加快脚步离开了这片有着胡杨倒影的水域。

有点饿，他想起除了早餐，他将近一整天都没有吃饭了。大步走了一阵，越发地饿，见到路边有一家川菜馆，就一头撞了进去。坐下后看了一会菜单，上午那个坐在门口嗑瓜子的妇人走过来，她胸有成竹地朝他笑着，仿佛他来是她早就预料到的。她朗声道，大哥，来了。赖最锋要了一个青椒炒肉丝，一个粉皮白菜，以及米饭。店堂里架着一台厚厚的老电视，虽然旧脏，但画面还清晰，正在播着一部古装打斗片。老板娘找到遥控器，说，给，先看看电视吧，菜很快就好。又自作主张把台调到播新闻的画面。

电视里在插播一条重要新闻，张掖监狱有三名重刑犯越狱，他们杀死一名看守人员，于凌晨4点逃脱，现司法厅、公安厅、省武警总队、监狱管理局和张掖监狱等部门已经成立了追逃工作指挥部，组织布控，全面开展搜捕。同时发布通缉令和悬赏通告，发动群众提供线索，对提供有效线索的奖励人民币十万元，直接协助抓获罪犯的奖励人民币二十万元。老板娘也站着看，她问道，不会跑到这边来吧？赖最锋说，张掖到额济纳有五六百公里，远着呢。不过啊，也难说，越狱的人非同小可。

一个女孩端上青椒炒肉丝，青椒上还配了几丝红椒，黄的姜白的蒜黑的花椒，颜色很不错，腾腾冒着香气，赖最锋夹了一筷子送进嘴里，味道很好。他发现女孩站在跟前，冲他亲切地笑着，对于一个端菜的服务员，这笑容实在有些过头。磨蹭了一会，女孩瞪着眼睛看他，说，张哥，你不认识我啦？

赖最锋定睛看她，女孩个子小小的，头上别了一只金色的塑料树叶形发卡，像一片胡杨叶子沾在了头发上；穿一件粉色的毛衣，领口处缀着一片弯弯的小珠子，有点像童装，但她的胸部丰满，被衣服紧紧裹着。如果不看胸部，从她的个子和脸上的神情看，也就十五六岁，甚至更小。但显然，她或者更大。只听老板娘叫道，翘儿，端菜。老板娘又对赖最锋解释说，没事，她喜欢谁就管谁叫张哥，别理她就是。

赖最锋想起来，上午他路过时，就是这个女孩蹲在地上。她端上粉皮白菜，然后坐在旁边的座位上，盯着电视看。但显然，她对电视上的农业大丰收新闻并不感兴趣，她坐在旁边，一厢情愿地陪着赖最锋。只见她撑着脸在出神，她的脸是典型的娃娃脸，又圆又鼓，眉毛淡淡的，眼睛眯缝，两边有小而浅的酒窝，塌鼻，像年画上骑鲤鱼的娃娃。她出了一会神，忽然又咧开了嘴。

吃完饭付了钱出来，赖最锋往十字路口走。他走过上午的杂货铺和卖烧饼的早餐铺子，杂货铺敞着的厅堂摆上了饭桌，一家人挤在一起吃晚饭，大碗面条，大碗西红柿肉末，大葱，大蒜，男人女人孩子，吃得呼呼有声。过马路时赖最锋回头看车，却看见刚才叫他张哥的女孩跟在他后面。赖最锋说，你跟着我啊？女孩说，我晓得的，大哥是好人。赖最锋默不作声，跨着大步往前走。女孩小跑着趋跟在他身后，一边喊道，别走那么快啊，我都跟不上了！真是见鬼！赖最锋嘀咕着，同时慢下来。女孩赶上他，喘着气，脸上红红的，她用手掌扇着散热，整个人热气腾腾。

说起来，赖最锋有过一次……经历，那是刚从圭宁到北京的一个夏天，一个写诗的朋友给他带来的。朋友喜欢这种事，吹嘘他的多次经历，他说一个男人，一辈子没嫖过一次，那算什么男人呢？他们喝酒，喝得越多这事就越显得合理。朋友说，你情绪不高，是荷尔蒙水平低，找个妞睡一觉就好了。谈什么爱情呢，麻烦，后患无穷。他给赖最锋倒啤酒，倒了一杯又一杯。他边喝边对赖最锋进行启蒙，真的真的，这真没什么稀奇，连托尔斯泰年轻时都嫖过娼，人生需要减压，哥们。他把赖最锋的胳膊搭在他的肩头上，半架着走出小馆子。赖最锋迷迷糊糊地坐上出租车，摇摇晃晃在一个小区门口下了车。哥们半架着他，两人上了楼梯。只听见咣当一声门响，自己就咚地摔到了一张硬板床上，仿佛是从漂了很久的河面沉到了河底。先待着吧，到时候我再叫醒你。哥们的声音从上面传来，隔了一层厚厚的水，他硬撑着用手在空气里捞了一下，手很重，像被绑了沙袋。他就歇着了。过了不知多久，也许是深夜一两点，或者两三点，他在河底听见门响，虽然迷糊，却也能听出是女人的脚步声，一阵香气从门口忽地一下撞过来，略停了一停，又飘过去了。他觉得鼻子有点痒，就像某种粉蝶进了屋，带来看不见的粉末，而粉末落到了他的鼻孔里。

他渐渐清醒，在彻底醒过来之前听觉异常敏锐，床响，床响得那个刺激。他们在做。哥们说，你怎么不叫？我喜欢听女人叫。就听见女人喘气喘着喘着就变成了哼哼，又变成了浪声，然后叫了起来，仿佛先有人掐她脖子然后又松了手，女人真是各种各样的，老婆就从来不叫，一声不吭，像段木头。忽然听见一声沉闷的长号，所有声音突然沉入了河底。他完全清醒了，睁开眼，看见拧暗的黄光从隔间透过。

他的身体不管不顾地膨胀起来，坚硬、灼热、锐利，他不得不握住了自己。顶灯忽然亮了，他来不及缩手。哥们拍拍他，说，赶紧去爽一把吧，别憋坏了。

除了这些，他还记得那女人热乎乎有些黏滞的身体，她身上的香水味道跟刚进门时也有了不同，混杂了某种私处的腥甜气而变得不洁，看不清楚她的脸。他想把灯拧亮，找不到开关，事后回想，估计即使找到开关也会迟疑，突然一个完全陌生的女人赤条条地在你眼前，纤毫毕现，这种视觉冲击，自己未必承受得住。也猜不准她的年龄，除了自己老婆他几乎没别的经验，从二十到三十都有可能，现在的女人，三十多岁冒充二十多岁的多得是。

总之是发泄了一次，也说不上有多么刺激，完了就完了，甚至也说不上有多爽。花掉了五百块钱。之后让自己尽快忘记这件事。

现在，女孩坐在酒店房间唯一的一把椅子上，她腿短，双脚悬着晃荡。她自说自话跟着赖最锋回到酒店，一进房间她就天经地义理所当然地说，我帮你按摩吧，按摩一下就舒服了。赖最锋放她进房间已有些后悔，这时打定了主意不做这事。他说，不用。他任由她坐在椅子上晃腿，什么时候腿晃累了她就该走了吧？这个女孩有点奇怪，他打算看看她有什么招数。不过招数像是用词不当。不过是，一个没心机的女孩，犯傻、犯愣、不管不顾、一根筋。大概就是这样。

赖最锋打开房间里的电视，那上面又在播放三名重刑犯越狱的新闻，就这么一会的工夫，事情却有了最新进展，一共越狱三个人，有两名已被抓获，最后一名目前还在追捕中。此人四十岁，身高一米六九，因抢劫、强奸罪被判二十年有期徒刑，服刑三年，余刑十六年三个月。之后又是会议新闻领导下基层农业大丰收。赖最锋频频换台，好的电视剧太少，大多数不怎么样。这也难怪，大编剧搭好架子，小枪手往里填内容，不过就是力气活，谁会真正把心血扔在那里面，连个名都不署的。

女孩无辜地望着他，你干吗不跟我说话呢？赖最锋不应，她更认真问道，干吗呢？赖最锋说，你干吗？你说你干吗？她低声道，你就是，嫌弃我。赖最锋忍不住看她一眼，她一脸委屈的样子，让人好笑。

她甚至抽了一下鼻子，当她把下巴往回缩的时候嘴角旁边出现了一对小酒窝，这让赖最锋心里一动。关于酒窝，他想起小时在圭宁听老人说过，这酒窝是前世的一个记号，有酒窝的人都是抿着嘴不肯喝孟婆汤的，因不愿忘掉这一世的事，要到来生找上一世的情分，所以呢，你一定不要对有酒窝的人使横，说不好她是你上一世的什么人呢。关于这些玄虚事，赖最锋基本上半信半疑，在某些时候，甚至信的程度更大。因为母亲信，母亲是中学物理老师，按理应该相信科学，但他有一次听见她跟八姨说，这一世我是没什么想头了，尽是苦，尽是恨，只望下一世。他记得母亲长叹一口气，说了一句他一直不明白的话，下一世还不知他在哪里呢，都是渺茫的事。

跟这个平白无故冒出来的女孩能有什么牵扯？这也太离谱了。他说，你赶紧走吧，这路不近呢。想起刚才的新闻，又补了一句，小心坏人，那越狱犯说不好从张掖跑到额济纳来了。女孩本来已经把脚探下地，听到说起坏人，就又站住不动。她瞪着眼睛望着赖最锋，脸上忽然有一种历经沧桑的神情，我早就碰到过坏人了，我十一岁的时候就碰到过。

赖最锋沉下心来，看着女孩，女孩却又不说话了。

碰到坏人的事可想而知。父母外出打工，家里只有老人，小学本来离家不远，适龄儿童越来越少，学校不断撤销合并，变得越来越远，路越远越危险。这样的事情大概乡下很不少。

她却忽然又说起来。她说棉花地里很暗，摩托车突突响，喷黑烟，有只猫在蛇皮袋里闷着，那人的手有汗，摸她的奶，又啃她满脸口水，全身都压着她，像块大石板。猫叫得呜呜的，帮她哭。全身是软的，两腿就被掰开了，那个地方像有根铁棍子捅进去，棍子插进肉里，又痛又腥。事关可怕的经历，女孩却乐于详细描述，她以一种透不过气的口吻讲述她的黑暗过往，仿佛那是一部值得反复讲述的恐怖电影，既惊险刺激又有不同寻常的快感。

赖最锋完全进入了情景，他仿佛看见一个粗壮的男人正压在这个小小女孩的身上，她挣扎着叫喊却发不出声音，棉花地、摩托车和蛇皮袋里的猫，全都历历在目。他想表达他的愤慨，又想表达他的同情，但他一眼看到女孩丰满的胸部，一时又不知说什么好了。

女孩却忽然说起了猫。你吃过猫肉吗？她冷不防问道。赖最锋说，怎么忽然想到这个？女孩问，你们城里人是不是都吃猫肉？赖最锋说，我也不是什么城里人，不过城里人肯定不吃猫肉。他想起老家圭宁每年荔枝季的狗肉节，每年都会在网络上沸沸扬扬，有的动物保护主义者还专门来到圭宁拦截运有活狗的车子。他是吃狗肉的，从小就吃，不过不是在狗肉节吃，而是冬天，最冷的时候，冬至前后，会出去和朋友吃一次炖狗肉，连汤带骨带肉，非常香，非常爽。近年来，吃狗肉的事虽不张扬了，却也年年照吃不误。

女孩说，怎么不吃呢？武汉的餐馆就有专门收购猫狗的，我们村有人在餐馆打工，亲眼看见的。赖最锋说，从来没听说过餐馆有炒猫肉或者炖猫肉的，估计是冒充羊肉，做烤羊肉串，孜然一撒，管他什么肉，吃起来都像羊肉。狗肉也是。他又问，怎么就想起猫肉的事？女孩瞪着眼睛，仿佛觉得他问得奇怪，说，是啊！我就是想问问你们城里人是不是很爱吃猫肉，要不怎么猫都被抓光了，村里早就没有猫了，就剩了一只猫和一只狗；谁家养猫狗都养不长，刚长出肉就被人弄走了。赖最锋说，是卖了给餐馆。女孩说，专门来偷猫狗的，都是骑摩托车串村，见一只网一只，装进蛇皮袋。

赖最锋说，乡下狗能看家护院，猫就不太有用。女孩说，怎么没用？没有猫，老鼠在屋里到处打洞，夜里一片吱吱叫，还会爬灯绳从房梁下到床上，你要在灯绳上绑把狗儿刺才挡得住它。赖最锋觉得新鲜，老鼠爬灯绳，一把刺把它扎得吱吱叫，真是动画片好素材。女孩说，老鼠有本事，打洞连五斗柜都打得通，挪开柜子，一看，一窝小老鼠崽，肉肉嫩嫩的，红红的皮，透明的，眼睛是紫色的还没睁开。

女孩说，要是有只猫……赖最锋止住她，说，你快走吧，我不舒服，休息一会。见他用手背顶着肚子，眉头皱成一堆。女孩说，肯定是吃坏了的。她张罗起来，找到了电水壶，哗哗地接了凉水，插上电源。殷切地说，要是有热米汤就好了，一喝就好。又以命令的口气道，你去趟茅房吧，肚子痛去茅房，去了就好了。

赖最锋到里面坐马桶，出来果然松快了。女孩说，肚子痛我爷爷会治，我也会治的。细伢肚子痛，用块布叠几下，蘸上热油，盖在细伢肚脐眼上，就好了。吃糯米饭吃撑了肚子痛，就扯一坨糯米饭在火里烧焦，冲水喝，就好了。赖最锋想起前阵子咳嗽，就问，那咳嗽又有什么偏方？女孩说，这个不难，用棉籽油炒鸡蛋，没有鸡蛋就用棉籽油炒饭，吃之前呢，要先睡上一会，等肺张开了，躺着不准动，用小勺喂着吃。赖最锋说，哪里弄得到棉籽油呢，超市肯定没有卖的。女孩说，那就用芝麻，这个到处都有卖的，芝麻炒热，搅进红糖里，又香又甜，也治咳嗽。赖最锋说，这个倒是不难。

女孩说到兴头，又讲一个：用一块火石，在河里要泡够两年的，放在一块瓦上用火烧，烧热就放入碗里，倒水，吱的一下，水又热又白，喝了这个水，咳嗽就好了，一分钱都不用花。

时候已经不早，趁女孩讲完一个偏方，赖最锋再次催她赶紧走，她却说，我上个茅房可得？说着就进了卫生间。她在里面一阵窸窸窣窣，片刻，听见她大喊，水怎么是凉的啊，冻死我了。原来她上茅房还兼洗澡。赖最锋不理会。又过了一会，像是鼓捣出了热水，水声沙沙地顺畅，蒸汽从卫生间的门缝透出，弄得屋里也有些热气腾腾的。在肉体中，仿佛在畜栏中；在自身中，仿佛在热锅中。这是谁的诗呢，如此整齐铿锵，犹如某种抽动。赖最锋愣了一下神，然后拿出他的小本子，打算记录那些偏方。笔停在纸上，什么也没记成。蒸汽从门缝里透出来，漫进了他的毛孔，带领着他身体内部的热能撞着他的皮囊。他忽然听见有个声音对自己说，算了算了。他看了看窗口，仿佛要找出这声音的来处。

没那么一下确实是不合适，甚至，也许，反倒是不道德的。水淋在不同的部位上，声音忽大忽小，赖最锋心里捂着的火一阵阵吹开了。女孩在里间发出嗯嗯的舒服声，真好啊真爽啊，翘儿啊翘儿，她叹道。声音绕着弯，曲线丰满。某种热上升再上升。蒸汽冒进来，钻到床上被子里。蒸汽腾腾。有点紧张，本子也是硬的，完全像木头。忽然想起春河，他从未见过她的身体，另一个肉体横着掠过，那是多年前，在黑暗中。迷糊一阵，惊心动魄一阵。蒸汽大团大团涌来，卫生间门开了。热气，热气走动。白光忽闪。星星鼓荡着激流在宇宙深处奔涌。风刮起来，外墙管子打得墙壁砰砰响。还有树叶哗哗的响声，大概是一棵大胡杨树，叶子的声音不同凡响。而北斗七星平躺在地平线上。喷头的水滴着，声音时大时细。电视没关，一只猴子从一棵树荡到另一棵树。银河河心相依相偎气喘吁吁。风刮过窗户，她说我身上很好的你试试我干净的我不是专门干那个的。孩童的脸成熟女人的身体，丰满结实，温软湿滑沉陷。

就这样发生了。事情就发生了。如箭在弦上，不得不发。水流过，渠即成。风刮一阵静一阵，电视上深海里的鱼飞快游动，床单皱而潮而黏，糊鞋的糯米浆散发出豆腥气，肌肉松弛，北斗七星躺在地平线上……风刮累了，停了。树叶也累了，也止住不响。两人静下来，卫生间的水还在滴。女孩说，男人就是要放松的，不放松脾气越来越坏的。

通过齐援疆，把翘儿弄到她们的宠物寄养店去？夜里醒来，赖最锋忽然冒出想做件善事的念头，但随即又意识到这实在太不着调，甚至说得上是荒唐可笑。不过把不着调的事谋划一番，有时也不失为一桩快事。

和齐援疆聊天时，知道她们的“地平线”是一个志愿者组织，宗旨是妇女援助，她们不做宣传，“力所能及干点实事”：给遭受家庭暴力的妇女提供支持；帮助癌症晚期女性实现最后的愿望（这次到额济纳看胡杨林，就是陪了一名宫颈癌患者来的）；给性工作者发放避孕套；联系专业人士给被强奸少女做心理疏导。她们在顺义后沙峪还有一个小店，是宠物寄养店，外出度假旅游人士，不便携带宠物的，可以寄养在此。收费标准比同样的店要低：小狗别人一天收三十元，她们收二十五元；中狗别人收四十到五十元一天，她们是三十五到四十五。所以生意一直不错。所得收入用于“地平线”。房子是志愿者无偿提供的，雇了两名帮工。

翘儿到这家宠物寄养店，无论报酬高低，食宿起码解决了。不过，人家说不定觉得你可笑。赖最锋在黑暗中猛地回过神来。她大概是专门干那个的，干那个可是高收入。赖最锋其实最弄不分明的是，自己和这个女孩的关系算不算丑恶的关系。丑恶着又想帮她一把，让她就近提醒着自己的丑恶，世界上还真没有如此弱智的人。他自己倒没觉得有多丑恶，作为买卖，虽然变成了那个（嫖娼这个词特别难听，词语改变一件事的性质，作为一个写诗的人，他是太知道了），但也算是公平合理。他给了女孩六百块钱，这其实很不少了。按照平时听到的，在这样偏远的地方，虽算是旅游区，但既是淡季，女孩也说不上什么姿色，给五百已经算多，给她六百，算是仁义。

夜里完事后女孩躺在身边，赖最锋实在犯难，一个像小动物一样暖和的女孩子焐着被窝，好是好，但焐下去就要变成包夜，包夜多少钱呢，一千肯定多了，那么是八百。八百，在圭宁是一个保安上一个月夜班才挣到的钱。他唤她，哎哎！哎！女孩说，么事，我叫翘儿。她嘟囔着，我走我走紧张么事。她坐起来，没遮没拦地穿衣服，一对丰满上翘的乳房裸得亮闪闪的；她戴上乳罩，双手绕到背后扣搭扣，乳房越发挺得触目。赖最锋不由得又胀硬起来。女孩没看他，她看床单。床单上有黏糊糊的东西，女孩下床后又到卫生间去，拿出一条毛巾，帮他把床单蹭干净。女孩去洗毛巾时，赖最锋拿出六张百元人民币，卷成一卷握在手心。他觉得明目张胆给她钱他自己挺别扭的。她出门的时候把钱塞进她的外衣口袋里，女孩伸手摸了摸，脸上生动起来，眼睛里全是笑。女孩说，大哥是个好人。

时间还不算太晚，也就10点多。赖最锋没有洗漱，倒头睡下了，迅速入睡，睡眠深沉。已经很久没有过。长期以来，在床上辗转半个小时是正常的，有时躺上两个钟头都睡不着。睡眠障碍，是因为缺乏性生活，身体里分泌不出足够多的什么素之类，大致是这样。夜里那一通酣畅淋漓，出了透汗，身心愉悦，沉沉一觉睡醒，一夜无梦。也好像有，记不清了，恍惚在梦里身体软而松，有厚厚一层棉花托着，身体上升。醒来后心情愉快，头脑清醒。

她们，齐援疆她们怎么看待此事，他拿不准。有的知识分子有这样一种情怀，他们从不把这类女性称之为“妓女”，他们用一个中性的词——“性工作者”，长期以来，不断呼吁卖淫非罪化。有人在网上晒出一张民国时期的妓女营业执照，有人跟帖评论说，看看，六十多年前就这么先进了。执照贴着小小的黑白照片，面容姣好，毛笔小楷，一栏栏填写整齐，姓名，籍贯，年龄，身体状况，从业原因，是否自愿。后面是几行字的保证书：从业期间绝对服从政府命令以及一切章则，如有违反及一切不法行为，由保证人负完全责任。最后是铺保及被保人姓名手印。很是新鲜，没人见过。是否自愿最是重要，一个人自愿，外人又有什么可说的？政府管理起来，比那些老鸨鸡头，还是清明爽朗一些。在黑暗中赖最锋仿佛看到翘儿缩小了，一个比她大四五倍的恶妇人向她扬起一张红肿的巴掌，他甚至听见了空气中的噼啪两声。他想看清那妇人是否就是餐馆里的老板娘，女人却变成了男人。男人头歪着，他掰开翘儿的双腿，坏笑着拔她的体毛。有声音在空气中微微颤动，像翘儿发出的动静，又像被拔掉羽毛的鸟类。

天亮起来，赖最锋感到饿了，往常他早晨肚子会有点发胀，几乎不会感到饿，估计是夜里那通剧烈运动消了食。他手脚利索地穿上衣服锁好门走出酒店，兰州拉面的小店刚刚开门，伙计正在揉一大坨面，锅里的水还没烧开。旁边的烧饼店倒是开始卖烧饼了，他买了两个甜烧饼，一边啃着一边往回走。

酒店门口有车等着，两辆三轮摩托和一辆绿色的出租车。他犹豫了一下，还是上了一辆三轮摩托。火车是下午的，他打算先到火车站看看票，之后再回来退房。回北京有两条线路，一是从额济纳到呼和浩特再到北京，二是先到张掖再到兰州，从兰州回北京。来的时候他走的后面那条线路，回去肯定不走回头路了，就从额济纳到呼和浩特，到了呼和浩特再换火车到北京。他都查好了。

本来这次出来打算逛上七八天，现在觉得够了，在额济纳待了三天，连头带尾，已经是第四天了，心情似乎不错，大概这就算是晾干了湿乎乎的自己。没有白来，看的东西和遇见的人，都算是有趣，尽兴而归吧。

没料到，淡季的火车时刻表与旺季有所不同，旺季是每天都有一趟火车，淡季则隔天一趟。昨天开出了一趟，下一趟要等到明天。只好又回到酒店，幸亏没退房，当然退了也有空房间，只是白折腾。

一天无事，除了闲逛再也没有别的选择。他走出酒店，门口不远的空地上这时聚了很多人，大概类似劳动力市场，看来是干力气活的，有的蹲着有的站着。也有几个妇女，包着红的绿的头巾。这跟老家圭宁一样，圭宁找活干的人是聚在大桥头，旧电影院的空地上。忽然他看见了翘儿，她还是那身衣服，一件紫红的夹衣，敞着，露出里面的粉红色毛衣；裤子是针织紧身裤，一道灰一道粉的。她站在那里正东张西望，看到赖最锋，她立即咧开了嘴，说，大哥，我就猜你要路过这儿。

她高兴地说，人跟人碰到都是天注定的。赖最锋问，你在这里干吗呢？

等着有人来挑你干活？翘儿说，不是的，就是想等等你，看能不能等到。赖最锋说，等到了就如何呢？翘儿说，等到了就是有缘分啊。赖最锋说，有什么缘分，别扯这个。翘儿说，大哥你要去哪里，我陪你去。

赖最锋说，别陪我，浪费时间的。翘儿说，不浪费。赖最锋说，你去找别的男人，得有新的目标。翘儿说，要那么多目标干么事。赖最锋说，反正你别跟着我。他嘀咕道，搞得我像个性欲亢进者。翘儿问，么事亢进？

赖最锋不理她，扭头走了。翘儿跟在他身后，瞪着眼睛说，我知道了，你以为我是专干那个的，天天都要找人干那个。我不是的，不是专门干那个活的，你不信就算了。赖最锋就问她，那你跟着我干吗呢？

翘儿说，大哥是好人。赖最锋说，我是好人坏人都跟你没关系了。翘儿被顶得没话，她憋了一会，猛然说道，大哥带我去大城市北京可得？这话听得赖最锋一阵愕然，看来世界上就是有这种直愣型的、一根筋的、分不出高低的人。

他定了定神，问，你去大城市北京干什么呢？翘儿说，找我妈。这话答得赖最锋越发糊涂，一个湖北女孩，在内蒙古的额济纳，要跟一个陌生人到北京找自己妈，实在是一件枝节丛生一团乱麻的事。

我妈都有九年没回家了，她说道。

十岁的时候就不见她了。上学回来就不见人了，她的衣服都带走了，就留了一把桃木梳子，说给我避邪。怎么不让你爸爸去找她？爸爸摔断腿了。那你怎么不从湖北老家直接去大城市北京？华桂那家不让走，天天关在房里，锁着门。怎么又出来一个华桂？嫁过去的，华桂是我们县的山区。嫁去的，五万块钱就嫁去了。

又怎么到额济纳的呢？是张哥带的，他不带，我就一辈子在华桂大山里了。赖最锋问，那个张哥，是干什么的？翘儿说，就是混社会的。赖最锋又问，那他以什么为生呢？翘儿说，打牌为生。赖最锋说，打牌还能为生？怎么个为生法？翘儿说，就是赌博呗。在新疆赌，手气好的时候一天能赢两三万，钱多就坐飞机回老家，他是隔壁村的。赖最锋说，让他带你去北京最合适了。翘儿说，就是啊，等了又等他都不来。姑姑说，混社会不好混的，运气不好就会混进局子里，关个七八九十年。

赖最锋想了想，觉得带她到北京倒也不难，就问，那你知道你妈妈在北京什么地方吗？翘儿说，听多筷说见过她。多筷在颐和园扫地，有次碰见浠水老乡，说看见我妈了，说她在一个家具厂做饭，就住在厂旁边的一个院子里，找到那个厂，再走过一片菜地就到了。

说到多筷，翘儿脸上明亮起来，赖最锋就听她说多筷。这个多筷，是她们村最聪明的女孩，比翘儿大三岁。她会上网，游戏玩得最好，在游戏厅打工时还会修游戏机，走南闯北见多识广，十五岁就跟同学出门打工，先去了深圳，又去了东莞，又去了北京，又去了新疆，再又回到北京，再又到武汉，又去了广州，还去了天津，还去了黄石，每年都有本事换地方。多筷说了，城市越大越好挣钱。还有呢，多筷现在在颐和园扫地，经常捡到手机和相机。所以呢，翘儿说，找不到妈妈她就找多筷。

赖最锋掂量了一会，说，你真可以啊，就敢跟一个生人走？翘儿说，大哥是好人呢，我分明的。赖最锋说，我是好人啊？干了坏事还算好人？翘儿笑了，说，怎么是坏事，当然是好事了。有的好人也干坏事，有的坏人也干好事，大哥你又是好人，又干好事。我成年人了，自愿跟你上路走，行不？赖最锋说，你姑姑不把我撕了才怪。翘儿说，谁说她是我姑姑的，她根本就不是我姑姑。赖最锋说，你不是叫她姑姑的吗？翘儿跺脚说，谁说叫姑姑就是真的姑姑了？

赖最锋叹口气说，你也真够胆，这年头，坏人可不少。翘儿说，怕坏人，怕坏人哪儿都去不成。又说，我反正要去大城市，怎么都要去。赖最锋不作声。翘儿说，我有路费啊，不用花你的。

见赖最锋没句准话，翘儿又说，反正我明天就跟着你去火车站，我知道的，你就是我的贵人。她脸上的酒窝闪着，大概是不小心，吃东西时把油蹭那上面了。赖最锋又问，你真的有十九岁了？翘儿说，怎么没有。赖最锋说，那好吧，那你总得把身份证带给我看看吧。翘儿说，这么远，谁回去办身份证，都是假的，不如不看。这年头，办个假证，给钱就行。

次日，赖最锋刚刚吃完早饭翘儿就来敲门了，只见她换了身衣服，橘红的上衣，紧身裤，上面印满了米老鼠图案。赖最锋说，这么多米老鼠，根本就是未成年人，你跟着我，别人会以为我是拐卖妇女儿童的。又看她的行李，是一只带两只轮子的拉杆旅行袋，袋子上面还压着一只旧得不成样子的手提帆布旅行袋，是最最旧式的那种，米色的厚帆布，上面隐约有几个红色手写体，仔细看，能认出是毛泽东手书的“为人民服务”。你这个古董是从哪里来的？赖最锋问。翘儿说，是我爷爷的啊。爷爷以前做木工，他一出门就带这个袋子，全村就这一个旅行袋，公社的桌椅和高中的书桌都是他做的。我爷爷世面最广，挣钱最多，翘儿骄傲地说。

见翘儿活泛了，赖最锋就说，没想到你还挺会聊天，基本上是个话痨。翘儿说，什么叫话痨？赖最锋说，就是嘴贫，话多。翘儿说，是，我爷爷说，话少的人是贵气，是人中的凤凰。凤凰是不作声的，作声的是麻雀。片刻，翘儿沉了一口气，说道，爷爷前几年就往生了。往生，赖最锋明白，人死了叫往生，轮回转世。

往生了，他住在地底下，他住的山坡有松树，松树下面有蘑菇。翘儿没有告诉赖最锋，爷爷是喝农药死的。上面定了新规矩，为了节约土地，清明后死的人一律火葬，不许土葬。爷爷不愿意死后被火烧，而且他的棺材在他睡觉的屋子里都放了三十年了，是他自己做的，木料好，手工也好，他不能让它当劈柴。于是，清明节前三天，爷爷就让自己往生了。

退房出门。两人在车站附近的面馆各吃了一大碗兰州拉面，要了泡菜和豆芽，还要了茶叶蛋。之后赖最锋又到小店铺买了方便面，下午3点半的车，次日早晨到，要在火车上吃一顿晚饭。

赖最锋背着他的背囊，手上提着方便面，翘儿在后头拉着她的拉杆包，小步趋跟着。有好几次，翘儿想跟赖最锋说她夜里做的梦，每次都是刚开了头就被什么岔开了，于是她一路走一路嘀嘀咕咕，自己跟自己说话。

……变变变，缩小了，缩得圆细圆细的，一摸，头上有软软的羽毛，手也变细了，又细又短又尖又硬，再看脚，脚也变得细短，指甲盖也尖尖硬硬，前头出了个弯钩，真稀奇，我怕是变成只鸡了。爷爷说的，有人死了就转世变成鸡，有的鸡是人变的，有的不是，就看鸡的爪子，是五爪鸡就是人变的。可是我又没死，怎么这么快就变了？我使劲扑，使劲扑，又蹬我的两只脚，忽然，扑的一下，全身就都升起来了……

周围乱糟糟的，赖最锋说，你嘀咕些什么呢？把自己的行李看好。翘儿换了一种声音对自己说，变成麻雀比变成鸡好，麻雀能飞，鸡不能，鸡飞不过一口塘，飞到塘中间就掉下来，要是没人捞它，它就淹死了。

汽笛悠长响过，车就开了。声落时已经驶到了空旷的野外，眼前顿时是茫茫戈壁，远远地有一两棵胡杨树，树叶还金黄着，在下午的阳光照耀下闪着光。戈壁上的芨芨草和红柳越来越快地掠过，赖最锋恍惚觉得自己不是坐在火车里，而是置身于一部电影的场景之中，茫茫戈壁，踽踽而行。一个男人带着一个女孩，他们顶着大风，低着头，费力地抬着腿，不停地向前走。路途遥远荒凉重复，两个人的身影越来越小，最后，他们消失在远处的星空。

傍晚的时候火车停在阿拉善右旗，再开动的时候赖最锋去接了开水泡方便面，先泡两桶，另外两桶等再晚些饿的时候再泡。翘儿不停地揭开盖，把鼻子凑近闻那透出来的气味。赖最锋已经吃腻方便面了，翘儿却把这当成好东西。在乡下，孩子们喜欢手里捏着一袋方便面，从村头走到村尾，一边慢腾腾走着，一边嘴里干嚼，嚼得嘎嘎地响，越响越神气。方便面作为零食，那要比花生红薯都更金贵，花生红薯家家都种，方便面要花钱才能买到。给翘儿提亲那次，男方送来了一整箱方便面，全家高兴坏了，爷爷把箱子摆在堂屋的毛主席像下面，直到有老鼠来啃才赶紧吃掉。

赖最锋把方便面的桶盖按着，说，再动热气跑了，面条可就夹生了。正说着，车厢那头来了查票的。两个男人，一高一矮，没穿铁路上的制服，看上去有点不像列车员。尤其是眼睛不像，像锥子，又尖又利，而且还带着钩。他在人堆里捞啊捞，碰到什么东西就会猛然一提。

票拿出来了啊都拿出来，你们是一块的？他是你什么人？矮个男人暧昧地咧了咧嘴，大哥？哪来的这么大的大哥？你几岁了？真有十九吗？十九了该有身份证了拿出来看看。赖最锋心里暗暗叫苦，她那身份证是假的，被看出就麻烦了。郑裕玲，男人看着翘儿的身份证念出一个陌生的名字。把一个不知道名字的女孩子带到火车上，还真有点像拐卖妇女，至少也有卖淫嫖娼之嫌疑。赖最锋感到阵阵燥热，仿佛后背有几只蚂蚁乱爬。矮个男人傲然道，你这怎么还是一代身份证哪，你看看。矮个把身份证递给高个，同时问赖最锋，她是你什么人？赖最锋说，朋友……朋友托带他堂妹去北京带孩子。男人问，朋友姓什么？赖最锋说，姓……姓齐，齐援疆。男人还要问下去，高个连催了几声，矮个犀利地盯了赖最锋一眼，一扬手说，今天没空，算你走运。便匆匆往前了。

赖最锋额头上沁出一层细汗。那男人眼睛像锥子，大概是有超感觉，如若分开查问他和翘儿，肯定是会漏洞百出。涉嫌拐卖妇女和涉嫌卖淫嫖娼，以赖最锋在圭宁的经验，只要被他们认为沾上一点皮毛，十有八九会把你弄去打得屁滚尿流，然后说抓错了，再罚光身上所有的钱。如果碰上一个变态的家伙，为了某种你永远参不透的目的，这两项罪名先给你安上一个，把你投入看守所，那罪就不知要受到什么时候去了。基层，边远地区，天高皇帝远，有罪没罪，就看办事人的心情。所以说，看你的运气。

方便面泡得有点烂了，汤温吞吞的。翘儿却很有胃口，她猛吃一大口，又挑起一根，吸得面汤溅到眼睛，用手背抹一下，又吃一大口。天正在暗下去，外面由灰蒙蒙变成黑乎乎一片，已经看不见那些旷远的景致。即便如此，赖最锋仍然侧头对着车窗外，车厢的顶灯亮了，外面更黑，窗玻璃上映出他的脸，那已经是一个彻头彻尾的中年男人了，他头发支棱，皱着眉头，一副疲惫不堪的样子。翘儿吃完自己的面，她学着邻座去把空桶扔了，回来后也把脸凑近窗玻璃，看了两眼，又把鼻子贴上去，说，那儿什么都看不见啊。

对面铺位的人拿了自己的毛巾去洗漱间了，赖最锋说，算咱们运气，再碰上问话的，我就成了拐卖人口的了。翘儿说，怎么会呢？我自愿的。赖最锋说，那你知道我叫什么名字吗？翘儿说，是啊，不知道。赖最锋说，你不知道他们狠，有点疑点就够他们整的了。再说了，你真叫什么名字我也不知道，这事够荒唐的。

翘儿说，我叫郑爽玲啊。赖最锋说，是吗？那郑裕玲是谁？翘儿说，那也是我啊。赖最锋说，你到底有几个名字？翘儿说，就是一个啊。我爷爷取的，就叫郑爽玲。那怎么又叫郑裕玲了？翘儿说，我在户口本上的名字就是郑裕玲啊。我超生没上户口，前几年人口普查，我们乡来了一帮子学生帮忙登记，他们乱登的，就登成了郑裕玲。我爸去乡里问，那个女学生说，郑裕玲有什么不好，好得多，是香港大明星呢。赖最锋说，这也太轻率了。翘儿说，多筷的名字也登错了，她拿着她家的户口本到乡里要改，改不了，就算了。赖最锋心想，这个翘儿倒也是个老实人，假身份证也用户口本上的真名字。确实，这样假证倒更像真的，即使查出来也无大碍。

停了一时，翘儿又找到话头，说，大哥你要是进监狱了，我就去探你。这个话头不太着调，但也算刺激。大概在她看来，坐牢不过是件寻常事，所以也就寻常说起来。赖最锋便听着。村里有个男孩子叫大玩意，是专门搞绑架的，绑架很好玩，谁有钱就绑谁。他说全世界都是这样子，谁有钱就绑谁，让有钱的人拿出一点点钱给穷人用。他在北京绑架，绑了一个男孩子，也没撕票，还给他喝娃哈哈，就是碰上严打了，判了七年。他爸爸想用钱给他减点刑，不行，在县里就行，在北京不行的。

赖最锋问，搞绑架怎么好玩呢？翘儿说，总之比种田好，也比上班好。我小叔叔也想去入伙，爷爷说，伤天害理的事不要做，天都看得见的。小叔叔就去偷铁路上的铁轨，反正是国家的，国家是谁的，总之不是老百姓的，偷了就偷了，结果坐牢，打得受不了，用牙刷自杀，没死成功。赖最锋说，拐卖妇女的有没有？翘儿说，有的有的，是隔壁村的，是卖他自己的老婆，蒙汗药下到她的粥里。

这种事，实在是前所未闻。列车在黑暗中隆隆行驶，远远能看见零星的灯光，有些黑乎乎的房屋和树木闪过。车厢里的人大多睡了，顶灯关掉，只剩下脚灯。如果在野外，应该还能看得见星空，但赖最锋只看见几颗孤散的星星，互相没有依持，看上去冷飕飕的。额济纳那笼罩四野的星星的激流，仿佛已经过去很久了。

到呼和浩特是早上6点多，一出车站风就满满灌过来，两人穿过站前广场，赖最锋在前，翘儿跟在后面。他们吃了热汤面，然后在车站附近找了一家小旅馆休息。赖最锋昨晚没睡好，想补一觉。车票是傍晚的，时间还充裕。他问翘儿，那你干什么呢？翘儿说，我就在屋里看电视。那个《勇敢的心》好看的。赖最锋玩笑道，你不会趁我睡着，把我的手机钱包卷走吧？翘儿哧了一声，说，要卷还等到这时候。赖最锋开了电视，调到几近无声，然后脸也没洗就往床上一摔。迷糊中听见有人敲门，翘儿开了门，有个女人咦的一声，然后又没声音了。赖最锋想撑起身子，但眼睛怎么都睁不开，手脚也重得像绑了铁。他就沉在睡中了。

醒来已是中午，电视剧已播完，电视上是午间新闻。报道说，从张掖监狱越狱的三名罪犯中的最后一名今天凌晨已被抓获，这名罪犯有很强的反抓捕能力，他从张掖逃到了额济纳，一路化装成老人，在额济纳上了开往呼和浩特的列车，在阿拉善左旗下车前被警察识破。赖最锋说，怪不得，肯定就是被盘查咱们的那俩人抓的。翘儿兴奋地说，这个好玩的，化装成老人，就是葛优，像《天下无贼》那样子的。赖最锋想起来问，刚才我睡觉时谁敲门？翘儿说，没谁，一个女的，野鸡。赖最锋说，我睁不开眼，心想别是你给我下了蒙汗药。翘儿说，要下也是你给我下啊，怎么倒是我给你下了？

赖最锋说，我要把你卖了怎么办呢？翘儿说，有本事你就卖呗。她又说，又不是没被卖过。这话听得赖最锋心中一震，一个人的黑暗经历，他人无从知晓。拐卖，逃跑，到达遥远的额济纳，来历不明的张哥，叫姑姑的老板娘。赖最锋试图把这些已知的点连成一道稍稍清晰的线，他马上发现，这并不是件容易的事，每个点，你碰到它的时候它都会肿胀成一块巨石，像铁一样沉，它缠着那些飘忽的线飞速坠入深渊。

谁能知道分明呢？知道分明又怎样？

天阴，窗外乌云沉沉，翘儿爬上床，钻进赖最锋的被窝，她说我来再给你按摩一次吧。赖最锋连连说，别啊别啊。

翘儿说，没别的意思，就是找补一次给你。赖最锋摸不着头脑，问，什么找补，找补什么？翘儿说，就是那个啊。在我们那边，打一炮的行情是三百块，你给了我六百，大哥是好人，我也不要占大哥的便宜，再打一炮吧。赖最锋说，那我是心甘情愿的。翘儿说，那我也是心甘情愿的。

她脱光了衣服，贴紧了。他搂着她不动，既像怜惜，也像犹豫。而翘儿像一只小动物，紧紧偎在他怀里。赖最锋一动不动，深深呼吸。翘儿的头发还有着额济纳的风沙气味，以及干燥的阳光和空气，它们沉在她的身上，旷远而绵绵地发出呜呜之声。良久，翘儿在赖最锋的身体上慢慢摩挲，热气蓄积，缓缓扭动，升沉起降。终于，两人翻腾起来，来来去去，激烈又黏稠，仿佛一对用身体告别的恋人。

无亲无故的，知道我干吗要带你吗？赖最锋问道。翘儿说，是的啊，为么事？赖最锋想了一下，说，是啊，我也不知道啊。他纳闷地看了看窗口，说，我真是一点都不明白自己啊，本来不想带，不知怎么就带上了。

翘儿说，我晓得。赖最锋说，你够聪明，我自己都不晓得你就晓得。翘儿说，是，我们村里的百六九也说我聪明的。他说我是天上的童子下凡的，所以长不高。赖最锋笑了，说，闹了半天原来你是仙女，是天使啊。翘儿说，那我可没说，是百六九说的，百六九会算命的，他说我前世是天上神仙身边的童子，是下凡转劫的，注定要受苦，注定有贵人帮。你不信就不信。

傍晚他们再次登上了火车。云层更厚了，空气中有雨（或雪）的水汽。火车开动的时候下起了零星雨夹雪，车窗蒙上了一层汽雾。

路途漫长而重复单调。翘儿在上铺已经睡着了，赖最锋因白天睡了一觉，此时精神正好。他感到火车猛地咔嚓一下停了下来，是临时停车，前不着村后不着店，四面黑沉沉的。旅客人人都睡着觉，只有赖最锋一人坐在黑暗中。他在窗玻璃上抹了一把，看见外面下起了雪。大雪落在，我锈迹斑斑的气管和肺叶上，今夜，我的嗓音是一列被截停的火车，你的名字是俄罗斯漫长的国境线。是帕斯捷尔纳克写给茨维塔耶娃的诗。诗句猝不及防地冒出来，如同春河的名字和面容。她也浮在黑暗中，浮在雪中。你的名字是漫长的国境线，无论经历的是星空还是肉体，你的名字仍是无法拔除的一根刺。赖最锋在黑暗中费劲地回忆这首诗的其他句子，最终，他想起了结尾的两句：我歌唱了这寒冷的春天，我歌唱了我们的废墟……然后我又将沉默不语。

这时候，远在额济纳的达镇的雪也越下越大了，远近迷蒙，灰茫茫一片。星空完全看不见了。

2014 年 12 月 27 日初稿

2015 年 1 月 29 日定稿

发表于《收获》2015 年第 4 期

长江为何如此远

一　黄冈

为什么长江在那么远？今红问。她来到黄冈赤壁，没有看到苏东坡词里的惊涛拍岸卷起千堆雪，岩石下面是一片平坡，红黄的泥土间窝着几摊草，有一些树，瘦而矮，稍远处有一排平房，墙上似乎还刷着标语。

本来认为长江就应该在赤壁的脚底下，周围应该奇绝阔远。其实很多年前她来过一次，但当年的记忆禁不住乱七八糟的东西反复冲刷，二三十年下来，复又觉得，到了赤壁肯定就会看到惊涛裂岸的壮阔景象。

很多年前似乎，她突然想起，多年前，她似乎也问过同样的话。为什么长江在那么远？她那时扎着两根羊角辫，她伸直胳膊，伸出食指指向江水的方向。那时候，大学已经上了三年多了，今红身上还是一股子乡下女孩的土拙气。"为什么长江会在那么远？"今红听见林南下回答她，因为长江已经多次改道了呀！林南下浅浅一笑，她脸上的梨窝随即现了出来。大群大群的燕子在两人的面前飞来飞去。

对今红来说，大学简直就是一笔糊涂账，灰秃秃的一片，一眼望去，既琐碎又凌乱，看不到什么轮廓，想起来，只有跟南下去黄冈赤壁是有头有尾记得的。

很多年前，大三。是最后一个国庆，人人都拼着要去玩。三五成群。日子还没到，走道、自习教室、寝室、食堂和食堂外面的法国梧桐树下，到处都有兴冲冲的男生或女生，脸上一副奔走相告的样子，嘴里庐山长庐山短的。而庐山也确是激动人心，李白有“飞流直下三千尺”，毛泽东有“乱云飞渡仍从容”。还有蒋介石的美庐，宋美龄，一生奢华的女人，风华绝代臭名昭著，用牛奶洗澡。想到美庐的浴缸里满满一缸牛奶，使人又愤慨又兴奋。

寝室里整日嗡嗡响着庐山、庐山，如何去，乘火车或坐轮船，要不要在九江住一晚，一共要玩多少天，大概要带多少钱，等等。她们并不邀今红一起去。生性孤僻，别扭。况且她拿着助学金交伙食费，也不会有去庐山的闲钱。她们在兴头上，想不到要体谅今红的心情。几个人从早到晚眉飞色舞。

林南下去过两次庐山，她家在上海，高考前在鄂州的一家工厂工作。得知高考恢复的时候，已经怀孕七个月。生孩子，断奶，复习，考试，艰苦卓绝。

南下喜欢跟小她十岁的今红在一起。春天入学，树枝上有残留的樱花，林荫道的尽头有一轮又圆又大的月亮，金黄色的满月异常动人。路灯只有一盏，在远处。润泽的月光直接照在南下的脸上，她的眼睛像藏着某种可燃物质，明亮深邃，充满激情，而且单纯。她生完孩子身材没完全恢复，但脸是清癯的，有着某种精神性，又不失女性的柔美，同时她又有一种骄傲，但这种骄傲没有攻击性，不伤害他人，它并不指向具体的人和事，而是一种对自己的高度确认。即使不在月光下，今红也认为林南下是她们班三十多个女生中最好看的。她不同凡响。月光下的树影中，她的声音断断续续，念头，上大学，超龄，太不甘心，最后的机会，写了一个晚上的信，给招生人的长信，十页信纸！

今红不明白南下。她比南下小整整十岁呢，还是从乡下来的，她怎么会跟今红说这些掏心窝的话。“给招生的人写了一封长信”，这太不符合林南下的骄傲了。

四年间，南下总是找今红听她说话。校园在湖光山色中，樱树、桃树、法国梧桐树、银杏树、枫树、槐树、柳树、紫荆树的枝叶掩映间，南下跟今红说了她准备申请入党，认为这是改造社会的一条有效途径，很快她又痛苦地告诉今红，她决定放弃入党，这是在大一。大二那年，她父亲去世，今红陪她在校园里走了大半夜，南下反复说，他才六十岁，才六十岁，还很年轻啊！今红像回声似的应道，是啊是啊很年轻。其实她不太明白，六十岁怎么还年轻呢？南下说她爸爸刚刚获得“解放”，去年他还专门到江西，看那个他“文革”期间被关押了三年的监狱。而她之所以叫南下，就是母亲在解放军南下的行军路上生的，她在母亲的肚子里一路从北到南。到了大三，南下的话题变成了考研究生，到了最近，则是考公费留学生。她们在校园一圈圈地走着，草间的泥土小路、砖石甬道、水泥林荫道，依山的重重叠叠的阶梯，从澡堂回来的路上，她被蒸汽蒸红的脸和天然卷曲的短发，直至紫色和绿色的琉璃瓦屋顶，这一切往昔的事物现在越过了很多很多年的光阴，来到黄冈，来到了东坡赤壁。

林南下仔细地给同屋们的庐山之行提了建议，三天就够了，其实两天也是可以的，完全没有必要在九江停一夜。她那么肯定，那么胸有成竹，那么见多识广。快熄灯了今红还在盥洗室洗袜子，她磨磨蹭蹭地不想睡觉，直到南下来刷牙。南下说国庆几天她要回鄂州看看，今红不如跟她一起去，还可以到东坡赤壁看看，去庐山的人很多，赤壁向来没什么人去的。今红骤然高兴起来，大江东去浪淘尽千古风流人物，再也没有比这更令人心胸开阔的了。

她们从武昌站乘短途列车去鄂州。绿色的皮革，九十度笔直的靠背，整列火车都是硬座，人并不挤，都有座位，她们也很快找到两个挨在一起的位置，是三人座靠近过道的一头。对面座是一个打扮有点奇怪的妇女，她年龄看来不小了，却还像今红那样扎着两根羊角小辫，辫子也辫得不利索，有几缕是散的，显得她的脸有点脏，像是有两天没洗；她穿着一件男式的旧工作服，袖口磨得稀薄并且脱了线。她漠然地看了坐下的南下和今红，立即就扭头对着窗外。另外还有两个老头，一黑一白，黑的那个很瘦，眼睛是红的。两个都不讨人喜欢。

如同在任何地方，今红跟着南下心里就不慌张。即使去集体澡堂洗澡，也是因为南下才算闯过了心理关。在众目睽睽之下脱光衣服，同样在众目睽睽之下和几名赤身裸体的女人抢着用一个喷头冲洗身上隐秘的地方。滑腻腻的身体要碰到另一个同样滑腻的身体，真是让人心惊胆战。蒸汽腾腾，头发湿淋淋地贴在脸上和眼睛上，气都喘不过来，像一只鸟掉进了水塘，翅膀又湿又重，怎么扑腾都飞不起来，脚下也滑，时不时就一趔趄，额头上弄不清是汗还是水。这时候南下的声音出现在岸边，她伸出一根树枝，树枝温暖地微笑，今红今红。今红循声而去，绝处逢生。

对面那个穿男式旧工作服的妇女坐得很不安，还不停咳嗽。她皱着眉头，既焦灼又茫然。火车在徐家棚站刚刚停隐，她忽地就站了起来，双手揪着自己衣服的前襟，摇摇晃晃地往车门走去。今红说，这个人走路的样子真奇怪！忽然她听见有人喊道，摔倒了！又有人惊呼，快看血！一阵骚动。今红站起身往窗口张望，有人正在把那妇女抬到站台的一把椅子上，她身下有一摊血。有人在站台上跑来跑去地喊着什么，而火车很快就开了。

黑肤红眼老头连说晦气，他的呸呸骂声在座位上飞来飞去像黄昏的乌鸦在盘旋。今红发现，在她的对面，刚刚那妇女坐的位置上有一摊血，像红油漆那样，黏稠、发亮。今红觉得一阵恶心。听见南下说，流产，宫外孕，没有人保护。今红惊着木着，腿是软的。真正成摊的血只是小时候看见过。十字路口，几截砖头和几摊血，很久很久以前。

今红坐了一会，起身到别的车厢找位置。没找着只好又回来。那个黑老头用脚蹭着报纸擦那摊子血。报纸被蹭得很脏，鲜红色的血衬着座位的绿色，看起来是暗红的。有一只苍蝇叮在上面，老头一边蹭一边骂道，他娘的，真不要脸！倒了八代霉。

到了鄂州，她们先到南下原先工作的工厂。因是节日，宿舍区里有不少闲散的人，三三两两的，四个五个的。门廊有人围着打扑克，球场有人在投篮，篮球气打得很足，在水泥地上弹得咚咚响。房前的空地牵了绳子，上面晾着鲜艳的床单和白色的蚊帐，都还滴着水，江风吹过来，湿床单猎猎地响，孩子们在帐幔间追跑雀跃，水龙头边的空地上还有人在洗衣服，一只大木盆里堆着颜色混杂的衣服，女人坐在矮凳上半抬着屁股，一下一下地把力气用在搓衣板上，饱满的泡沫溢到地上，变得稀烂，她踩在脏水里浑然不觉。

南下管这女人叫小陆，小陆眉眼清秀，轮廓分明，笑起来很俏。南下问她，你们陈陆奇呢？小陆大声说，跟他老子玩呢！一边伸起脖子四面睃着，她亮起嗓子喝道，陈大路，过来！一个五短身材的男人应声就跑到了跟前，他刚和南下打完招呼，小陆又命他把陈陆奇带过来。一会，一个三四岁的男孩慢腾腾地过来了，他一只手拿着饼干啃，另一只手抱着一只绿皮的橘子。小陆很满意地看着这一大一小，和南下扯了几句闲话。

她们往宿舍区深处走，南下断断续续说这小陆。广西桂林人，在茶场采茶的农工；陈大路，厂里的采购员，两人南北隔着千把里。火车上认识，竟真的结了婚。全厂上下，人人称奇，说一朵鲜花不远万里来到鄂州，插到陈大路这样一堆牛粪上，真是不可思议。陈大路三十二岁，老大难，全厂爱管闲事的妇女张罗过一个班的对象，统统都吹了。这下好了，生了一个儿子，叫陈陆奇，意思是两个人的奇迹。

今红并不认为这事有多少奇迹，它的戏剧性比林南下本人还差得远呢！在妈妈肚子里，解放军的大木船，炮火连天，船帆上的弹洞，渡江的滚滚浪涛，上岸时的冲锋号，像电影一样。今红见过南下上中学时的一张照片，她划着一艘单人赛艇，这种奇怪的船又窄又长，窄得不合比例，长也长得不合比例，两头是尖的，南下坐在中间，她那时真年轻，意气风发，脸上是一副以天下为己任的神态。然后，她去了北大荒，难以想象的地方。无比遥远，无比荒凉，超乎寻常的艰苦和严酷，零下四十摄氏度，吐一口唾沫就会结成冰，也许有狼、火灾、意外的伤亡，更多的是绝望。这些都像某种神秘的东西，被今红揣测着，成为南下魅力中最有重量感的那部分。然后，她竟然又到了鄂州这样的地方，这样一个庞大的工厂，她竟然会开机床呢！她怀了孩子，却又参加高考，成了她们班除老顾之外年龄最大的女生。

她还见过陈学昭，那个在现代文学史里深埋着的传奇女作家。那时陈学昭住在杭州，妈妈带南下去看她，偌大的房间，正中放着一张桌子，四面都是空的。陈学昭皮肤白皙细腻，穿着一件藏青色双排扣列宁装，南下觉得这种颜色的列宁装特别气派，而她妈妈的列宁装是灰色的。她说了什么呢，南下的妈妈名字里有一个昭字，陈学昭说，我就是学你嘛，学昭。

当然，类似的奇迹在她们班比比皆是。由于平均年龄全校最大，所以班里集中了全校最多复杂经历的大龄学生，这些不同凡响的同窗们入学前曾经是医生、翻译、记者、裁缝、泥瓦匠，此外还有众多工人众多知青，若干军人，真正的应届毕业生只有小郑一个。小郑刚满十七岁，从甘肃农村考来，他的脸总是红通通的，嘴唇鲜艳，唇红齿白，头发浓黑，他天真纯朴地走在通往饭堂的小路上，他的裤腿总是短一截的，他还在长个呢！学长学姐们凝视少年小郑，目光既羡慕又慈祥。同窗中的医生虽是街道医院的，但她出身于医学世家；翻译也是自学，却懂得六门外语，英语、日语、俄语、越南语、朝鲜语，还有一门是世界语，外号“博士”；记者，是在一家有着上万人的大型企业的内部报纸供职；那个来自成都的裁缝，他文理兼修，读的书比谁都多，他瘦高、驼背，戴着深度近视眼镜，寡言，一旦开口，话说得不知有多犀利，外号“思想家”。其余各人，从工厂来的，就有当了车间主任的；从农村来，也有当大队党支部副书记的；从部队来的老高，居然是副营级！有孩子的有七八人，从部队转业又到工厂当了车间主任的老魏，是一儿一女两个，从孝感农村来的老刘，是两女一男三个！班上简直应该办一个幼儿园。

比今红大四岁的励宪，她微笑着问，小今红，1973年你在哪儿呢？今红答道，我刚刚上高中啊。励宪说，这年我插队都四年了。她的微笑比刚才更动人了，她说，我再问你，1975年你在干什么？今红答，高中毕业我就下乡插队了呢。励宪说，你看，你当学生的时候我是知青，你当知青的时候我当带队干部，1975年，我从工厂被抽去带知青。她笑得露出了几颗整齐洁白的牙齿。正因为如此，今红的所有缺点都会得到原谅，她做错的事，性格上的毛病，她的不懂事、自私、乖张、别扭，一律受到温和对待。她们最多只是有点忧虑地看着她，从来不说半句责备的话。她们更多的是微笑。

这个世界有如此多的悲哀和烦忧，她们为什么能常常微笑？

今红感到，这都是一些优秀的人，是世界坚硬的骨头，经得起风雨磨损的时间，所以她们即使比今红大了十岁，她们的朝气和劲头也远胜过这个“小孩”。

老顾，顾彬彬，她比南下还大一岁。开学已经半个多月，有一天，忽然听说班里又来了一个年纪大的女生，她三十一岁，但没有孩子。果然第二天课堂上就看到了她本人，额发梳得很光，眼窝深而颧骨高，嘴唇是薄薄的一细溜。她锐利勇猛，让人想到居里夫人。

她果真是厉害的，她勇往直前，每门功课都要拿第一，连文献编目这样无聊的课她都不放弃，课堂上大多数人在背英语单词或看小说，只有少数人埋头记录。老顾的笔记整齐全面，细细密密的小字，看得出心力和功夫。碰到世界通史、逻辑学、计算机这样的课程，一到课间休息，顾彬彬总是在第一时间走上前跟老师交流，她站在讲台的台阶下，微仰着头。老师很愿意跟她交流，如果是老教授，她就歪着头听，边听边点头；如果是年轻教师，不用说，都是工农兵学员毕业留校的，那就成了她讲，对方边听边点头。顾彬彬，她连体育都要争第一，跳高跳远、八百米，她身轻如燕。

她比南下风头更足，在任何地方她都是呼呼生风的，她的身体是一台神秘的永动机，永不生病，永不疲惫，风把她刮到半空中，任何人一抬头，或不抬头，都能感到她高高飘荡的身体。

今红跟南下从不议论顾彬彬，老顾现在天天去法语系学法语，准备报考赴法留学生。一共有多少名额，谁也不知道，究竟是赴法赴德还是赴日，也是隔十天半月就有新的传闻。今红预感到，南下是拼不过老顾的。

她们走在工厂宿舍区宽阔的空地上，一排排的灰砖平房很有样子，门前都有砖砌的廊柱。她们路过一个水泥球场，球场的一头有舞台，四面有台阶，外围还种了几棵橘树，树顶上还挂着一两只青绿的橘子，近地面的橘子已经被小孩揪光了，地上散落了一些叶子，有两个小孩正在比赛谁跳得高。今红跟在南下身后，东看西看的，她看到一排水龙头很矮，只有膝盖那么高。她还看到路中间的变压器特别大，似乎正是这个庞大的工厂大气派的一个组成部分。还有饭堂，也是大的，门口贴了一大幅红色的标语，“庆祝国庆”几个字是用闪亮的蜡光纸剪了贴上去的。饭堂的门大开着，有一个人在扫地。她们又经过了图书室，门是关着的，南下冲紧闭的门张望了一下，她说，今天休息呢，怪不得。

拐进一排平房，横着竖着又拐了一两次，她们终于到了。也是一排平房中的一间，门口空地也是牵了绳子晒衣服，但这家晾的衣物特别多，不少是婴儿的尿片，还有几件小小的和尚服，那上面的小带子怪有趣地垂下来。两根绳子都晾满了，底下一个大木盆还泡着几块尿片，门口一把竹椅上搭了一床婴儿的小花被子。

房间里有一张大床，床跟前的地上摆着一只大大的竹筛子，就像今红乡下家里用来晒红薯条的那种竹筛，走到跟前才看到里面躺着一个婴儿，脸红扑扑的睡得正香。这家的女人叫小肖，年龄和南下相仿，她们叽里呱啦地说着上海话，今红一句都听不懂。

南下跟小肖说了句什么，小肖就给今红拿了一本《朝霞》，让她看着解闷。《朝霞》是旧杂志，今红有一搭没一搭地翻着，一边歪着头听她们说话，竭力想听懂片言只语。小肖手上打着毛线，话讲得飞快，手指也动得飞快，手上的活一点不耽误。房间里有一个新打的大衣柜，另有一只光板木箱一只皮箱几只纸箱垒在角落里，挨着箱子有一个三层的简易书架，上面放着不少书。今红望望南下，她正和小肖说得起劲，今红便自说自话起身到书架跟前。

书放得杂乱，逐格看过去，有颜色发暗的旧课本，《代数》《几何》《历史》《地理》，有一本《资本论》，有一本京剧《沙家浜》，还有几本《朝霞》和几本十六开本的《文艺报》。在今红看来，最像样的书是《光荣与梦想》和《宇宙之谜》，但不知为什么，这两本书都放在最下一格，而且所有的书都落了一层灰尘。

抽出《宇宙之谜》，翻开扉页，只见上边有一行字：罗少新，1975 年 5 月购于上海。这个罗少新是谁呢？翻开一页，题记：辽阔的世界，宏伟的人生，长年累月，真诚勤奋，不断探索，不断创新，常常周而复始，从不停顿；既忠于守旧，又乐于近新，心情舒畅，目标纯正，啊，这样又会前进一程！歌德《上帝和世界》。在“辽阔的世界，宏伟的人生”下面有铅笔画上了道道。今红接着翻这书，看到用铅笔画了道道的还有不少，“我们的太阳是无数个会毁灭的天体中的一个；我们的地球是为数甚多的围绕太阳运转的会毁灭的行星中的一个”，“一个人在会毁灭的有机的自然界里只不过是一粒极其渺小的原生质”，“爱虚荣的人类往往误入迷途”，“对经验的片面的过高估价，如同对思辨的片面估价一样，都是很危险的谬误”。这些句子被铅笔选中，从一片黑色整齐的铅字中浮出来，显得格外精彩。

今红正看得起劲，忽然婴儿哭了，啊哈啊哈嫩嫩的奶声，小肖看了一眼，也不起身，只用脚在大竹筛的顶头蹬了几下，竹筛左右摇晃起来，今红才意识到，这原来是一个摇篮。今红从来没有见过摇篮，老家的妇女都是用背带把孩子背在身上，不背的时候就把孩子放在大床上，她想象中的摇篮，是一个藤编的椭圆形浅筐，用一根粗绳子悬挂在屋梁上，轻轻一碰它就颤悠摇晃。今红端详这只竹筛，发现它的底部有一根碗口粗的木棒，小肖就是蹬这根木棒使竹筛摇晃起来。这种摇晃硬邦邦的，咯噔咯噔地两头撞击，这能使婴儿安静吗？就像为了应验今红的想法，婴儿又闹起来，这次哭得更响了，声音又委屈又娇嫩。小肖只得停了手上的活，探过身去一摸，说，怪不得，尿了，人家不舒服。她便给婴儿换尿片。

从小肖家出来中午都过了。她们这才动身去渡口，准备过江到南岸的黄冈赤壁。

工厂就在长江边，她们沿江步行去渡口。是多云天气，不晒，也不热，两人都是穿着一件长袖单衣，南下挎了一只帆布挎包，里面装着她的海鸥牌相机。到了户外，今红身上轻快起来，话也多了，东问西问的，还问到了那个“罗少新”，南下说他是小肖以前的男朋友，后来回了上海，两人散了。

走上通往渡轮的铁板时，今红想起两年前她也乘过一次渡轮，是从武昌过江到汉口。那次是去武汉展览馆看星星画展。大学二年级，著名的星星画展来了，那时学校里各种学生社团风起云涌，校外活动也来来去去，一阵呼啸接另一阵呼啸，班里总会有人跳出来当领头，召集班中同好，事先把票弄到手，再让制作假票的高手紧急作业，这件事在她们班早就轻车熟路，墨水、刻版用的萝卜、稍厚些的纸，如果颜色不够地道，就用烟熏一下。每次都百发百中，今红就用这种票去洪山礼堂看过几场内部电影，《解放》《山本五十六》《啊，海军》以及那部《狐狸的故事》。还在李德伦来学校讲过怎样欣赏交响乐之后，到省歌剧院听了下半场贝多芬的《命运交响曲》。但星星画展，没有人出面招呼大家去看，汉口太远了。南下对星星画展没兴趣，是同宿舍的汉口女生，约了今红，逃了下午的课。

那次乘渡轮真是难受啊，春天，穿得有点多，燥热，晕船很厉害，好像还吐了几口。“孤帆远影碧空尽，唯见长江天际流”的长江没看见，只记得脚下摇晃着，头很重，近处看到的长江，不过是一片叠一片的黄黄的浊水，跟黄河一样。

不像这次，这里的长江最像长江了，两岸开阔，没有一幢高楼，要知道，在这样天远地宽处建一幢高楼是最丑陋不过，生生会毁了那个“潮平两岸阔，月涌大江流”。水虽浊，却不黄，厚厚地从远处涌来，再连绵不断地向远处奔去，江面真是辽阔啊！风也从远处吹来，是浩荡之气。到了江心，今红看到远处有几只白色的水鸟在江面上飞翔，一会高，一会低，斜着掠下去，再猛地腾起来，既灵活又很有力量。今红就想起了海燕。这都是些什么鸟呢？她问南下。

江鸥为什么不停地飞？她又问。

嗯，它们大概，把飞翔当成了故乡。南下用了这句近似诗歌的语言来回答今红的提问。那是一个诗歌的年代，南下从来不写诗，但她像所有老三届的人一样，熟读普希金和莱蒙托夫。

渡轮斜斜地向对岸驶去，它破开连绵的江面，尾部翻滚着两道厚厚的浪花。对岸有一片柳树，远远望去是低矮浓密的，但渐渐它就显得高些了。柳树下面是土质的江滩，有零星的绿色，是一丛一丛的草和低矮的灌木，有几头水牛在吃草。

到了长江北岸的黄冈，步行了大概二三十分钟，她们来到一处小山岗跟前，土是红的，一面有石壁，山上有房子和树。她们沿着台阶往上爬，一侧是高高的砖墙，墙脚往上三分之二都刷了灰色，再刻了长方形的大格子；墙的上部三分之一刷的是石灰，陈旧的灰白色墙体水痕斑驳。接近墙头有几方很精致的墙窗，灰白色的砖花组成的透孔上再压上一个深灰色的砖花，这一深一浅的两组砖花的摆放也很讲究，是花插着的，一个是凹进去的菱形，相邻的另一个就是凸的方形。墙头上方半尺高有一溜墙檐，搭着密密的灰瓦。南下停下来看了一会，说，这墙窗的砖花有灰有白，跟这面墙是呼应的呢，就是太文人气了。

墙脚有一层暗绿的青苔，脚下的台阶时凹时凸的。虽是下午，但天是阴的，也没有什么游人，一停下来就感到森森的凉意。她们几分钟就到了一个有拱顶的门，上方镶着的大石板刻了两个篆体字，今红没注意，她看到门头上还有几尺砖壁，壁上有飞檐，像浅浮雕似的，浅浅地从门头壁上的几重砖雕上飞出来，檐头细细尖尖地往上翘。

一个过路的山门也这样讲究，今红感到有些新奇。她们跨过门，眼前一下开阔许多，左边是一溜围栏，可以看到山下伸展的野地、低矮的树木和零星的房屋，有一只山羊在啃草，几只燕子在近处盘旋，空气中聚集着雨意。今红催南下快走，说要抓紧时间到赤壁去，不然就下雨了。

南下一听就笑了，说，这里就是赤壁啊，东坡赤壁就是这里，那个三国时火烧的赤壁是在嘉鱼，离这儿远着呢，武昌还要再过去。那一个叫武赤壁，这一个叫文赤壁。听说这就是南下说了带她来看的赤壁，今红大大失了望。她认为赤壁应该像苏轼词中所写的，乱石崩云惊涛裂岸卷起千堆雪，高高的绝壁，赭红的岩石。站在壁前，长江就在脚下，江面应该很宽，像大海一样，不然哪会有力气卷起崩云的大浪！而那裂岸惊涛必定是有几层楼那么高，从无边的江面一路卷过来，到了红色的绝壁跟前呼啸着扑过来，发出隆隆的撞击声，然后厚厚的水浪被岩石撞得粉身碎骨，撞成一片碎玉，它们挤在江面沙沙地退去。多么壮观激烈。而现在，不过一个小土山，哪里有什么乱石崩云，甚至连长江都看不见。

今红委屈地问道，那长江在哪里呢？南下让她看远处，只看到了野地、树木和零星的房屋，南下便指着地平线那边，让她注意看一道几指宽的白色的水流，说那就是长江。

闷闷的。懒懒地跟着南下走到山的后面，在山顶的亭子里待了片刻，又在一块刻着《赤壁怀古》的石壁旁看了看，一路闷头闷脑的。南下觉得好笑，便和她说话，说宋代范成大早就说过，赤壁是个小赤土山，无所谓乱石穿空（注：此诗有不同版本，今红取乱石崩云，南下取乱石穿空），是苏东坡太夸张。今红这才说话了，她委屈地问道，为什么长江在那么远那边？

燕子来来去去地盘旋，似乎比刚才更多了，天又阴了一成，空气中雨意更浓。南下觉得这种光线拍照不会好，但她前后看了看，还是让今红站在刻有赤壁字样的门的下方，因为除此之外，再也没有别的地方能从画面上看出来是赤壁。

今红站在门阶前，她的身后是墙、墙窗、墙檐、门和门楣上的飞檐，没有石壁，也看不到山，透过门口只看到几棵挺矮的灌木，但是今红笑了，露出了一口整齐的白牙齿。不管怎样，她都是很喜欢照相的。

然后她们下山，仍乘渡轮过江回到长江南岸。回到南下的厂子时已经快5点了，返程车是晚上8点多的，剩下的时间还够在厂里再转转。南下决定再去看一个熟人。

再次穿过宿舍区一排又一排的房子，走进一间窗台摆着吊兰的房间。这屋子显得很大很空，地面似乎还有些下陷，光线也暗，四周简单的家具也都一并暗淡。屋里有一个女人，脸特别白，眼窝很深，显得眼睛又黑又大；穿着一件竖领的藕荷色的衣服，有点怪，却又是好看的。今红觉得她一点都不像工厂里的人，不光不像厂里的人，更奇怪的是，她也不像这个时代的人。像哪个时代的人呢？

南下管她叫杜大姐，问她在干什么。杜说，还能干什么，还不是看看《红楼梦》。今红看到桌上正搁着一本被看得很旧的大开本的《红楼梦》，书页翻开着。端详房间四周，床是一张单人床，一桌一椅，干干净净，整整齐齐的，却未免让人觉得清汤寡水。墙上也同样干净，不见有照片。

略坐了一时杜就送她们出来了。走到工厂礼堂门口，杜说，今晚上厂里放电影呢，别走了你们。南下和今红互相望望。杜又说，吃了晚饭，看完电影，住一夜，明天再走吧。她的话说得有些哀，让人不忍。南下小心说，明天还要上课，还是要回去的。杜就不再留。三个人在礼堂门口站着，南下不动，今红也默着。过了一会，杜说，本来以为电影能把你们留下来，看来留不住你们了。你们走吧，天快黑了。

南下和今红就走了。南下在路上和今红说，杜的身世很惨，新中国成立前她在一家国立中学念书，因为人长得漂亮，被一个国民党军官看中了，中学没毕业就被这军官讨去当姨太太，然而不出一年，新中国成立，国民党军官下落不明。“文革”中她被整得很惨，也没有工作。后来在报纸上看到一份特赦名单，那个军官的名字就在其中。她去找，人早就死了，七折八转，才被安排进工厂的图书室当管理员。一个很好的女人，就这样，一辈子。

长江为什么在那么远？今红听见自己多年前的声音。几乎也是在同样的石板地，也是阴天，也是快下雨了，也是燕子飞来飞去。就这样，南下，连同她的额头，连同她脸上的梨窝，连同多年前的樱花和槐花，绿色的琉璃瓦、蒸汽腾腾的澡堂、走廊上的煤油炉，连衣裙圆窗口生物系的大食堂小操场，等等等等，一切，在黄冈这个土坡，一阵一阵掠过。而江风自远方吹来。

二　四年间

南下的脸首先从槐花中浮现出来，真是奇怪。大学以樱花著称，槐花是躲在哪一个角落里的呢？今红使劲想，却怎么都想不起来了。

这种白得像象牙的花竟然能做成包子。那么高的槐树，大团大团的槐花，一点也闻不到香味，只看到它是高的，高而远。天是蓝的，耳朵里传来星期天的声音，闲而静，忽然喧闹，然后又有唱歌声。是谁这么三八，或者斗志昂扬？那个政治经济系的女生，剪着很短的短发，宽脸，黑肤，她在水房洗床单。她唱得不错，但不招人待见。听说她也有三十岁了。

摘了一串串的槐花。

掉到地上的不要。

是用竹竿的一头夹下来的，就像小时候，用竹竿夹屋后的龙眼。洗干净。清水冲刷着白色的花，混合了经济系女生的歌声。她唱道，我的家，在东北松花江上。她又唱，我们走在大路上，还唱道，红星闪闪亮，照我去战斗。它们都混合在那一堆星期天的槐花里了。

像盐一样。

那只带盖的饭盒，是南下从工厂带过来的，它盛满了槐花，在书桌的一头。书桌的另一头她用来揉面。没有可笑的案板，那是家庭、厨房、日常生活的东西。在大学宿舍里，在书桌上做菜包子，真是奇怪。

什么都没垫，书桌是新的，半年前才刷过油漆，暗红色，光可鉴人。

面粉撒在那上面，很奇怪。

她不说话，一声不吭，她脸上的梨窝浅浅地跳动。这种北方妇女的活她是在哪里学会的？一团面，本来是在一个小脸盆里，面粉，是在脸盆里，放一点点水，用手抓，手上沾满了白面粉。然后，一团面到了书桌上。忽然想起北大荒。她的一双会干活的手是从那里来的，一双脚也是。

她安静，梨窝也是安静的。一只只包子围成了圆圈，在暗红色的书桌上，槐花在包子里，槐花的象牙白和微青和紧闭的花瓣和难以觉察的清香和微涩，那我所不能理解的一切都在包子里。

煤油炉，一个铝锅，水蒸气扑扑地上升，弥漫了整个楼道。煤油的气味也弥漫。中午1点多，太阳有一点犯困，政治经济系的女生也不唱歌了，她的床单已经晾在两棵树之间的绳子上，是一棵枫树和一棵苦楝树，我们的槐树在哪里呢？我还是想不起来。这边的宿舍没有老斋舍好，那绿色的琉璃瓦屋顶，像布达拉宫那样依山而建的台阶直到山顶连接图书馆的宫殿和落地大玻璃窗前开着大朵白色花朵的树木。老斋舍的楼顶栏杆能晒床单和被子，我们的被子从前就是那样晒在老斋舍的阳光下。

槐花包子分发给大家，人人都欣喜呢人人都没吃过槐花包子人人都说没听说过槐花还能做包子馅。她给我拿了一个最大的，我立即就咬了一大口，咬到嘴里的槐花馅很古怪。是软的，又疲又塌又懈，有一点滑，却又有一种涩，味道是淡的，难道没有放盐么？没有放盐怎么能吃？轻微的怪味完全压倒了清香，那想象中的槐花的清幽它们一簇簇在枝头上迎风招展的旖旎和它们含蓄的小花瓣都到哪里去了？它们死得很难看，它们死在包子里是黄色的皱得不能再皱。

大声说难吃死了太难吃了真是太难吃了。

一个人的不懂事是无可救药的。

不知道自己为什么会如此，为什么会不停地说太难吃了像猪潲一样让人想吐。你就是这样一个莫名其妙的人。

听见南下说，够了，不能这么说话！南下，我现在还听见你责怪的声音，它们像蒸汽一样，扑进我的眼睛堵在我的鼻孔里。事实上，这种语调是家长式的，恨铁不成钢锤炼摔打修正，在责怪中是一种难以觉察的亲人般的语调。

在潜意识里我肯定也是把你当成家长的。因为从来没有家长。像野草般疯长完全没有章法毫无教养是一个野孩子，问题儿童问题少年问题青年。这样一个人你挺身而出一开始你就挺身而出，一开始，在布达拉宫似的老斋舍，在樱花大道的上方，在那个有一扇圆形窗口的大房间。我靠近那扇圆形窗口，是下铺我不喜欢。我任性地说我不喜欢这个下铺我睡不着，而且，这扇窗口没有窗玻璃只有一面红旗挡着，这样怪诞的窗形和红旗让我不安，我又说这窗口进来的雨都刮到我的床上全宿舍的雨都到我一个人的床上我不想在这个铺位。我的话刚刚说完你就说，我来跟你换好了。

像床单一样安静，像蚊帐一样自然，像书籍一样整齐。

你的酒窝也一样安静自然，因为它们知道那个李今红是一个顽劣的孩子，它们毫不见怪。

一天晚上生物系火光冲天浓烟滚滚今红你在呼呼大睡，南下把你叫起来赶去救火，她又摸你的头又拍你的脸，最后她还揪了你的小辫子。我从睡梦中睁开眼看到电筒的光柱在飞，它们在黑暗的宿舍里像捣乱的闪电飞来飞去撞到圆形窗口的红旗上像是火光已经到了床跟前。脸盆、桶、拖鞋互相碰响的声音急促杂沓好像大火已经烧到了床跟前。南下喊道，今红今红，我迷糊着穿上衣服拿起自己的脸盆跟在南下后面出了门。台阶连着台阶树底下的路比平时要硬，空气是一片一片地凉一片一片地扑到脸上。在黑暗中人人都是灰黑色的，南下也是灰黑色的，她灰黑色地在我面前半步急急地走，我跟在她身后。人很多，前后的人都很多，有很多人从我们身边赶过去，碰到我们的脸盆和肩膀。闻到烟味了，像生产队砖瓦窑的气味。越过一棵悬铃木就看到了滚滚浓烟从生物系两层楼顶冲上天空，而我们班的王劲他高大的身影和高大的声音从烟的方向传过来。

要从两百米远的宿舍接水来灭火要排队接力传脸盆，不要拥挤要排队，王劲的东北口音和李迎风的细细的娃娃嗓混合在一起，他们两个是恋人。我端着一脸盆水跟在南下后面她也端着一盆水，我走得踉跄水泼出来淋到我的鞋子上，我走几步就要放到地上歇一歇我连连喊道等等我，我担心南下在人堆里消失。

有半盆水可以用来救火但火已经不用救了。

火灭了。

一层层的人站着，我们站在人堆中。意犹未尽人人都意犹未尽，因为火灭了。其实火早就灭了，黑色的浓烟滚滚。

在深夜走在樱花大道上，滚滚的浓烟在身后，我们的老斋舍，我们的布达拉宫，它在深夜里身影巍峨层层叠叠直伸到天空。天上是一轮满月，圆满丰润，月亮的光芒覆盖大地，洒在樱树的枝叶上，樱花早已开尽，但月光之下层层枝叶是如此轻盈。

这样的世界早已不存在而我们走在樱花大道上。在深夜。

我们拿着脸盆，鞋子是湿的。

脸盆是在洪山供销社买的，盆底有一只红色的圆灯笼和一个红色的双喜，像是乡下结婚的物件。南下的脸盆底是一只天鹅，盆边是淡淡的蓝色。两个脸盆在4月份樱花开的时候扣在一起用一条行军绑带绑着，里面装着锅碗瓢盆和筷子一路上叮当作响。4月份，校园里的樱花有点谢了枝头零落但听说磨山的樱花和桃花正盛。

4月份，磨山的桃花正旺老三届的兄长大姐们人人脸上盛开着，老三届人人都是浪漫主义者我跟随着他们一路渡过东湖去到磨山，东湖浩大豁朗它的水浪汹涌直到山脚的桃花，我们坐在小木船上脸朝着磨山而阳光洒满全身连同我们的脸盆，湖水荡一下船就荡一下脸盆里的碗筷就唰啦一下，我们宿舍八个人的饭碗和调羹或筷子都在脸盆里它们互相碰得叮当响。

水浪汹涌直到山脚的桃花，在山坡的草地上挖了一个土灶干树枝在灶里燃烧烟很大，灶和锅都烧黑了因为捡来的树枝还不够干但水开了饺子被南下赶进了沸水里。

野炊这样的事情只有大同学才能干成。老三届。

他们在泥里滚过了在火里蹚过了所以泥土和火都听他们的，他们走过辽远的道路从北大荒或者部队工厂席地坐着和我们围成一圈。

野外的饺子热气腾腾。

同窗共读每天挎着挎包走在校园里上坡下坡理学院阶梯教室数学楼203

文科楼102，全校的文科生挤在礼堂人人选修令人激动的美学课原来美学是哲学的一个分支。刘纪纲老师桃李满天下。

体育课都是女老师她们都又黑又瘦像是来自中越边境，夏天学游泳在东湖里扑腾南下托着我的肚子我还是一再喝水。大四学舞剑，木剑挥舞姿态古怪在大操场上高龄的女生三十岁坐盘反撩。

两个大操场一个小操场和一个体育馆在悬铃木的环绕中。下雨了我们就在体育馆上课馆内有高高的圆顶，雨落在圆顶上是灰色的湿漉漉的深灰色。图书馆也是圆顶。

所有叫作馆的建筑都是圆顶的。图书馆门口有两株树有巴掌大的树叶和鸽子一样的大花，飞翔的白鸽停在树上就不再飞走它们放下翅膀仿佛沉睡多时。它离我们的宿舍最近，台阶下的空地走一百步再下几级台阶就是我们圆形窗口的宿舍，而它的落地玻璃来自一九一几年或者一九二几年总之是世所罕见，这座校园里的一切包括它的湖光山色都是世所罕见。

而南下在深处。

图书馆是如此辽阔一排一排的人头黑色的头发，高背有扶手的暗红木椅富丽堂皇。年深日久的包浆。校园里的名人同坐一室诗人高伐林坐在斜对面哲学系的赵林在靠窗那边他是著名演说家永远具有煽动性。而南下在深处，她低着头写一封长信她的字细长有力却又娟秀。信封上总是写着上海襄阳路某某号，那是一幢楼的门牌号么?

为什么南下没有参加校内的学生社团?

为什么我也没参加?

有的社团声势浩大葱茏蓊郁文学社请来了著名诗人舒婷礼堂满头大汗，爱乐社请来了李德伦呈示部发展部命运的敲门声而美术社，他们过江去看星星画展然后在饭堂眉飞色舞。小型的兴趣小组我们也没有参加，他们研究陈独秀或者巴黎公社或者“文化大革命”。当然还有马克思恩格斯研究小组《共产党宣言》《反杜林论》《路易波拿巴的雾月十八日》《德意志意识形态》以及专门的《资本论》研究小组。当然也有毛泽东思想研究小组。

什么小组我都不去，不张望不打听。

但你为什么也不去。

有一次她专门把我叫到寝室外的小树林里说要告诉我一件事是关于张志

新，她说张志新张志新，她的声音有点颤抖她都是这么大的人了她要专门告诉我这件事，她说张志新，在她被割断喉管之前，她被强暴了。强暴凌辱，还被割断喉管。南下的声音在黑夜的树林里变得我认不出来，就好像，是她本人，而不是远在天边的张志新遭受凌辱。

她在宿舍里有时会说一说《伤痕》《爱的权利》，我肯定她也酝酿一个小说而最终没有写，喜欢俄罗斯文学，托尔斯泰像在她的笔记本里，还和我谈过文学的倾向性问题。但谈不下去因为我不懂。那些歌漫流在圆形窗口十二个人的大寝室几乎人人会唱除我之外，《山楂树》是女声《三套车》是男声。

茫茫大草原路途多遥远，有个马车夫将死在草原。一条小路曲曲弯弯细又长，带我奔向迷雾的远方。真是又悲又凉在骨头里的凉。共青团员集合起来，踏上征途万众一心保卫祖国，再见吧亲爱的妈妈，请你吻别你的儿子吧，再见吧别难过莫悲伤，祝福我们一路平安吧。

这些歌全都像雨一样。

如果有一场暴晒那就是《年轻的朋友来相会》，合唱，比赛，小操场的舞台。年轻的朋友们，我们来相会，伟大的祖国明天属于谁，天也新地也新，光荣属于80年代的新一辈。一百瓦的灯光，冒汗的脸。在集体的合唱中有亢奋。

同窗共读就是相互招呼着，挎着挎包上台阶下台阶走小路穿树林从一幢楼到另一幢，宿舍教室图书馆食堂操场，樱树、桃树、悬铃木、银杏树、枫树、槐树、柳树和紫荆树，草间的泥土小路、砖石甬道、水泥林荫道，依山的重重叠叠的阶梯，讲义教材笔记本参考书油墨的气味在寝室和教室弥漫。

在无趣的课程中她带来许多神奇的事物，小小的发卡一种奇怪的笔漂亮的本子它们来自上海，一开学她就会送我小礼物，还有吃的，它们集合在一起犹如光芒升起在灰色的课本上。

光芒升起来，是苹果酱蟹酱小泥螺这些吃的东西，连同别出心裁的槐花包子甚至面条和猪油，甚至酱油和绿色的葱花，有多少吃的东西我想不起来。现在我才知道，它们都不是你们这些三十多岁的人的正常食品。而当年，简直称得上是惊艳，每一样都从你手上生出来源源不断。

枣红色的苹果酱我第一次看见，她从旅行袋里拿出来说这是苹果酱我就吃惊地问道苹果怎么能做成酱呢？我的家乡没有苹果只有黄豆能做成酱，朝鲜电影《摘苹果的时候》里有苹果它们像仙女一样脸蛋红红的在阳光下，为什么要把它们做成酱呢？它在我的舌尖上是酸甜酸甜的。蟹酱也是把蟹捣成酱真是一件恶心的事亏了有人想得出来，闻着是又咸又腥的我坚决不尝。面条和猪油是多么亲切它们升起在我的味蕾上使我看到寝室外的宿舍走廊，当时我们已经搬到了行政大楼的后面，走廊尽头有一扇大窗并不那么黑，水沸了在煤油炉的锅里，挂面、猪油和盐，也都一一在锅里，它们合在一起翻滚，合在一起散发出面香气，然后落在我的碗里面香沁人。

忽然想起螃蟹，一定是东湖里长的那么大那么肥，深褐的蟹螯用稻草捆着，是在哪里买到的我不知道。南下喜气洋洋的她宣布要蒸螃蟹给大家吃，星期天，三只螃蟹在她的脸盆里，她蓝边的脸盆里有一只天鹅三只螃蟹就趴在天鹅上，从没有见过这么大的螃蟹有拳头那么大，我们广西乡下的螃蟹比蜘蛛大不了多少它们在稻田的烂泥浆里，或者水沟的旁边或者泥塘里，我蹲在脸盆边端详那三只螃蟹不明白它们怎么能吃，如此坚硬的铠甲怎么咬得开呢？除非你是狮子。

我跟着脸盆到盥洗室，她解开稻草抓住螯钳让我用刷子刷遍螃蟹的全身，肚子的鱼肚白爪子间的缝隙连同它小小的眼睛和金黄色的毛发。姜末和醋混合在一起发出的气味让我咽口水，而我们家乡的醋都是白色的这种醋好生奇怪。每一个步骤我都要看得仔仔细细，我要知道一只螃蟹是怎样变得可以吃到肚子里的。她说很简单很简单她把三只螃蟹放进碗里，锅里放了水就盖上盖蒸起来。煤油炉的煤油依旧，火柴一划就点着了它们，走廊依旧，窗口照进来的平行四边形的阳光依旧，煤油炉上的铝锅依旧蒸汽依旧，但蒸汽上升的时候碗底的叶叶声越来越大，螃蟹就在蒸汽中。

她说，好了。她把锅盖一揭，浓白的蒸汽迎着我们的脸，迎着我的眼睛鼻孔和嘴扑过来，我往后一仰，再低下头时那三只螃蟹不见了，它们变成了橙红色因而我认不出。冒着热气鲜艳的橙色亮晃晃的在锅里，吹着气来到书桌上，三四个人围着坐好，大家都不知道该怎么办，而她细密的牙齿咬开了坚硬的铠甲是那样斯文，细壳套进大壳里像魔术一样完整的蟹肉整个脱了出来。

在这样的星期天总是有电影，下雨也有电影，小操场体察人心，即使露天它也是体察人心的。四周的阶梯一级又一级一直伸到树梢，高大的悬铃木环绕，抬头可以望见星星，学校发的小板凳是方的，每人一把我们坐在环阶上。下雨了雨伞一片，越过伞柄的缝隙银幕那头是黑白的远去的年代，那些人，那些遥远的地方，那些硝烟战火，或者，虚幻的浪漫和激情，在那一块大幕上。而雨水打在伞上溅到脚背，雨声时大时小打在雨伞上。如果下雪也一样，下大雪也一样。双脚埋在雪里，雪花飘过银幕。黑白片，巨大的冰山迎面撞过来，好像脸上一片冰冷，脚是木的双脚陷在雪里雪花在飘，幕上的轮船无可挽回，它要沉没在冰海里，船舱内外一片混乱脚步杂沓天空漆黑，一个男子在甲板上拉小提琴，琴声飘到雪花上纷纷扬扬。声音是有脚的，而船在下沉海水已经淹到了拉琴人的脚。她泪光闪闪。

一个三十多岁的人总是这样容易落泪，而顾彬彬不会哭，她像一块石头，足够坚硬和冷静。

那些不同寻常的事物还包括连衣裙，那件布做的连衣裙，白底，布满棕色的V字形图案，她陪我到小东门买的布，12路公共汽车，斜坡窄路摇晃着。花色实在太少，好看的没有，但这块布是最好看的。裙子不知所终，不知它现在到底在哪里。大学毕业前的最后一个夏天我总是穿着它，而她自己不穿连衣裙只穿半截裙，她说今红你喜欢连衣裙吗？我来给你做一条。她的剪刀不知是从哪儿来的，她的尺子也是，剪刀铰在布上发出滋滋的声音十分悦耳，缝纫机是哪里的我一点都想不起来了，难道是学生会的？我到过一次，那个小屋的角落里堆满了红旗，红旗堆中有一台落满了灰尘的缝纫机么我一点都想不起来了。总之，她踩着缝纫机的踏板抿着嘴，一连串轧轧轧轧的声音连衣裙就做成了。

整整一个夏天我都穿着这条裙子。放暑假我仍穿着它穿到南宁我姑姑的工厂，红砖房子阔大的车间数个食堂篮球场一排排水龙头，我穿着这条裙子出没在红砖平房的生活区里。之后我回到乡下和我外婆到小镇上合影，她坐着我站着仍然穿着这条布裙子。

算起来这是你的第一条连衣裙，没有好好留着。深情厚谊过了很多年才能重新想起。一个人过度关注自己，四年都没有从自己的壳里钻出来，四年完完全全白过了。跟谁都不爱说话，跟人隔着一层雾，跟整个世界都隔着一层雾，而你整个人也都在雾中，这雾怎么都拨不开你根本也不去拨它，也就等于隔着山隔着水你谁都看不见，好像什么事情也都跟你没有关系。

整个大学生活就像冬天澡堂里的蒸汽，她的脸从蒸腾的水汽中露出来，她们少数几个人的脸影影绰绰地露出来，很快又消失在蒸汽中，简直没有完整的事件，没有故事，支离破碎，灰秃秃的就像你留下来的全部大学时代的照片，洗印粗劣更兼保管不善，白的地方是灰的，黑的地方也是灰的，照片新的时候是浅灰，隔了三十年变成了灰黄。校园里的湖光山色也都跟随着，灰成了一片。春天樱花开得烂漫，却也是灰色的，春天的紫荆秋天的枫叶，一统笼都是灰的。倒是冬天，整个寒假屋顶白雪不化，图书馆行政楼教学楼宿舍食堂所有的屋顶都积了雪，厚厚的一层，顺檐头滴成冰柱，笋节嶙嶙，如同溶洞里的万年钟乳石，所以雪地里拍的照片倒不是灰的，白得简洁、寒冷，比起灰色爽目，却也仍有另一番萧索。

站在一棵大树的旁边，穿着姑姑穿旧的皮棉鞋，全身臃肿，阔大的棉裤，裹成粽子的棉衣，棉衣外面套了一件深绿格子的呢外套，是新的，姑姑专门买了寄来，挡寒实用，式样难看，但比学校发给困难学生的棉衣要合身一些。深蓝色的棉外罩，肩很宽，袖长超过中指，在宿舍看书自习可以披着，只有一床棉被特别冷，所以又可以压在被子上面，沉甸甸的相当于另一床棉被。

床上的褥垫学校都配发，是稻草编织。班里统一领回，人人都有，不论贫富。稻草的气味宛如家乡，冬天稻田里伫立的稻草人星罗棋布，干得发白，或者，淋着雨冒着烟是深黄的颜色。家乡的稻草垫也是这样编织的，一握一握，用辫子编得紧紧的，一根都抖不下来，铺在床板上，再铺上草席，坐上去，厚实暖和富有弹性。一个好的大学就是这样。

最冷的时候总是坐在床上，穿着棉衣坐在床上盖着被子。冰天雪地，屋子里没有阳光。寒假从来没有回过家，每年的旧历年都在学校过，寝室里只剩下独自一人。走廊是空的，盥洗房、厕所、开水房、澡堂，鼎沸的人气消散了。水槽是干的，打饭不用排队，你一直走，两旁的树枝压满了雪，通往食堂的小路边也是厚厚的雪，路中间踩出来窄窄的一小溜。一勺饭一勺菜叮当两下拍进碗里，最好是站在饭堂里吃。路上飘着微薄的热气，回到宿舍就凉了。

大年三十，在通往食堂的雪地上连连打滑，上二楼又上三楼，楼道都是黑的。把两只碗放在地上，开门，拉亮灯，雪白的日光灯照亮了空无一人的寝室，又到门口的地上端起饭碗放到书桌上。而这时候，南下给你的明信片正在路上，风雨兼程火车隆隆，而你不知道。

那张明信片，贴着的邮票是一朵红色的莲花，佛座莲，一大朵莲花两张墨绿色的大荷叶，多少年后你还记得。落款写着你熟悉但至今没有去过的“上海襄阳路某某号”，正月初二，它逶迤而来，而天空晴朗湛蓝，校园银装闪闪。

然后7点半，电影就要开场了！

在小棉袄的外面套上学校发的大棉袄，围上大围巾。小板凳抓在手上直奔小操场，连着放两部好片子。入口的小门，黄色的灯光也洇着一层雾气，四面都有人拥来，人人嘴里哈出的白气都聚到了门口。原来有许多人都没有回家过年。刚下过雪，没有风，地上的雪是硬的，前面已经有人踩过了，板凳放在雪地上，双脚搁在雪地上。

穿着小叶借的翻毛皮棉靴，小叶说今红你不回家过年我的靴子留给你穿。她戴着眼镜沉潜深流，部队子弟但不知道是什么地方什么部队，她寒假是回郑州还是西安还是南京？哪儿都是很冷的她为什么不穿着她的皮棉靴？隔着一层雪想起小叶而电影开始了，是《新闻简报》鲜亮的彩色从后脑勺直射过去。

同学都是好的。一个初三来，另一个就初四来。初四来的是曾觉之，她拎着一只饭盒，用几层毛巾裹住，花生炖排骨连汤带肉还冒着热气，她说我担心凉了一路赶着，学校又没处可热。要趁热吃，她满意地坐在一边。你大口吃，排骨是炖烂的花生是面的汤正浓味正醇。你大口大口毫不斯文，而觉之坐在一旁。她还带来《莎士比亚全集》第某卷，她总是带书来给你。她说，寒假寝室没人，冬夜拥衾读书是人生一大快事啊！这些话真是熨帖让人不由欣悦，人万不可自怜，不可自怨自艾。初五去了励宪家，和她全家玩成语接龙。初六李迎风，她带来了内部电影票，下午2点，搭上公交车，去洪山礼堂。

同学都是好的，学校也是好的，是你不好。

你为什么不好，你不知道。

食堂的角落里忽然出现一堆新鲜的灯笼椒，形状像小小的长灯笼，肉厚，不辣，当年极少看见。这样新鲜的菜蔬让人精神一振，它们被卸在食堂大门的背后，深绿色的，饱满的，有一两只破了皮，发出微微的鲜辣。

它们是伙食中花枝招展的客人，是日常伙食平凡的汪洋大海之上的一艘船，日常伙食是连绵不断的红菜薹炖肉片和莲藕炖肉片，此外还有什么再也想不起来，是不是还有大白菜和土豆，总之统统都是炖一大锅炖得烂烂的它们连绵不断。而绿色的光芒升起在食堂的门背后，那么多那么饱满，鲜艳紧致，它们何以出现在这里？什么时候能到我们的饭碗里？千万不要炖一大锅，千万要一镬一镬地炒，还要配多一点猪肉和酱油，把镬底烧得旺旺的，绿色的椒片和金黄色的猪肉片均匀混合，相互辉映，自个亮晶晶地把对方也照得晶亮，两方的香气混合，从镬里升起，漫过窗口和食堂，跟随饭碗去到宿舍。

灯笼椒，它果真是稀罕的，南下说，肯定是用来做毕业聚餐的菜。

不由得提前想那顿最后的晚餐，饭厅，圆形的饭桌横的竖的都整整齐齐，这是当然，因为圆桌子折叠起来，就摆在饭厅的两侧。上一届的毕业餐就是这样的，仿佛还铺了白色的桌布，仿佛有许多大灯亮如白昼，仿佛一圈圈的玻璃杯里透明的酒液都纷纷发出清脆的声音。杯子互相碰着，人人的脸都红着，发着光，有人哭，有人笑，有人默着。毕业的盛宴就会是这样，它隆隆地开过来，让人感动又难以想象，我们平凡的食堂，平凡的饭厅，积满灰尘的桌子，难道就要与那辉煌的盛宴迎面相遇了么？

小组鉴定做过了。分配方案宣布了。大龄同学在毕业前结婚，大龄的女生，她忽然穿着臃肿的棉裤，给大家发糖果，说登记了，又邀请大家去她的新房，是借的一间宿舍，四面刷了石灰，白得明亮，有一张双人床，床单是粉的，枕头也是粉的，棉被叠得整齐，是大红的缎子面。房里有一桌一椅一柜，此外几乎是空的，窗上贴了一对红色的喜字。同学含着笑，请大家坐在床上。大家都说好，说简单是最好的，最大气不过。新郎很是普通，与今红预期的不一样，不高大英俊也不才华横溢，而且家是在县城。女同学生在教授的家庭，天天注意保养，总是要用温水洗脸，再用冷水拍脸。每天早晨看见她往脸盆里倒上一点开水，脸盆飘着热气，她也飘着，一路从走廊的这头飘到走廊的那头，飘进水房。

结婚是庸俗的事情。吃喜糖，一个眉目不清的男人，柴米油盐酱醋，粉色的床单和枕头也都是庸俗的。心里并不替同学欢喜。但听见励宪说，又听见南下说，她们都说，人生的一个重要阶段就走进去了，稳稳地开始新生活，也不惊慌也不埋怨，总是好事情。20 世纪 80 年代初，一个禁欲时代尚未真正结束，个个都是谨慎的。临到毕业，地下的一对一对都到了地上，各人的对象也都从各处赶来，分配在即，都怕被分到遥远的边疆。

生命的真相仿佛哗的一下揭开，露出了许多未曾料想的东西。男生的女朋友，来了就住在女生宿舍，女生的男朋友，来了自然是住男生宿舍。岔三隔四地，走廊寝室，进出着生面孔。武汉本地的同学，也常常不在学校住。床是空的。

惊异地感到新鲜，但人是呆的，懵懂。一直都是懵懂。在书里明白，一不在书里就糊涂。书本就像榨汁机，把今红榨得不识人间烟火。

懵懂着忽然听说下午就是毕业大餐。但是奇怪，中午到食堂打饭时却不见端倪，大圆桌仍是靠墙摆着，连灰尘都未掸掉，屋顶也不见多拉一根电线多安一盏灯。只是，仅仅是，门背后的那堆灯笼椒，真的不见了。而且，伙房里人气沸腾，有炸鱼的香气传出。一辆小型货车，停在了食堂的后门，一箱箱的啤酒被卸在空地上。

在寝室里大家招呼着要把书桌拼起来，今红问拼桌子做什么用，大家就笑，南下说今红你这个糊涂虫，晚饭是毕业餐呢，大家要好好吃一顿。今红就更糊涂了，难道要在寝室，这么郑重的晚餐？

像焰火一样明亮的晚宴，一百瓦的大灯，一排排的圆桌子，白色的桌布透明的酒杯叮当响成一片的风光，一样都没有出现。全班聚餐都没有，连小组聚餐都没有，男生女生不在同一幢楼，这顿重要的晚餐，是在各自的寝室。

多么扫兴。

黯淡，不像样。但人人都懂事，都是生活千锤百炼过的呢，不怨。大家帮学校找理由。一个说，上届工农兵学员，人少，食堂当然能装下。另一个就说，七七级人多，就算有大饭堂，也找不到那么多的桌子椅子。大家心平气和，拿了各自的饭碗饭盒，穿梭般地走在食堂和宿舍间的小路上。平日用来下面条的锅，本地同学从家里带来的大盆小盆，统统出动了，盛着炸鱼、粉蒸肉、排骨、红烧肉、烧鸡块、炸丸子。还有那稀罕的灯笼椒，果然是炒得亮晶晶香喷喷的。还有汤呢，是骨头炖藕。还有米饭，给北方同学准备了白面馒头。拼起来的书桌都摆满了，又通知说每人还发一瓶啤酒。

人人都在路上穿梭，这么多菜一次运不了，有人来回三次，有人来回四次，最少的也去了两次。把相同的菜归齐在一处，饭碗空出来，倒啤酒，或者用漱口的搪瓷缸，大的小的，花的白的脱了漆的，乱糟糟地碰杯，声音难听。寝室里仅八人，吃了一时就没了气氛。各人端上自个的搪瓷缸串门找人说话道别，也有人约着到男生宿舍那边。书桌上的七碗八盆才吃了小半，菜凉了，汤也是凉的，面上结了一层凝油。寝室里只剩了南下和今红，南下说，把喜欢吃的菜夹到碗里，我给你倒上滚烫的开水烫一烫就热了。

寝室里静得像平常的星期天，女生宿舍，没听见有什么闹酒的喧哗声。隔了两三个房间，听见传来哭声，是那个爱在水房大声唱歌的短发女生，政治经济系的。楼道里有人轻声议论，说她被分回老家，一家地区工厂的政工科。南下分回了上海，今红分回了广西。有十几个人分到了北京，十几个人留在了武汉。先前有风声说有青海和新疆的名额，后来又取消了，因为年龄大了，能照顾就照顾，几乎人人都分在了省会城市，京沪穗，南京昆明西安长春，人人都心平气和的。老顾考上了公费留学生，如愿以偿。曾觉之则考上了本校的研究生。

学校很快就空了。宿舍食堂，操场走廊，图书馆，日见寥落。寝室七零八乱的，人人都在打包，捆的捆，扎的扎。每个人都去买了一捆麻绳，纸箱和木箱，也都从各处找了来。书籍码进箱子，被褥塞进帆布袋，用毛笔写了姓名地址。李迎风从部队要了一辆军车，全班的行李都运到火车站办了托运。

今红走的时候是顾彬彬励宪等一干人送到火车站。老顾向来是独往独来，这次毕业送站却来了好几次，样样事情她都是做到十全十美，令人叹服。

不论亲疏，能抽身的都来送行，大家纷纷说，这下一别，一辈子可能就见不着了，这话一说，引得人人想哭。挥手告别。火车缓缓开动，乱纷纷的只听见喊道，写信啊记得啊路上自己小心啊。

是在1月，空气冷而湿，探出的头缩回车厢，一阵风扑进来，声音就远了。

南下没有考研究生，最后关头放弃了。她说孩子都四岁了，一直放在上海奶奶家并不好。话虽如此说着，南下却变得沉默起来，吃得也很少，人瘦了，像一个失意的人。今红没头没脑找话，说这个专业太无聊，送给她研究生也不读。

毕业餐一吃过，南下就先走了，因为妈妈病重。临走，南下跟今红告别。她说，今红你什么时候到上海来玩，我带你逛淮海路，你要去看看外滩，那一片建筑很漂亮的，像欧洲。

今红把南下送到公共汽车站，临上车时南下又说，一定会到南宁看她。车很快就来了，人不多。上了车，南下从窗口向今红招手，肯定还会再见面的，她脸上的梨窝露出来，很肯定地说。今红也招着手说道，肯定肯定。今红认为，即使别的同窗今后见不着，南下是肯定可以再见到的。车身一晃就开了，两旁是高大的悬铃木，冬天的树枝光秃秃的。车子缓慢地向着光秃秃的远处驶去。

三 樱花

已经是4月中旬，樱花掉得差不多了。虽说过了三十年，但樱花每年都是不早不晚，到了4月初就开出来。老斋舍跟前的樱花总是开得繁盛，一片一片的，层层叠叠，有多远的枝就有多远的花朵。从这头望向那头，真是像密实的云层，一层浅红一层粉白，既是密的，又是轻的。再想想别的花，梅花疏落，桃花太实，牡丹呢，太张扬富贵。玫瑰好是好，但每家花店都摆着一大堆，不论春夏秋冬，一年三百六十天，再好的美色也被耗损掉了。只有樱花，经得起回味。尤其是夜晚，满月，一轮金黄色的大月亮垂着，不高也不低，一树繁盛的樱花浸满了月光，温润、神秘、难以企及。而你站在老斋舍的台阶下。然后，在记忆中，层层花瓣微微翕动，分泌着月光，跳荡、起伏，花朵汹涌。

樱花说谢就谢，一阵风吹过，或者一场小雨，没什么声息的，花瓣就落了一地。你哪怕仰酸了脖子，也不会找到一杈树枝有超过五朵花的，短得就像一场梦。

本来说好在樱花开的时候回母校聚会，班里的组织同学给每人发了电邮，邮件的标题是“樱花时节又逢君”，主题是“相识三十年大聚会”。为了耸人听闻，又说是最后一次大聚会，因为全班五十四人，大的已经六十岁，小的也接近五十，在单位里有点小权能利用，也就这一两年。不料邮件发出没多久，组织的同学单位遇上要紧事，只好往后延了一个星期。

就变成“落花时节又逢君”。

4月多雨，却忽然又会停了出太阳。厚外套，冲锋衣。自然要穿户外活动鞋。徒步鞋有点重，跑步鞋虽是耐克的，却是网面，不防雨。应该再买一双户外休闲鞋。裤子，深蓝，铁灰，或者干脆就是军绿。

二十多年跟任何人不联系。开头两年，写信。写信是好的。南下那笔娟秀的字如同她浅浅的梨窝。她总是写满两页纸。她无论多少岁都是那样年轻。她在上海买过一双鞋让人捎来。圆头，半高跟，鞋面是浅灰色的，很奇怪。她好像能看见你身穿连衣裙脚穿浅灰皮鞋的样子，与那件她亲手做的裙子配得像姐妹。每天都穿着。南宁漫长的夏天，黄昏，星期天，民族广场，新华街，民主路，建政路，七星路，桃源路。老友面，炒米粉，酸笋，炒田螺。新华书店展览馆露天电影场艺术学院的红男绿女，人民公园后门的菜地有微臭的大粪味，棕榈树宽大坚硬的长树叶和木菠萝丑陋的牛肚果纷纷从身旁掠过，而你骑在自行车上。

不如意。无方向，涣散，寡淡，学业无长进。更糟的是恋爱谈得一败涂地，弄得对自己也百般嫌弃。谁都不想见。而南下她忽然说要来南宁开会，说她来看你来了。你竟然躲回乡下老家，说是病了。连她都不见，她几乎是专门从上海来，本来她不要来开这样的会。完全不通情理。

她来了，又走了。仍然写信。温润而娟秀的手书，仍然是密密的，荡漾着，是人间不变的温暖。她还说，去南宁没见着你，你到上海来玩吧，我带你逛淮海路。上海有许多好看的皮鞋，并不贵。你那双，估计磨得差不多了。

没有去不知道为什么不去日月流转一年又一年。忽然收到一封信，信封是生的，上面的字亦从未见过。信从上海寄出。地址也并不是熟悉的“上海襄阳路某某号”，难道出事了？拆开信见到一帧照片，天很蓝，红色的墙，浓绿的树，她笑着，面容明亮，阳光在跳荡。很短的头发，天然微卷。穿着裙子很有风度，手里搭着一件米白色的风衣。照片背后写着字，是美国某地某大学。有两页信，她特有的字形，密密荡漾，一行又一行。夏日的绿荫令人心安。

她说信是托她妹妹转寄的，她到美国有一段时间了，还没安定下来，请按照新的地址给她写信，多告诉她一些事情，她很想念老同学。她改了名，去掉了“下”字，叫林南，因为不愿跟不相干的人解释这个词。她已经四十多岁了为什么还要去美国真是奇怪，而且名字都改了。人世深不可测。她在那边过得怎样。照地址回了信，却长久没有信来。从此音信断绝。

今红再也没有收到南下的信。她跟班里同学也断了联系。咬紧牙关谋求发展。换了专业，跳槽若干次。从一个城市到另一个，从南方到北方，又从北方回到南方，最后居然又回到了武汉。辗转下来，面目全非，心肠亦不复原来的心肠。二十六年下来，全班五十多名同窗，不但早就没了联系，平日里连想都想不到。大学四年，也都一并忘得差不多了。

直到去了一次黄冈，今红才忽然怀疑自己是不是变成了混凝土，那样坚硬，针插不进。江水一样的日常生活，川流不息，泥沙俱下挡也挡不住，寸草不生。为了拔掉自己内心深处的自卑感、不安、别扭、戾气，把存贮在生命中的那些有水分的东西，那些不够漂亮的东西，那些既非灌木更非乔木的野草，连根拔起。生命变得光秃秃的，看上去光鲜，内里却是碎的。那些绿色的植物，它们在谁的手里呢？

黄冈赤壁，如同一块烧红的木炭丝丝冒烟，烟里冒出庐山、鄂州、工厂，工厂宿舍区的灰砖平房，空地上滴水的床单，肥皂泡，大木盆里的脏水。巨大的变压器，篮球场，门口贴着“庆祝国庆”的食堂，图书馆锁着的门，婴儿尿片，用脚蹬的摇篮，小陆，奔跑的男孩，落满灰尘的书架，《宇宙之谜》，韶华已逝的女人，苍白的脸，光线暗淡的房间，翻开一半的《红楼梦》。还有，林南下，她带着你，汽车火车江轮，她穿着细格子的衬衫。渡轮斜斜地穿过江面，江风浩荡。江鸥为什么不停地飞？

在黄冈，今红重新看到了整个大学时代，本来以为是一笔糊涂账，却忽然历历在目。嘴里有槐花的青涩味，眼前是月光下一层层的樱花。老斋舍、圆形的窗口和红旗、煤油的气味、走廊、小铝锅、面条、书桌上的面粉和螃蟹、大操场和小操场，电影、游泳、栏杆上晒的棉被、堆在食堂墙角的灯笼椒、小叶的翻毛皮鞋曾觉之的花生莲藕汤李迎风的洪山礼堂电影票，碎了一地的暖水壶内胆，闪着亮光在老斋舍的台阶上，而励宪笑着招呼，小今红，不要光站着不动好不好？今红你像木头人一样至今我还看见你像木头人一样，眼看着同学摔倒了还像木头人一样，而励宪就在你跟前。她忍住笑，教导你。她忍着笑说，你来帮帮忙好不好？你来安慰安慰同学好不好？

四年间的无理自私真是难以计数，时而懵懂，时而以小卖小，混沌难开，无孔无窍。她们站在台阶下，她们一个个地都站在台阶下隔着空气。仰着头侧着头你看见她们。

夜里一直下雨，到天亮，街上积了水，东一摊西一摊的。穿了深棕色的徒步鞋，军绿色的登山裤，深红色功能齐全的冲锋衣（防风防雨防寒加上自重很轻），总而言之，这副打扮不像这种年龄的妇女，倒像是赴南极的科考队员，或者，一名户外摄影师。今红想起有一年她在云南登高黎贡时遇见的一名女摄影家，漫天大雪，她一身大红的冲锋衣裤，神采奕奕，虽然据说有六十多岁了，但你绝对不能把她称为老太太。

想到马上就要五十岁，感叹时间正如闪电，不由得心里一惊。但比较班里的大龄同学，又觉得自己还算有活力，也还算年轻，不禁有点自得。哼着曲子，步履轻快，同时又立即意识到自得是一种低下的情感。她一边批判自己一边下楼。

从黄冈回来后她变得喜欢自我反省。

拖着一只九成新的小旅行箱到大街上打出租车。本来准备背一只背包，临了还是觉得箱子方便，可以装上应付更冷一点（晚上、郊区、户外）和热起来（太阳一出，一晒一蒸，马上会又热又闷，只能穿单衣）的各色衣服。

打车不太顺利，下雨总是这样。耐心等了将近二十分钟。从汉口到武昌那边的大学，绝不能算近，的士单程价格在五十元左右，但对今红，一个毕业二十几年没跟同学联系的别扭的人，这点距离简直就是咫尺之遥。这么近，却从不找任何同窗，简直匪夷所思。

直到从黄冈回来，今红才主动联系了班里同学。同学说这么多年都没有你的消息，毕业二十周年大聚会，到处找你都找不到，这下你自己冒出来真是好。隔了几天，正好有一个男同学从青海来，大家趁机聚一次。洪山广场附近的一个酒楼，八九个人。到得早的，在打拖拉机。今红看到了大伙，想要表现出兴奋，但她又拘谨又忸怩，不知说些什么好，隔膜得厉害。四年间把生人变成熟人，二十多年又把熟人变成半生半熟的人。青海的男生在业内很有成就，红光满面的，还带来了女儿，女儿已经大学毕业，要考母校母系的研究生。今红放松了自己，坐在一个活泼的女同学旁边。她想说说这女同学的发型和衣服，却不料，一开口就问起了林南下。

林南下的事，你怎么会不知道？

同学侧过脸问。今红听了，只感到胸口往里缩，喉咙也开始发紧。只听同学又问，你跟她不是一直有联系的吗？没见今红搭话，同学便说，你真的不知道吗，南下不在了。

今红看着同学的嘴，似乎不太明白这个意思，只觉得光线暗了一成，她嚅着嘴唇呜噜呜噜的，也不知自己说了句什么。又感到有点头晕口渴。她打算给自己倒点果汁，端起了瓶子，却又忘了。听见同学小声地陆续说，好几年前的事了……美国，生了病……什么病不知道，可能是太累……才四十多岁……如果不去美国……网上……主页，悼诗悼文……以为你……谁都没想到，最先走的是她……好多年了，不在差不多十年了，九年。同学的声音很小，今红听到耳里，字字都像是震着的。

有人在饭桌的那头说话，嗡嗡地似乎提议干杯，一桌人纷纷站起，今红觉得自己也站了起来。但她立即又坐下了。她看到大家在说什么，但是声音奇怪地在很远的地方，一圈人的脸在灯下发着光，有的红有的白，他们关切地看着她，她不明白，想说句什么，嘴角咧了咧，没说出来。只是觉得，这望着她的一圈人愈来愈陌生。

不在世已经九年。今红坐在出租车里驶过长江二桥，她透过这斜拉桥的粗钢缆看到低远处的江水，浑浊、滞重，挟带着大量泥沙，从她的右侧流过桥底再流向左侧。

为什么长江在那么远？今红无端想起自己在黄冈赤壁问过的话。将近三十年前的声音，从雨中一阵阵灌过来，雨的气味缭绕着，南下的面容一时近一时远。而她不在已有九年。

出租车直接开进学校，老斋舍前的樱花果然稀疏了，一小簇一小簇的仍剩在枝头，也有三五人在照相。雨几乎停了。车子一直开到后山的半坡上，跟前就是学校的宾馆，原来叫招待所，现在叫山庄。

一进门就看见了两个同学，在大堂摆了两张桌子用来签到。大多数人前一天就到了，青海甘肃陕西，云南贵州湖南，北京广州深圳，正所谓全国各地五湖四海。大堂静悄悄的，房间里也似乎没有几个人。怅怅地微笑，想着没有南下。签到，交钱，领了日程表和名录，也是用一个纸袋子装着，里面照样有塑料文件夹、纸笔等，跟任何别的会议一样正规。问了一串名字，那些叮叮当当的名字，又繁华又素净又伶俐又平实的，也都一个个地到了嘴边。

心里渐渐满了，人也不那么别扭。

雨完全停了，今红放了东西也出来走走。据同学说，大伙都在校园里逛着呢，估计不是在图书馆那边就是在行政大楼跟前。绿色的琉璃瓦，布达拉宫，紫色的琉璃瓦，灰色的圆顶，理学院，生物标本楼，大操场小操场，高大的悬铃木，上坡下坡，上台阶下台阶，和二十多年前一样。也有几处生的，图书馆新楼和别的什么新楼，路愈扩到外围愈认不出，怎么也想不起来转到了什么地方。一直走到后山，从前没有路的地方现在不但有了路，而且是宽平好走的。

突然看到小路尽头的拐弯处有两树樱花，不但没有谢，反倒是异常地繁茂，粉色的花开得密密挨挨的，连同硬朗的树枝伸到小路中间。树下有人在照相。今红一边想着“晚樱”“大山樱”“关山”之类一知半解的樱花品种名，一边快步往前走。快到跟前时看见排成一排照相的几位女士，她突然站住了。

她们没有注意到她，正忙着轮换组合，双人的，三人的，有人脱了外套，有人帮着拿提包。是她们，没错，老了一点，但好像也没老多少；有的胖了一点，但好像也没胖多少。总之，时间不像是过去了二十六年，只是像才过了七八年或者三五年。她站着看，又往前蹭了一点，忽然她们停下来，望着她迟疑了几秒钟，然后，双方大叫着互相扑过去。云南的小苗甚至跳着噢噢噢地喊起来，还举着手用掌心拍了拍。小苗永远都是孩子，其余各人，从前拘谨的现在仍拘谨，活泼的自然也仍活泼，爱张罗事的也还爱张罗事。所以说，谁都没有变。

又开始一轮照相留念。三三两两组合。忽然有人发现，这六个人里有五个是在老斋舍的时候同一个宿舍，就是那间正对着图书馆的大屋子，墙上有一扇圆形窗口的。而从前，这几个也似乎是这样地在樱花树下合了影呢，真是太巧了！一伙人叽叽喳喳着，小叶低着头，从她的提包里拿出了一张旧照片。黑白，三寸左右，照片洗得不太好，是男生在宿舍洗印的，他们收了一点工本费，特别便宜。

几个人头挤头看这照片，一时静默。

林南下，她微笑着站在这照片的中间，她们在她的两边站成了一排，头顶樱花正盛，阳光洒在身上。那时候每个人都是那么年轻，最大的南下也不过三十岁，今红只有十九岁，扎着两只羊角辫，站相又傻又骄傲。都穿着那时的一字领衣服，脸上盛开，真是像花一样。看了照片才能明白，时间不是才过去了三五年或者七八年，而是确凿的二十六年。人生的大半其实已经过去。而过去的时间在照片里，再也不能回来。林南下，那么美好的人，她也永不能再回来。

小风吹过，落了一片水滴。众人无语。小叶又从提包里拿出一幅照片，是彩色的南下单人照。她笑着，面容明亮，蓝天红墙绿树，阳光跳荡。很短的头发，天然微卷。穿着西服裙，小臂搭着一件米白色的风衣。虽然不太年轻，却也仍然风华正茂。十几年前，今红也收到了这样的一张照片，搬了几次家，就不知放在哪里了。

有人提议按当年的队形再拍一张照片。立即就站好了，南下的位置空着。小叶便把手里的照片举起来，正面朝向镜头。五个人，加上照片上的南下，一起站成了一排。头顶是樱花，南下在小小的照片里笑着，其余的人，肃穆着站得笔直。

就这样照了相。

中午在东湖边上的餐馆吃饭，竹子架起来的水榭，顶上有茅草，檐下挂着一只一只的红灯笼。大家都到了，坐了五桌。多年不见，互相认着握手，说笑喧腾，闹得像马蜂炸了窝。点了人数，有十余人未到。曾觉之在美国，已经是业内顶尖权威，常年在世界各地巡回做讲座。在美国的还有顾彬彬等好几个，但老顾无论如何也联系不到了，当年她是公费留学，之后没回来。班上能折腾的有不少，李迎风成了律师，当年的“思想家”是一家上市的高科技集团的老总；入学时就懂六门外语的“博士”则编成了好几本词典出版；在部队的老高，升了将军的军衔。有人成了书法家，有人任了纪委的要职。最凑巧的是宋姓男生，一毕业就去了德国，二十六年杳无音信，他忽然就在凤凰卫视上冒出来了，是访谈节目的嘉宾，身份为德国某大学政治学教授兼中国问题专家。大家觉得自豪，纷纷说，这家伙，想不到。班里最能折腾的是毕和平，毕业留校，又辞职去海南，复转战深圳，再回来，拥有一个集地产和旅游文化于一体的集团，底下有好几个公司，规模甚大，常常出现在本地的报纸电台中。只是被认为最有前途的王劲，病重没来，大家觉得极可惜，大学毕业没几年，他就在高校搞改革，上过《光明日报》头版头条。风头正健的人，不知怎么就病了。

日程安排得紧凑，汇报、恳谈，现任校系领导、当年的老师、在校学生代表，能来的都来了。都老了，也都不服老，说要好好锻炼身体，争取四十周年的时候再见面。热泪盈眶，老少都受了感动。去东湖磨山，湖面开阔，草青着，树上开着花，大家说起当年在此野炊。过了二三十年，人人长了人生的阅历，该闯的关，闯过来了，该吃的苦，都吃完了，孩子也都长大了，有的出国，有的读研，有一个，考上了博士不去读，却偏要当外国航空公司的空姐，长得又高又漂亮，大家赞叹着传看照片。总而言之，只要身体健康，好日子还有的是。

大家从容地在湖中间的堤道上走着，两边都是水，一边是划艇队在训练，划桨一起一落，小艇在湖面的微波中滑行。另一边是游船，木的，船肚够宽，放了小茶几和椅子，两边的船檐也挂了红灯笼。闲闲地，看了这边望那边，踏青的大学生一伙一伙地穿插着越过这群中年人。

又去省博物馆，汉风建筑气势恢宏，镇馆之宝眼花缭乱。战国时期的越王勾践剑在玻璃罩里越过两千多年的光阴闪着菱形的光，曾侯乙墓的编钟听说是仿制的，好动的就拿了木槌当当敲响。又去了长江大桥，江滩雕塑，火车隆隆地从桥上开过，抬头望去，一缕白色的蒸汽从龟山蹿着就到了蛇山。一众人坐着毕和平集团的大巴，一日之中过了长江大桥和二桥，又过了红色的汉阳桥。过汉阳是参观琴台大剧院，辽阔的面积，一组像琴台的大建筑，又抽象又具象，又气派又别致，莫非就是建筑中的未来主义？最绝的是隔着一片一两百米的泱泱大水。对面设计了露天观众席，夏天夜晚，天上繁星或圆月，水中亦然，人在水天之间，与星月成一体。大家惊叹，北京的同学纷纷说，这比国家大剧院和央视新楼更有创意呢，把一个古琴台的魂魄弄得出神入化。

所有的人都心情很好，只有今红不好，也不是不好，只是不兴奋。她闷闷地，身体发紧，夹在一帮人里面，前后左右都搭不上话似的，也没有说话的兴致。她感到自己仍像当年那样别扭拘谨，这么多年过去了，在人群中的孤独感不但没有减弱，反倒莫名其妙地加强了。每到一处合影，她总是站在最旁边，瞪着眼闭着嘴，不管是叫“茄子”还是叫“田七”，她都一概不出声。江滩的雕塑，是古代传说神如何镇河妖治水，毕和平起劲讲解，妙语迭出，大家挤着听他讲。今红避开人堆，自己从头到尾走了一遍就坐在了石凳上。江水浩大却听不见水声，今红心里沉沉的，一会想到林南下，一会又想到子在川上曰逝者如斯夫，心里一时是空的，一时又是沉的。

在去蔡甸的路上下起了雨，雾也起来了，先是一阵一阵的，渐渐就浓了，路边的水塘芦苇，大片的田野都已完全隐在雾中，窗外是洇洇的白色大雾，前方仅二三十米可见，车开了前灯。蔡甸有一个毕和平新开发的旅游项目叫“高山流水”，毕和平是一个有大把想法的人，一套一套的说辞，能把死人说活。蔡甸的这片地名叫钟家山，也就是传说中砍柴的钟子期听俞伯牙弹琴的地方。峨峨兮若泰山，洋洋兮若江河。毕和平在这里搞了高档酒店，又配套搞了茶园竹园水榭，亭台楼阁加上拱桥。他请大家来玩。

车开得慢，后面的轿车都跟丢了，又停下来等。且雾且雨的，天完全黑了，又冷又饿，10点多才总算到了。毕和平的人马一直等着，人一到，立即敲锣打鼓，在毛毛细雨中还起劲地舞起了狮子。停车的空地没有点灯。狮子在黑暗中扭动腾挪，踩着响亮的鼓点。从车上走下，腿麻着头昏着的人，一时全都振奋起来。

雨竟停了。露天的烧烤，炭火在夜雾中通红，有火光明灭，有烟。空气中有烤肉的香气。空地边上搭了几溜窄棚，棚下是连着的一溜案桌，上面摆满了各式洗净的蔬菜水果调料，烤好的肉和未烤的生肉，有的在盘子里，有的穿在了铁扦上。而空地中间堆着几截碗口粗的枯木。烤炉的炭火哔哔剥剥响，火星乱飞。有风过来了，雾似乎在远处退去。吃了烤肉和蔬菜，又有鱼和虾，又有用豆子焖的米饭，还有热腾腾的汤呢。身上暖了，人也精神。看了表，已经12点，篝火却刚刚开始点。

一个人把几根细小的干树枝架在中间，把几团揉皱的报纸塞进去，他先是趴着，然后是跪着。唰的一下划着了火柴，火光忽地照亮了他的脸。脸是棕红的特别厚凹凸不平似的，定是乡下的农人呢。火苗从纸团上四处蹿开，被风赶到架着的树枝上。然后，纸团熄灭了，风把黑色的灰烬吹起来，一片一片的。一根树枝上有一点小小的火苗跳了起来，又一点，又一点。火苗连起来，一根树枝烧着了，几根树枝都着了！火光照亮了农人的全身，他穿着一双解放鞋，在明亮的火光中能看见他鞋底沾着厚厚的烂泥巴。他手脚利索地、专注地把那几根大枯树干架起来，火焰仗着风势，哔哔剥剥地燃上去。

每个人的脸都照亮了。

空地上没有灯，在篝火跳荡的亮光中主持人说，现在请我们的小安唱一首歌。小安，班里最安静的女生，多年来她在遵义的一所专科学校工作，从未动过。她不慌不忙地站起，镇定地走到篝火下风处。听见她用细细的声音说，我来唱一首歌，献给林南下。一时都静了。她又说了句什么，大家没听清。主持的同学大声说，这支歌是我们小安自己作词作曲的，叫《对你说》。小安站得直直的，一动不动地唱，她微仰着头，脸上看不出表情。细细的歌声被风吹得一阵一阵的，在空旷中很快挥发掉了。火向上摆动，火焰连同黑色的烟红色的火星，向着下风的方向斜斜地扭着。

轮到朗读。当年和今红逃学去看星星画展的汉口女生，她念一首诗。这么多人中，变化最大的就是她。班里的才女，当年的倨傲已经消失不见，多年独身，听说到瑞士去了半年又回来了。是什么使她变得谦卑、内敛和沉潜？她有时写诗，从未听说过发表，也不拿到网上乱贴。她念的诗叫《彼岸的樱花》。

她的声音也在风中远去了。

有人提议不如大家唱一首歌，说了几个歌名，最后确定唱《冰山上的来客》中的《怀念战友》。一个男生以经过训练的美声开了头：天山脚下是我可爱的家乡，当我离开它的时候，好像那哈密瓜断了瓜秧……今红也细声跟着唱了起来，当我永别了战友的时候，好像那雪崩飞滚万丈，啊，亲爱的战友，我再不能看见……泪水突然涌上她的眼眶，并且顺着右边的脸流到了嘴里。她摸到了口袋里的纸巾，但她没有拿出来。她用食指按着脸上的泪痕，一边深呼吸，但眼泪还是没有止住。她不知道自己为什么会哭，仿佛是为了什么，但又好像什么都不为。眼泪滴到她的膝盖上，她感到绷紧的身体松开了，重浊的胸腔也变得清新起来。

木头快燃尽了，火势弱下来。几截炭木通红，还保留着原来木头的形状。浓雾已经完全散尽，露出了澄澈的天空。星星也出来了，这么多的星星难得看到，有的微红，有的金黄，有的则闪着白光，一直到树梢和远处的坡顶，简直漫天都是。今红觉得，这深夜的天空并不是完全漆黑的，而是有一点点蓝，非常非常深的蓝，深得深不可测，深得无限的蓝。在弱下去的火焰中，今红感到自己看见了重重叠叠的樱花花瓣纷纷扬扬，向着高远的星空飞旋，越飞越高，变得透明。这一景象是如此不可思议，以致今红的眼里再次充满了泪水。

2009年2月14日手稿完成

4月21日抄于东四十条

发表于《收获》2010年第2期

北流往事

一

瓦片从豆腐社的大木门出来的时候，看见老青正在看天，瓦片斜仰着头擦过老青的蓝布衫，闻见一阵万金油的气味，清香凉爽。他踮起脚看老青，头发只到老青的腋窝。

瓦片刚要仰起头看老青在看什么，忽然听见老青耳语似的问，昨夜你家的水缸裂开了吗？

瓦片很认真地想一下，然后皱着眉头说，没有。

老青便有些迷惘地看着他，好像不明白他说的话，她问瓦片，什么没有？你是说，他没有死？

瓦片正要说，你不是问水缸吗？突然想起外婆说老青这些天怕是又要发花癫了，都是因为蔷薇的父亲上吊吓出来的。

瓦片决定去找蔷薇，他已经有好几天没有见她了。

二

瓦片走到码头，他动作杂乱地爬上木头垛，一只脚卡在两根木头间，怎么挣扎也出不来，就用半边屁股坐着，另半边架在木条上，一时觉得很好玩，也新鲜有趣。太阳有点瘟瘟的，天空灰白得刺眼，晃得木头垛有气无力，瓦片很快觉得头发重发黏，像马尾松林的针叶一样垂滞滞的，这都是因为天太矮。

就闭上眼睛不看。

蔷薇蔷薇快从你的黑屋子出来，从你的留声机里转出来从你的大皮球里滚出来从你发辫的蝴蝶结里飞出来从你的红皮鞋的嘚嘚声中走出来，蔷薇蔷薇。

蔷薇赤着脚降落在沙滩上，红白相杂的绸质连衣裙如天空飘浮的降落伞，满涨河风，她胸前的飘带高亢地拍她的左肩拍她的右肩，意气风发。她双手高举一只像天空一样颜色的蓝皮球，天空的颜色在她的脸上身上头发上跳动闪烁，她用她那陌生的城市口音朗朗喊道，大家快来呀——

瓦片们很近地站在树底下，听这新鲜脆耳的声音听得芬芳馥郁充满诱惑。蔷薇的两条结实如莲藕的腿在阳光下白得耀眼，瓦片看到背带河的河水在蔷薇的身后挤来挤去簇簇拥拥又眨又闪，发出口哨般的声音。

蔷薇把皮球往树下抛，一道蓝色的弧线呼啸着射向瓦片的鼻子。瓦片掩鼻缩颈，歪了一下头，皮球从树身弹回去，怏怏地躺在沙滩上。蔷薇又喊快来呀——你们。

蔷薇和她的父亲在一个天空布满火烧云的傍晚住进沙街，农业局临街的那个圆形窗口便多了一幅窗帘。那窗帘蓝底白花，从街上望上去，原先黑洞洞的窗眼就有了一只漂亮的眼珠子，楼高招风，窗帘一飘一飘的，这只圆形的大眼就一眨一眨。

沙街凭空多了一只外露的眼睛，而且那么活灵活现，使大家觉得日子有些不好过起来。比如说，郑婆去挖蚯蚓，泼了一担茶麸水下去，仍然不见蚯蚓头冒出来，瓦片就看见他外婆脸上的麻点恨恨地亮了几天。老青抱怨说那只大眼眨眨地眨得人心慌，裁衣袖或是裤腿就总裁得一只长一只短，但是大家说老青根本没有资格抱怨，她自己就不知道是从哪里来的。甚至王建设也从街头走到街尾，说现在的白天太长夜晚太短，而且厕所里的电灯泡又被人偷走了。

大家认为不可思议的是蔷薇没有母亲。老青曾经好心地问过蔷薇，问是不是过世了？问你爸跟你妈是不是分开了？问你妈是不是在很远的地方？蔷薇一概摇头。老青就觉得事情确实不太好想了，又凭空感到气畅了许多，这样整齐漂亮的小姑娘没有母亲，这才公道，一个人不能把好事都占全了。于是老青在日益把裤管裁得一条长的更长另一条短的更短之余，大部分时间花在了从门缝里向那个圆形窗上的凝望中。

从窗口里探出头来的总是蔷薇，只有在下雨要关窗的时候老青才能看到她的父亲。那个男人把蓝底白花的窗帘一掀开，老青就马上感觉到心脏像一枚鼓胀的豆荚即将轻轻爆裂。她倚在门后，看那男人用手肘顶着玻璃，米黄色的府绸衬衫像一瓣玉兰花瓣，他另一只手解玻璃窗的钩子，动作敏捷富有节奏感。窗上斜光一闪，玻璃窗就落了下来，那许多优美的动作落在了晦暗的玻璃后面，供老青夜夜遐想。

玻璃窗落下良久，老青才闻到自家窗台上晒干的玉兰花瓣散发的幽香，一阵又一阵。风吹过来了，斜斜地刮。干成赭红色的玉兰花瓣就零散在地上，沙滩的沙土裹着它们，吹到河里。

三

瓦片被一声闷得像打屁一样的声音惊醒，他一抽身，左腿像叮了一腿的蚂蚁，一直麻到头发麻到指甲尖麻到眼睫毛，这时他又听见了噗的一声，闷闷的，还是有点像打屁，声音很近，就在木垛下面。瓦片屏住呼吸，听见一阵哧哧的笑声，像兔子咳嗽。瓦片缩起脖子，在木头之间找到一条缝，于是他看到了一颗头发刺棱棱的脑袋埋在一件粉红色的汗衣里，粉红色的汗衣柔软鼓胀呈半圆形，外面还有一件半敞开的蓝布衫，青皮红肉，刺猬头壳在汗衣左右挪动。瓦片看到刺猬头壳上的两粒亮疤，觉得眼熟，紧接着来了一只手，这只手有六根指头，第六根手指从手掌的边上长出来，样子像营养不良的生姜。瓦片猛地感到眼睛被碰了一下，他认得这只手，于是把眼睛瞪得更圆，看见这六指手按在粉红色汗衫的尖顶上，青筋暴起，像只蜘蛛，贼贼地在上面爬，又狠狠地抓捏搓揉，于是瓦片听到了粉红衫的胸腔里发出一声如释重负的呻吟。

瓦片又吃惊又迷惘，他继续看到粉红衫一点点沉没，沉没到他的视线以下，刺猬头壳的身体在他的视线内跃动，一上一下，节奏稳定。一只蜜蜂飞过来，刚要停在那脊背上，立即就被抖开了。瓦片听见背带河水远远近近地流，哗哗啦啦如瀑布飞溅。他感到水在他脸上流淌，他用手摸了摸头，头发湿漉漉的。这时他才发现木头垛也湿漉漉的了，本来浅白色的木头变成了泥土的颜色，发着亮。

瓦片在木垛上又坐了好一会，雨飘过去就没有飘回来，郑婆把这种雨叫作过云雨，是龙撒尿。郑婆是瓦片的外婆，因为长着麻点，瓦片就觉得她不太亲切，尤其是她用偏方给瓦片预防眼病的时候，瓦片更是认定她的每一粒麻点都是阴谋。

沙街前几年曾经进驻过一支天津的医疗小组，一个女医生和两个男医生在农业局的房子里住了整整一个月，用一种最新的医疗方法为沙街的人们治好了长年不愈的眼病。据郑婆说，沙街的眼病是住在街头的一位因患梅毒死去多年的老头在他小时候传进来的，郑婆一边往瓦片的眼里倒隔夜茶水一边胸有成竹地说些眼病的掌故。瓦片被外婆揪着头发往后压，身不由己地翻着白眼，郑婆就趁机倒进茶水。瓦片刹那间感到他的眼睛消失在沙漠里，又苦又涩的液体冰凉地迫进双眼，令人想起鼻涕虫。瓦片大声叫着，往郑婆身上吐口水，一使劲眨眼，把隔夜茶挤出眼眶，但是不敢挣扎，头发被死死揪住，一动就像头皮要脱掉，到最后瓦片只好眼睁睁地让郑婆将一大海碗的隔夜茶水全部倒进眼睛里才罢休。

郑婆松了手，看到自己黑布大襟前斑斑点点白花花湿漉漉一片口水痕，脸上的麻子反倒放起光来，汗亮亮的，她心满意足地欣赏着瓦片泪水滂沱的脸说，这小杂种。郑婆还告诫瓦片，不许对外人泄露这一偏方，虽然眼病在几年前就已经得到了彻底的治疗，但肯定是靠不住的，谁知道天津在哪里。

瓦片想起昨天吃夜饭的时候郑婆直勾勾地望他的眼睛，望得瓦片眼睛里满是又苦又涩的茶水味，瓦片临上床前果然看到郑婆从那只缺了边的瓦罐里抓了一大把陈年旧茶闷在瓦锅里，并且重重地舀了一大木勺水。

于是他决定今天少在家里待，他要找到蔷薇。瓦片抬头看农业局小砖楼的网形窗口，那块熟悉的蓝底白花窗帘已经不在了，窗口被木板钉死，看上去就像一只瞎眼睛，上面板结了厚厚一层壳，既睁不开，也闭不上，日日夜夜瞪着，让人无端感到脊背发冷。

蔷薇蔷薇，快从你的黑屋子里出来。

蔷薇像一条苍白瘦小的鱼漂浮在黑暗里，她腰肢柔软身体透明，四肢又细又长像河虾的触须，又像龙爪菊长长伸出来的花瓣。她摆动四肢，跳着一种难言的舞蹈，她像星星一样忽明忽暗地闪着光，头上戴着一个用萤火虫编成的花冠。她舞跳得越来越快，她的黑屋子的四面墙壁连同地板天花板渗出暗红色的果，果酱像舌头一样越伸越长，像火焰一样舔向她。瓦片做过一个类似的梦，不过那梦没有这么清晰优美。

瓦片几天前一清早就溜进农业局的院子去捉一种专门吃栀子花的蝗虫。夜里刚刚下过雨，蝗虫都躲起来了，栀子花落了一地，空气中弥漫着腥气，甜得闷人。

瓦片就是在那天第一次看到死人的。

那双脚毫无遮拦地光着，苍白着僵硬着，像石头一样满腹心事，脚拇指和第二个脚指头之间隔着，像微微张开的嘴，好像看到了什么可怕的东西，正要喊又没有喊出声。这双脚躺在农业局楼下的过道里，有人在说，人死了脸上就是不好看。有人慢慢地走到院子里，捡起几枝昨夜大风刮下的绿色的树枝，拖到尸体跟前，盖在脸上。树叶淌着水，被风折断的地方发出苦涩的清香，这种类似于栀子花的清香时浓时淡地钻进瓦片的鼻孔，使他觉得空气中充满了危险。

他站在草丛中，裤腿被草叶濡湿了几摊，凉凉地贴在膝盖上。他听见有人喊蔷薇，说这孩子她爸死了怎么也不下来。

瓦片像被石头打了一下，他又看了一眼那双很白的脚，然后就跑起来。叶尖上停留的水珠纷纷坠落，发出一阵清晰的碎裂的声音。瓦片左冲右撞，深夏的草缠着他的腿，裤子全湿了，一直凉到大腿根，裤子又湿又硬，像糊了一层泥浆，重得像是要把身体拦腰扯下。空气甜得发腥，地上的栀子花被水沤得蒸发出一种半透明的水汽，这水汽稀疏疲惫，久久不能散发升腾。

瓦片走上楼梯，这楼梯用一种坚硬的木材做成，踏上去让人觉得信心十足。鞋跟碰击木板会奇怪地发出一种类似于金属的声音，在正常的日子里使人精神振奋。瓦片赤着脚，因此他听不见自己的脚步声，只听见两条湿滞滞的裤腿互相摩擦发出唰唰的声音。

他听见有两三个女人的声音在喊，蔷薇，蔷薇，蔷薇，快开门。没有人回答。瓦片轻轻地一步步走上去。又听见那几个女声喊蔷薇，几个声音几乎是同时发出，像是有人小声说了一二三，预备——唱！三个人的嗓门都很大，震得瓦片晃了晃。楼上静了一会，突然蔷薇大叫道，你们走开！我不会开门的！

一阵细小杂乱的吱喳声过去之后，瓦片听见几双脚嗒嗒下楼的声音，就像一群花鹿在跑。瓦片背贴在楼梯扶杆上，几个女人鱼贯地从他面前经过，她们各自低头走路，没有人看他。瓦片像猫一样轻捷地奔到三楼，他觉得心脏像煮开的水，不断地冒气，他半张着嘴，凑近门缝。

蔷薇坐在离门最远的一个角落里，那里散着一堆书和杂志，她坐在这些书上，她旁边是瓦片曾经见过的留声机，一张黑色的唱片碎裂成几瓣，像大大小小的眼睛在地上反着光。

四

老青对着镜子看自己的眼睛，一看看了半天。她用手撑开了眼皮看，看到自己的左眼里有一朵玲珑得让人心疼的茉莉花，她使劲眨眼又睁开，茉莉花还是很安全地长在她的眼睛里，不大不小不歪不斜。老青一辈子用过的镜子不计其数，她年轻的时候以照镜子为生，左顾盼右顾盼，很得一时风流。但是自从她在一个月的时间内连续失手打碎了三面镜子以后，她的辉煌时代紧接着就风流云散，一去不复返了。

住在沙街上，每日听见硬秃秃的称呼：老青。不论男女老少，从早到晚，从吵架骂街到恭喜老青新年大吉利市，一概都是老青老青。老青像冬天里收割过的稻田上那一片割剩的禾茬，光秃秃干巴巴，没有希望，不可能再长出什么绿色的东西。没有人知道她的名字叫陈青萍，当年红蕉隐现窗纱，青萍的名字就像新鲜荷叶上的露珠，轻盈地在情人的嘴边滚来滚去，玲珑剔透，爱煞江南。老青现在想起来，青萍的叫法像是小时候屋后长的一种紫色小花，恍若隔世，无处可寻，剩下脚下的一片禾茬，声音干涩。

二十年后忽然有了一个火烧云的夜晚，那天老青吃过饭走出门口，就看见一辆解放牌卡车挤挤碰碰地开进沙街，停在农业局门口，从车头里走下身材修长文质彬彬的中年男人，他朝东张西望的小姑娘喊道，蔷薇，你拿着这个网兜，不要乱跑。

那嗓音圆润地滚过老青的心里，一时间，老青觉得有一千声耳语像炒黄豆似的蹦过来。老青当年在沙街下游几百里的小城，据史书记载曾有苏轼、黄庭坚、秦观这些文人骚客流放时路过，或住一两天，或停三五日，小城渐渐就有了不少文化，修起东坡亭，等等。老青早年耳濡目染，粗通文字，听了不少才子落难佳人凋零的故事，并且背过几首古诗词。这时那些支离破碎的词语不着边际不伦不类地涌上来，六朝旧事随流水，为伊消得人憔悴，是处红衰翠减，独自莫凭栏……正有些唏嘘之意，火烧云就暗了下来，像是有人恶作剧泼了一勺水，河面还有些一眨一眨的闪光。蔷薇和她的父亲早已进了农业局的院子，卡车上不多的三两件家什也已搬净，发动机正在起动，噗噗地响，喷着黑气，一股浓得发焦的汽油味直扑到老青的眼睛里。

第二天早上老青发现她放在门角的扫把长出了一朵蘑菇，肉很厚，白里透红，亭亭玉立，又有几分妖娆。老青极力回想昨夜的梦境，除了想起黝黑的河面漂着许多紫红的豆角以外就再也想不出什么别的东西来了，因此，蘑菇到底是什么意思？老青觉得有些不安，什么事情都不是平白无故的。老青把长着蘑菇的扫把举到窗前，仔细察看，看到蘑菇伞面的绒毛像淡淡的胭脂。

独坐良久。锦瑟无端五十弦。

老青用菜刀将木窗板削开一条两根手指宽的缝，这样她就可以站在窗子后面很方便地找到多种角度，或凝望农业局的圆形窗口或浏览沙街上路过的菜担子或者斜着目光听隔壁的动静。

右边隔壁住着郑婆和瓦片，老青讨厌郑婆喜欢瓦片。老青刚搬来沙街的时候，有一夜梦见一只铁锚湿漉漉地从河中央钻出，滴着油亮的水，上面冒着热气，闪动着许多紫红色的小花。老青心里隐隐地有一种久违的感觉，她正要细细地看好，这只壮实的铁锚吱的一声滑溜溜地插进河里，溅起的水花像野草一样蓬乱，湿漉漉地闪着光。老青在梦中感到全身软弱无力，她看到河水一下子全干了，露出河床的沙砾，龇牙咧嘴。第二天老青从衣柜里掏出久已不用的镜子，心疼地看到眉毛脱落零散，脸颊上长出了一块黄豆大的雀斑。老青看着镜子，极力回想昨夜那个奇怪的梦，她感到手心正在慢慢发热，像抓着一个温热的烤红薯。忽然郑婆一撞门进了来，嘴里说老青，天下雨蚯蚓就都跑出来了。

郑婆以加工蚯蚓为生，每天挑着一对大木桶，一顿一顿地出门，先折到街头，再从街头走到街尾。她双手摇晃着木桶，很内行地从每家的窗口看进去，似乎每家的床底下都爬满了蚯蚓。然后郑婆就自说自话讲些天气眼病夜里的梦，一边晃到河边的空地去。她对准一棵树或者一片草地，眯起眼仔细探究，然后将一勺茶麸水惊天动地泼下去，草叶齐齐地压倒，贴在泥土上，又纷纷抖着尿黄的茶麸水挣扎着起来，茶麸水渗到地孔里，吱吱地响，冒着一些细小的水泡，像有人或什么动物在上面撒了一大泡热尿。郑婆坐在扁担上等蚯蚓从地里钻出来，最好是肥肥的那种，剖开仍有两指宽，这才像“地龙”。整个镇子加工蚯蚓的只有郑婆一个人，年轻人关于蚯蚓能入药能吃进嘴里然后利尿定惊降低血压等有关知识，都是在郑婆满身散发着腥气用篾条捅蚯蚓的时候知道的。郑婆坐在自家门口，一左一右放着两只大木桶，桶里装着像鼻涕虫一样滑溜发亮的蚯蚓。郑婆把手探进桶里，抓起一把蚯蚓放进一个瓦钵里，削得像刀片般锋利的竹篾尺把长，挑起一根蚯蚓，不动声色地从蚯蚓头捅将进去，开肠剖肚，一摊稀泥似的东西黏糊糊地溢出来，不知到底是血还是尿，总之是肝胆涂地屎尿横流。

腥气从大门飘进里屋飘进厨房，又从后门飘到河边，在河边钓鱼的人都闻到腥气了。郑婆把刮干净的蚯蚓片挂到竹架上，让太阳晒干让风吹干，干了才能拿去药材收购站。因此每年春天的三个月里沙街总是充满了蚯蚓的腥气。沙街的人走出去，身上发着腥。隔着三五步远的人就闻到了腥气，就说，你们沙街今年又晾了满街蚯蚓吧?

偏偏农业局要设在沙街。农业局来人量过地，呼啦啦运来几车砖石水泥，一幢三层小楼就建起来了，沙街的人一夜之间看到这幢高大漂亮的房子在三楼的窗口瞪着个圆形眼睛，觉得很是异样。郑婆私下对老青说，她越看那圆形窗口越觉得像一个叉开腿的女人。她用那把又长又窄沾着蚯蚓血的竹刀指着窗口，又用她那经常用隔夜茶水冲洗因而从未得过眼病的眼睛意义含糊地望着老青，老青觉得头发根有些刺痒。她急中生智地说，若是裁衣服，圆领窝是很不好裁的。

不过沙街的人走出去，或打酱油或买米，总要说“我们农业局”，我们农业局昨天来了一辆吉普车，我们农业局昨晚熏蚊子。农业局的小姑娘罗蔷薇，在她八岁那年来到这条散发着蚯蚓气味的街道，在三楼的圆形窗口上，看到街上房屋灰色低矮新鲜有趣，大人小孩像蚯蚓似的从房屋里探出头来，他们陆续走到街上，或从街尾走去河边，或从街头走到镇上，也有停在街肚撒尿玩沙的，都是小孩。

蔷薇就走下楼，穿着她的红皮鞋。她听见她的鞋跟没有发出熟悉的嗒嗒声，皮鞋跟踏在沙地上，咔嚓咔嚓地响。

五

王建设对瓦片说他要成为一名诗人了。

诗人，懂不懂？就是写诗的人，你知道苏东坡吗？不知道，你连苏东坡都不知道。我告诉你，苏东坡在你家后门那条河坐过船，这就是诗人，苏东坡，明白了吗？王建设学着一部经常放的电影里首长的口吻很有气魄地对瓦片挥舞着右手，他的六根指头的左手仍然没忘记藏在裤袋里。

瓦片听得稀里糊涂不知所以然，到底是因为坐了背带河的船成了诗人呢，还是因为叫了苏东坡才是诗人？搞不清楚。不过王建设却因此有了几分庄重和自负，使瓦片不敢随便摸他头上的两粒疤痕。

王建设又到老青的门口对着几只正在晒太阳的公鸡宣讲了一番做诗人的决心。他用眼角的余光看到老青的脸在窗口晃了一下，像一只灰猫从桌上跳过。王建设一时兴起，就用普通话朗诵了一首新学来的歌词：东风吹，战鼓擂，现在世界上究竟谁怕谁。老青站在门背后听见这铿锵有力的韵脚，觉得手心发热满怀感动，她入神地听着王建设那像母鸡下蛋似的嗓音。王建设断断续续，声大声小声情并茂地将这诗诵了三遍，自我感觉良好。

郑婆开始在每天傍晚太阳落山的时候站在家门口若有所思地看天，一看看到天完全黑下来，黑下来以后就看星星，看到夜露下来。沙街上的人看到郑婆这么高深莫测，想想总会有名堂，便无端感到一种压力，于是踱到郑婆家门口，站到郑婆的角度，很有把握地朝天上仰脖子。等到旁边的人没滋没味放下头，郑婆才启发地说，你鼻子怕是塞住了，嗅不到空气。那人就做深呼吸，吸了几大口，吸得满肚都是蚯蚓干的腥味，觉得上了当受了耍，就在地上吐了一口口水，说，丢！

丢，是本地很普遍的骂人话，相当于“操”，但又不完全有那种意思，大多数时候只是一种语气词，说的时候很使劲，就觉得出了气，但并不是最厉害的骂人话。郑婆也就不在乎，她有点蔑视地看看那人，不与他一般见识，然后又继续高深莫测地看天。

郑婆每天晚饭后看天看到第四天，整条沙街的人都有些不安起来，隐约觉得确实有些不大对头了，于是回过头来比先前更加仔细地看天，果然就看出了些不同。有的看到天上有一只咳嗽的母狗，有的看到一头长着四根翅膀和两只脚的动物。看出名堂的人彼此并不议论，只是目光里多了一层含义，心照不宣。大家都闻到了空气中除了蚯蚓干的腥气之外，还有一股死老鼠的气味。这气味飘荡在空气中连日不散，极大地影响了居民们的睡眠。越来越多的人在夜里梦见老鼠爬到床上阴阳怪气地笑，笑声竟像女人。

王建设认为这事不能回避，他暂时放弃了当诗人的梦想，很认真地写了一张告示贴在墙上，告诉大家在开展普查，并且在当天下午，王建设就戴上红袖标进入了街头的第一家，从米缸到粪坑，仔细查了一遍，用了整整一天的时间。第二天傍晚的时候王建设从那家出来，站在街口说，进度很快，这样用不了一个月的时间，就可以普查完毕，让大家都放心，不必有什么思想负担。

空气就这样紧张了起来。

普查查到第五家的那天清早，大家看见沿着背带河从上游飞来大片大片的虫子。这些集体迁徙的虫子密密麻麻像乌云一样黑压压，它们一直向下游飞去，并不离开河流，对岸墨绿色的马尾松林被这片飞虫浸染，也变成灰蒙蒙的了。一开始大家以为这是清晨常有的大雾，都没注意，是郑婆最先发现了它们。据郑婆事后说，这些虫子从半夜起就开始迁移了，她墙上的斗笠呜呜地叫，像秋风乍起。她特意起了个绝早，而且破例地没有端上洗衣服的木盆。她站在背带河岸边一片比较开阔的沙地上，离飞虫很近，她看到虫子们像雨点一样斜斜地从河尽头的天边落下来，因为没有雨声而显得奇怪，郑婆把手伸到河水的上方，虫子纷纷从她的掌背掠过，漫不经心又急急忙忙。沙街上的人陆陆续续站到了河边，直到最后一只虫子消失在下游。

这是沙街一次划时代的事件，多年以后，人们提起蔷薇父亲自杀、上游漂下一个婴儿的尸体以及刮了一场龙卷风等不幸的大事都是发生在这一年，人们说起这一年的时候，总是说发虫的那一年。

郑婆用她那久经隔夜茶水冲洗的眼睛凝望着这片飞虫，预见到了种种事情的不可避免。她一回到家里就从米缸中寻出一小片黄糖，把它举到刚刚在梦里梦见自己长了一对鸭子翅膀的瓦片跟前。瓦片闻到黄糖的甜香，觉得外婆有些反常，平时只有在瓦片受了极大委屈的时候郑婆才肯拿出珍藏的黄糖来稳住他，瓦片觉得有些不妙。郑婆果然说，你以后不要去农业局了。农业局三楼圆形窗口的那块蓝底白花的漂亮窗帘那时还在，还是那么随风一飘一飘，蔷薇的红皮鞋禁不起沙街砾石的摩擦，已经失去了神秘和骄傲。现在穿在她脚上的是一双苹果绿塑料凉鞋。蔷薇走着路，腿上像系着两只螳螂，在这一年整个漫长的夏季里，这两只苹果绿色的螳螂在草丛中若隐若现、闪闪烁烁。后来瓦片做过一个奇怪的梦，一张像房子大的唱片在沙滩上自己转动，悬着空，底下没有留声机，唱片软塌塌地转着，像一张用黑糯米做的大饼子。瓦片在梦中眨过眼，又看到两只像鞋子一样大的螳螂在唱片上转动，越看越像蔷薇的苹果绿凉鞋，鞋跟像唱针一样做匀速圆周运动，唱片就发出了一阵婴儿啼哭的声音，接着是一个瓦片听着很耳熟的男声在唱歌：东风吹，战鼓擂，现在世界上究竟谁怕谁。背带河水在歌声中变得越来越红，惨白的栀子花浮在水面上，招来了不少鱼，全是黑色长角的塘角鱼，它们争相啃咬花瓣，还奋力跳出水面，在空中摆动尾巴，发出呜呜的响声。鱼身上亮闪闪湿漉漉，在太阳的照耀下非常粲然。

六

傍晚的时候从背带河上游漂来一根硕大的芭蕉干，蕉干心已挖空，像独木舟，上面躺着一个赤身裸体的男婴。

男婴非常白，白得很不真实。他沉静地躺在苹果绿色的芭蕉树心中，像一颗雪白的豆子躺在绿色的豆荚里。芭蕉干漂漂荡荡顺流而下，河流在沙街的段落拐了个很突然的弯。据郑婆说，当初河神造背带河的时候，与风神意见不合，风神是个小心眼的矮个子，他决定跟河神玩个恶作剧。河神在选定日子的那天半夜开始造背带河，那时夏天，天气炎热，河神光着身子，就像瓦片在夏天一样。正当河神聚精会神地造河的时候，风神一下解开盛着西北风的口袋，河神被风一吹，禁不住打了个大喷嚏，手一抖，画了个“7”字形，因此背带河像长了个尖尖的老鼠嘴巴，很不美观。载着男婴的芭蕉干漂到拐弯的地方就停住了，蕉干太长，拐不过弯，横横地被水流送到了沙滩上。

人们围着芭蕉树看了好一会，惊叹男婴的鼻孔和耳朵竟是半透明的，直到有人伸手碰到那男婴的皮肤时才发现他已经死了。

赤身裸体的美丽男婴和硕大无朋的芭蕉树，来自不可知的远处，来自背带河的中途或是源头。源头是天，天一如既往地呈现轻盈或者沉重的云，一如既往地从灰白到晦暗，然后彻底黑下来。

七

瓦片闻到一股尤加利树叶的浓香和烧猪蹄的焦香气味，他看到河滩上烧起一堆大火，浓黑的烟像发大水的泡沫一样活跃。它们被风一掀一掀地抛到天空，暗红的火星子忽上忽下地画着弧线不断地消失在黑烟中又不断挣扎出来。整个天空恍恍惚惚，像做了多种不同的梦刚刚醒来的孩子，弄不清前后左右。河滩上有一群人欢呼着不停投进尤加利树枝，岸上随处长着高大的尤加利树，夏季里开着米黄色的小花，随风零零落落。孩子们把花柄捡起来，用线穿成手镯和项链。瓦片听着用刀砍树的声音，喑哑潮湿，人们在火边晃动细长的四肢，看去真像猴子。火焰跳动，爆出红色的火星和黄蓝的火星。

一股异香从尤加利树叶的气味和烤猪蹄的焦香中脱颖而出，像雾一样漫进沙街。香雾从每家屋顶的瓦隙中逶迤而下，每个睡着的和尚未睡着的人都闻到了这股异香，但是没有人能说出这是什么气味。这些人一口咬定是玫瑰花瓣发出的气味，而另一些人却认为是一种奇特的发饼制造黑糯米烧酒时发酵的气味。玫瑰和发饼实在相差太远，毫无共同之处，于是互相都有点不以为然。不过这天夜里凡是闻到异香的人都不同程度地感到了心口疼，像蚂蚁在咬，大多数人只疼了一夜就好，少数人则疼了五天。疼痛很轻微，而且是间歇性的，因此并不碍事，大家该干什么还干什么。

只有老青心口疼得最厉害，时间也最长。开始时她觉得心口闷闷的，像有个糯米粽子塞在心上，黏糊糊的，既吐不出来又咽不下肚子。她坐在门口锁一件衣服的扣眼，听见有人说，河边有个白胖胖的男婴，乘着芭蕉树干来的，那芭蕉树干又大又长，芭蕉叶有小床那么大，芭蕉蕾像只大木桶，从来没见过。这孩子肯定有点来头，只可惜死了，不然日后能当皇帝也说不定。老青听了有些恍恍惚惚。她半闭着眼睛，看到那死去的男婴像哪吒，腰间围着碧绿的荷叶，明眸皓齿，莲藕状的四肢光滑鲜嫩，热热地触到老青的脖子如同微温的新鲜豆腐，又香又软。她身上紧紧的，口里念着哪吒这个词，苍白的脸上出现了两团像山楂饼大的红晕，想起多年前的一次怀孕，就像前世一样缥缈。那个男婴赤身裸体地在她腿上跳来跳去，又白又绿，忽明忽暗，更那堪冷落清秋节，今宵酒醒何处？老青在躺椅上坐了良久，后来起了风，才发现心口有些发疼，腿也有些软了，她决定到河滩上去看看。她站起身，就在这时，她看到河滩上烧起了火，火焰袅袅地扭着，越扭越多。老青定定地站在自家门口，她闻到了那股夹在尤加利树叶和烤猪蹄的焦味中升腾出来的异香。

沙滩上砍树杈燃起大火的人群中没有谁闻到这股奇异的香气，他们整整一夜在沙滩上，整整一夜闻到的是烤肉的气味。他们用树枝搭成一个架子，又拖来一些涂过沥青的破船板，最上面一层堆着油质丰富的尤加利树叶，那个死去的男婴被放在架子上。天上没有月亮，一颗橘红色的星星出奇明亮，背带河闪着柔弱的微光，河水拥着碰着挤来挤去骚动不安。在星光的照耀下，赤身裸体的男婴呈柔和的乳白色，在黝黯的树叶上像一大朵玉兰花。

有人开始划火柴。

呼的一下，火芽蓝蓝地喷出来，急不可待地就把火柴柄烧了半截。一阵河风横过来，火灭了，在柴上留下一条红红的炭柱，像烧红的铁丝。那人随手把火柴扔在婴儿的肚脐上，婴儿乳白色的皮肤被烧红的火柴一击，颤抖了一下，发出细微的吱吱声，一阵白气从肚脐里呼出就像寒冷的冬季从鼻孔呼出的气息。红红的火柴棍从中间暗下去，黑了，断裂，收缩，凝固在肚脐的边缘，成为肚脐眼深刻突兀的一道横眉。

又划了一根火柴，果断地送到干裂的破木板上，火焰开始伸长、胀大，乳白色的婴儿四周跳出橘红色的小火花，火花忽红忽蓝围成一圈，色彩更加鲜艳，火星飞溅到空中又落下来，重重地降到那婴儿的裸体上。火花越围越紧，终于在婴儿的上方汇聚了，火焰之间的吸引就像水滴落到地上一样，膨胀，伸出舌头。

火越来越流畅明媚，背带河波光簇拥如同一张皱纹跳动的人脸，泥腥气从河的底部缓缓升起，滞塞在河滩上空，久久不能舒展，尤加利树杈被砍折断裂的声音越到深夜越像一头阴沉的老母猪在怪叫。

到了半夜，那颗橘红色的大星升到正中的时候，河滩上烧火焚尸的人们同时听到了一声骨头断裂的声音，明亮尖厉，让人觉得身上忽地一灼，马上又凉了下来，全身起满鸡皮疙瘩。于是觉得事情似乎应该结束了，沙滩上的沙都湿漉漉的了，大家纷纷走散，剩下没有烧尽的树杈零零星星地亮着。

月亮这时才升起来。

第二天天还没亮郑婆就到河滩去，看到河滩上干净平整，连那根硕大的芭蕉树独木舟也看不到了。

八

在没有太阳的日子里，背带河河面上就一块黑一块白的，白的亮惨惨，黑的阴森森，黑的水面底下长满了密密的水草，像布满了乌鸦的尾巴，它们柔软地在水下摆动，用郑婆的话说，是妖里妖气。这片水每年农历七月十五鬼节前后都要淹死人，淹死的都是未成年的男孩。每年一到七月，每家大人就要在饭桌上数说历年鬼节淹死的人，先由老祖母或者老祖父说，老人嘴里没有牙，一开一个黑洞，讲的都是孙子出生之前就死去多年的人，说那少年如何聪明如何孝顺，头发是那么浓黑，牙齿又白又亮。孙子听起来就联想到班里读书成绩最好的同学，想到他若是被水鬼拖了去，那脸上又红又白的漂亮教师肯定要哭鼻子。老祖父或者老祖母看到孙子走了神，目光像蛛网一样飘飘的，就在青皮脑壳上敲上一记，孙子噔的一下，把脖子伸直了，说，过了七月十五我再下河游水。话刚说完，头上又挨了一记，这下疼得辣辣的了，于是嘴有些扁，想哭。老祖母还在说，过了七月十五也不准下河。孙子一听，反正没有了希望，索性哭起来，哭起来才想起委屈于是就号啕，号得像只小狼，一边断断续续地说，就是要在七月十五那天下河游水，就是要让水鬼拉去，就是要让水淹死，就是要让鱼吃掉。老祖母听得一阵一阵心惊，仿佛看到孙子的尸体被水泡肿了晾在沙滩上，就像在过去几十年每年看到的一样。又想到儿子早夭媳妇嫁人只留下这根独苗，进而想到年轻守寡的痛处，于是老泪横流起来。接着就是对孙子严加看守，临近鬼节，干脆放学后就将人关起来不准出门，孙子在空屋里滚地大哭，砸烂了盛咸菜的瓦罐，又用一枚铁钉将门把划得乱七八糟，老祖母坐在厅堂的矮椅上，耐着心捻麻，一声不吭。终于有一天，老祖母从河边洗衣洗菜回来，空房里没有了声音，到了第二天下午，就有人从那深不可测的水草里发现了尸体，一丝不挂，衣服被水草脱掉了。

这不是郑婆和瓦片的故事。

郑婆对死的问题看得很透彻。蔷薇父亲自杀的那天，郑婆在家门口叫住昏昏沉沉的老青，深思熟虑地对她说，生死由命，富贵在天。郑婆不让瓦片到农业局的院子去是怕瓦片沾上衰气。郑婆坚信，若是衰气进了老屋，屋里就要闹鬼，老屋里死过的人太多，每个角落都有鬼魂，平日里相安无事，一旦进了衰气，就会牵动鬼魂，这是需要防备的。郑婆还告诉瓦片，如果知道自己快要咽气了，就睁大眼，看牢天上离自己最近的一颗星，而且什么都不能想，这样慢慢地身上就会越来越轻，开始像干木柴一样轻，后来像棉花一样轻，最后变得像水汽一样轻，最后一口浊气呼出，人就死了。若是有屋顶压着，浊气就呼不净，闷在肚里，死得是很难受的，这么多人死得难受就是因为有屋顶压着。所以郑婆早早就交代瓦片，要是她不行了，千万叫人将她抬到天井里，不可让屋顶压着。但是郑婆从来不生病，瘦精精地一餐能吃下三碗饭，而且晚上通常不用睡觉，她对老青白天也躺在床上表示鄙视。

因此瓦片可以很自由地到河边去。

他从木头垛走下来就沿着河滩走，他恍惚记得几天前蔷薇就是从这里走下去的，她的辫子没有扎，披散着，头发弯弯曲曲地垂在肩上，像一串一串的桑葚子。河水的气味因为刚刚下过雨而更加明确，它们裹着尤加利和马尾松树的气息，像低声细语的嗡嗡声持续不断，浮滞在空中，大朵大朵的云从河底沉重地翻上来，像淤泥发酵的气体，河水参差地闪着亮。

瓦片觉得眼睛有些刺痒，这是因为有两天没有用茶叶水冲眼睛了。他极力把眼睛睁大，然后像瞎眼人一样一步一顿地走近水边。河水在近处明净了一些，可以看见一层细小的泥沙安静地在水底躺着，像细腻结实的女人的皮肤，连颜色都像极了，既不雪白也不菜黄，正好是介于这二者之间。瓦片伸出一根指头小心地按了按水下的细泥沙，接着他又用整个巴掌按下去，水被搅动了，上面的一层浮泥像尘埃一样被掀了起来，水就浊了。瓦片耐心地等了一会，河水才重新清晰。蔷薇有一次对他说，水是由两种空气变成的。瓦片把眉毛拧到一起，竭尽聪明地眨了几遍眼睛，还是觉得蔷薇在骗人，空气怎么会有两种呢？蔷薇就说，一种叫氢气，一种叫氧气，至于它们是怎样变成水的，得等她长大一些才能知道，这是她爸爸说的。瓦片当天晚上在郑婆准备往他眼睛里灌茶叶水的时候忽然说，水是由两种空气变成的。声音既游离又果断。郑婆眯起眼睛，鼻子上出现了奇怪的皱纹，瓦片注意到，这些皱纹居然自己会爬动。但他来不及看清，眼睛就被走近的灯晃得睁不开了，他同时闻到一股浓烈的煤油气味，额头上被热热地烤着，很快就渗出了一层汗珠。郑婆端着煤油灯仔细看瓦片，看到瓦片满头黑发中长出了一绺红毛，再聪明就要变成狸猫精了，郑婆胸有成竹地说。她加倍地往瓦罐里灌进比平时多两倍的水缸水，把瓦片的眼睛冲得眼珠子都要脱出来了。

瓦片把眼睛闭了一会，郑婆曾经多次告诫他，如果有什么事情想不明白，就把眼睛闭上再想，因为睁着眼动脑子，会把脑子用坏，即使炖十个猪脑也补不回来，到老了会头痛，夜夜睡不着觉，就像外婆现在这样。瓦片想不出自己老了是什么样子，这是一个遥远而陌生的问题，就像蔷薇跟他讲他从未见过的海港一样模糊和不得要领。变成一个掉光了牙的老头是非常非常久以后的事情。瓦片想，还要再过六十年，六十加八等于六十八。瓦片刚刚学完两位数的加减法，对这一点很清楚。一年有三百六十五天，既然每天都那么长，一年就像一百年，长都长不大，老是更不会老的，到老了就会死掉，死是什么样的？外婆用鞋锥戳戳她自己的大襟黑布衫说，死就像睡着一样，漆黑一团，像即将下雨的夜晚，没有星星也没有月亮那样的黑暗，黑得又黏又稠，密密地从四周压过来，压得人做不了梦，所以死和睡着的区别是梦的有无。

又听见哧哧的笑声，像兔子咳嗽那样，跟刚才在木头垛听见的一样，瓦片除了看见泊在水边的一条船，再没看见别的人。瓦片被河水晃得有些头晕，他心神不定思路游移，盯着那船看了好一会才想起蔷薇不见了，不知道她在哪里，他把眼睛闭得生疼也想不起来。他将那丛黑得发红的水草看了又看，并且用砾片掷到露出水面的水草上。

瓦片这时觉得口干，干得能点着火柴，甚至不用火柴自己就会燃。瓦片把嘴张开，嘴唇紧紧的有些裂痛，他用手撑着沙滩，把嘴探进河里喝了几大口河水，喝得满嘴都是泥腥味，有点想吐。他用手爬着往后退了几步，然后一松手摔趴在略为干燥的沙滩上。

哧哧的笑声透过竹编的船篷钻出来，像草一样又零乱又清晰，船舱里的女人笑过之后开始唱一支古怪的歌：

系啰
哪个肚里有牙齿
哪个肚里有眼睛
哪个有口没有鼻

那声音又尖又沙，像许久没上过松香的二胡拉出的调子，出现在平静的河面上就像一大块裂口的玻璃无端地互相划了几刀，让人吃惊得说不出话来。

忽地一阵风动，垂在船篷门口的布帘被掀开了，一件荔枝红布衣背对着瓦片探出来，哗的一下往船尾泼了一木盆脏水，被泼中的河面像被打了一巴掌，猛地矮了一些，接着又弹了回来，满不在乎地往远处流去。这河就跟人一样，挨巴掌多了，就不大痛了，如果痛得跳起来，大家就会说你不经打，没用。

穿荔枝红布衫的船家女扭着肥大的屁股转过身，看到瓦片傻傻地看着她，就冲着他唱了一句，哎——哪个屁股朝日头——

有风吹来，晾在船尾的竹篙上的红短裤飘动起来，一摆一摆的，旁边还晾着一条黑的长条毛巾，也跟着风扭着，和红短裤扭到了一起。

船家女说，哎，你看那干什么？看了女人婆的短裤长不大，长大了长不高，长高了也不中用，你看这儿，看我。船家女指指自己的胸上。

她的衣服紧紧地吸在身上，在胸前碗状地凸现出来，瓦片想起刚才在木头垛看到王建设六根手指头的手在这胸脯上搓揉，船家女这么快就换了一件花衣服。

船家女脸上红红的，眼睛闪得像河下雨，她用手扶着晾衣服的竹篙，脸小小的，越发显得奶子大得像肿了一样。

她牢牢盯着瓦片说，你怎么一个人蹲在河边？你的小相好呢？小相好怎么不见了？她去哪儿了？怎么不带上你？你这么小的小癞蛤蟆就想吃天鹅肉了？小相好不理你了，你这脏孩，还是姑奶奶给你喂口奶吧，让我闻闻你的蚯蚓腥气。

船家女说得又急又快，声音又尖又沙，瓦片看到她的两排歪歪扭扭的牙齿在微红的嘴唇之间频频出现，又频频消失，像吐龙眼核一样吐出“小相好”“小相好”，瓦片觉得这些龙眼核硬邦邦地砸到了自己心窝里，心里难受得扑通扑通直响。

他觉得他要哭了。

船家女走进一个用竹篾席围着的圆筒里，又一会，一道黄黄的水柱从圆筒的底部钻出来，洒到河面上，河水一阵叽咕，升起一排泡沫。

船家女系着裤子走出来，她噘着嘴看了一会瓦片，说，哎，你想上船玩吗?

瓦片昏昏沉沉地摇摇头。又听见船家女说，我知道那小姑娘在哪儿。

瓦片困惑地看着她，小姑娘?

船家女说，对，小姑娘，我知道你四处找她。

瓦片问，你怎么知道?

船家女说，我看见她了。来，你上船来，走近一点。

瓦片看了看那条窄窄厚厚的木板，这是从岸到船的桥，板面被踩得黑亮。又听见船家女催，快上来呀，你。

瓦片不由自主地踏到了那斜斜搭着的木板上，走到当中的时候，搭在船那头的木板往上抬了一下，瓦片像根棍子一样斜斜地滑到了河里，他的头在木板上撞了一下。

水花飞起来满头满脑地将瓦片盖住，瓦片倒在河沿上，水很浅，只到瓦片的脚踝，因此躺着也淹不到他的肚脐。

船家女笑出像母鸡下蛋一样的声音，但这声音响到一半的时候就停住了，船家女看到瓦片在水里不动，就走下船，把瓦片弄到沙滩上，一边说，睡一觉就好了，时辰还早。她又捧了些干燥的沙子堆在瓦片的肚脐上，这样湿气就进不了肚子了。

系啰
石磨肚里有牙齿
灯笼肚里有眼睛
蚯蚓有口没有鼻
田螺屁股朝日头

船家女又尖又沙的歌声变得细长细长，一根特别长的蜘蛛丝从天上垂下来。

九

沙街对河的木船厂开始抓革命促生产，全厂工人干部日夜奋战造大木船，大木船的名字已经有了，叫“革命二号”。船厂在河对面的沙滩上牵起电线，挂了两只一百瓦的大灯泡，把一片河滩照得像要演三天三夜大戏的舞台。从沙街的码头上看去，对岸的人影在灯光下又晃又蹦，很是好看，真是像演戏一样，只可惜听不见声音。船厂的人像是知道对岸的想法，第二天拉了一只高音喇叭，昼夜不停地反复放高昂的革命歌曲，沙街这边每家每户在床上都听得清清楚楚。于是大家都不睡觉了，情绪高涨，整夜整夜站在码头上，对面船厂的沙滩上一条大木船像折纸船一样神奇地造起来。第一天只看到一些木头杂乱无章地横七竖八，第二天就见一条船架子眉目适当小模小样地立在沙滩上，第三、第四天船壳就差不多钉齐了，第五天竟然看到船台上造了一层楼，还有一个玻璃窗，到了第六天，这条大木船浑身上下被漆得红红绿绿，在灯光的照耀下十足像个庞大的道具。

于是就锣鼓喧天鞭炮齐鸣红绸飞舞，大木船的跟前开好了一道斜斜的沟，几十个人像蚂蚁一样在前面牵，木船笨笨地挪动着下到水里，接着突突地响起了马达声。船身抖颤了一下，像被谁拍了拍肩膀，突突地开了过来。

“革命二号”几个大红字远远就看清了，漆在船只的额头上。

像一排红色的牙齿，看见二号想起了一号，一号实际上是不存在的，并没有一艘叫作“革命一号”的木船在背带河上行驶，二号是一号变的，或者说二号就是一号，这点镇子上有不少人觉得挺糊涂，但是沙街上的人都明白。当初造“革命一号”船的时候，由于工人干部革命热情高涨，造出了一艘史无前例的特大号木船，推到河里才发现，背带河的水根本浮不起这么大的大船，只得拆了重造。

王建设在人群中挤来挤去，激动不安，他记起了几个月前下的当诗人的决心。他很严肃地在人堆里走，目不斜视地从一堆人的正中挤过去，挤到另一堆人的正当中，然后将四周的人环顾一周，很激动地说，诗，你们知道吗?他看到大家都很茫然，并且心不在焉，因为“革命二号”已经到了河中心，很快就要开到这边码头来了，于是他又挤到另一堆人当中。这次他忘了像以往那样把六根指头的左手放在裤袋里，这次他用双手做着手势，加强了语气说，是时候了！时候到了！这是诗的时代！

人堆中一个眼尖嘴利的小女孩一眼看见了王建设那只常年躲在裤袋里的左手，清脆地欢呼起来，六指头！六指头！六指头！王建设头昏眼花地左右扭头，看见一个穿花衣的女孩在众多黑黑灰灰的大裤腿间忽闪忽闪。他扑过去给了那女孩脑袋狠狠的一击，手在半中腰敲到了一个软软的东西上，王建设马上感到自己脸上被抓了一道，辣辣的。一声惊叫在耳边炸响。王建设定了一下神，才听清楚那妇人在骂，二流子，光棍，趁人多就要耍流氓。花衣女孩像只金龟子在那妇人的腿间钻出钻进，脸上一片粲然，没有挨敲的迹象。王建设想，他妈的，敲到她娘大屁股上了。

正在这时，“革命二号”突突地驶到了码头，人们听见船顶的红旗发出猎猎的响声，一个脸很横的男人站在船沿上冲人堆喊道，同志们，现在形势大好，不是小好，而且越来越好。

王建设忘记了脸上的辣疼，第一句诗已经从他的脑子里蹦了出来：东风吹，红旗飘。他激动不已，盲目地冲刚刚抓了他脸的妇人笑了笑，妇人瞪了他一眼，他在极度亢奋中没注意到。王建设为了更全面地观察这一欢腾场面，他手脚忙乱地爬上了卸在码头上的一堆红砖的顶上。他还未稳住，就听见有人喊，王建设——

船上的人堆中出来一个头发很短的女人，她泼辣地叉着腰，招呼王建设上船，说这次试船要把船开到梧州市。王建设记起这是他的中学同学，王建设马上感到很有跟她畅谈一番的必要，他预感到她可能是他的知音，沙街上的人实在是太麻木了，对形势毫不感兴趣，只知道晒蚯蚓，对牛弹琴是很成问题的。

王建设这么一想，就从红砖垛上直接上了船，这时船头正好摆过来正对着砖垛，他腿一抬就上去了，毫不费劲。

十

船一开走，沙街的风光日子就结束了，晚上忽然变得很静，沙滩上的戏已经唱完，高音喇叭也拆掉了，大家只好各自守在家门口或者早早关了门。由于天太黑而且街上和沙滩上一无可看，于是人们的听觉变得异常灵敏。

老青连续五个夜晚没有睡好觉，她说她听见一头山羊在她家后门叫，叫得像笑一样，在不笑的时候就喘气，长长的影子从门缝里投进来，压得后门吱呀直响。老青说，我每次听见动静就蹑手蹑脚地披衣起床，但我一点灯就听不见响声了。前天夜里我赤着脚走近后门，没有点灯，我把鼻子贴近门缝朝外看，鼻子格外痒，像长了一层痱子，我看见门外站着一个白色的影子，这影子很像一个人。

郑婆盯着老青笑，笑得不明不白，老青开始感到耳朵根下面的一块骨头隐隐地疼了起来。

就得吃药，吃药治耳朵。

郑婆找出一单药方，方子倒平常，不外是些九里明、兔耳朵、爆芽郎、白花草、火炭藤之类，都是清热解毒、利尿祛湿、止血消炎的药，只是药引子有点奇怪，要蝙蝠的尿，而且最好要公蝙蝠的，母蝙蝠的尿也马马虎虎能代替，不过效果不好。

老青因为无法找到药引，因而只好忍受她的耳疼病。她仍然在每天夜里听见山羊的喘气声，她听出，喘气声越来越老了。每天睡到半夜，两只脚就会自动探到地板上，带着半醒半睡的她轻盈地走到后门的门缝边，然后长久地停在那里。地气冰凉地从脚心上升，一直升到老青那颗像风干的芒果一样的心脏里，老青觉得心脏被这凉气刺激得湿润了一些，它轻轻地一颤就安静了下来。于是老青像一只夜晚的猫伏在门边，她细细地看着从门外投进来的细长影子，发现这影子也正在变老，它的边缘不再像最初那样光滑，开始变得粗糙起来，老青很奇怪以前为什么没有人注意到这一点。

老青现在已经不害怕了，她不但习惯了门外这只喘气的山羊，而且对它产生了相依为命的亲切感。每一天夜里，她看见从门缝投进来的细长影子躁动不安。它不停地晃动，闪出一些红的蓝的黄的小火花，老青顿时觉得有点头晕，她倚在墙角片刻，墙上凉凉的。

她决定把门外的影子放进来。

她屏住呼吸，猛地一拉门闩，潮湿的夜气忽地一下蹿了进来，撞得木门重重地响了一声。老青镇定地望着门外，看见一株玉兰树探头探脑的影子，它们零乱地聚拢，又零乱地散开，而且根本没有发出喘气的声音。老青不甘心，她抓住时机探出身子，果然看见不远处有个白色的影子一闪，这影子果然像她在门背后窥视的那样，很像一个人。

老青重重地喘气，在安静的夜里听起来跟山羊的喘气一模一样，于是老青才恍然大悟。

郑婆在隔壁的墙缝里目睹了这一幕，天亮的时候跟人说，老青怕是得了花痴，她一搬到沙街我就料到迟早会有这一日，你看她的眼神，那么直勾勾的，像长了刺藤，都是想男人想多了。郑婆忧心忡忡地说。

郑婆现在热衷于找秘方，她每天挑着一对空木桶满街转，特别留神别人家屋檐上的蜘蛛网，她有时会很郑重地跟过路的人说，这是很重要的。

凡是秘方总有一味古怪的药引，如吃奶男婴的尿，长翅膀的蚂蚁，蜘蛛的头，等等。没有药引，最灵验的秘方也会没有效力，郑婆深深认识到这一点。因此她在寻访秘方的同时注意寻药引，并且立下心愿，要将手头所有秘方的药引事先找到晒干，密封在瓦罐里，自然也有不需要事先预备的，如男婴的尿，要求是愈新鲜愈好，最好是先把药煎好，倒在碗里之后，再去让男婴撒尿，冒着热气的新鲜尿和在刚煎好的药汤里，在一分钟内喝光，就是最完美的服法。

好在瓦片要吃的药正好是这一类，只要用童尿做药引，这不知道省了郑婆多少双鞋底。

瓦片自从那次落水，脑壳被船板撞了一下之后，就变成了哑巴。傍晚的时候，瓦片从沙滩上醒来，他感到眼睛里满是雨水，凉凉的很舒服。左边的脸嵌了半脸沙粒，麻麻的，用手一摸，凹凹凸凸。瓦片在沙上坐了一会，想起了“麻风”这两个字，麻风是不是就是脸上长了许多沙子大的小窝，不知道，只是恍惚记得麻风是件可怕的事情。瓦片看到岸上的草丛中卧着一双木板鞋，他走到跟前蹲下来，觉得这木鞋很面熟，他拿起一只举到鼻子上，闻到一股新鲜的松木香气，其中还隐隐散发出他所熟悉的脚丫子气味。他把脚套进去，大小正好合适，而且鞋帮的宽度正好跟他脚面上的印痕一样——瓦片纳闷地四处看看，觉得这事很奇怪。他不认得自己早上脱在这里的木鞋了。

瓦片听见自己的肚子像鲤鱼吐水泡似的响了几下，他吸吸鼻子，望望河里流的水，又看看沙滩上堆成一小堆一小堆的沙，他想起好像有一件什么事，是在沙滩上睡着之前要干的事。瓦片把眼睛使劲眨了几下，又眨了几下，还是什么也想不起来。

这时候他听见有人喊瓦片，声音远远的，像橡皮筋那样拉得很长。瓦片四处看看，没有看到别人，他有点着急，于是站起来冲声音探了探头，那声音停了一下，一声很大声的“瓦片”就到了跟前。瓦片觉得头发被揪住了，脑壳跟着头发晃了好几下，这时他在晕乎乎中闻到熟悉的茶叶水的气味，并且看清面前的大襟黑布衫上有一个他认识的小蛀洞，他正要仰起脖子，脸上就挨了重重的一拍，又听见喊，瓦片瓦片，你被鬼迷住了。

瓦片明白过来，跟着郑婆回家吃晚饭。临睡前郑婆给瓦片的眼睛冲茶叶水，这一次瓦片格外温顺，任她扳着头，连动都不动一下。

直到第二天中午，郑婆才发现瓦片有点不对劲。瓦片正在吃饭，听见屋顶的瓦楞上咕咚、咕咚地响，接着叭地掉下一只海碗大的南瓜，摔在天井里的正中，金黄金黄地开了好几瓣。郑婆正在焗火炭，一转身看见瓦片站在天井里双手捧着一只开了瓣的南瓜，就问，哪里来的？瓦片张了张嘴，像鱼一样说不出话，于是指指天井。郑婆问，从树上掉下来的？瓦片点点头。又问，掉到天井里你就捡起来了？瓦片望着郑婆，眼睛里满是委屈，郑婆开始有点明白了。她把南瓜放在菜篮里，老青的南瓜藤攀到树上，掉到郑婆家天井里的事也不是第一回了。

郑婆把瓦片牵到屋里坐定，细细盘问：

昨天你在沙滩上对着风撒尿了？

摇头。

昨天你看见蛇打架了？

摇头。

昨天你踩中带崽的蜈蚣了？

摇头。

郑婆问不出究竟，就认定瓦片是中了邪火，要大量服用凉药。当地凡是找不出原因的病一律都归结为上火，叫作热气，不论是头痛脚痛或是女人经血不调小儿半夜抽风，统统都是热气，扩展到鸡上房狗游水猫打喷嚏，还有今年的玉兰树不开花。因为有了热气说，沙街上发生的所有事情都得到了圆满的解释，这使大家无端感到一份安全。

王建设有时不注意，把六根指头的左手甩在衣服外，看到路人躲躲闪闪的目光，就主动跟人解释，说他多长出一根手指是因为热气，也就是上火。看见人家不理解，又进一步溯源，说他母亲怀他的时候吃了马肉，而马肉是最容易使人上火的，所以他就有了六根指头。既然指头有了来历，而且是因为上火这样一个普遍原因，所以也就没有什么说不出口的了。

于是大家都热衷于凉药凉茶，每家都备有王老吉金银花，有病的喝了治病，没病的防病。凉茶是越苦越好，最好是苦得发黑，喝下去喉咙里的苦味一上午不散，这种凉茶最灵。大家彼此或说话或吵架，嘴里喷出的全是苦滋滋的凉茶气，就都觉得很舒服。

这时从外边传进了红茶菌，红茶菌茶不苦，酸甜酸甜的像酸梅汤，大家就有些怀疑，仍然认真地每天早晚喝一碗王老吉茶或者金银花茶。后来报纸和杂志纷纷登了红茶菌的诸多好处，其中包括长寿。要是红茶菌真的好我们不是吃亏了吗？人心开始有些动荡，郑婆以不变应万变，率先发明了以红茶菌做药引的做法，把红茶菌倒一点进凉茶里，既方便又能两全，而且味道根本没有什么不好。于是家家户户都学了样。

天已经凉了，沙街的人们仍热衷于降火去热，只要不上火就能防癌，而长了癌自然是最可怕的。

十一

王建设出外一个多月才回来，去的时候乘“革命二号”，回来坐了汽车。

因为见了大世面，就不再提写诗的事了。他在那个城市里没有听到有人谈论诗的问题，谈得最多的是挖防空洞，有挖出了金银财宝的，有挖出没有脑袋的死人骨头的，都一样轰动，一样地流传好几天才过去。一些很专业的名词在大人小孩的嘴边跳来跳去，“疏散”“备战”“核战争”“冲击波”，等等，一时间火药味确实很浓了。

王建设在街口看到郑婆早早出门，一副要干大事业的样子，就问，你老挖了多深？郑婆说现在不挖了，秋风起了。王建设觉得奇怪，秋风起了是什么意思，难道秋风起了就能排除战争的可能性吗？鼠目寸光。王建设从街头走到街尾，终于明白沙街不但没有人挖防空洞，还照样每天喝凉茶。郑婆说的是挖蚯蚓，当然跟秋风有关。太不了解形势了，这些人。

王建设决心唤起民众，他每天赶在郑婆的前头起床，早早站到街口，肩上扛着一把簇新的丁字锄，一看就是没沾过土的。王建设从下游的城市带回来，扛在肩头上，自我感觉良好。他从街头走到街尾，向见到的每个人大讲冲击波，知道吗？冲击波比冲锋枪炸弹龙卷风都要紧，冲击波一冲，河水倒流，房屋倒塌，砖楼也像纸折的不顶事。他指指农业局的楼房，沙街的旧屋被冲击波一冲，片瓦不留，人被冲击波一冲，眼珠子就要掉出来，前胸和后背的皮贴到一起，比腊肉还要干，像风干的猪肉，狗都啃不动，不过若是来了冲击波，狗肯定被吹上天变成几块了。

看到对方眼睛有些发直，脸上也有些转暗，王建设就赶紧说，得抓紧时间了，形势很紧急。他把肩上的丁字锄拿下来冲对方晃了晃，边走边回头说，战争随时都可能爆发的，同志。

落了一场雨，天更凉了，大多数人都穿上了木鞋，走在青石板的码头上，啪嗒、啪嗒整齐地响，很新鲜有味，听着这声音，就感到空气里的寒气了。接着卖煮红薯的就在家门口支起一口大铁锅，架上松木柴，不一会，整条街都闻到了松木燃烧的香味，空气里也甜丝丝的了。人们很久没闻到这熟悉的气味了，大家吸吸鼻子，把又淡又浓的甜气吸到肺里，觉得真是亲切。

黑黑的大铁锅从边上喷出白白的水汽，水汽越喷越浓，像一些半透明的花瓣被风摇摇地吹。嘴馋的孩子们早就围在锅边了，一圈乱蓬蓬的黑脑袋很安静地望着那白白的水汽，舌头上暖暖甜甜的。卖红薯的拿来一块湿布隔在发烫的锅盖耳上，猛地往上一提，大团白汽像云一样忽地落到孩子们的头上，热腾腾湿漉漉的，孩子们兴奋得乱叫起来。水珠很快凝结在他们的头发上睫毛上，微湿的头发显得黑油油的，小脸们被蒸汽一蒸，全都红扑扑的。卖红薯的满意地翻动着锅里的红薯，嘴上说，熟了，熟了。

就有一圈手伸出，黑的白的脏的干净的，叽叽喳喳，大人们闻声也走近来，一大锅红薯就差不多卖光了。

吃了红薯，肚子里暖暖甜甜的，也不冒汗，这才觉得天气确实是凉下来了，各家各户就不太记得每天喝凉茶，秋风起了还喝凉茶，很容易肚子饿的。

只有郑婆家例外，因为瓦片仍然心里糊涂，日间不言不语，两眼发直，郑婆就锲而不舍地给瓦片喝凉茶。瓦片配合得很好，不哭不闹，自己捏着鼻子，闭起眼睛，一仰脖子就将满碗凉茶喝进了肚子，郑婆又欢喜又发愁。

已经穿上两件单衣了，王建设还没有正式开始挖防空洞。他每天忙忙地到河边高地目测，围着一棵树又一棵树打转，不时地用他那把丁字锄锄上几锄，然后蹲下去将那翻出的新泥看了又看，临了抓上一把，举到鼻子跟前，嗅嗅，扔掉，拍拍手，直起腰，又锁紧眉头察看另一处，研究来研究去，总不能顺了心，泥土不是太松就是太紧，要不就是有树根牢牢把着，挖起来太费事，万一伤了根，树倒下来就会砸着自己的头壳，太危险。有一次差点看中了一小块地方，刚刚开挖，就听见当的一声，既像金属又不像金属，既像陶器又不像陶器，很有些不同凡响。王建设看见土中露出一小块赭红色的陶面，上面放射出新裂的细小纹路，像张阴阳怪气的脸，不吉利。有人问王建设防空洞怎么还不见挖好，仗就要打来了。王建设避而不答，严肃认真地告诫对方，不要放松警惕，要做好一切准备。

果然报纸上就登了一个极其遥远的冰天雪地的地方如何挑衅和流血，这回是真的了，沙街上的居民对真事是看得很认真的，用不着镇上领导小组的过多动员，家家户户都开始想办法了。大家都看过电影，知道高家庄的地道是很好的，于是每家后门的龙眼树荔枝树或芭蕉树下都陆续堆起了新土。夜里走在街上，能听见叮叮当当的碰撞声，声音一直响到很晚。

上面的人来检查的时候，沙街每家的防空洞都挖好了，有的长些有的短些，有的宽敞漂亮些，有的紧巴拘谨些，但都有一个很突出的好处，都是在室内，不出门就可以抵挡空袭，若是屋顶塌了，出口一直通到后门外的菜地。来检查的人很满意，表扬了沙街。

冲击波一直没有来，防空洞里塞满了木柴木炭红薯土豆。一天夜里来了一场百年未遇的龙卷风，只听见一阵怪怪的啸叫，玻璃窗就纷纷坠落，碰在墙上石头上，乒乒乓乓一片乱响，房顶上的瓦也飞舞起来，天井里满是瓦片碎裂的声音。风从屋脊的窟窿灌进来，碎瓦直接掉到蚊帐顶上，吧嗒一声，像死老鼠掉下来。

人们正惊叫着胡乱穿衣服，就听见王建设变了形的声音，冲击波来了——

这是防空洞所起到的一次最大的作用，龙卷风果然刮倒了好几家。

风刮过就刮过了，过后重建家园。背带河的水浅了一些，岸高了一些，岸上的尤加利树歪了一些，大家很快都习惯了，往码头上铺几块厚厚的青石板，就够到河水了，洗衣服洗菜仍然很方便。

那幢农业局的小砖楼还很安全，但是早就不漂亮了，圆形窗口上钉死的木板被风刮落，掉在栀子花下面的草丛里，泡了几场雨，木板就烂掉了。圆形窗口没了遮拦，黑黝黝的，像一轮黑色的月亮。

十二

瓦片站在沙滩上，他听见自己的肋骨下面咕隆咕隆响，就像有一条鱼在跳，打算穿过他那层薄薄的皮跳进河里。河心浮着几大朵丰满硕大的淡黄色泡沫，一上一下地荡着，许多细小的光影像蜜蜂一样在这朵泡沫上跃动。空气中飘着许多叶子，它们斑斓地落在漂满小草的河面上，柔软乌黑的长发顿时缀满了一头花瓣，一条银亮的鱼跃出水面，它冲瓦片摆了一下尾巴，身上的水珠一嘟噜一嘟噜，蓝得像天。瓦片觉得它亲切极了，他噘起嘴唇，想发出鱼的声音，但是银亮的小鱼已经不见了。

他恍惚记得太阳底下的沙滩上，曾经有一个红裙子红头发红得像火烧云一样的小姑娘，她细长的双臂举着一个又大又圆蓝得像天的皮球。瓦片极力回想这件事，他不记得她的名字，也不记得她的面孔了，但他知道，他站在河边，是要等她回来。也许在黄昏，或者在早上，或者在天上飘着蒙蒙细雨的时候，她就会来到，她将乘着一根硕大的芭蕉树干。从上游来到，她打着赤脚走上沙滩，她说，瓦片。她的牙齿像珍珠一样细小洁白。

瓦片笑了，他的额头上开始有了一根细小的皱纹，他已经十岁了。

老青干水草似的飘到沙滩，她又瘦又白，河风在她空旷的黑绸衫里隐隐浮动。她走近瓦片，耳语似的问，你看见河中央那个白色的男人了吗？

瓦片没有听见她的话，他眼前满是飞快掠过的红色和蓝色的光影，红的像火烧云，蓝的像背带河上游尽头处露出的一小块青天。

十三

很多年以后，一个女人穿着石榴红的风衣来到沙街，她从农业局的院子出来，在河边站了一会，河水比从前浅多了，码头上空荡荡的，没有堆放任何货物，青石板上全是沙土。好久没有船停过了。她没有看见对岸的船厂，就问一个拖着一捆竹篾准备下河的男人。那人看了她一眼，说，早迁走了。

那男人就是瓦片。

他们彼此都没有认出来。

外地女人走出街口的时候，运水泥进来的拖拉机从她身边开过，轧着一个残留着雨水的泥坑，泥浆溅了她一身。赭色的泥点印在石榴红的风衣上，成了一幅很典雅的图案。

写于1988年

狐狸十三段

听说狐狸吃老鼠，想到它又是从下水道上来的，真不知怎样对它才好。

忽然它说，我不吃老鼠，我喝粥。我问，花生红枣粥吃吗？它点头。这样我就放下心来了。花生红枣粥是我每天的中午饭，我不喜欢炒菜，主要是怕油烟。听说花生富含维生素 E，而红枣则是维 C 之王，合起来一起煮粥，自然比维生素 EC 合剂美妙。试着煮了一次，很不错，还省事，从此我就很少用鸡蛋西红柿下面条了。

我洗干净电饭锅，抓了一小把花生，十几颗红枣，米也比平常多放了一点。此外还有咸萝卜干和榨菜，取出其中的一样就行了。

狐狸到底比人好打发。

没等我把盛好的粥放到阳台上，狐狸就自己坐到了桌子前，我只好跟它面对面吃饭。唯一不同的是，我用筷子，它不用。本以为狐狸不用吃菜，光喝粥就可以，犹豫着分给它一点青菜，看它吃得也很舒服。此后几天，我吃生黄瓜、生西红柿，它也都表现出很大的兴趣。

饮食趣味如此接近，狐狸大概是雌性的。

其实我跟狐狸没有任何瓜葛，在动物中，我比较欣赏狮子，特别是那种超现实的狮子。在晴朗的夜晚，身披月华，目光炯炯飞翔在天空中的狮子，我曾经在梦里看到过。

但我从未梦见过狐狸。

要说我跟狐狸仅有的一点联系，想来想去，也就是剪纸。

那年我接受了一项考察黄河的计划，一家出版社给我一笔可观的旅费，考察内容随我自定，到时写出一部书即可交差。就是那次考察，我碰到了山东农村一个姓吕的老太太。

老太太有九十多岁了，是个神秘的剪纸大师，她的几个徒弟都上了中央电视台，一个在法国得了奖，一个在德国得了奖。老太太平日身体不好，脾气也古怪，外面来的人也渐渐不太找她。所以大多数人认为这个古怪的老太太早就死掉了。

这些都是事后听人说的。

我碰到她完全是凑巧，事前既没有查县志，也没找当地人做向导。那次我到黄河边上的一个村子转悠，那里的房子盖在一片人工的高台上，十分奇怪。当地人称这种高台为“避水连台”，是用土筑一个与黄河大坝齐高的连台，所有的房子都盖在台子上，洪水一来，“避水连台”就相当于农民们的诺亚方舟或航空母舰生活区。在连台上，房子都连着盖在一起，但也有一两个像棚子一样的低矮屋子，跟众人不在一处。

我从一家刚生了孩子的人家里出来的时候，正好看见老太太在不远处的棚屋晒太阳。

她坐在阳光下晒她的手，两只手在膝盖上摊着，头发像隔年的稻草，又干又白，却编着辫子。这么苍老的头发而能编成辫子，简直是奇观。

说什么好像她都听不见。我手里拿着两袋方便面，一次比一次大声地告诉她，用开水泡了就能吃。屋子里只有一张床，蚊帐是黑的，席子下面露着麦秸秆，没有凳子，有一只麦秸编的坐墩。老太太自言自语地说，我快死了，死了我就不剪纸了。我站着，一时不知所措。她又说，我的鼻子灵着呢，你是个好闺女我知道。然后她就摸到床边，把手探到席子底下，摸索起来。

她的手从席子底下出来的时候，带出了一张红色的纸，是一种罕见的火焰的红色。火焰在她的手上跳荡，轻盈、柔韧，她的另一只手举起来的时候，我看到了一把剪刀，形状普通，但色泽阴沉，看上去有一点诡异。

她的两只手瘦得只有几根光秃的骨头，连皮都没有包上，鬼的手大概就是这样的。这种手锋利而寒冷，是另一把剪刀。红纸顷刻被折成了长方条，红面在内，白底朝外，火焰熄灭了，灰烬在转动。只一会，老人抖开红纸，一只红色的火狐狸就从纸上跳了出来。我捡起掉到地上的纸，拆开，这样我又看到了另一只狐狸，那只是实，这只是虚，一只是另一只的影子，或者相反，实的是虚的这个的影子。这样诡秘的事情以前我竟没有发现，真是太愚钝了。

从老太太家出来不远，就等到了一辆载客的摩托车，我先到县城，又从县城到了山东淄博。

淄博不是我特意选定的一个地方，因为要去黄河入海口，考察河口地区，而河口在东营，去东营必须路过淄博。在淄博我看了地图，才知道此地有一个蒲家庄，是蒲松龄的故居。《聊斋志异》是一部狐狸出没的书，蒲松龄则是一个与狐狸有关的人。

我所能想起的全部跟狐狸的瓜葛，也就是这些了。

和狐狸的话题主要有两个：一是狐臭更臭还是我们小区的下水道更臭；二是我是否应该改变自己的生活，前往狐狸的故乡。

有关第一个问题，狐狸说，我们狐狸身上的气味是很迷人的。我问它，有贝克汉姆迷人吗？不料狐狸并不知道贝克汉姆，我费了许多唇舌，也未能让它明白。隔天，电视里有英超联赛，是曼联的主场，贝克汉姆穿着红色的球衣，在绿色的球场上奔跑，英姿勃发，万众欢腾。我告诉狐狸，这个身穿7号球衣的男人就是贝克汉姆。

狐狸盯着7号看了一会，说，这个贝克汉姆，就是我们狐狸变的。看我不快，便又改口说，换个说法也行，他的前世是一只狐狸。你看他长得多像火狐，还穿红色球衣，谁都能看出来。为了跟狐狸保持区别，我坚持认为贝克汉姆穿上白色球衣更俊美。狐狸怏怏不乐，想了一会，说，穿上白色球衣也是狐狸变的，不过不是火狐，而是银狐。

至于狐狸的故乡，我并不想去。但我想到亚热带的果林去，那是我视作家园的地方。头顶悬挂着硕大的芒果和木瓜，有叶如剑戟的地菠萝和阔叶的木菠萝。这些果子的形状就隐藏着我的故乡，在我家的后门长着高大的龙眼树和荔枝树，它们是园子里古老的皇帝和皇后，零星的黄皮、杨梅、枇杷、番石榴如一群少女，在果熟时分发出尖叫，招惹路人。

狐狸问，那你为什么不回家乡呢？我不想回答这个问题。因为家乡早就没有了，老树一旦砍光，就不存在故乡了。

狐狸又说，我可以带你到亚热带果林里去的呀！我问它，怎么去呢？坐飞机？飞机上不让带宠物！

狐狸说，不坐飞机，骑自行车去！

它让我晚上不要吃得太饱，我本来想炒两只鸡蛋，听了它的劝告，便也免了。晚上我们吃了胡萝卜炒青椒、醋炒空心菜梗，此外还有前一天剩的煎鱼。吃过饭后，它一跳就跳到了西窗的窗台上。窗外是另一个小区的锅炉房和烟囱，晚霞浓郁，即使穿插着丑陋的烟囱也能感到天空的无限美好。我觉得，如果不计较狐狸身上的气味，它其实是一个不错的伙伴。

这段时间，每天傍晚 7 点多，天空的颜色跟狐狸身上的颜色一样，从特定的角度看过去，它们融为一体。这时我会想到山东那个剪纸的老太太，她手中的红纸，红纸中脱落的狐狸。如果她的红纸像半个天那么大，那她就是造物主了吧。

西边的光线慢慢变暗，狐狸也变成了一片灰色的影子，它仍坐在窗台上。所谓骑自行车去亚热带的事，大概不会是真的。

月亮升起在南边阳台的屋顶间，房间里有一点微光。狐狸说，我们走吧。我们摸黑走下楼梯，在小区里潜行。我听不见自己开自行车锁的声音，但能听见狐狸说话，它说，让我站在你的车后架上。我马上感到背后热烘烘的像穿上了一件毛衣。已经是秋天，又在夜里，这种温暖的感觉很舒服。它两只前爪搭在我的肩上，然后我蹬上自行车在黑夜里走。脚下很轻，几乎感觉不到车轮与地面的摩擦。我们沿着温榆河向北，污染的河水发出阵阵恶臭，辣得眼泪水都快出来了，照这样子，怕是跟亚热带果林只有越来越远。但恍惚之间，恶臭就消失了，脚下越来越轻，背上的狐狸也没什么分量，只是感到一片轻柔的皮毛。

前方一片橙红色的光亮从树林内部透出来，远看像一只巨大透风的灯笼。狐狸说，到了。话音刚落，我就感到自己被一阵暖风裹了一下，顷刻落到了一个什么地方。我先闻到了一种异香，是一种流动的气味，直入肺腑，使人沉醉。过了一会，眼睛适应了这里的光线，果然看到周围正是我熟悉的亚热带果园的景象，肥阔的芭蕉叶间隐藏着类似炮弹的蓓蕾，细高的木瓜树上累叠着硕大的木瓜，有青有黄，芒果从高大的树上垂下，参差错落，荔枝、龙眼和枇杷，则从近处的缝隙间时隐时现。自行车和狐狸却都不见了。

这样的果园是奇怪的。我从小跟所有这些水果一起长大，它们开花结果，树叶更替，我知道它们的秘密，它们不可能同时出现在树上，除非它们已经死去。

异香在空气中浮动，我微笑起来，我已经辨认出这是一种什么气味，熟透的菠萝和裂开的芒果，以及别的水果。总而言之，这种香气超越季节难以捉摸，醇厚却不腻甜。我从芒果身上看见我小时候的院子，芒果树就在水龙头的旁边，如果是大片的芒果林，则是在小学的后门，果熟时分，高年级的同学要去守园子。枇杷树在我母亲单位的门口，一共两株。杨梅在县委的深处，我的幼儿园也在那里。龙眼树在后门的河边，荔枝树和杨桃树在大园。我的亲人、邻居、故旧，他们在果树间出入，亚热带的阳光照耀，皮肤黧黑。

他们从果核里出来，变大，又缩小。我的外婆也是这样，她只有一只木瓜那么高，她领着一个挑木柴的人向我走来，一边走，一边变大，一担木柴全是圆圆的小松木，整齐地码在一起。八角钱一担，还是七角？外婆走到我跟前，她变得像我一样高，我叫她，她听不见，我再看那担木柴，这时已变成了一担黑色的木炭。我明白，是时间把木柴烧成了炭。

但是外婆没有停下来，她转身走了，越走越小，最终消失在一只枇杷里。异香缭绕，狐狸仍不见踪影。我在树林里穿行，又看到了有一层楼高的剑麻和一株木棉树，树上挂着哈密瓜那么大的木棉花。看到木棉花我就想起了自己的枕头，那是我上高中那年母亲专门做的，枕芯里装满了带籽的木棉，枕套是绿色的精纺棉布衬上手工钩花。

有一朵木棉花从树上掉下来，我走到跟前，正想捡起，却发现树底下有一张狐狸皮，这是它蜕下来的，还留有余温。我想它大概就在附近。我喊它，我的声音又细又薄，刚出口就被高大的剑麻挡回来了，传不到远处。

我没有找到狐狸，但我在一株芭蕉树底下看见了我的自行车，车没有锁，我刚把脚撑打开，狐狸就从我头顶跳下来了，原来它藏在这株芭蕉树上。它顺着一梳青芭蕉溜下来，像猴子坐滑梯，直接滑到了我的车后架上。

回到小区，天刚刚开始有点亮，有几个老人在遛狗，他们神情呆滞，行动缓慢，像幽灵一样。我累得要命，就像刚刚步行了四公里，回到家里倒头便睡。

醒来不知是什么时候，窗帘外面似乎还亮着。我躺在床上，感到骨头酥松，十分惬意。忽然听见窗外有动静，九蛋的脑袋在没有关紧的窗帘后晃来晃去，看样子，他是沿着下水的管子，从一楼爬到了五楼。

九蛋住一楼，他爸爸得病死了，妈妈改嫁了，他跟奶奶从农村老家来，住在叔叔家。第一次看见九蛋的时候，他身边正围着一群狗，里外挤成了一个大疙瘩，就像全小区的狗都聚到了一起。我冲里一看，一个头发乱糟糟的男孩光着身子和狗厮混在一处，他跳狗也跟着跳，他跑狗就跑在他的前面。

我冲着窗帘喊，九蛋！你扒在那儿干什么？小心掉下去摔破脑袋。九蛋说，我找狐狸呢！我看见一只狐狸在房顶上，是红色的，现在不见了，准是跑到你屋里来了。有关狐狸的事，我不想搭理他。

不料九蛋开始敲我的窗子，他说，你拉开窗帘让我看看。我不理他，他又说，不拉我就点火了，不骗你，我有打火机。我只好下床去拉窗帘。九蛋在窗外使劲动了动他的鼻子，说，你身上有一股狐狸的味道。九蛋的纠缠让我心烦，我告诉他，这是木菠萝的气味，是木菠萝，不是什么狐狸。我又从抽屉里拿出饼干塞给他，终于把他打发走了。

我走到阳台、门厅、厨房，到处都没看见狐狸，接着我把床底下、顶柜、门背后也看了一遍，还是没有。

我便只做一个人的晚饭。放两把米，水放到第三格，从冰箱里翻出一根广东香肠，整根放进米里。

一个人吃晚饭实在有点无趣，本来早就习惯，但狐狸来过几天，就又有点不适应了。好在晚上有足球，曼联跟利物浦争夺足总杯冠军，利物浦穿红色球衣，曼联穿白色球衣，全身雪白的贝克汉姆在草地上跑来跑去，我要看的就是这个。想到狐狸曾说贝克汉姆是狐狸变的，现在看来不无道理。如果跟狐狸无关，怎么能成为一个万人迷呢？我看足球主要是看此人，至今我仍弄不清什么叫越位，我也不想弄清，至于战术什么的，更是一片盲区。此人在场上飞奔，完全超越了足球，他的面容艳丽如花，比美女更像尤物。

球赛结束，曼联输了，狐狸还是不见影。心里郁闷，加上白天睡够了，不想上床睡闷觉，便东翻西翻，结果翻出了走黄河那年，山东老太太送我的剪纸，剪成的和丢弃的都被我折成原样，好好地夹在一本《红楼梦》里。我拿到桌上小心摊开，一只红色的狐狸和一只空的狐狸并排出现了。我把这一虚一实两只狐狸举起来，又放下，不知拿它们怎么办才好。夜一深，事情就会变得诡异，人也容易脱离现实。

无端觉得这剪纸实在是有点像狐狸的魂魄。

这样一想，自己也觉得有点走火入魔。但在睡意蒙眬之中还是止不住半眯着眼满屋子找盘香，那是在八大处爬山时顺手买的，从未用过。但找来找去，只找到了蚊香。蚊香是俗物，用来熏蚊子，跟魂魄什么的毫无关系，它的作用是往我后脑勺猛敲一棍，使我回到现实中。

我的现实是，外省来京，没有户口，每六个月要去办一次暂住证，每次交一百八十元。刚来的时候，曾到一家杂志社当聘用编辑，干了半年，心里极不平衡，比正式人员多干一倍的活，却比他们少拿一半的钱，而且没有医疗养老保险。

这期间我认识了一个写电视剧的人，他是一个著名编剧的枪手，名编剧接了活，分给他干，稿酬分成。有一次他忙不过来，让我帮了两集，他发现我比他写得好，交上去很容易通过，以后他接了活就让我干，编一集电视剧，署名的编剧拿大头，他拿中头，我拿小头。我觉得这活不错，虽然层层剥削，但到手的钱毕竟不少。一在小区买了二手房，我就把杂志社的活辞掉了。但很快，电视剧的活少了下来，大概那人找到了要价更低的枪手。好在我花销不大，每月写上一点生活类的文章，过日子就绰绰有余了。

暂住证这件事，本来也不介意，但出了孙志刚收容致死案，我顿时感到自己毫无保障。孙志刚大学毕业两年，应聘到广州一家服装公司搞平面设计，有一天晚上出去上网，只因为身上没带暂住证，被派出所收容并送到收容站，结果在收容站被毒打致死。如果没有媒体披露，孙志刚就白死了。

跟孙志刚相比，他有工作单位，我没有，属“无正当生活来源”，如果不办暂住证，“三无”即占“两无”，虽有固定住处，若遇上收容站要创收，被胡乱抓进收容站，也不是没有可能的。

秋风起了，大白菜还没下来，九蛋家在门口的水泥地上晒了一地辣椒，是那种尖头长辣椒，比一般辣椒要辣。九蛋有时候光着脚丫在上面跳，踩烂的居然不多，但辣气照样呛到五楼，我只好白天关着窗户，夜晚再开窗透气。

这段时间九蛋的叔叔没活干，整天看见他在辣椒旁边的空地上摆弄一只木笼子。这笼子有点奇怪，很高的靠背，跟底面有平行的隔板，板子较厚，中间挖了一个圆洞，两侧则各削掉了一大块，看上去正好能塞进人的两条腿，中间的圆洞似乎是用来拉屎的。他家的孩子已经长大，谁还要坐这样的笼子呢？再说笼子大小也不像是小孩子坐的，要大一倍多。

九蛋的叔叔正在给笼子装木轮，刚装了一只，另有三只躺在旁边。疑惑间，他问我，你要不要一只？连工带料，一百块！这话问得突然，我一时有点慌乱，因为那一瞬间我想到了狐狸。我说，我不要，我要笼子干什么？

即使有笼子，也是关不住它的。这狐狸段位甚高，非一般狐狸能比，谁又能关得住它呢？

狐狸走后，我有点无所事事，便整日骑着自行车四处游逛，却不知道自己到底要去哪里。我沿着温榆河向北，妄图找到狐狸带我去过的亚热带果林，但一路只闻到污染河水的臭气，看不到奇妙之处。河床灰白，更加坚硬，岸边不多的几株柳树正在掉叶子，用不了几天就会掉光，到那时，就更没什么景色可言了。

有天太阳不错，天是蓝的，在房间里能看见西山，我便又骑车出去。远远看见几排房子，不知是干什么的。有木栅栏，是削尖的圆树干，带着树皮，觉得应该是一小型农场，抑或是养猪场宿舍。我骑车到跟前，看到栅栏门口有一个牌子，上面写着：晚霞敬老院。

如果将来能活到七十岁，养老院这种地方多半是要来的吧。这样想着我就把自行车放在门口，自己探头探脑地走了进去。栅栏围得很大，够圈五百只羊的，用作养老院，未免太大了一点。

还没走到跟前，平房里就有人嚷嚷着出来了，一个老太太叫道，运动会啰，运动会啰！她花白的头发扎成了两只刷子，胸前沾了一颗米饭粒，门牙掉了两个。她满心欢喜，嘴一张，口水就掉下来了。她用衣袖蹭了蹭，又接着叫嚷。

终于，出来了十几个老人，还有几个家属和工作人员，他们分成了两拨：一拨面对着墙根，比赛单腿直立，双手扶着墙，一条腿抬起来，看谁坚持得最久；另一拨则在空地上比赛倒走，差不多所有的老人都违反比赛规则，走一步，就回头看一步。有一个老头拧着不回头看，他怒气冲冲地瞪着那些违反规则的人，一边跺着脚往后走。一个中年妇女冲他喊道，安全第一！安全第一！慢慢来，每一个人都有奖品！大家都有份！另一个妇女则兴冲冲地告诉我，这是一个先进养老院，在别的地方是没这么多活动的。

正觉得无趣，就听见一阵锣鼓声从平房漫了出来。

鼓声散漫绵软，鼓和锣各打各的点，敲不到一起，并且一会快一会慢，像是几个三四岁的小孩子在胡闹。我走近窗口，只见一个大房间里有八九个木笼子，正是九蛋的叔叔做的那种有木轮的坐笼，每只木坐笼里坐着一个老人，看上去略有些痴呆，歪着头，嘴角流口水，目光茫然，各种情况都有。他们每人手里举着一块绸布，有的红，有的绿，一下一下地朝空中扬起来。敲鼓的是三个老人，他们太老了，力不从心。

实在是很奇怪的一个场面。

难以想象。这难道是最新研究出来的，用来延缓老年痴呆症的一种方法吗？或者仅仅是游戏？如果是游戏，又太荒唐了。这时工作人员又推进来两只笼子，边推边说，扭秧歌了，扭秧歌了。原来这是一种木笼秧歌，真是奇思异想。但鼓点却停了下来，敲鼓的老人用衣袖捂着脸说，臭，臭。估计是有人把屎拉在了木笼里。但别的人并不理他，过了一会，他便又继续敲鼓了。

想到自己老了以后将要过这样一种滑稽的生活，一直到夜里也没能缓过劲来。

秋天的风一阵又一阵，雨也下起来了，一下就是三天，我缩在被窝里，不知道做些什么才能更好受些。如果这时候狐狸来，让我跟它到所谓的狐狸的故乡，大概我也会去的吧。以我的想象力，我认为到狐狸的故乡也许是这样两条路：一是像上次到亚热带果林那样，在某个夜晚，由它带领，骑上我的自行车，沿温榆河往北；第二条路或许也不远，就在野外的某一处沼泽地，陷入地底下，大概是所谓的狐狸的故乡了。

第一条路像是一个梦，不甚真实，第二条路则又太像死亡，而且自虐。或者还有第三条通道，把自己变成剪纸？一个虚的留在世间，一个实的前往他乡。完全是异想天开。

天晴的时候辣椒的气味又飘荡在空气中，九蛋家的木笼子派上了用场，他奶奶坐在那里面被推出来晒太阳。我第一次看见他奶奶，她瘦且小，脸上皱得像一只核桃，白发稀疏地披在脑后，看上去像一只古怪的猴子。九蛋从自家的窗台上蹦下来，他拣了一个最大的辣椒举到奶奶跟前，他慢慢地从左边晃到右边，又从右边晃到左边。他边晃边对奶奶说，这是甜的，不骗你，你摸摸，软软的，跟柿子一个样。说着他就把手中的辣椒凑到奶奶鼻子跟前，又塞到她的嘴边，非要她尝尝。奶奶一边躲一边咳嗽，正好这时九蛋的婶婶看见了，骂他雷劈的杂种，绝八代！九蛋扔了手里的辣椒，嘟囔着说，我想试试她是不是真的痴呆了，她还知道躲呢。

看见我，九蛋说，你的狐狸又来了，我看见它了。

我不理他，但希望是真的。

一个多星期没看见它，狐狸这个词听上去有点生疏怪异，那种跟它共处一室的真实感也不复存在，回想它的面容，也较模糊，只记得细长的眼睛和棕红色的大尾巴。

锁车，上楼，渐渐兴奋起来，带着好奇和期待。

刚上到四楼的拐弯处，忽然，一团棕红色的东西从楼上跳荡着，眨眼之间就到了我跟前。嘿，狐狸，真的是它！它不说话，只是像一只狐狸犬，摇着尾巴，双腿直立。我想到，这时若被九蛋看见，说它是狐狸犬是最恰当不过的了。

这次它既然不是从下水管道上来，感觉上就没那么诡异了。开了门，它在门厅、房间、厨房、阳台转了一圈，回来小心问道，你的男朋友来过了，是吗？

男朋友的话题并不使我愉快，我们之间本来就不够相爱，只是一个月见两三次，每见一次，总是吃一顿饭，上一次床，之后分手。但我希望他爱我多一点，我也爱他多一点。交往一年多，觉得此事越来越难，却又不甘心。一旦上床睡过觉，这件事就更难了。更糟的是，现在不但没有什么爱情，连性欲都淡薄了。

这次给狐狸取了名字，叫翠花。原则是，既要响亮，又上口易记，还要有人间烟火味，以便冲淡它的诡异。

翠花。

基本上符合我的想法。

翠花，翠花，《东北人都是活雷锋》，翠花，上酸菜。从一个广为流传的音乐评书，一个头戴军帽的形象过渡到我家的狐狸，觉得也不是一件顺利的事情。我只有多叫唤几遍。

我去买鱼，又买了卤鸡爪，我想这些都是翠花爱吃的。但它只吃了一点点，我吃得比它还多，我吃完了鱼，就用手抓着鸡爪，又啃又吮。看我一副美滋滋的样子，翠花说，阿姐不知道自己的前世是什么吗？我啃着鸡爪问道，是什么？翠花说，是狐狸呀！

原来如此。

晚上把狐狸独自留在家里，我一人出来散步。

晚霞满天，小区门口照例聚了四五个摊子，烤羊肉串、水果、茶叶蛋和煮花生各一，另有一名妇女蹲在地上，她跟前的塑料袋装着一袋煮玉米，热气从袋口冒出来，甜丝丝的。

到门口买东西的人五花八门，打扮新潮古怪的“北漂”，衣着过时的退休老人，普通居民模样的拆迁户，还有两个黑人，穿着一身白色长袍，猛一看能吓人一跳。大家嫌超市里的东西贵，都喜欢在门口的摊上买吃的。

我迎着晚霞向西边走去，一路上是各种新建的小区，有大量空楼待售。有的小区改了电暖气，电费昂贵，有人在面街的阳台上挂了大幅标语：坚决取消电供暖！有的则写了此房转让，而旁边的窗户却又有标语道：不能买某某小区的房！

一路想着，如果把狐狸牵出来，像别人遛狗一样，那感觉定是美妙无比。这样想着，已经到了西边的广场，广场很大很空旷，一个人走着，实在有点傻，只好折返。

问题是，狐狸跟狗可不一样。

即使把它叫作翠花，也无法把它当成狗，更难当成朋友。它身上的气味有时使我头昏，刚开始的时候天天熏薰香，后来干脆熏艾草。好在艾草大大的有，窗外的玉米地空了有一两年，听说是一个香港影星买了要盖影视城，却一直空着。那上面长了各种草，最多的是野苋菜，其次就是艾草。我无事可干，隔天就去采艾草，就地编成草辫子带回，晾在阳台。熏艾的时候用一只破搪瓷脸盆，熏完客厅熏卧室。

艾草的气味很好闻，有乡野的感觉。

但狐狸不喜欢，它说艾草长在地里还不错，采回来也无碍，只是烧起来的烟受不了，眼睛发疼，身上发痒。

只好让它到阳台待着，关起门。

男朋友一进门就闻到味道了，他到处看，不明白这股子怪味从何而来。我告诉他说，是熏蚊子，用的是艾草。在微烟中，他捂着嘴，我也捂着嘴。

彼此看上去都有点怪，烟散尽了也仍然怪，好像烟还在我们中间，在房子里。

一时无话。好容易想起来问他点什么，刚一张口，却又忘了。突然他眉毛扬起来，我以为有什么有趣的话题，结果说的是他老婆出差去了。

便上床。

上次他来，我就没什么感觉，这次再来，还是那样。而且变本加厉，不光没有感觉，意识还不停地跑出身体外，像一个不相干的人看自己，越看越觉得无聊，两个男女，大白天的在床上弄来弄去，真是可笑。身体也是干涩的，怎么都不行，他一使劲就疼。中途而废，两人都不知道说点什么好。

之后在小区的饭馆吃的晚饭，要了一个红烧鱼，酱油太多，黑乎乎的，一个排骨冬瓜汤，像刷锅水，炒油菜看上去不错，却咸。饭后把人送到小区大门，看样子他未必再来了。

狐狸身上的气味在越来越稀薄的艾草烟中一阵一阵浮上来，不知怎么，竟也不感到太难闻。

天已经暗了，狐狸还没吃东西，我又懒，便在厨房乱翻，翻完之后又翻冰箱，心里不怎么顺畅，脑子木木的，手上也不知在翻什么。总算翻出了一根胡萝卜，扔到盘里给它了事。晚上下起了雨，淅沥的雨声使房间异常清冷，我便又点起了艾草。

灰白的烟像蛇一样在房间里游动，缓慢地，轻而软，看在眼里，有一点委婉和妥帖。狐狸靠近我坐在沙发上，隔着艾草的烟，我们挨得很近，它的毛发盖着我的腿，全身暖洋洋的，渐渐地，也不觉得它的气味难闻了。

烟在时间中走过，雨下了又下。一个人和一只狐狸在一起，人觉得自己变成了狐狸，狐狸也觉得自己变成了人吗?

搜捕无证犬的事过后没两天，我发现狐狸脑袋上有一块毛的颜色变黑了，从棕红变成浓黑，实在匪夷所思。这难道跟搜捕有什么关系吗?

一直听说要搜捕无证犬，以为说说而已，没想到他们真的到家里来看了。半年前，瘟疫席卷全国，都说与野生动物有关，后来又说跟宠物犬也有关，眼下为了加强管理，全市犬只要统一重新登记，交钱、领证、打针，一旦发现无证犬，格杀勿论。小区门口张贴了布告，有狗的人家纷纷行动起来，防疫站排起了长队。

我并不认为自己养了一条狗，而且也没人见过狐狸。但物业的人看见我，意味深长地提醒过，说是狐狸犬也要去登记的。虽然风闻要成立打狗队，我并不相信。

他们在吃中午饭的时候来，由居委会的老太太领着，要我把无证犬交出来，我说没有，但人家轻而易举就发现了阳台上的“狗屎”，又有人找到了脱落的棕红色毛发。铁证俱在，无话可说，只好由他们在厨房厕所卧室看了一遍，没有找到。

此外，九蛋失踪也是搜捕过后发生的怪事之一。

不知是被拐卖了，还是被收容了。大家说九蛋这种男孩不要紧，即使收容，也不过是挨一顿打，家里人给收容所一点钱就能放回来，大不了到昌平筛沙，筛上个十天半月，也就放回来了，不像女孩那么让人揪心。大家还记得，有一年警察在石景山区那边的一个酒家救出了十几个被强迫卖淫的女孩，都是酒店老板从江苏徐州收容站“采购”来的。

连续几天，九蛋都没有回来，他的叔叔也没工夫去找他，只有坐在木笼子里的奶奶，久不久地，喊上几声。老人的声音断断续续，喊了停，停了再喊，声音是瘪的，但断断续续，像柳絮一样飘在空中。

九蛋家晒在门口空地的辣椒已经收干净，空气中也没有呛鼻子的辣气了。我最后一次看见九蛋的时候，他站在正对着门洞的地方，身边没有了狗，人显得孤零零的。没有钱办养犬证，他家的狗也被弄走了。九蛋耷拉着脑袋靠近我，说想去五台山学功夫。我问他为什么不去上学，他说上学没有用，功夫有用。

狐狸说，用不了多久，它身上的毛就会全都变成黑色，只要头上一开始变化，全身变化的速度会越来越快，等到身上最后一根毛都变成黑色，它就要走了，它将回到狐狸的故乡。

你跟不跟我去呢?

它问。

洗澡的时候发现自己身上新长了一些毛，腋下和两腿间的新毛较多，说得上是茂密，棕红的颜色，坚硬、闪亮。肚脐周围也长了一层绒毛，柔软的，浅棕色。我从镜子里看到自己的眉眼也有些变了，眼睛变得细长，眯缝，跟狐狸的眼睛多少有点相像。我端详来端详去，觉得这样也好，看上去脸上有笑意，心里慢慢就会快乐起来。

既然天晴了，我就让狐狸带我到上次去过的亚热带的果林，那样奇异美好的地方，后来又在我的梦中出现过，可惜一直没有机会再去一次。

狐狸说，再去你就要想好了。

想好什么？我问。

因为再去你就回不来了，狐狸说。

我不太相信，上次我不是平安回来了吗？再说那儿不是我的故乡吗？我的亲人和我的果树，即使回不来，也没有什么可怕的吧。

但狐狸说，那儿也不是你的故乡。

我早就知道，用不着狐狸来告诉我，故乡早已经死去了，就像我的外婆，就像一担木柴，在时间的深处，从这头到那头，一担木柴就变成了木炭。木炭打死它也变不成木柴了。

狐狸告诉我，有另外一条路，不再骑自行车，而是跟着它，走窗外的那片野地，从一处隐秘的沼泽下去。

但那儿不是狐狸的故乡吗？我问。狐狸说，它的故乡就是我的故乡，因为我是一只流落人间的狐狸，在这世上压根就是异类。

狐狸的毛色虽然变了，但它的气味不但没有减弱，反倒更浓了，我要在冬天到来之前多采些艾草，至于它能否坚持到冬天，这样的疑问一旦冒出来，我就把它压下去。

采回来的艾草来不及编辫子，统统堆在阳台上，要熏艾的时候就抓一把放进脸盆里。熏出来的烟也不像原来那样蜿蜒，那样袅袅婷婷的了，有点像我的心情，乱糟糟的一片。

随着狐狸毛色的变化，它的口味也变了。

先是不能放油和盐，说那样皮肤会发痒和掉毛。于是只好留心，炖鸡翅的时候，炖烂了先捞起来，剩下我的那份再加料酒红糖和油盐。蔬菜则一律吃生的，我给自己准备了一小碟佐料，实在嫌淡就蘸着吃。

它对贝克汉姆也提不起精神来了。跟它议论小贝会不会从曼联转到皇家马德里，到底是曼联想卖了他赚钱，还是他自己想走，我饶有兴致地说了半天，它却一声不吭，眼睛看着天花板。

有时候白天找不到它，我怀疑它是到什么地方逮老鼠去了。

一只吃老鼠的狐狸，这件事情实在是越来越正常的。

但想到自己将变成一只狐狸，也每天以吃老鼠为最大的享受，的确不能令人心情舒畅。只愿意跟它骑上自行车，到那个温榆河边的亚热带果林去，在橘黄色的光线中，成为一只体态轻盈的狐狸，不食人间烟火，更不吃老鼠，浓缩在时间的深处，不生不死。

但那不是真实的。

狐狸全身红色的毛都变成了黑毛，只剩下一根尾巴是红色的，这使它看上去比开始时好多了。若它把尾巴藏起来，就像一只长了狐狸脸的黑豹子，机警、聪明，深不可测。刚开始的时候，黑头红身，房间里陡添一种恐怖，后来半红半黑，又感到怪诞。

我身上的毛发也在加重，不是黑的，是棕红色，我不知道这意味着什么，跟狐狸有关，还是走火入魔了？

有天想试试生鱼，去超市买了，又弄了些芥末和酱，觉得不行，又加了生姜大蒜，再倒了一杯红酒，还是不行。放到嘴里就觉得不对劲，勉强嚼了两下，满嘴都是异样感，连忙吐掉了。

这样才清醒了一点。

但满屋都是狐狸的气味，我已经说不上是喜欢，还是讨厌，艾草早就不熏了，统统堆在阳台的墙角，有时候它们会呜呜地响上一阵，像刮风一样。

狐狸全身变黑之后，房间的光线好像暗了不少，四十瓦的灯就像十五瓦，在白天，晴天就像阴天，阴天则像傍晚。如果带它出门，是否就像随身带着一朵乌云？

有时会想象最后的时刻，想象着，一旦它尾巴上的最后一根毛变黑，房间里的光线就会顷刻被吸走，在黑暗中，我将和它一同沉入沼泽地，去往所谓狐狸的故乡。但这种预想不但没有给我带来故乡的温暖，反倒感到是与狐狸同归于尽。

去还是不去？这是一个问题。

到晚上，阳台上的艾草一发出风的呜呜声，我就会听见屋顶上狐狸走动的声音，轻盈，然而密集，不是一只，而是有许多只。按说狐狸的足垫够厚，富有弹性，它们走在屋顶上不会发出很大的声音，但我听得清清楚楚。我知道，那都是些黑色的狐狸，跟黑夜的颜色一样。

这时候，狐狸的气味从天花板上的那些缝隙直钻下来，肉眼看不见的缝隙里，狐狸的臊味浓得变成了水滴。

我躺在床上，觉得自己的身体一阵冷，又一阵热。心脏好像也松动起来，像一只青蛙，一会跳到嗓子眼，一会又跳到肚子里，有一次还跳到我的尿道口，想尿尿的感觉也一阵一阵的，要不是使劲憋住，恐怕就要尿床了。

我有点害怕。

我怕死，来世变成什么我不操心，我要活着，吃煎鱼，吃柚子，吃烤红薯，吃米饭，我要给每一个朋友写信，给每一座山取一个温暖的名字，劈柴，喂鸡，种白菜。

狐狸坐在西边的窗台上，满窗都是红色的晚霞，只有狐狸是黑色的。这景象有点怪异，又使我想起了剪纸。这时候的狐狸像一只剪剩下的红纸上的黑色的空洞，有着狐狸的形状，但谁也不能抓住它。

天已经全黑，房间里跟外面一样黑。狐狸最后一次问我，是否跟它到狐狸的故乡去。

我想不清楚这件事情，时常想去，却又患得患失，内心深处有所惧怕。在黑暗中消失，前往未知的世界，即使那里有无限魅力，也仍然是异乡。

狐狸再也不吭声。一片浓黑之中，只听见楼下的老太太呼唤九蛋的声音，一声长，一声短。

发表于《人民文学》2004年第3期

汉阳的蝴蝶

明宇你会缝被子吗？王劲风的声音从头顶上方传来，夹杂着一丝细微的烟草味，有一种干燥暖和的感觉，一种异性感。

周日下午，宿舍里没有别人。11 月份，秋风乍起，干干的凉风在宿舍长窄的走廊里转来转去，明宇在宿舍里呆坐着正不知干些什么好，就听见有人从走廊的那边走来，脚步声奇怪地停在了寝室门口。王劲风。他站在门口，头差不多顶到了门框。他说，明宇，你没出去？明宇立时呆了一下，大脑一片空白，一时不知应答。

王劲风跟女生打交道向来松弛，有的男生是见了女生就脸红，非但说不出话来，连正眼都不敢看一眼。王劲风是班长，东北人，会打篮球，也会写小说。明宇跟他几乎没有单独说过话。

明宇你会缝被子吗？他在她头顶上方问道。嗯哦，她含糊地吱了一声，全然没有想到王劲风会找她缝被子。被子，贴身盖的，应该是由女朋友之类的人来帮忙才是。

怎么不找李小榴呢，他？

李小榴当然也不是他的女朋友，但也不能说不是。两人关系令人费解。谁都看得出，李小榴迷上了王劲风，王劲风无论在哪儿，不出十步，你总会看到李小榴。有人曾在宿舍的后山远远看见两人拥抱，在 20 世纪 80 年代初，学校不准学生谈恋爱，这通拥抱非同小可。王劲风打球摔折了腿骨，他拄着一根木拐杖走来走去，拐杖结实专业，很有威风，是李小榴从部队医院弄出来的。小榴每天帮王劲风打饭，据说还喂过。

但李小榴真的不是王劲风的女朋友。

他在不同的场合解释过，他不能爱李小榴，因为他有女朋友了，也可以说是未婚妻。未婚妻是公交车上的售票员，条件远不如李小榴，所以他就更不能抛弃她。那小榴呢？谁爱谁都是自由，她天天找他，怎么办？再说，剥夺一个女生爱的权利是不道德的。“爱的权利”是十年“文革”之后，当时一篇小说的题目。光这四个字就够震撼人心。班里有人有半导体，放在宿舍书桌的中央，收音机里浑厚的男中音朗读着这篇小说，人人凝神屏气。

而李小榴也够得上是英勇无畏，的确！她像日本电影《追捕》里的真由美，蔑视人间乱七八糟的栅栏。这跟她是部队子弟的身份大概也不无关系。她以她特有的娃娃音说着电影中的一句著名台词，我是你的同谋！一边把拐杖递给王劲风。很是有意思。

显然她周日回家去了，只有像明宇这样的外地学生还在学校里猫着。明宇心里一阵乱跳，突如其来的幸福感骤然涌上明宇的全身——她要帮王劲风缝被子了！缝被子，当然，她会，她愿意。在微微眩晕中她听见王劲风说，那过一会你就到楼顶平台去，在那儿缝！王劲风消失在走廊的那头。明宇开始找针线，她从来没有这些东西，自己缝被子是借同学的针，线是用商店里买的缝衣线，用双线缝。她老家不叫缝，叫绗（háng），把棉胎包在被面和被里中间，以行距大大的针脚固定起来。这边城市的同学是用一种专用的粗线，像细索一样，用一种又粗又长的特大号钢针。城市生活处处不同，连绗个被子都是特殊的。

找到了针线，又特意换了一条裤腿宽一点的裤子，这条裤子的裤型好，不像原来的那条，腿太瘦，看上去像个蚂蚱。她照了照镜子，把额头上的一绺头发弄下来变成刘海。她眼睛越发亮了——对镜子里的这个女生感到满意。

借来的针线装在一个扁扁的旧铁皮盒里，这盒子大概从前是装香烟的，上面有飞檐层叠的黄鹤楼图案。昔人已乘黄鹤去，此地空余黄鹤楼。明宇脑子忽然冒出这两句古诗。唔，不如改成：小榴已乘公交去，此地空余……空余什么呢？空余大被子！明宇差点笑出声来。她带上门，脚步轻快，捏在手上的铁皮盒子似乎散发出某种微热，一直传到她的额头。她密着步子走过长长的走廊，像赴约会一样奔到了楼顶。

平台上没有王劲风，天阴着，灰色水泥的楼顶地面有些萧索。明宇心里一阵荒凉。她定了定神，看到十几米开外靠近围栏矮墙处铺了一方草席，席子上胡乱堆着什么，班里年龄最小的男生正蹲在席子旁边探头探脑的。小男生从贵州农村考来，还不到十七岁，他不爱说话，还在长个，所有的裤腿都短着一截。

明宇这才明白，王劲风让她上来，是帮小男生缝被子。她却不甘心，吞吞吐吐之后凛然问道，那个，那个……王劲风呢？他叫我来缝被子，怎么不见人影？小男生很无辜地望着她，不知道啊，他可能叫别的女生去了，还有好几个男生的被子要缝呢。

从此罗明宇，她见了王劲风就总是眼睛看着别的地方。

过了两周，周六中午，在饭堂排队打饭的时候，王劲风排在她后面，他问，明宇，你明天有空吗？当着这么多人，明宇感到自己的脸顷刻热起来。她受惊似的瞪大眼睛看着王劲风，嘴里却不知说些什么。只听得他在头顶上方说道，我们明天一起去看电影吧。他说，让小榴叫上你一起去。他说……他的每句话都把她震得不轻，以至于他后来还说了些什么，她都没听清。

星期天，明宇要和王劲风、李小榴三人到汉阳看电影《蝴蝶梦》，这使明宇那点不快烟消云散。枯燥的功课、刻板的教室宿舍饭堂三点一线。而且是《蝴蝶梦》，外国片，虽然不知道内容，但无疑，必定会好看！更何况和王劲风李小榴一道！至于这俩人为什么要带上她，她不愿分析这个，这个懵懂的人，她很多年后才听说了“电灯泡”这个词，一对恋人的活动夹着的第三人，她得看着那两人的甜蜜而无动于衷，必要时还得充当掩护者和两人纠纷中的调解人，不过更多的时候她当个傻瓜就足够了。我们的明宇，她对自己充当的角色完全没有兴趣，她大费脑筋的是王李两人的关系。真是让人备感困惑啊！这个王，这个李。王说自己有女朋友，不，更正规，是未婚妻；但李却又爱王，两人同进同出。这种混乱的事情明宇想不清楚，她全班第二小，刚满十八岁。

小榴明宇也是喜欢的。她仗义，喜助人，她的这些侠女气跟她奶声细气的娃娃音形成强烈对比，这使明宇更加觉得有趣了。小榴给班里弄过两次内部电影票，两次都留了一张给边远小镇来的明宇。她用她特有的娃娃腔叮嘱说，小明宇，你可别跟别人说啊，没几张票的啊。洪山礼堂你会去吗？要不要我带你？一次是日本电影《啊，海军》，一次是苏联大片《解放》。这一次，小榴的娃娃音也是那样压得低低的，我们10点就动身，到汉阳去，下午2点的电影。明宇一时觉得，乱麻又把她缠住了——为什么要到那么远的汉阳去呢，对她来说，武汉三镇，武昌、汉口、汉阳，光武昌就够大的了，再翻山越岭过大江到汉阳去，简直跟到另一个城市没什么两样！武昌这边也有电影院，洪山礼堂难道不放《蝴蝶梦》？下午2点的电影，中午在哪儿吃饭？小榴没容她问七问八，一闪身就不见了。

11月底，武汉终于也有些冷了，最低有零摄氏度，最高也只有十几摄氏度。天是蓝的，太阳照在身上令人愉快。三人并排走在学校林荫道的缓坡上，阳光透过高大的悬铃木叶的缝隙落在三人身上，圆圆的光斑旋生旋灭，美好得令明宇有些感动。王劲风走在最外面，他高大地挡着从身边擦过的自行车，下坡的车总是飞一样滑下来，有的男生还双手撒把，惊险得让女生吐舌头。小榴走在中间，明宇在最里头。小榴高个、长腿，她和王劲风步幅一致，总是没走一会，两人就把明宇落下了，总是小榴先停下来等她两步。看上去，明宇不但像一只十足的灯泡，还像一个流鼻涕的跟屁虫。虽然她没有鼻涕，但她个矮，辫子也梳得难看，硬是像个拖着鼻涕的小孩子。

坐公共汽车，坐了一辆又换另一辆。过长江大桥了，一边是龟山，一边是蛇山，天高江阔，火车从大桥下层隆隆开过，江面上有两只轮船，烟囱喷着烟。太阳照在江面上，江水荡着许多金箔。明宇兴奋得嘴里发出嘶嘶声。

过了江就是汉阳。三人下车，由小榴带路，她手里拿着一张字条，看看字条又看看街上的门牌号，嘴里嘀咕着。虽然生在武汉，其实汉阳她也没怎么来过。

他们走进了一片地形复杂的棚户区，高高低低的房子挤着，外墙肮脏，红砖裸露。路忽大忽小，窄的地方勉强能过两个人。说是路，实在像迷宫中的小道——支岔、拐弯处极多，路中间还有水坑。正赶上做饭时间，各个门口的炉子冒着烟，油烟气一阵一阵的，明宇闻到一阵腊肉的气味，她使劲吸了好几口，跟家乡腊肉一样的味道，她好久没闻到过了。她听见自己肚子咕咕叫了起来。冷不防，正在洗衣服的人家往门口泼了一盆水，三个人的裤腿都溅到了几处脏水。

电影院怎么会藏在这里？明宇忽然想起来问。她老家县城的电影院是在公园的旁边，门口是很开阔的。小榴笑道，不是啊，是先去刘铁阳家吃饭，再一起去看电影，电影院就在他家附近。

他们有些迷路了，两次路过了同一个地方——那处矮墙画着一幅令人费解的鬼脸。问了人，却又感到越走越远。一条狗垂着尾巴跟在他们身后，人走它也走，人停它也停。明宇知道这种狗最要防着，她便边走边回头看这狗。而这狗是有些狡猾的，它越发挨紧了这个慌张的女生。明宇这样一边走一边扭头，不一会右下腹就疼了起来。小榴说，是走岔气了，歇会。三人靠在裸露的砖墙上，听火车从不远处隆隆开过的声音，还有吹哨子的声音和重物撞击声。

后来他们穿过一条特别窄的墙缝，才总算找到刘家。刘铁阳正在门外抻着脖子使劲搓手，他咧着嘴，想说什么却又没有说出来。

刘家跟大多数棚户区人家一样，也是门口一小块空地上晒着几排蜂窝煤，干了之后也是垒在墙根下，上面再盖上一块脏兮兮的塑料布。也是临街放一只煤炉当街生火做饭，炉子上坐着一只砂锅，正冒着热气，明宇使劲闻了一大口，是莲藕骨头汤。

几人进了屋，屋子一下就有点挤挤挨挨的样子。进深很浅，一张方桌几乎顶到了门口。菜已经摆上，有腊肉炒红菜薹，一个珍珠丸子，一碟花生米，还有用大海碗装的炖莲藕。

刘家的女人进出几回，给每人盛了藕汤，之后她就在靠墙的一只矮凳上坐下来。几个人跟她打招呼，她竟没有应声。刘铁阳说不用管，她耳朵一点都听不见的。女人也不上桌，找出一只线手套慢慢拆着，这种劳保手套是工厂发的，工人家庭谁都有，拆来织成衣服，很有用。明宇一气把热汤喝下去，肚子非但立即不疼了，且胃口大开，她像贪嘴的孩子一样猛夹菜，胳臂肘抬得老高。她的脸吃得红扑扑的，刘家的菜实在是——啊，特别是那个红菜薹炒腊肉，同样是红菜薹，学校里大锅一煮，完全是猪食，刘家的红菜薹却炒得像另一个品种，紫红色的短茎一截一截亮晶晶的，既神气又端庄，仿佛有着深远的来历。腊肉虽然只有少少几片，却是肥瘦相间，肥的透明，瘦的深红，华丽而珍贵。

明宇很快吃饱了，这才扭头四处看。

这屋子看上去只有学校的半间宿舍那么大，或许经常停电，靠墙的一张旧条桌上放着一盏煤油灯，有一面旧镜子，是椭圆形的，宽宽的镶边上有凸起的云纹，很少见。最里面拉着一面蓝格子的布帘。屋子低矮，有阁楼，墙角有架活动的木梯子，用来上楼。刘家的女人一直坐在门边的矮凳上，盛汤添饭都由刘铁阳一人张罗。女人看上去只有三十多岁，皮肤白腻，眼睛细长细长的，额前别了一只白色的发卡，宛如白玉，形状有点像蝴蝶，又不太像，有一层包浆似的光泽，象牙白。整个人素净典雅，完全不像棚户区阶层。她是从哪里来的呢?

寻思间大家就都吃完了，似乎人人感到时间紧迫，谁也没有多费话，大家有些匆忙地，像一些饥饿状态的鱼，低着头，一个趋着一个出了刘家。

电影院令明宇失望，它甚至不叫电影院，而叫个工人俱乐部，跟所有会堂一样，前面有主席台兼舞台，台子上方有浮雕，中间是一轮太阳，四周长短相间的斜线代表太阳的光芒，太阳的左右都是葵花，一边五朵。舞台两侧的墙上是红色的宋体字，扁扁的，有些挤，一边是大海航行靠舵手，另一边是万物生长靠太阳。没有任何细节能显示大城市的气派之处。

四个人坐成了一排。明宇的左手边是小榴，右手边是刘铁阳。电影还没开始，明宇冲右边愣然说道，你妈妈真漂亮啊，她是干什么工作的?这边还没接上话，左边的小榴就捅捅明宇，凑近她耳边道，别乱打听好不好?

片刻，刘铁阳却答道，她是我小姨。

仿佛暗藏了机关，话音刚落，灯光就熄灭了，空间骤然浓缩在一片黑暗中，随即，脑后的一柱强光轰地打到了正前方的银幕上。这个小姨仿佛是不同凡响的。

而电影中的黑白画面如水浪般源源滚来：

——烧毁后的庄园，荒凉的路，黑白片，神秘而静穆。女主角，女主角的话外音响起，我再也没有回去过……明宇被这些遥远的、异国的画面所席卷，她不再想起刘家那位优雅的小姨。她在电影里看到一个叫吕蓓卡的女人，这个女人始终没有出现，她长长的风衣，口袋里手绢上的口红印，她坐在那里写信的桌椅、笔和纸，还有那个处处让人难堪的女管家，吕蓓卡在每个角落里浮动，她处在黑暗中。某种凝固的黑暗。

大学毕业，很多年过去，明宇和王劲风刘铁阳他们再也没有联系。曾经听说，李小榴将近四十岁才结婚，在这之前的十多年，她靠王劲风的信过日子，每个星期六，王劲风的信如期而至，她把信随身带着，去饭堂打饭，去商店买东西。晚上，她慢慢看信，星期日，她的回信写好了，有很多页，之后她穿戴整齐，骑上自行车到邮局寄信。她单位的大门口不远就有一个邮筒，她不爱投到那儿，那儿像一个虚无的玩意——这种事只有20世纪80年代才会有吧。听说王劲风不断地给她介绍对象，十年之后，她终于接受了其中的一个。

奥运会那年的4月份，回校聚会，这是毕业二十多年后明宇第一次见到同班同学，不过当年的班长王劲风没有来，听说他生病住院了，在深圳。他20世纪80年代末就去了南方，折腾得风生水起，又到美国去了几年，又回来，他累坏了。刘铁阳呢，也没有来，说是他家里有点事，他跟好几个同学都特意打了招呼。李小榴还是当年的娃娃音，她穿着黑衣服，端庄凝重，仿佛是某位权高者的遗孀。看见她，明宇骤然心惊。

叙旧，明宇说起当年三人一起过汉阳看《蝴蝶梦》，小榴说，是啊那次。她想起了当年王劲风的样子。那时候，她说。然后她说，那次其实是，刘铁阳其实是王劲风大学里最好的朋友你知道吗？啊？明宇不知道，她也不会观察，大学四年她基本没有成长，始终是个懵懂人。她听小榴说，那次其实是，王劲风想撮合你和刘铁阳，想让你们俩好，所以拉你一起去汉阳看电影，还特意到他家吃了顿饭。明宇突然记起了刘铁阳的小姨，那个皮肤白腻、眼睛细长细长的女人，她额前那只象牙白玉发卡，那层包浆似的光泽。他的小姨肯定不是一般人。明宇再一次叹道。

5月份，明宇接到手机短信，说王劲风去世，就在北京人民医院。遗体告别。事情突如其来，五一的时候还好好的，大家都以为不久就能出院。明宇坐地铁去，在医院外面和同学会齐，见到了二十多年没见的刘铁阳，他没去聚会原来是跟王劲风有关。告别室里黑压压的人极多，看上去都是从深圳来，男男女女衣着体面，虽是一水儿的黑色，却都质地优良剪裁讲究，有几款甚似高档礼服。明宇第一次见到王劲风的妻子，她大吃一惊，这位遗孀完全不像她想象中的公共汽车售票员的样子，她身材高挑气质娴雅，和她那修身的黑色裙服相得益彰。她端立在一个令人瞩目的位置，接受众人慰问，非常压得住场面。而且她显得那么年轻，简直不像是原配。同学说，就是她，这位当年的公共汽车售票员。她不但是售票员，她还是他们省重点中学的校花；不但是校花，她还是省委领导的女儿。所以。

所以，事情都是隐藏在背后的。

王劲风躺在白色的鲜花中。他胖了一点，跟当年已经不太一样了，如果在街上遇到，不会认出来。大学毕业的当年，那时候，明宇还在她的边远省份广西，王劲风和刘铁阳一起来南宁开会，三个人到南湖划船。因为王劲风，明宇特别兴奋，她把木桨拍得到处溅水花，大笑不已，还大声告诉他们，岸上那棵特别高、树干灰色的树就是著名的木棉花树。后来明宇离开本专业，跟同学就再没有联系。

满大厅都是陌生面孔，每人一枝白色玫瑰，是仪式主持方发给的。绕遗体一周，把鲜花放到他的身旁。明宇和李小榴排在一起，小榴步子滞重，脸上看不出悲伤，在遗孀跟前勉强握了握手，不发一言。告别之后两人越过人群，走到过道。小榴一下就靠倒在过道的墙上，她的脸扭着，哭了。明宇用一个别扭的姿势抱住小榴，她的身体跟这个她使劲抱住的身体一起抽动起来，她感到自己是那样悲伤，泪水涌出。而小榴也呜呜地小声哭出声来，紧硬的身体也随之变得舒缓一些。

又过了五年，离大学毕业过去了整整三十年。已经五十多岁的罗明宇到深圳看望在那儿工作的女儿，她已经提前退休，平日无事可做，有时候她会到图书馆翻翻报纸杂志。有一天，在图书馆阅览室里她遇见了刘铁阳。

刘铁阳多年前就跟着王劲风到深圳来了，一直没结婚，当然也没有孩子，现在是他在照顾王劲风的妻子。他们在阅览室的角落里聊了一会。那时候真年轻啊，什么事情都是懵懂的。她回想起从高天阔江入到杂乱逼仄的棚户区那种明明暗暗的印象，狗，水坑，腊肉红菜薹，那面有宽边花纹的椭圆镜子，蓝色格子的布帘，墙角的木梯子，一个女人姣白的脸庞从这片幽暗中浮出，她眼睛细长，额头上别着一只象牙色的玉发卡，她为什么始终没有说话？她从前是干什么的……

她问起这位小姨。刘铁阳沉吟良久，说，她这一辈子啊，你是不可能想象的。再次沉吟之后他又补了一句，我这一辈子，你也是不可想象的。明宇殷切地望着他，他却没往下说什么。明宇眼睁睁地看着这一珍贵的话题沉沉地坠入无边的黑暗中，如同一串珠宝掉进河里，你再也捞不起来了。刘铁阳最后只是说，小姨一直跟他在深圳，两年前去世了。

2013 年 12 月 6 日初稿

2014 年 11 月 10 日改定

发表于《上海文学》2015 年第 2 期

转载于《小说月报》2015 年第 4 期

长篇小说《北去来辞》节选

下部：卷十

屏风

海红动不动就想逃离家庭。她要追求的东西有一大把——自我、自由、爱情……离婚的念头此起彼伏，如同一片烟花，又像山林里的零星小火，东一处西一处。它们从来没有真正消停过，风一吹就蔓延，无风也蔓延。大火总有连成片的一天，而黑烟四起蹿上半空，你听见半夜里的咳嗽声吭吭布满了墙角，是烟呛的，不同的烟，扭动着从某个深渊升起。而这烟是扑不灭的，时浓时淡。他们不说话，听任两人之间的烟尘弥漫。

海红太想从这个烟尘弥漫之地跑开了。家里沉闷压抑，电话稍长，道良就不高兴，说，是不是该结束了？该离婚了。如果是打给文学圈中人，更是冷言逼人。他会说，他们绝不会帮你的，除非你跟他睡觉！他们只会封杀你，践踏你！语词强烈而刺激。有一次去陈青铜家，中午去，晚上 10 点半回来，道良劈头盖脑就说，怎么不住到人家家里去！

如果不使用他那些杀伤性的语言，道良就使用他的沉默，不同的沉默表示不同的意思，无论海红能猜出或者不能猜出他的意思，她都感到头顶上压着好几斤重的什么东西。

他的政治信仰也让她不适应。

春泱上高中时学校让她上青年党校的课，海红很是不以为然，春泱也不想去。道良大怒，他认为此事生死攸关，对春泱说，如果不去党校上课，等她到十八岁就跟她脱离父女关系。他说这样下去，从此就会走上抗拒体制的道路，永生都将不得安宁！最好的结果是成为持不同政见者，最坏的可能是跟社会上最卑劣的人混在一起。除此之外，不可能有别的下场。

难道政见不同，就连亲骨肉都不要了？匪夷所思。父女两人从此不说话。孩子整日低头发短信，道良呢，从早到晚闷坐。

阳台上养着一只小鸡，刚买来不久，春泱甚是喜爱。小鸡在笼子里，不停地叫唤，撞笼子。它一遍遍地用嘴啄门，嘴上啄出血来。滴血啼叫，啼叫到深夜。深夜里，道良把笼门打开让它出来，它在阳台的方寸之地转来转去，仍叫声不歇。

她感到窒息。

有人跳楼了，就在自家楼的十二楼。海红中午出去散步，回来时看见楼前有许多人围观，拉了警戒线。台阶上有一堆警察，十几个。**出事了**！在电梯里听说是一个小伙子，二十多岁，从十二楼跳下来，当场摔死。这人不是这楼住户，也不是来装修的，不知是哪里的人。他自己从大街上走进这幢楼，径直上二楼，从二楼走进电梯，按了十二层。在十二层他走出来，然后，纵身一跃。

海红从九层勾头一望，尸体还在，四仰八叉的，一大摊暗红的血洇在轮椅通道上，他的脸正好被高出的土台子挡住。只看了一眼，海红就要吐，干呕，吐不出来。有一瞬间，她感到跳楼的不是别人，而是自己，是自己血肉模糊的身体趴在水泥地上……

冷汗涌到额头，有些头晕。家里没有人，她觉得自己坚持不住了，硬挺着给一个女友发短信，女友说，你赶快到人多的地方去吧，或者听听音乐。她摸到一张《特洛伊妇女》的CD，太衰，太悲，人越发沉下去。再找到贝多芬的《庄严弥撒》，躺到床上，眼泪流出来，人才感到舒缓。

她连续几天梦见骑一匹马在悬崖边的一条小道上狂奔，速度飞快，极危险，她想勒马，怎么都勒不住，一扽绳子，是软的，止也止不住。忽然前面有一道断崖，几丈宽，来回腾空而过，心都快跳出来了，好在没有掉下去。

有时梦见自己骑着马从悬崖上跳下去，下面明明是广阔平坦的田野，快下到地面时却发现有一些横七竖八的电线挡着，幸好没撞着它们，平安落地了。

道良身体好，睡眠无碍，一觉睡到早上6点。他醒过来了，气血旺盛鼓荡，在身体的各处冲撞着，啊它坚硬起来了，它急不可耐地要找到那柔软温润之处……他抬头看了看另一张单人床上熟睡的海红，迟疑着。他把压在枕头底下的手表拿出来，6点一刻了，6点半，她也该睡够了。于是他到她的床上去。他嗅嗅她睡眠的气息，把手伸进去。海红闭着眼，一巴掌掀过来。

这个人，她睡眠极糟糕——12点上床，翻身无数次，好不容易，至两三点才总算睡着了，早上6点多，正是睡深时，无端被道良弄醒，她无名火起，用尽全身的力气把道良推倒。啊躁火在她身体里乱窜。

躁火在她身体里乱窜，头尾冲撞。

她越想越火起，这事已经不是一两次了，他这样不管不顾，真是不把自己当人看，她越想越生气，**她要发疯，要杀人**！她躺在床上，在种种疯狂的念头中她看见一个朋友，不知道他是谁，但心里知道他是一个好朋友。他被杀头，她跟着到刑场去，看见他换了一身新衣服，他谈笑自如，大义凛然，但他旁边出现了她的一个女友，他给她（他并不认识她）换了一套白色连衣裙，腰间围了一串小小的白玉兰。女友跟海红说话，却忽然变成了女友被杀头，两个人押着她到砍头的地方去，叫什么门，两边有临时搭的木桩。她已经站到了最后的位置，海红挤进去要看她最后一眼，到了跟前，旁边的人说，她顶不住了。海红摸了摸她的手臂，果然冰冷冷的。阵阵冷气从地上钻上来。旁边有十几支月牙形的大刀，有人乱挥。海红冲出人群，不忍看。嘴里喊了一声，永别了！不知什么地方也有人喊了一声，永别了！回过头看，女友的头滚落地上，血淋淋的。

海红一下惊醒，已经快9点了。

两人之间烟尘弥漫。

隔着烟尘他们看对方，海红看到道良像一只阴沉的秃鹫，冷漠、沉痛，压抑着内心的愤世嫉俗，他的眼镜有一只镜片摔成了三瓣，但他坚持不配新的，他用春泱的不干胶把三瓣碎镜片粘在一起照戴不误，这使他看上去就像一个古怪的独眼人。

独眼的秃鹫，他对生活的偏见年深日久。

他飘浮在灰扑扑的生活边缘，这么多年深重的绝望他没有垮掉，是因为心中有鲁迅做榜样，所以他也横眉冷对，像一块铁，坚硬、冰冷，以过度的冷和硬来对付这个世界。

这块铁心中有多少恨啊——他恨美帝国主义，也恨楼上楼下的邻居。**仇恨会损害一个人的智慧和良知。**海红心里嗫嗫。他仿佛从海红的眼神里读出了这句话，手一挥，钢铁般地断然道，楼上的那家不是人，小孩在上面跑来跑去也不制止。是人应该怎样呢？应该把椅子的腿都用布包起来。门口右边的那家也不是人，因为他们夜里11点半还在放音乐，音乐也不是正经音乐，是噪声，他瞪着眼睛对海红说，哪有正经人半夜放音响的，为什么他们晚上不睡觉？左边那家，更不是人，他们不但在楼道里堆满了垃圾，还在垃圾中间养了一只兔子，把楼道搞得臭气熏天招来成片成片的苍蝇。楼下那家呢，简直是流氓，上门打人骂架，还往我们门口泼脏水。

还有海红。他对她说，你从来就没有了解过我，你永远也不可能了解我。

他隔着两人心底升起的烟尘看她——

她像一只被打断了腿的麻雀，常年瞪着眼睛望天，时不常奓开羽毛扑腾一番，终究也是灰扑扑地蹲在笼子里。**要走你就赶快走吧我也不留你，你永远也不可能了解我。**

道良在大学时代读过车尔尼雪夫斯基的《怎么办?》，对里面的新人形象情有独钟，近年来他又重读了此书，并用红笔在上面画了许多道道。对灰暗的现实他已经绝望了，历史的车轮把中国带到了资本主义的轨道上，资本主义，是的，道良就是这样判断的，他独立思考，绝不听信任何报纸上的说法。

他一个人无力扭转时势，那他活下去的理由是什么呢？是女儿春泱，他视春泱为他生活的全部支点，同时，他衰朽的生命要发一点光又发在何处呢？他要把这点光发到海红的身上去——他明白她从来就没有爱过他，既然如此，他是不会死死拽着她的。

他要放她到她的光明中去，而他自己，应当是“扛着黑暗的闸门”，当然鲁迅先生不是这样的意思。

道良真是太热爱薇拉、罗普霍夫、吉尔沙诺夫这些来自遥远异邦的新人了，20世纪50年代的那个崭新的天地，红旗飘飘歌声嘹亮革命人永远是年轻，而新人就在他们中间闪耀着纯洁光明的脸庞——世界旧了，道良心中的新人没有旧，他是有理想的，他的理想是要成为浊世中的罗普霍夫，当薇拉一旦爱上吉尔沙诺夫，他就会消失。他早就告诉过海红，你如果爱上别人就告诉我，我们就离婚。

问题是，海红的吉尔沙诺夫在哪里？当此浊世，一切都已混浊不堪，没有爱情，只有苟且，婚外情不过是婚外性，偷鸡摸狗泛滥。海红偶尔去开笔会，道良冷笑道，文艺界这些会的勾当我还不知道！

他秃鹫般的眼睛掠过海红，她心中不禁一凛。

家里就像牢笼吧？他又说。

海红不作声，她默着，收拾自己的行装，她总算出门了，她真高兴。开会她是怕的，见人她也怕，早上要按钟点集合她也焦虑，她坚持不用安眠药，因为听说安眠药会上瘾，晚年还容易得老年痴呆症。而且，一出门她就便秘，她还害怕发言，一当众说话准哭起来。如此种种，都是她出门要努力克服的，她要熬着，这比在家熬着要强些。好了，鲜美的景致总是能安抚人的，她熬过去，适应下来，但会也就散了。回到家，累得整日睡觉，道良冷着脸，审视。他像一面明镜，明晃晃照着海红，房间的各个角落都有它的反光。道良坐在他的垃圾堆里，一言不发，家里再次堆满了石头。冷战长达一周。

谁不想逃离现场呢？

道良也想，他盘算了几个去处：一是到五台山出家，这是他常常挂在嘴上的，似乎五台山等着他去；另一处是回老家；再一处是去海淀陪安姬惠。当然，安姬惠人没了，即使还活着，两人也仍然不能相处。还有一处，也可以去美国跟史安童一起，不过美国，美帝国主义，世界上的头号坏蛋，他是不去的。

海红呢，打算去援藏，还打算去边远地区支教，当然这些都没有实施，作为一个耽于幻想的人，即使没有真的动作，却也够她在脑子里翻江倒海，把自己折腾得奄奄一息。

关于离婚的事，她脑子其实是有些乱的，想来想去总是理不出一条头绪，是不是非离不可，离了之后怎么办，这些都是一团糨糊。反正是有一种紧迫感，是啊要离就快离，再不离就老了。

她决定，先离了再说。

她断断续续为自己找到的理由，有以下这些：

婚姻是一种制度，一种体制，生活中走出体制，一直是你的梦想。让自己成为一名自由女性，在婚姻制度之外对亲人付出热情和责任，是对人的素质的考验。

婚姻把人的许多东西都固定住了，束缚创造力。

要改变内在的自我……现在它是破碎的、脆弱的、焦虑的，有强烈的不安全感。离婚说不定可以激发生命力，让自己变成一个具有强大内在精神的女性，不再自怨自艾，也不感伤，也不自怜，从而成为一个新的女性……离婚或者还能，有新的爱情。她在本子上东一句西一句地写道。

海红这样对道良说，生活太沉闷了，婚后自己性格变化很大，以前是开朗的，现在十几年过去，人变木了。这跟两人的年龄差距有很大关系，代沟太大，不是一个合适的婚姻，这么多年，双方都没有回过对方的家，心里其实都在准备这一天。

她又对道良说，这十几年是她人生的黄金时期，感谢他的包容。概言之，人生如此短暂，这十几年足够一个段落了。另起一段吧——给我自由，重新开始。

因为已经提过不止一次，道良不说什么。只是说，春泱还是两个人的孩子，不管以后她到哪里去，还要把春泱留在北京。

话虽如此说，道良还是心情不好。

他做了一个梦：在野地里，是晚上，一片黑，他打着手电筒去找一个棚子，电筒摁了好几次都摁不亮，大哥仁良告诉他，海红要走了，要离开家了，她不在家，在山上犁地。于是他上山找海红，他爬上一座山，果然看见海红在犁地，是一片很大的荒地，草不是绿色，而是灰白色的，只有很少一点点绿芽。此外还有很少几个人，真奇怪，其中一个是楼上的一个老人，比他还老。道良对海红说，我帮你犁吧。他就把上衣脱了。海红却说，我要走，你们放了我吧，从结婚的第一天起我就想走。梦中道良觉得自己想吐，结果吐出来一块条状的东西，一看，是肝，又吐了一块，再一看，还是肝。他把脸贴近海红的脸说我们生死要在一起，但他看到海红的脸是冰冷的。

他大哭，然后醒了。

还有一个梦：春泱一个人在楼上，他上楼，但是这楼就要倒了，有几个人说要补，正在这时墙就倒了，倒了整整一面墙。春泱一个人在一片瓦砾中。

还有——一个新房子，海红不在，他在里面，外面有响动，他想关门，关不上，使劲关，终于关上了。一个生人却穿门而过进来了，就像没有门一样。道良说，这是我的房子。那人说是他的，争执不下，那人就在一张纸片上写满了他的电话号码，道良拿着家里的一堆钥匙和纸片出门，结果这张写满电话号码的纸片掉在地上，被一个小孩踩了一脚，他拾起来，发现钥匙上沾满了一大堆绿色的鼻涕，他想抖掉鼻涕，却把鼻涕跟钥匙弄在了一起。前面有一个人在水龙头前冲洗东西，他也去冲，结果连纸片带钥匙统统掉进一个洞里了。他让那人把龙头关上，那人不关，他就哭醒了。

这些梦道良没有对海红说。他整日不说话，整日坐在隔出的小书房里，一动不动，如同几堆旧书刊中的一堆，落满了陈年的灰尘。

海红对道良说，离婚对她的伤害比对道良的伤害要大；她已经这么大年纪了，很难再有什么好的归宿，将来她会很惨；但她必须经历一次人生的震荡，这对她的精神提升很有意义。

道良明白这事挽不回来了，他跟海红说，心里很难过，想到自己的妻子带着女儿走向茫茫人海……他说这些年，为家庭付出了不少心血，处处迁就她，让着她，说对她没有爱是不可能的。他对他们共同的朋友说，她童年很苦，小时候挨过饿，就想能给她一点……希望她好，尽心了，她重新找工作的事虽然没有结果，也为她跑了很多地方。在北京她没有根，环境复杂、险恶，他希望她好好的。

海红心有所动。但她又想，如果不离，她会否遗憾呢？会的。为了死而无憾，所以。

道良跟海红提起一个叫《离合》的短篇小说，川端康成的，说的是男女离异，因为“离”，因为分开，所以会有一种“合”，离开之后会有想念。离是现实的，合是精神的，离是此岸的，合则属于彼岸，离的是肉，合则属于情。永恒的分离也就意味着永恒的结合，要有永恒的结合，除非永恒的分离，离与合，也就可以那样合二为一。海红心有所动，认为道良对此事有深刻的理解，对她是一种纵容。

海红拟了一份协议，两人签了字。

于是他们就到民政局办手续。离婚申请书上有一栏是离婚原因，工作人员填上了“感情破裂”。海红说，不是感情破裂，我们感情没有破裂，而是生活理念不同。道良对此颇感动。

协议书上关于房子，海红说她不要，但她有居住权，因为春泱还没长大，父母离异的事情不能告诉她，非但不能告诉女儿，双方的亲属朋友也都不说。这也是道良的意思。所以一切照旧，海红仍然住在家里，吃饭睡觉都跟从前一样。

吃饭当然是不能分开吃，那像什么话，而且海红向来不喜欢一个人吃饭——一个人吃饭暗无天日如同坐牢，不但凄凉，而且绝不会有胃口。

睡觉倒是不成问题，两人向来是一人一张单人床，一对各怀心事的夫妻，一年到头也难得有一两次性生活。非但如此，连温暖的行为也向来没有。两人是否亲吻过？想不起来，从来没有。**人变得这样冰冷木呆，是否缺乏一个热乎的怀抱？**

临近离婚，海红才看见了自己每天睡觉的单人折叠铁床，她忽然有点惊觉，这么一张行军折叠铁床，一睡竟然睡了十几年！

她重新审视这张床——

它真是太简陋了！用铁管简单弯成的床架，一头高些一头矮些，床垫是用刨花芯压缩板固定在铁架上的，外面包了一层条纹布，中间横着一道凹槽，不用说，这凹槽是折叠用的。夏天睡觉，这凹槽正好硌在屁股上。**硌了十几年你竟忍下了，意志力真是惊人**。还有，这铁床靠窗放着，夜里一旦雷鸣电闪就心惊胆战，她在床上缩着，全身肌肉僵硬。铁床是导电的呢，闪电的白光从窗口进来，像迅疾的蛇飙到床上，不知哪一天，你就会被闪电击中成为一截焦炭。报上说，雷电把大树底下的人击倒了，当场死了十几个。

惊悸过后仍如旧，日复一日。

为什么会，日复一日、年复一年睡在这张折叠铁床上？海红在自家屋子里转了一圈，想了起来。结婚前道良就买好了两张带着厚厚床垫的弹簧单人床，以及一张木板床，海红不喜欢弹簧，于是她睡木板床。两张弹簧床呢，道良和保姆一人一张。春泱两岁的时候海红把木板床让给她，自己花八十元，在附近的杂货店胡乱买了这张折叠简易床，一睡就是十几年。

这样的一张床，怎么能十多年将就下来？是否意味着她放弃了生活？

不知道。

回首往事，海红常感困惑，为何十几年来要让自己睡在一张硌人的折叠简易行军床上，是对物质生活不甚介意，还是潜意识里觉得自己很快就要离开，所以睡什么床无所谓？这实在是有些古怪。

离婚前夕，道良专门去给海红买了一张单人木床。那种海红喜欢的单人木板床已经很少有卖了，厂家认为，世界上绝不会再有人愿意睡这种硬邦邦直愣愣毫不体贴人体曲线的硬板床，既不舒服又难看土拙，稍有头脑的厂家谁会再干这种傻事！

如此一来，道良就受累了，他早出迟归，爱家、宜家、六里桥、十里河、四惠，每个卖场都差不多，要么是儿童专用的上下架床，要么一律弹簧床，这些床即使没有配上弹簧床垫，底部也是空格子，压根就没有床板。他转了有一个多星期，才终于找到一张有床板的床，但也不是纯粹的单人床，而是一张子母床，单人床的尺寸不假，不过床底下还藏着一层，有轮子，可以拉出来变成高低参差的两张床，但总算是真正实木的。

海红就从硌人的折叠简易行军铁床移到了木床上。

他们两人的单人床本来是并排放的，道良想出了办法，把两张床一字排开靠着同一面墙，中间隔一个屏风，如此，相当于在同一间房里隔出了两小间，夜里虽能听见彼此的咳嗽和梦呓，毕竟是隔了一层布。

屏风也是道良去定做的，松木做成的架，两扇，连接处有活页，上下各一根横杆，海红拿出到贵州买的扎染蓝花布，让银禾缝在上下的横杆上，一扇别致的蓝花布屏风就做成了。海红跟银禾说她睡眠不好，怕光。

蓝花布屏风就这样竖在了房子的中央，海红的床离光线更远了，正午也如同黄昏。

你是安娜，或者爱玛

离婚是否因为瞿湛洋？海红不愿下这样的论断。她是为了自己，她认定必须离婚自己才能焕发出光彩，才能冲破压抑的生活，才能找到生机，才能给自己带来新的能量，才能成为一个自由女性……

让我们来说瞿湛洋。

这个人，小时候在军队大院长大，父亲是南海舰队的，20世纪80年代初调到北京，全家跟着到了北京。这个瞿湛洋，他是个天才呢，智商特别高，80年代是诗歌的年代，所以他就成了诗人，他的诗因为深奥奇诡暴得大名。80年代末，他出国了，荷兰德国各一年，英国法国各年半，美国最长，待了六年，娶妻生子，此外，新西兰澳大利亚加拿大的大学他也去讲学的，不是这里就是那里。

他简直就是国际性诗人——坊间也是这样定位的。

一混混了十几年。新世纪到来，离婚，回国，两个孩子都留给了美国妻子。他早已不再写诗，写不出了——是不接地气吗？一个用汉语写作的人，长年浸泡在英语里，写诗不跟见鬼一样荒谬？啊不是的，地气，地气是什么？莫须有的玩意，他写不出诗来是因为，他是有意识地停笔，他担心写多了会“滑”掉，他认为诗歌应该“涩”而切忌“滑”。所以他把自己像一只开关那样——关掉了，等到将来某一天，他再把开关一拧，到那时，他定会写出绝世诗篇。

啊他不写诗的理由也是这样深奥别致。

瞿湛洋回国，风生水起，他是一个很有热情的人，精力充沛，像瀑布一样溅起万千水花——他做书商，策划商业演出，美术策展，独立电影制片，筹划《MOOK》（杂志书），策划摇滚节、民谣节、诗歌节，无一不是他在穿梭来往穿针引线。他总是高瞻远瞩的，又是马到成功的。他认识所有应该认识的人，他还有国际资源呢，请进来拉出去——所谓文化交流是也。

难道仅仅是一个文化掮客？绝不是。他能写一流的文章，诗论和诗评、音乐评论、美术评论、剧评、影评，他还能写出热门的文化批评。

他什么时候学的书法？篆隶楷行草，无不像模像样的，据说有人要买，他还不愿出手！他要留着办一个书法展。他还会拉二胡，把《二泉映月》拉得呜咽呜咽的，不过他不喜欢中国音乐，认为缺乏建筑感。他还会吃——能烧一手好菜。他甚至还会说几句广西东南部方言，“落雨大水浸屋系冇系啊”，也当然，两广不分家，他小时在广州待过几年，桂东南方言跟粤语是很接近的。

这个人，他还有很高的情商，看一眼就明白你的心思了，然后在一秒钟之内做出自己的反应。此外他喜欢炫耀自己的身体，有一年在纽约，零下多少度，他穿着一件衬衣，外面只套了件薄薄的皮夹克，在室外待了三个小时手还是热的。

——世界上真有这种人。

我们的海红，在20世纪80年代深受熏陶，追赶各种源源不断涌来的西方理论和主义，兴奋兮兮气喘吁吁的，只要是新鲜的，样样都是好的。喜欢现代派（这个词在20世纪80年代代表一切新玩意），尤其向往女权主义的波伏娃，简直是崇拜，不为理论和观念，只为她与萨特终身不结婚的伟大而奇迹的爱情。但是海红的萨特始终没有出现，她总是受到挫折，总是初时以为某人是萨特，不久又发现是自己弱智搞错了。后来看到一篇揭秘文章，原来，偶像不过是神话一桩，原来，偶像千疮百孔，嫉妒、伤害、谎言，种种不堪像蜂拥而至的白蚁，嘎嘎嘎，偶像一下就被蛀空了，轰然倒地。

纵然如此，她也不能阻挡自己追求爱情。陷入各色泥潭的机会太多了——

只要是一个画画的、写小说的、写诗的，你就冲她放电吧，你换一种温柔的眼神，含情脉脉地盯紧她，别移开——她敏感得很，只要你看着她超过两分钟，在整个大厅的半径之内她都会感觉得到，她感到她的后背或脸的侧面，或者她的一只耳朵，那里热乎乎的有种异样的麻酥，于是她那块地方就变僵了。她僵硬着，从她原来动作的惯性中慢下来，慢下来……忽然，她飞快地扭头，准确无误地朝你所在的位置投去电闪雷鸣般的一瞥，在黑暗中，她的眼睛多亮啊，携带着饱满的能量和激情。两人的视线在空中对撞，发出叮的一声，新的大陆就出现了，旁边的人群，顿时变成微微荡漾的水浪，她在波涛上面，忽悠忽悠地就驶将过去。

在一个豪华的堪称资产阶级的场合，海红认识了瞿湛洋。

是在夏天，海红已经很久没有出门见人了，一个熟识的女编辑，也是从广西小县城来闯北京的，她们平素交往极少，但是偶尔，在跟广西有关的事情上会不期而遇。上一次，是家乡电视台要做一个跟张艺谋有关的文化话题，张艺谋电影学院毕业后分到广西电影制片厂，出了大名之后广西把他当成了家乡人。但是那次，大家都来了，唯有张艺谋未到。

女编辑事先没有约海红，这两个人其实有几分相像，都有点神经质、没脑子——所有从边远的西南省份来闯荡京城的文艺青年都有点如此这般，或可称之为边地气质?

她临时打来电话，像着大火似的叫道——海红海红海红啊，你一定要去一定要去快下来吧！在她一连串的呼喊中海红听明白了：一名旅美画家回国举办回顾展，这人的名字海红二十多年前就听说过，据说在美国获得了巨大成功，每一幅画都卖出了惊人的天文数字。隆重的开幕式已经举行过，这时要举办一个盛大的Party（聚会），在郊外一个什么人的豪宅里，有车去，她已经坐在了车子里，车马上就到海红家的楼下。

是啊着火了，火从女伴的惊呼中蹿得三丈高，把海红撩得晕头转向，还是去玩玩吧——她只来得及换上一条鲜艳的布裙子，车子就到了楼下，慌乱中她准备戴上的一只手镯也忘记了，**简直丢盔弃甲**。

下午3点多，城里少有的不堵车的时段，一路畅通呼呼出城，郊区的路也都修得处处宽直油亮，绿化的树木也都连成了林带，疏疏密密一路绵延。忽然有水腥气，原来到了一片水域跟前，水边几棵粗大的柳树随风荡着无数柳条，洇得眼前泠泠疏绿。

就到了。

一块天然巨石，某某山庄几个阴刻大字赫然在目。山庄门禁森严，车子开进去又是大片草坪树木，弯了几个弯，才停在一座灰色斜顶四面不甚规则的大房子跟前。**这就是传说中的豪宅吗？**它是这样低调雅致——啊当然，主人早年毕业于北大，现在也不能说不算知识分子，他眼下是一家上市公司的副总，公司价值十亿美元，他占股百分之十，名副其实，是令人瞠目的亿万富翁。

也是谦逊的、平和的、亲切的——

女主人毫不珠光宝气，宽腿裤，白色钩花开襟上衣，几乎是铅华洗尽。她领客人参观宅子，一层一层地上去，再一层一层地下来，楼梯宽，木板厚，木纹也是且妖娆且蕴藉，让人不忍一脚踩下去。放映室整整一面墙的宽银幕，跟影院没什么两样。茶室是幽僻的，榻榻米，中空下沉，支一方木桌，一侧头，满窗竹子，扶疏掩映。图书馆呢，当然也有，环墙的仿古书橱里书快塞满了。啊活动室是空的，只放了一张乒乓球桌，这个年龄的人，谁不能打两板乒乓球？其他活动，当然是到户外的好。

游泳池也是在室外，但是加了活动的玻璃隔墙，上头也是玻璃顶，如果仰泳，可以看到蓝天白云，或者夜里的星星；如果夏天，把玻璃墙敞开，风透过果树和竹林一路吹到水面，不是真正的大自然又是什么！冬天，玻璃墙就要关严实了，供暖，恒温，这又比大自然舒适。游泳池真是大啊，总有三四十米长，满满一池清水，波光闪闪掠过你的皮肤……不知堆了多少钱！

京城的文化名流都来了，全都是最最著名的——

个个的名字都烫人，名字和真人合在一起就加倍烫人了，烟花一样绚丽明亮，你一看，啊那不是谁谁吗？只在电视上见过，或者竟连电视他也不上的，所谓江湖没有哥的身影，但到处都是哥的传说。想不到也来了，呼啸声蹿上半空，亮堂的光流灼痛你的双眼。顶级的作曲家、画家、小提琴演奏家、钢琴家、导演、明星、诗人、作家、男高音和女高音、舞蹈家、文化评论者、南方大媒体的文化记者。来客带着妻子或女友，美女如云，活色生香。

某个著名跨国公司中国区的女总裁也到了场，在这个经济时代，她比谁都更著名，比谁都更是中国青年的偶像，女总裁从底层一路奋斗上来，像一个永不破灭的气泡从水底升起。她是奇迹，同时也是美女——风姿绰约气度不凡，白皙、性感，穿一身黑色长裙。她大约比安娜·卡列尼娜大个十几岁。

男主人笑眯眯的，圆润得像一尊弥勒佛。哈外面更好玩，他领大伙绕着宅子转悠，在草坪上徜徉来徜徉去。

是啊草坪，要区分一所宅子是否豪宅就要看草坪了，没有足够大的私人草坪是绝不能称之为豪宅的。这里这里，那里那里，这草坪能顶半个足球场。不是平铺的，那样一览无余可不够品位，而是有缓坡，微微隆起又徐徐滑下，流线型——如大地的肌肤一般美妙。周围种了一圈植物，松树和竹子是少不了的，松树粗而高，这可不是树苗，不知从哪儿移过来，一棵油松少说也要八千元！

石榴、李子、梨子、海棠……主人把他的果树一一来介绍，仿佛是自家养在深闺的乖女儿；乖女儿绣出了花，石榴树结下了石榴果，有拳头大，半红半绿的。李子和梨子也都挂果了，躲在叶子中间。草地的一角，挖了荷塘，荷叶宽宽荷花红，主人适时向客人们邀功——这是今天上午才移来的。

草坪上还支了一架原木秋千，一顶绿色四方遮阳棚，棚下有白色的沙滩桌椅。

盛夏艳阳，白光闪闪——

旅美画家一行来到，几辆豪车鱼贯开到栅栏外。黑的奔驰，白的宝马，他带来的是整整一个亲友粉丝团——美国的妻子和混血的女儿，美国的医生、律师、一个退役拳击运动员、一对宛若儿童的老夫妇，他们都没来过中国呢，第一次，来捧场，也顺便玩玩。

——人人都是兴高采烈的。

空气中传来了烧烤的香味，循味找去——是宅子里的露天中庭架起了烧烤架，几个头戴高筒帽一身雪白的人在忙乎，是从著名的北京饭店专门请来的大厨。庭院有镂空的墙窗，隔窗可见一枝高脚荷花，宛如美人托腮。真是匠心。

晚餐是自助，中式大圆桌早就过时了，太土，且不卫生。

盘盏闪闪，刀叉亮亮，专业的服务生身穿制服背手立在一旁。也都是从五星级酒店请来的。长条木桌上的不锈钢容器只只都满钵满盆，菜肴、主食、果蔬、点心、面包、奶酪、坚果、饮料、酒类，无一不闪耀着广告般鲜艳的色泽——象牙白、樱桃红、咖哩黄……长的方的高的矮的圆的扁的，闪闪烁烁，它们跟平时不一样了，仿佛进了豪宅，也换上了最好的衣服，连它们自己也都认不出自己了。海红看到一款绿色糙皮如枇杷般大小的水果，拿起一看，原来是荔枝，家乡圭宁就是荔枝的产地她都差点认不出了，它红衣换了绿衫，是那样营养优良，气势逼人。

等到所有人聚到大客厅，主人拍拍手的时候，众人才意识到聚会的高潮才刚刚开始。

大客厅的穹顶真是高啊——要把下巴仰到天上去才能看到顶，巨型水晶吊灯瀑布般流泻烁烁珠玉，巨大的钢琴来自哪里？啊是昨天半夜2点才运到，今天早上才调好音，一切都是为了今夜。昂贵的家伙，一百多万，叫贝森多夫？跟随钢琴到来的还有一名钢琴代表，他算是半个钢琴家，他什么曲子都会弹，任何人演唱他都能配上音乐。他儒雅、谦逊，像仆役般站在钢琴的旁边，他大概有五十岁了，头发花白。

主人请出一位真正的钢琴演奏家，他在国际比赛中获得过某某奖和某某奖，又请出一位男高音，也是在国际比赛中金奖和银奖都领过的。一个个出场，人人堪称一流。旅居维也纳的小提琴手年轻貌美，一头黑发遮住了半边脸，她是很有个性的，很重视自己的艺术，钢琴代表要帮她伴奏，她坚决谢绝；现代舞者面容忧郁五官俊朗，他表演了一个自编的独舞叫《牡丹》……

海红始终和同来的女伴站在一起，遇到人多的大场面，她总免不了慌张。一个兼做记者的诗人给她介绍了瞿湛洋，海红年轻时写诗，跟京城诗歌界算是面熟。瞿湛洋，啊她知道他，而且，居然，他二十年前的诗她竟想起了一句，鬼使神差地，溜出了嘴边。

瞿湛洋。

他反应是何等迅疾——啊一看你就是广东广西那边的，他小时候在湛江待过几年，湛江离她老家只有半天车程。落雨大水浸屋系呒系啊，他说出了一句她的家乡话，不算原汁原味，却已是无限近似。

他深深地看了海红一眼。

海红这时候，正是一片无边无际的油菜花，她早就把自己长得金灿灿的了，她烧着自己的肌肤，在头顶燃起花朵，她还要往豆荚里结满油菜籽，把每只豆荚撑得饱饱实实的。她等着一阵风到来，把自己吹得哗哗响，花叶起伏，华彩降临，一阵风，把这片金黄吹向她的血液和骨头。而这阵风迟迟不来，她金黄得是多么寂寞啊。

她在深井里，听到远处传来一句"落雨大水浸屋系呒系啊"，遥远的南方遥远的亚热带遥远的少女时代，纷纷落下，伴随着，还有芭蕉叶，枇杷芒果荔枝杨梅番石榴，灼热的气浪午后的阵雨……

——有什么在激烈摇晃。当她再次望向他的时候，她感到自己已经爱上了这个家伙。

他身边的女伴异常鲜明地飘拂，她绚丽的长裙在飘拂，白色的低胸上衣在飘拂，颈项上蓝色的绿松石，绿松石上的花纹在飘拂，她手腕上的象牙镯，象牙镯在飘拂，耳垂的坠子，头上的粗大发辫，嘴唇上的口红……它们在飘拂——

那是一位女画家，浑身上下散发出异域色彩，犹如弗里达。她打扮得就像弗里达·卡洛，墨西哥的女画家弗里达·卡洛，传奇而美丽，才华横溢声名远播，画风充满神秘感。他们结婚了吗？不知道。

瞿湛洋身旁的弗里达在飘拂，鲜明而寂静——在闪闪烁烁的喧腾中。

多么令人绝望！

瞿湛洋是什么人，一个高手，他一眼就看出了这个女人心中的那团风暴。过了几天，他打电话给海红，请她去喝咖啡。

海红心里怦怦跳着来到那家星级酒店的咖啡厅，她低眉垂眼，脸上一阵阵发烫，她都已经多大了？在传统社会里，这种女人被称作花痴。她是无视年龄的，根本就忘记了自己有多大，她身上一直没有成长的那一小块地方发了酵，越发越大，一个怀春少女在这个一把年纪的女人身上滋滋茁壮，生命的热情如水一样弥漫，香气隐隐一路上升，从内到外现了形。

她脸上大概就是这样一种神情。

他们闲聊了十几分钟，瞿湛洋，他是当机立断的，他说别老坐着我们来转转吧这个酒店还是不错的。海红恍恍惚惚跟在他身后，光可鉴人的大理石地面，玻璃幕墙，人工瀑布，水晶吊灯，华丽的垂帘和沙发，绿色植物高大茂盛……你在这些亮闪闪的东西中间恍恍惚惚，人工的光线使人晕眩。

忽然他一把就揽住了她！

就在回廊上他一把揽住她的腰，非常紧，他使她贴紧的同时他的嘴按在了她的嘴唇上。公共场所，一个男人紧贴着自己并且吻在了她的嘴唇上，海红吓得心都要蹦出来了，她闭上眼睛听见身后的高跟鞋嘚嘚响，来来往往仿佛擦身而过。

心惊肉跳……

仿佛是前所未有的爱情——强悍，富有侵略性。毫无道理的不容置疑。一阵飓风摧枯拉朽，深井里的根系连根拔起，再也不可能获救。身后杂沓的脚步声来来往往。她简直不敢睁开眼睛，她将看见自己无地自容，她将不敢再看他，她将不再是原来那个人。她指望血液慢慢被加热，却忽地一下燃起了大火。那狂暴的……是否，也好？

不知怎么你们就来到了他的工作室，似乎坐在出租车里沿着二环折到东三环，护城河杨柳依依灰色楼房在光影中浮动。一套大四居，工作室兼住宅，阔大的落地玻璃窗，光线满盈，巨大的实木案桌，没有抽屉。一个房间四面墙都是CD，西方古典音乐，所有的名家，无论是交响乐还是协奏曲，每个曲子都有五到十个版本——用来把人镇住。不同的乐团，不同的指挥，不同的演奏家——他的音乐评论就是把它们之间的区别讲出来。有一台很好的音响，放点什么呢？他似乎征询，当然，她是个音盲，他头一侧，给你听这个吧。他拿出一张碟，格伦·古尔德弹巴赫的《哥德堡变奏曲》，录像，古尔德的身体像老鼠一样探在键盘上，他的手则像蝴蝶，很是奇异。只看了一小会，他又换了一张碟，是一个黑人舞蹈家编的舞蹈，叫《尤利希斯》。黑人，像火一样来自生命的旋律，六个黑女人，然后是六个白人，三男三女……爱情、死亡。而流淌的乐声漫过头顶。

不知怎么你们来到了他的卧室。

卧室，卧室有一只白瓷大浴缸隔着玻璃……

这些你都没有看清。因为人在飘浮中，半是恍惚半是迷糊。又因为他忽然说，**我想和你做爱**。

——如此直截了当雷霆万钧，再次让她五脏趔趄。农耕文明的小桥流水遇到了龙卷风，她一点也不想这么快就干这个！她想谈恋爱，柔软的触角，僻静的青苔，屋檐的漏水一滴又一滴，一滴一滴凝成珍珠戴在手腕上，悠长的气息隔着一层芭蕉叶，而叶儿卷得正紧。花半开，面半遮，琵琶声半断半续——海红以为她到这里来是听音乐和参观书法的！

来做爱吧，他又说了一次。

海红感到自己的身体晃动了一下被什么抱着一下悬空了，几步路，她落到了一个富有弹性的东西上。她睁开眼睛，看到天花板在她的上方，男人的脸也在她上方。她是不愿意的，不愿意，所以她开始挣扎，但是男人使出了强力，她蹬腿要踢人，踢不动——被什么压住了。她伸手要抓他的脸，两只手却早已被他握得紧紧的。还有什么武器没使出来？吐唾沫，是啊吐唾沫，她撮起了嘴唇，还没来得及吐出去，闪电般，他连人带嘴罩下来——封死了。

她全身瘫软没了力气，但是眼泪却从眼角流下来——其实不是真的不愿意，而是不愿这么快就愿意。他大概也看出了这一点。所以他，已经娴熟的手段更加娴熟，至末尾，他把她摆弄得水淋淋的，她感到，某朵沾了污泥浊水的棉花重新变得洁白，在太阳下，重新聚集了丝絮……而变得饱满。

他得意，微笑。跟她说，爱情是最好的春药，延缓衰老。

繁花起伏

武广高铁还在建设的时候，有一个高瞻远瞩的人在武汉办了一个旅游杂志。他提前看到了以下景象：一列白色的列车，从广州出发，风驰电掣，如同一道白色的闪电，飞速掠过绵绵群山，几个小时就停在了武昌站。啊武汉三镇，长江浩浩，芳草萋萋鹦鹉洲，珞珈山上樱花开了，如云如雾，龟山蛇山黄鹤楼，黄鹤一去不复返，白云千载空悠悠，谁不想去看一看。从武汉出发，坐一点点车，赤壁，赤壁到了，惊涛裂岸，卷起千堆雪。再坐一点点车，恩施也到了，清江、地下河、溶洞、漂流，加上土家族风情……还有长阳呢，风光旖旎迷死人，从宜昌下三峡，巫山神女，与其在悬崖上展览千年，不如在爱人肩头痛哭一晚（这个人年轻的时候曾经写过诗），江山如此多娇。

这时不办一个旅游杂志还等什么呢！

2006年，经朋友推荐，海红到这家旅游杂志当应聘编辑，组稿，也写一点稿子，不负责版面，工资不算高。但这个时期她状态不错，当枪手写了一部电视剧剧本，还不定期写一些专栏，工资加上稿费，日子绰绰有余。

火车隆隆，夕发朝至，北京的夜晚沉在身后，武汉的清晨升起在眼前。**新生活再次开始了**。从沉闷的家庭生活一下冲出来，成了清爽的一个人，单位就在东湖开发区里，借用房地产公司的房子。房地产是现时代的老大，它的房子总是位置绝佳。湖光山色，窗外就是磨山，到了春天磨山满山都是桃花，而东湖宽阔豁朗比起北京的前海后海和北海，更加当得起海这个名称。稍有风，湖面水波起伏汹涌有势，**浩大的水啊**……海红简直想写诗。走很短的一段路就能看到著名的武汉大学，树盖中绿色琉璃瓦屋顶闪闪发光，房屋依山而建层层叠叠犹如布达拉宫，无尽的台阶，登山一样登上平台，飞檐楼阁，落地长窗，既像天庭也像人间，还有著名的樱花呢！如云如雾如烟，繁花重重起伏，花期没赶上真是可惜，明年一定要专门来赏樱。虽然从未见过也像是早就见过，似乎是月夜，或者是梦中，虚幻缥缈的花，大概也适合虚无缥缈的相遇，真的见了也许倒不好。

租住的房子也在东湖边，是电力系统的单位房，他们的住宅有多的，自己住新房，旧房出租。旧房也质量不错，砖实墙厚，有管道煤气。只不过没有灶眼。没有更好，海红本来就不想炒菜，院子里有机关饭堂，早中晚三餐都解决了。

房东六十岁，退休的工会干部，笑眯眯的，对她出租给海红的一居室很是自我欣赏。她领海红看房子，不住口地称赞，四楼，四楼最好的，不高也不低，上面的五楼是顶楼，夏天最热，又容易漏水，一楼特别潮，墙角都能长蘑菇，二楼三楼都不够亮，树叶全挡着光了，蚊子又多，四楼最好。她满意地环顾自己的这套一居室，仿佛是第一次看见，家具都是全的，她摸着大床的床沿，有些依依不舍似的。没有衣柜没关系，这有一个壁橱，她把壁橱的门打开，里面拴了一根红色的塑料绳子，绳子上挂着一串旧衣架，一律的铁丝弯钩，还有两根竹条做成的裤架，还有一些竹夹子。女房东欣喜地说，你可以把衣服挂在这里呢！

到了厨房，她又欣喜道，瓷砖通通擦过了！海红觉得有点怪异，虽说瓷砖闪着实白的光，但是看上去却总有那么一点不洁感。灶台上放着两三只大大小小的铝锅，锅身和锅盖都有些凹凸不平，看来真是有年头了。碗柜里有淘汰下来的碗筷、杯子和碟子，有点陈旧，有点油腻，不知多久没人碰过它们了。卫生间比一张书桌略大，仅容一人，忽然海红发现，马桶怎么是光的，垫和盖都没有，这可怎么用呢？女房东也跟着咦了一声，好像是刚刚发现。她安慰海红道，不要紧的不要紧的，我明天就去买。马桶跟前还有一个红色的塑料矮凳，让人摸不着头脑。过后海红才明白，这是用来搁手纸的。

这些都不重要，最要紧的是热水器。你要记得提前四十五分钟插上电源，洗澡前一定要记得把电源拔掉，**千万千万，一定要记住，**不然会漏电的。她指着贴在墙上的警示条，那是她老头子在世时用毛笔写的，她用红墨水加了三个惊叹号。门厅里有一台洗衣机，双缸，又大又笨。有轮子，女房东脸上再次放出了光，可以推到卫生间放下水，用起来很方便的，洗床单或大件衣服，在一个缸里洗完了，再捞到另一只缸甩干。怎么样，满意吧？满意吧？她明亮而急切地问道。

环境倒是不错，推开窗，窗前是茂密的绿叶，一群麻雀啁啁飞散，有竹子，有桂花树，最多的是粗大的香樟，一进大院，气温比外面要低上三四摄氏度。饭堂也不错，中午有不同的汤，早上有饭堂自己做的热豆浆。不错吧？不错吧？女房东一见到海红总要热切问道。不错，海红答道。她也真的觉得不错起来。

骑自行车上班。车是二手的，看上去旧，轴承加了润滑油，脚一蹬，也算滑溜。出大院门，过马路，到梨园广场左拐，就看见东湖的大片水面了。一路骑车，闻着水腥气，过了一家水上餐馆，一拐，就到了。

有个休息日海红独自骑车到对江的汉口去。武汉三镇真是大，不过有了长江二桥就不同了，从徐东路直接上长江二桥，江风浩浩，从邈远的天边直灌进海红的衣服，衣襟拂拂鼓荡，精神为之一震。无边落木萧萧下，不尽长江滚滚来……过了桥往左拐就是著名的沿江大道，一个多世纪前的英法德日建筑列列长街，犹如置身于历史大片之中。

她信步走下江堤，站到一片芦苇中，水浊，鸟飞，粪便和青草的气味和水腥气混在一起，天旷地远。

得工作之便，去了不少地方。洪湖，洪湖水啊浪打浪，没有大片的荷花莲藕，但是湖蟹肥鱼；木兰湖，木兰湖，金色的花瓣落尽，夏天即将来到，你的光芒收敛，藏进无数个豆荚，成为小小的心。她真的写了一首诗。丹江口、武当山、神农架，最难得的是鄂西恩施，坐长途汽车十三小时，但是清江的水真清啊，一段一段的落差，两段落差之间一江碧水平如明镜，还有举世无双的大溶洞呢，洞内竟然有高山和大河，完全是另一个万千世界。

回来的路上路过随县，曾侯乙的编钟当当敲响，古代的编钟乐曲跟你一路青山绿水回到武昌。下雨了，雨丝飘拂，万物湿润。

她给瞿湛洋发短信，山河浩荡，你来吧！

瞿湛洋是你心上的一束阳光吗？那时候。寂寂暗夜，忽然一条短信从天而降，叮咚一声，仿佛某处琴弦响了一下。**绿袍挑尽葬春水，银鞍理罢种蔷薇**。这是谁的诗呢？他不答。反复看，不甚明了。一种莫名的东西，她就是喜欢。

她也给他发短信，你是我左边的空虚，我是你右边的阴影。他问，你的诗？啊是别人的。是我的心情。

忽然又有一条：

伤心大抵长生殿，销魂不过锦灰堆。

既惊艳，又惊心。而且，颓废。不过又，实在漂亮。

夜深了，他不说晚安，他说，叠袖而眠。

亦是一个莫名的句子，有莫名的妙处。

即使有瞿湛洋，海红也常常要回到北京道良的身边的。她牢牢记着道良说的话，这里永远是你的家。**出于自私的目的，你不愿放弃这个家**。她也总是记着自己跟道良说过的话，不管以后我的情况怎样，每年中秋我都会回来和你一起过。他们去办离婚手续是中秋节的次日，道良伤感地说，这是我们在一起过的最后一个中秋节了。想到自己将独自在武汉度过那些没有着落的节日，海红立即表示，无论中秋，还是春节，她肯定要回来和道良一起过。道良脸略宽一宽，又说，怎么可能？还有别人哪。

别人是谁？瞿湛洋是不算的，为什么不算，海红纵然糊涂，也明白两人的关系不能往远处想。后来她告诉瞿湛洋她离婚了，他果然吃惊地问道，是吗？是实在过不下去吗？然后他说，你真傻。

海红说，没有别人，现在没有，将来也不会有。**你是这样悲观，却又这样莽撞**。道良便说，你的心思我还不明白？前途不明，先一脚踩出去再说，好呢，便头也不回走掉，不好呢，再缩回来，我还不知道？就像一顶帽子捂在地上，不知里面是什么玩意，是蛇呢，赶紧撒手，是珠宝呢，便好得很。海红听了很开心，以为一针见血。

她便常常回北京，火车夕发朝至，在车上睡上一夜，第二天早上七八点就到了。拎着简单的行李，坐上出租车。朝日初升，一路向东，太阳在正前方晃着眼睛，她从包里取出墨镜戴上。正是上班高峰，车多路塞，但她不着急。到家了，虽然已经离婚，但这里还是家，因为道良和女儿在这里。一进门，银禾就给她热牛奶。海红在火车上不吃早餐，回家吃。四分之一馒头，半碗牛奶，一个鸡蛋。然后她洗漱，看报纸和杂志，一段时间积压下来的，道良给她留着。中午吃粥，菜呢，一个时令青菜，另一个，瘦肉炒土豆，或雪里蕻肉末，或莴笋炒肉片。有时候会煮一只咸鸭蛋三人分食，或者来一块酱豆腐。菜总是吃不完，银禾把剩菜拨到一个碟子里，留到晚上自己吃。

海红像原来那样承担一大半的伙食费和全部的水电煤气电话上网费。天太热了，空调要换新的，她自告奋勇，全额由她承担；电冰箱坏了，买一个新的，也是她来买。春泱上的学校属民办公助，学费不菲，加上家教费补习费，也都由海红统统揽下。

她的固定收入比道良的退休工资高一倍多，还有不定期的稿费，她理所当然地贡献给这个离了婚的家。

她是慷慨呢，抑或是自私？她有时觉得自己是慷慨的，离了婚还自愿扛着一个家；有时她又疑惑自己是不是出于自私的目的，是要为自己留后路？**留后路，一点也不错，不让孩子和双方亲戚知道就是要留后路**。她在对自己的两种判断中来回拉锯，把自己的睡眠锯开了，她的失眠大概就是这时候加重的。

事情实在古怪，一个收入比丈夫高的女人，一个自以为是的自由女性，她这样处理自己的生活。娜拉走后怎么办？不是堕落就是回来，**但娜拉是经济不能独立的女人，海红你，可不是**。

那你为什么会如此依赖道良和这个家？

你希望回到一种压抑的生活中去吗？你希望被一个人所控制吗？你希望

以自由之身回到不自由中去吗？难道你缺少生活能力，觉得独自一人不能生活？难道你仅仅因为不想独自一个个人吃饭，不想独自一人长久待在一间空屋子里，不想一个人过节就要回到你逃离的生活中？**自由……自由对你一点用都没有，你不享受它，它就给你带来空虚和抑郁。一个人如果不够独立成熟，她必然承担不了自己的自由。**海红仿佛看见了一只鸟，它在笼子里经年累月，它的翅膀早已耷拉下来，笼子的门打开了，它却不飞，它在笼子里徘徊来徘徊去，它硬着头皮钻出了笼门，它一振翅，却掉了下来。你的翅膀也早就退化了吗？

不对，她不能承认这个。

无论如何，她还是觉得离婚改变了两个人的关系，她不再像以前那样感到压抑了，因为她随时可以走开，她不走是她的自由选择。他也不能控制她，只是提醒她，现在大街上亡命之徒遍地都是，大白天都能杀人，单身女人走路危险太大。独立生活，你是比谁都更早啊，在记忆中，你从来就是独自一人。

这个自幼年起就没有了正常家庭的人，正是由于对感情的极度渴求，所以才离婚，同样也是极度渴求情感，她才无法离开被她抛在身后的家一步。无论如何，她感到，比起遥远的圭宁母亲的家，这更是她的家。

在北京的日子，海红晚饭后出门散步。往东，再往南，有一个小小的街心公园，公园下去是一条细细长长的胡同，一直通到朝阳门。空地上有一队老太太扭秧歌，她们穿着鲜艳的衣服，腰间系一条大红绸子，胖的胖瘦的瘦，有一个十八九岁的男孩流着哈喇子跟在队伍后头，两脚乱蹦，双手不停地向后挥舞。两个老头一个打鼓一个打镲，他们边打边看着秧歌队里的老太太——也不都是那么老，有的并不老，腰身苗条，在旋转弯曲的绸子中脸庞一闪一闪。咚咚锵，咚咚锵，在秋冬里凭空暖着了空气，听到鼓镲声人人都要紧走几步围近来，在灰色的街道上，在暗下来的黄昏中，鲜艳的秧歌就是开在枯索日子里的花，谁不停下来看一看呢！围着观看的人很是不少，海红也挤在其中，挨着热腾腾的人群，从困扰的内心探出头，她实在需要这样的时刻。

后来胡同消失了，成了庞大的高楼和楼前的绿地，绿地间做成了一个小广场，海红走二十多分钟来到这里，雪山啊，霞光万丈，雄鹰啊，展翅飞翔，她听见少年时代熟悉的歌声——

是一片人在跳舞，她们提了一部手提音响，**偷电**，她们得意地说，偷的是路灯的电，每个人半年交五元钱，这钱是用来贿赂保安的，这样她们偷电时就不会有人找麻烦了。剩下的钱她们要给老师，老师是一位六十岁的女子，她四肢颀长，身材柔软，看上去只有四十多岁，藏族舞、新疆舞、傣族舞，她跳得真是好。太湖美呀太湖美，美就美在太湖水，太湖的水已经被沿岸的工厂污染了，蓝藻浮溢，恶臭盈鼻，但她们跳得起劲，尽量柔软如水。老师一定是专业的，啊根本不是，她是一名工人，退休了，听说她从小热爱舞蹈，但一直没有机会。这下好了，她每天跳。有一天下雪，来了近二十个人，刮大风，也来了十几个。有一个四十多岁的女子，她总是要来的，她没结婚，没有自己的家，没孩子，也没工作。下岗了，她跟老母亲住在一起。她站在边上，有时也跟着比画，以旁观为主。她并不孤僻，主动跟人说话。她对海红说，时间太多太多了，太闲了，没有事情干。

下雨了，音乐中舞蹈着的人还不愿停。但是哗的一下，雨忽然大了，有人说散了吧，眨眼间人已散尽。朵朵雨伞嘭嘭张开，仿佛人人都知道这天要下雨。

海红像那个闲得无聊的女子，天天来看街上的女人跳舞，风雨无阻，下雪她也来，冬天刮大风她也不怕，她戴上绒线帽子和手套，顶着大风步行二十多分钟，最热的三伏天，她就带上一条手绢，边走边擦汗。

她奇怪地看上了瘾。站在边上，听着三四十年前的歌曲，仿佛回到中学时代文艺宣传队的日子。跳舞的女人跟她年纪相仿，她们有多老她就有多老了，那时候厂矿学校部队那么多的文艺队，这么多的人被时代教会了舞蹈，她们跳呀跳呀的——锻炼身体。

海红每天赶到这里和陌生人在一起，她们问她，你是哪里的？唔她是住在那边的。

雪山啊，霞光万丈，瞿湛洋如同她的雪山吗？雄鹰啊，展翅飞翔。心如鹰鹞千山外。她迎着一支老曲子走过去，在陌生的人群中跟着那个六十岁的女子跳起了藏族舞，雪山啊，格桑花啊，雅鲁藏布江啊，虚拟的长长衣袖和雪白哈达在飘动，天上的白云像棉花一样朵朵裂开，月亮在云间穿行，把每朵云的边缘映亮。藏歌曲终，一抬头，看见满天灼灼花朵。

在北京过完五一，7 号回到武汉。9 号，瞿湛洋来了，他那一段没什么事，四处闲逛会他昔日的朋友。他到武汉来，武汉军区有他小时候在湛江军分区大院的玩伴，玩伴借给他一辆越野车。决定开车去江西婺源，杂志社的每个人都去过了，极尽渲染，白墙黑瓦，小桥流水人家，油菜花灿灿天涯。

10 号上午，他们从武昌动身，加油，过大桥，沿某某国道奔向江西。车上的音响不错，瞿湛洋后悔没带几盘他的 CD，他的玩伴口味杂沓，车上有一盘邓丽君金曲，一盘莎拉·布莱蔓，一盘阿根廷女歌手自己翻唱的 CD，还有三盘巴赫《马太受难曲》，包装精美，大概是某个喜欢宗教音乐的朋友送他的。瞿湛洋说，出来玩，就别听什么受难曲了，多变态啊。邓丽君，甜蜜蜜，太甜了，至少得莎拉·布莱蔓。好了，歌声清澈空气流通。山河浩浩荡荡。

忽然看见有路牌，庐山。啊庐山这么近，算起来，瞿湛洋有二十年没去过庐山了，海红呢，从来没去过。遂临时起意，去庐山。高速公路真是快啊，盘山而上，一路修竹，11 点半就上了山。

在山上吃饭，之后他们先要去找美庐，二十年前瞿湛洋来庐山的时候美庐可没开放，三十多年前宋美龄还是一个反面人物，骄奢淫逸，用牛奶洗澡，现在呢，风华绝代举世无双。拥进美庐的游客最多，1933 年，一个名叫巴莉的英国女人送给她的好朋友宋美龄的这幢别墅成了庐山的最大兴奋点，游客们拥挤着在回廊和楼梯移动，后背挨着后背，啊那是卧室那是餐厅那是浴室，浴缸浴缸就在那里，七十多年前的旧浴缸引起的惊呼此起彼伏，浴缸啊牛奶啊，**它们终于从遥远的高处簌簌跌落**，成为众生的消费品。大家走到二楼露台上探头一望，然后又绕房一周，竹林真是丰茂，据说是蒋介石手植，两棵四百年树龄的金钱松也是蔚为大观，而宋美龄在墙脚下种的凌霄花爬满了墙，再过一个多月就要开花了。众人挤着照相，单人照、集体照，人人兴奋不已。

两人去看散落在各个幽僻处的别墅，没有游人，也不开放，仿佛是另一个庐山。陈诚别墅、胡宗南别墅、冯玉祥别墅、讨袁将军李烈钧的崇雅楼、陈三立（著名的陈寅恪的父亲）的松门别墅，以及高大巍峨的吴庐，气派的云天别墅，那些内廊敞开式、内廊封闭式、半封闭半敞开外廊式的别墅各具风格。满山岭俱是大名人。

还找到了汪精卫别墅。汪才活了五十一岁，却是大起大落人生，小时候是一个苦孩子，年轻时革命先驱热血英雄，刺杀摄政王，中年成了头号汉奸，他妈的真……瞿湛洋说。光线暗了，他们到天街去，找一家馆子，吃了一只炖土鸡，住了一夜，第二天下山奔婺源。

路上瞿湛洋接到一个女人的电话，他手机里传出她的类似撒娇的声音，海红想起那个打扮得像弗里达的女画家，**她是美人蕉，耳坠叮当响**——你是他的第几个？她不便问他这些，这会使她显得小气。但脸上像蒙了一层灰尘，路上景色暗淡，没有油菜花。

哎呀你吃什么干醋——他说道，甚至笑，他觉得这太可笑了。他问你觉得多少个你能接受呢？在你之前，有六个，这总可以吧，不算多。现在肯定没有别人，只有你。走遍了全世界只有六个，这算多么？

但是油菜花呢？一路上没有看见传说中的油菜花，那种漫漫无边的金黄色，在5月份的这个季节，统统结了籽，该收割了。可以看见田里有农人收割油菜，他们手拿一柄长杆镰刀，一挥一抟，一挥一抟，倒伏的油菜被割下放到身后摆成整齐的一排排；另一些人把割下的油菜捆成结实的大捆，一捆捆立在田里，敦实参差，宛如心满意足的农人。劳动场景散发出崭新活气，令海红心情轻松起来。

他们先到了一个叫上晓起的地方，古樟森森，绿水泠泠，大片的菜地翻起了松厚的肥土，有一头牛、成群的麻雀，还有一棵樱桃树。他们买了一只鸡让人当场杀来剁成块——她烧灶，他掌勺，久违的木劈柴在灶膛里哔剥得起劲。他问人，有辣椒吗？最好是干的，红的，一截就够。他兴头十足地说，辣椒用来炝锅，去腥提味，你吃不出辣，但是味道会很鲜美。鸡块下锅他一阵翻炒，他要姜，要酒，要糖，要酱油，盖上盖，闷一闷，最后他又要青蒜，绿色的蒜段嵌在金黄的鸡块中——起锅了！怎么样？怎么样？

世界如此辽阔，而山河浩荡。海红感到自己的身体是湿润的，嘴唇鲜艳，简直可以不用口红；肌肉紧绷有一种饱满感，皮肤浮起一层光泽，眼睛波光潋滟涨起了秋水。他们在上晓起住了一夜，第二天到一个叫大李坑的地方去。

一路下雨。雨大路窄，好在迎面的车不多，瞿湛洋的驾驶技术也够用。在雨中他们来到大李坑，透过雨幕他们看到了白墙黑瓦檐头墙头，村头有一口大塘，村后一座青山。村民们披着雨衣在村口指挥他们停车，就停这里就停在这里，有人专门看着没问题，他们殷勤说道。沿着水塘进村，湿漉漉的青石板路闪着水光，一边是木门住屋，一边是水塘，石阶探进水里，有人披着雨衣蹲在水边洗竹笋，笋壳剥在青石板上，露出白嫩的笋肉。隔着水塘的山坡有一条石板路，那是一条徒步的路线，上山，往左，可以到虹关，那里有廊桥，**像廊桥遗梦那样的廊桥？**上山一直走，可以走到很高山顶的一个村子，叫查平坦，名字真古怪。那里不通汽车，油菜花最盛，而且有高山云雾茶。你们要去吗？领路的村民问。

他们选了一家农家住下来，因开发旅游，许多人家都改造了标准间，有独立卫生间、太阳能热水器，包伙食，腊肉腊鸡挂在厨房的墙上，熏得微黑。他们的窗口正对着一片菜地，有几畦种了青菜，叶子粗大茁壮，大雨一阵阵泼在叶子上，发出噗噗之声。另有半畦地翻开着泥土，在雨中泥土是水淋淋的黑。

雨太大，不能出去了。电视也没有信号。出于无聊和精力旺盛，瞿湛洋到厨房抓了一把盐，给海红做全身按摩。发潮的细盐洒在赤裸的身体上，两人的嬉闹声从窗口传到菜地，雨正大，雷声阵阵灌顶，青菜叶子被更猛的雨点击打得频频下垂。

这个时候，四川汶川山崩地裂，八级地震。在北京家里，道良刚刚吃过午饭，他这天上午先到海淀新大西洋城给史安童的虎皮掌浇水，然后再去报国寺的古玩市场逛一逛，回到家就已经 2 点。吃完饭他坐在沙发上，他发现灯绳在动，是地震，这种情况他以前遇到过，是轻微的，因为茶杯里的水没洒出来。银禾——他喊道，银禾从厨房里出来。这时灯绳已经不晃了。

春泱这天下午在天安门广场西侧的国家大剧院里，学校组织全年级前往参观，这座举国瞩目的国家大剧院刚刚落成不久，引起争议的巨形鹅蛋浮在一片水面上，令全国人民兴奋不已。门口是下沉式的，要走下许多台阶才能走进去，春泱们穿着校服，像一群麻雀从下沉的阶梯走走走，走到宽大的通道一抬头，哗，头顶满满的水在玻璃之上，走在水底下，水在天上，阳光透过水蒙蒙地散进来，水纹一波波地在头顶荡漾。真是奇妙。她们站在滚梯上，一层一层上去，又一层一层下来，每个厅她们都要进去看看的，话剧厅音乐厅歌剧厅戏曲厅，书店礼品店咖啡店，地面一半红色大理石一半黑色大理石，钢架互相咬合，生猛而威严。孩子们拿出他们的手机拍呀拍。这时候，春泱看见她头顶的一盏吊灯在晃动，它左右摆着，以一种优雅的垂感。春泱认为，这肯定是这座剧院奇妙的设计之一。

5月19日，地震的头七，全国哀悼日，下半旗。14点28分，鸣笛，默哀三分钟。这个晚上，海红第一次做了那个地震的梦。她梦见饭桌大的巨石滚滚而下，她跑到哪儿巨石就滚到哪儿。只好爬上树，坐在树杈上。树底下是一片大水，水底有一只饭桌大的巨大草筐，里面站满了人，他们奇怪地望着她……

8月初海红回到北京，一进住宅楼，收发室的人就塞给她一个胸牌，上面有她的照片，写着志愿者三个字，还有派出所的电话号码，说明文写道，奥运会期间，希望能协同工作，发现可疑人员，立即打某某电话。晚上出门散步，看见马路边上坐着一排排戴着红袖箍的协管员，街道的老太太全被动员起来了，她们兴奋、认真，穿着新发的印着“奥运志愿者”字样的T恤，一边打着蒲扇，一边用她们视力渐弱的眼睛盯着所有过路的人。

8月底，海红接到瞿湛洋的电话，邀她一起去周庄，参加一个叫作“滚动天空”的民谣诗歌节。

行前她做了一个梦，先是再一次梦见地震，饭桌大的巨石滚滚而下，巨石跟着她，她到处躲，后来她爬上树，坐在树杈上……之后梦见她一个人去印度旅行，梦中看到许多被烧焦的人，像电线杆一样立在路边，每几步就有一个手持大刀的人要砍那些烧焦的人，左右两边都是手拿大刀的壮汉。心惊着耳边响起解说词：在印度向来有吃烤人肉的习惯……梦境接续着，自己驾车去看孩子，事实上海红根本就不会开车，在梦里她车开得飞快，差点撞着一个小男孩，好在她提前拐弯了。前面有一道沟，过不去，她只好下车，一人独力把车子往肩上扛，这时候车子变成了木板车。在梦中她费尽了力气把木板车扛过了沟，终于到达一所房子跟前，但她发现她到的是后门，门上拴着一把大铁锁，贴着一张字条，她凑到跟前看，鼻子却爬了一片蚂蚁，她来到一处水龙头跟前，把蚂蚁冲掉。

奇怪的梦，它意味着什么？

周庄到了，走在石板路上，听见流水响，乌蓬船在河道里，窄而深的房子，啤酒涌出白色的泡沫，烧烤架在露天的水边，奇形怪状兴冲冲来来去去的年轻人，看热闹，掮着吉他，免费啤酒，狂欢。海红听见一首歌：你爬起来再摔倒再爬起来再摔倒，你爬起来再摔倒再爬起来再摔倒……瞿湛洋消失在人群中，不知去哪儿了。

还有一首歌，歌词让人心惊：这是夏天最后的一个黄昏，河里的水都越来越凉了，河边的水草忙着结婚生子……而我们的家已经荡然无存……

啊你需要一个人把大木车扛过沟，梦中的场景历历在目，门上拴着大铁锁，一张字条在拂动，凑到跟前看，鼻子上却爬了一片蚂蚁。

晚上两人没有在一起，没有心情。互相吸引的东西不知怎么就消失了。情欲的热气是怎样冷却的？海红不知道。从周庄回来之后两人基本不再联系。一段关系无疾而终。**零因果**。

世界缩成一根针

世界空虚。

世界缩成一根针扎在肉里，只是锐痛。有一个伤口看不见，但久不愈合。那根针一直捅进去，直到血管的深处。

他们甚至没有告别。也许周庄就是告别，那首从水边传出的歌声就是冥冥之中的昭告。这是夏天最后的一个黄昏，河里的水都越来越凉了，河边的水草忙着结婚生子……而我们的家已经荡然无存……

行前那个梦也是一种预示，真是再清楚也没有了。是啊，烧焦，是指自己内心的火焰太强烈；不会开车却要开；一个人费尽了力气把木板车扛过了沟，这份感情会很耗力气；好容易到了，却是后门，门上挂着大铁锁。是，那时他已经准备结婚，他的固定女友怀孕了，你到达的只是后门。

饭堂的菜就是这时候变得难吃起来的。尤其是晚饭，常常是中午的剩菜，菜摆在案台上，无精打采的，饭堂也只留了一个人值班。没有人来打饭，值班的人到饭厅来看电视，古装打斗片，刀光剑影正热闹，虚拟的铁器撞击声来来去去，剩菜越发奄奄一息。

算了！

她到街上去。出门不远有一条小街，两边各一溜小吃店，从兰州拉面到桂林米粉，热干面小笼包饺子馄饨烤红薯，炉子一律摆在街沿上，煤灰堆在炉边，门店里面摆两张小桌子，门口外也摆两张。洗碗的污水当街泼过去，就在矮凳旁边闪着浊光。蜂窝煤正红，一锅水冒着热气，老板娘都是又利索又敏锐的，你一望，她立即迎着问，吃点什么撒？

她什么都不想吃。

密密的一排店铺挤得紧，杂货铺也夹杂其中，水龙头塑料管尼龙绳铁钩铜锁马桶摭子，杂乱淤滞。有一个鞋铺，两米宽，摆了货架，人侧着身子可以入内。一个中年男子，神情笃定，他在小铺跟前横一张书桌，上面摆了个厚纸壳，上书：定做皮鞋。手工业在这个城市里一息尚存，缝纫铺也是一个作坊，沿墙根的三台缝纫机嗒嗒发声，硝烟弥漫，地上的线头碎布，仿佛弹壳遍野。贴墙挂了一排男女西装，颜色古怪，蓝不像蓝绿也不像绿，件件都安上了金属双排扣，它们仰面停在那里瞪着你。

它们瞪着你，瞪着你……**它们为什么瞪着你呢？**

一家音像店，看店的男孩女孩人人头发怪得出奇，不但染黄而且两边剃光，头顶剩一撮竖着，后面也留了一绺，像老鼠尾巴。他们满不在乎的，脸上一副傲慢，难道把头发染黄就可以看不起一切人么？或者只是喜欢酷，酷，就是这样一副冷冷的神情。药店，小街上竟然有三家……

路过药店你有些庆幸，幸亏没有出状况啊，假如月经过期不来，就要到一家僻静的药店去，闪身入屋，在一溜药柜前走过，做贼心虚又要装作漫不经心，你忽然停下来，飞快地瞥一眼，手指往下一点，说，要这个！一只小药盒揣进包里，飞快撤退，回到自己的小屋，安全了，药盒放在枕头边，心里惦记着“早晨的第一泡尿”。早上醒来，把尿排在脸盆里，妊娠试纸，泡进尿液，等啊等，几分钟无限拉长，一指宽的试纸，上面是否会出现一道杠？

你也曾经，有过这样的时刻。

熟食店的烧鸡，在一只突出街面的玻璃罩里，色澄黄皮起酥，油光水滑是刚出锅的样子，女档主的风情很是抢眼。对面有家卖酱鸭脖子的，它很识相，井水不犯河水。不打擂台，低调，自知，心平气和。酱鸭脖子是没有那些馋人香气的，没有就没有，它就在那里，能看见就行，档主也不吆喝，有人在档口停下来，他也不殷勤，要买的自然会买，多操一份心都是苕货。这样荤腻的档口竟是清静的。

终于饿了。

她看见一只大电饭锅腾腾升着热气，糯玉米！揭开锅盖，每根玉米都是粗大健硕颗粒饱满，也许是转基因？否则哪来如此完美。啊转就转吧，她买了一根吃起来。

小街是Y字形，走到三线交会处玉米正好吃完，往左的街暗而短，通街仅有两盏惨白的路灯，光线掩在浓密的树影中，一点弱光，怎么挣扎也过不了树底下。只路中间有些许淡光，两边都是黑的，亦无店铺，是机关的围墙，墙头用碎玻璃片插满。一直暗，到了前面似乎有了些光影，是洗汽车的，有一面斜坡，立着一块牌子，看不清，用不着看清也知道，那上面写着“洗车十元”。紧邻的一家，门额上白底红字一个灯箱，是整条暗街最光鲜处，四个字：中医按摩。

按摩，啊她需要按摩，这只灯箱提醒了海红。**试一试，试一试，让自己舒服。**

是家夫妻店，两人笑容殷勤。中药泡脚足底按摩，二十元，全市最低价。颈椎肩部按摩、腰腿按摩，直至全身按摩，一律二十元，一小时。低得难以置信。只是要你办一个卡，其实也没有卡，是在一本四角卷边的小学生练习本上，写上姓名、电话、已付钱数，来一次画一横，一百元可以画一个正字，五画。

窗帘是半截的印花布，耷拉着，外面洞黑，外面没人看的，按摩师是一个小伙子。你仰躺着，他猛搓两手，然后压在你的眼皮上，微热，有廉价香皂的气味，就二十元一次来说，已属讲究。肌肤相接，纵然是在脸部头颈的穴位，也有瞬间的异样滚过。你要说话，破掉空气中紧绷的气氛。你就问，他就说。他说他是医学院毕业，在附近一家医院当按摩师，来此处是兼职。又问，再又答。陕西人，陕西扶风人，如此远，西北与南方，火车翻山越岭过隧道，跨了黄河过长江，是考大学过来的，父母兄弟，都在老家。过年才回去，没有成家。谁愿意跟呢，没有车也没有房，住在医院的集体宿舍。

他又让你翻转身趴在按摩床上。一个圆孔，脸朝下，任别人的手在后背——按、刮、揉、拍。他说可以上门服务，价格另议。黑暗中一道闪电，是否，是做某种特殊服务的？又不像，很坦荡，丝毫没有，暧昧不明。把你的手机号给我，手机号，上门服务，价格面议，你像瞿湛洋那样理一个平头最好了，像一个体面的情人，年轻，健康，略有苦闷，在某一个夜晚，沿着东湖的水杉和法国梧桐，以及桂树柳树和桃树，你要像一匹马那样旁若无人……一个女人在黑暗中等你，价格面议。他的手从她的后背掠过，这个女人一声不吭，但他发现，她的肌肉变得紧硬。

次日又去，扶风籍的按摩师却碰巧没在。店主说他来做。他说自己是专业人士，家传的，他报出一个名字，某某某，认为是名满天下的响亮，你绝对不可能从未听说。他说他是这个某某某的侄子，亲授的。在门厅的灯光中他歉然说，我来给你做，今天按摩师没来。他拿一方白布蒙在你的颈椎上，手指隔着一层布发力，肌肤的短兵相接被一层布喝退了。店主手法轻柔，说起安利产品钙镁片。腰酸背疼主要是缺钙，若要吸收钙还要补充维C，而安利是纯天然的，在美国的某处，有一片无污染的土地，上面种了几百亩樱桃，安利的维C就是从这些樱桃中提炼出来的。按摩做完，话头还没收住，你拿起刚买的几只橘子要出门，他就感慨，一粒维C就能顶这一兜橘子啊！

要买安利就给我打电话，店主递给海红一张名片，那上面的名头已经不是按摩师，赫然印道：高级营养师。世间的事情真是瞬息万变。纽崔莱，美国的营养巨人，跨着大步，嘎嘎嚓嚓地走在中国大小城市的无数角落里。

一个人走在空茫的街上，不时地会想起道良。如果你知道剔除生活中坏的那半边，剩下来好的那半边就是生命里的黄金，你还会跟道良离婚吗？你剔掉了坏的半边，好的半边也随之消失，而你再也找不回来了。

有一些无聊的夜晚，海红走到Y形街会拐到右边的那一岔。这街不暗，亦不亮。路灯是黄的，隔三四棵树就有一盏，树疏，又矮，挡不住光，光影就黄黄疏疏地散在街面上，远看人，看不清，近看，也看不清——凡人凡物皆朦胧。

它比左边那条街长得多，人迹却是一样地少。有小汽车慢慢驶过，路面长年失修，走不几步就一个大坑凹蚀下去，坑里存有下雨时的脏水，一车轮轧下去，泥水飞溅，摩托车、自行车、行人随意穿插，只有自己多加小心。

这街不知何故毫无人气，它也有一些铺面，窗帘店、复印店、药店，一两家发廊饭馆，花插着亮一点光，远远看去都杯水车薪，疏淡冷清令人困惑，或者人少街就暗？两边的房屋很是奇怪，它们与街面不在同一水平面上，左边的统统低下一大截，右边的则相反，一律高出一头。左边的店铺也好，住宅也好，门口不是下一个斜坡就是下好几级台阶，总要下落半层屋的深度，才能进得了门，让人觉得这店铺不够通透敞亮，人的形状也不那么光明坦荡。右边的屋子似乎故意要与左边作对，它要高出半层屋，站在街面上看它，它犹在半山坡，任何一处，门口都是十几级台阶上去，腿脚不好的人，望之生畏。纵然好脚力，天热体乏，也不愿麻烦自己。

这样诡异累人的高低街，贫乏的果树，它能结出什么样的果子来呢？要细看，其实它真的是有一些神秘内容的。

有许多灯箱，它们跟“中医按摩”那样光明正大的白亮不同，它们是暗暗的粉红色，“按摩”“洗头”“洗脚”，既然是粉红色的灯箱，那就有名堂了。走上十几级台阶，看这一溜粉红，每团粉红的光晕中坐着衣着暴露的女子，第一眼就看到她们胸前紧挤着的肉，半边乳房昂着，白花花的肥厚，头发散着，眉毛细而弯，嘴唇鲜红，脸上一层粉。三两人，或者独自一人，慵懒地坐在屋厅的长沙发上，歪坐、斜靠，露出短裙下的大腿根。有一间，有一个半大老头正与两个女子嬉闹，女子扬着手说，打你！

一家粉红色的按摩屋门前有个牌子，上面写道：浴盐按摩、藻泥按摩、牛奶按摩，超值服务。真是新奇诱人。海红抬腿就要进去，刚一探头，屋里的几名女子一律斜眼以对，似乎遭到了冒犯，而她们是凛然不可侵犯的。按摩颈椎多少钱？海红问。我们是休闲的，不做中医按摩。在凛然中总算有了个回答。休闲、粉红、胸前的白肉和放肆的嬉闹，唔，她们是做皮肉生意的。但你不能歧视她们，按照国际惯例，应该称之为：性工作者。

这天晚上，从高低街回到住处，掏钥匙的时候，海红摸到包里有一样硬硬的东西，她一看，是一本小书，小册子。拿出来看，这书比巴掌略大，书封上是瘦瘦的字体：《失恋治愈手册》，真是诡异莫名，她根本就不可能有这书，出门的时候包里只有手机、钱包、纸巾、钥匙和润唇膏，多一样都没有。是吃了晚饭出的门，没逛超市购物，也没去按摩，连跟人搭话都没有。

真是撞了鬼！

你向来接受来历不明的东西，视之为神秘经历。

也许如柳青林所说的，有一股**时间的支流**？这本口袋书是死去多年的柳青林从那不可知的时间的支流漏下来给她的？姑且存疑吧。大概自己真的需要这样一本《失恋治愈手册》。

她看这书的封面，是深蓝的颜色，有一只透明的玻璃瓶，瓶子里有一只猫头鹰，猫头鹰流下大颗大颗的眼泪，眼泪存在瓶子里，淹到了猫头鹰的脚。打开第一页，有六个项目指标：开始新恋情的决心，最近是否经常笑，是否喜爱自己，等等。小册子要求，每天都要按照这六个指标检查自己的状态，并记录下来，这样就能发现自己心情的变化。据科学调查，一般人们从失恋中走出平均需要一百二十二天，但若照这六个指标，每天积极调整自己的心情，就能大大缩短这个时间。此外，手册还介绍了迅速入睡的方法，让心情好起来的菜单，适合失恋者看的电影，以及名人名言——乔治桑在与肖邦的恋情结束后，这个伟大的女性说，这是何等的解放！

整个小册子，只有这句话打中了海红。是啊，这是何等的解放，让瞿湛洋滚得远远的吧。

这是何等的解放，她在周末空无一人的饭堂里，默念着乔治桑的至理名言，感到饭菜依然难以下咽，一个人漫无目的地走在灯光晕暗的高低街上，依然黯然神伤。

她跟周围的人保持着距离。这是她的毛病——像海豆发病时那样，她给自己画了一个圈，然后把自己囚禁在这个不透风的容器中。我们的海红，她找不到一个人可以诉说心事。

她感到全然的孤独。

铁锚

她做梦。

梦见自己跋山涉水去找一处洗澡的地方，一路上流着血，找到了却发现这洗澡间的隔墙太矮，而且有窗，挡不住身体，只好穿着道良买的游泳衣洗澡。泳衣太长，不合身，将就着穿。洗完后来例假，正要用月经带，却突然找不到了，几个女人帮忙找，却怎么也找不到，十分着急，不停地说，怎么办，怎么办呢？经血一阵阵往下涌。在路上有什么东西掉地上了，仔细一看，却是自己的肝。

梦见自己一个人在家里打排球，身体很轻，跳得很高扣球，但卫生间的水管裂了，清水流进房间，浸了一地。

梦到上山，被埋到胸口，一男子来救，把她抱出来，一直抱到山顶，风光极好，左前方是大瀑布，右前方是雪山。

梦见道良死了，一摸，手都凉了。她给他做人工呼吸，压胸，但不吹气，把他救活了。他坐起来，说，很饿。就给他吃一个裹着肉的炸馒头，他一口就啃了一大半。

你总是在梦里看见道良，在潜意识里是把这个人当成重要的亲人吗？你从未梦见母亲章慕芳，你想梦见外婆，她也从不到你的梦里来。生父柳青林，在梦中他以尸体的形象出现，恐怖地一把抱住你。只有史道良，这个你要舍弃的人，他时断时续，总是在你的梦境中。你给他做人工呼吸，把他救活了。他坐起来，说，很饿。他情感上也是饥饿的，早年他去上班，回来总要看看你的羽绒大衣在不在，那件枣红色的羽绒大衣挂在门厅的衣架上，是这个单身汉家里最早的女性气息。他说，你的衣服不在，我的心就是空的。

她还梦到孩子。在大学里上课，把女儿带去，梦中女儿只有三四岁，她让孩子坐在中间的小板凳上，她自己则和别的人靠墙坐了一溜。一个女作家讲课，不知是谁，不认识，她说她的作品有多处漏洞，要补上。大家做笔记，海红也做。下课后她把笔记本放进包里，出门时碰到一个人说了几句话，再找书包就不见了。在梦里翻山越岭地找书包，找遍了整个校园都找不见，这时她想起女儿还在教室里，孩子孤零零一个人，也许会有坏人，海红急坏了，一急，就醒了。

她比从前更多地想念孩子。想孩子小时候没有人玩，阳台上停了一只麻雀，麻雀拉了一泡屎，孩子高兴坏了，端来一把小矮凳，站在凳子上，用一根小棍子，把这泡屎玩了半天。有一次，一只鸟死在阳台上，孩子发现鸟一动不动，就用棍子捅它，它还是不动，孩子以为鸟睡觉了。她想等鸟睡醒了好跟她玩，直到晚上去看，鸟还没醒过来。

想起孩子小时候，早上起来总爱钻进妈妈的被窝里，要给妈妈讲故事听，海红困，孩子就知道说，等妈妈睡够了再讲。孩子也发脾气，有一次，爸爸提前关了电视，孩子气得把自己的本子摔在地上，两个大人不理她，过了一会，她给妈妈递了一个字条，上面写道，不爱爸爸，不爱妈妈。

……孩子拿出妈妈的一个旧本子，上面有一只大红公鸡，她问妈妈，这里写上我了吗？答，那时候还没有你。问，我在哪里呢？答，在空气里。问，那我怎么到你身上了呢？答，你闻着妈妈的气味就来了。孩子说，不对，我不是在空气里。那你在哪里呢？孩子说，在妈妈的眼睛里。在妈妈小时候我就在妈妈的眼睛里，要不然妈妈剪了头发我就不认得了。

有一次在学校里摔着了后脑勺，真担心会得脑震荡；有一次早上流鼻血，下午回来说，上体育课翻跟头没翻过去，哭了，一哭，鼻血又流出来了；常常咳嗽，总是带她看中医吃汤药，有一个晚上，抱了她整整一个通宵；她给鸡洗澡，被鸡啄破了嘴唇，带她去打狂犬疫苗。她知道错了，把自己的压岁钱拿出三百元放到妈妈桌上，因为打针要花二百九十元。

海红还想起来，春泱上幼儿园时候唱过的一首儿歌：

小河淌水哗啦啦
两口子吵架要分家
跟妈走，妈打我
跟爸走，爸踢我
跟姐走，姐不理我
跟哥走，哥不给我被子
只好送我到幼儿园
一班打，二班骂
三班送我个刘大妈
刘大妈呀刘大妈
你家的小红不听话
打破了头，打破了腿
打破了心脏变成鬼

如此悲惨的儿歌不知从何而来。它不再像从前那样有一种超然的娱乐色彩，在武汉的雨夜里，海红仿佛看到许多孩子在她周围围成了一圈，他们光着头，眼窝陷下一个大坑，他们瞪着她，不说话。打破了心脏变成鬼，这首儿歌变得揪心。

海红给春泱发短信，问她晚饭吃什么。孩子只复了一个字：面。啊她要给道良打电话。这时候，她越发觉得道良是她的亲人。他真是她的亲人啊！不给他打电话，给谁打呢？

对于这么轻易就需要道良，海红感到羞愧不安。晚饭吃完才6点多钟，到街上胡乱走了一大圈回到住处也才7点多，连8点都没到，9点、9点半、10点、10点半……她曾经把道良看成是她追求自我、自由、爱情的烦人的障碍物，而现在，在异乡的孤独中，她首先想到的不是别人，而是这个她曾经一心想要摆脱的障碍物。

她拨通了家里的电话，她问道良在干什么，道良在看书。他叫孩子，春泱春泱，妈妈的电话，你跟妈妈说几句吧。春泱不说，她在做作业。海红问道良，晚上吃什么了？道良说，排骨莲藕。

有时候，电话有了实际内容。海红说，这边的主管部门人事处要她的大学毕业证书复印件，还要学位证书的复印件，它们放在家里书桌右边抽屉的一只大信封里，请道良帮忙拿去复印之后用特快专递寄给她。春泱要交学费了，她书桌左边第二个抽屉的一个信封里装有五千元现金，她交代过的怕他忘了。

还有，办公室政治，同事甲和同事乙，甲呢她性格透明，什么事情都摆在脸上，乙呢城府深，你永远不知道她在想什么。这两个女人一个正一个副，但副的比正的业务强，两个人有矛盾，但对她都不错。道良说，你不关心政治，事实上处处都有政治，你是逃不掉的，人和人之间的关系就是政治。他说你保持中立吧，不要跟谁摽得太紧。隔日道良又来电话，叮嘱说千万不要在甲和乙之间传话，甲说乙什么，你就听着，乙说甲什么你也听着，不要帮腔，传话是绝对惹是非的。当然，中立也不总是对的，有时候，看情况吧，连横合纵。等等。

有一处二手房，五十平米，有十年房龄了，不过呢，只要十四万，合每平米两千八百元，再也没有比这更便宜的了。而且，是有装修的，拎着行李就能入住，房主急着要出国，不然才不会有这好事。买房这样的大事海红必是要跟道良商量的，不跟他说又跟谁说去？这样的电话打多了，海红仿佛感到自己的收入无论比道良多多少，却还是两个人的共同财产。

道良仿佛也有这样的错觉，他果断道，买！怎么不买。又问，房子周边的环境怎样？海红说，不行，乱糟糟的，路特别小，两边全是卖早点卖水果的小摊贩和小超市理发店。她想起来又补一句，不过小区里挺安静的。

海红说，等买了房子，你可以来住一住，把春泱带上。道良却不作声了。他像是想起了什么，片刻说，我不去。海红仿佛看到他在电话那头梗着脖子，摆出一副强硬的样子。

道良还关照海红，叮嘱说你在那边一个人住，安全第一，晚上睡觉把手机放在床头，要整夜开着，万一有事，立即打电话。

打过电话，说的无论是房子的大事，还是晚上吃了什么的家常的话，海红的夜晚就有了着落似的。她安下心来，捧起一本书看了下去。冬天武汉的室内很冷，简直是个冰窟窿，她灌满两只暖水袋，床脚放一只，怀里抱一只，床上盖上了三床棉被。

在武汉漫长的冬夜，海红一点点想起了道良的好处。她先想起了家里的不锈钢汤壶，圆、扁、硬、光滑、妥帖，比热水袋好多了，把滚水灌进去，到天亮还是热的。这是道良单身时购置的，现在已经买不到了，他把这只汤壶让给了海红，因为她比他怕冷。家里还有一只蓝底白花的小热水袋，也是道良买来给海红暖手的，花色雅致，看着漂亮就买了，是他的审美。那上面线条的节奏很好，他说。对书法的线条有鉴赏力的人审美总是高级的。

他不自私，楼上有一个女人要借钱，她第一个想起来的就是敲他的门。海红说，她凭什么找你借钱呢？你一个退休多年的人，工资那么低。道良不吭声。他大概会借给人家钱。

而海红知道自己是自私的，或者她自认为自己年龄比道良小很多，就有了自私的权利。**你认为比他年轻得多就有了更多的特权么？**

你得到的都理所当然，你被容忍得也理所当然。从前道良有稿费的时候他会给海红买东西，玉手镯、呢大衣、真皮钱包……有一次他几乎可以出国一次，他就说要给她买一支高级的口红。这些东西现在都不算什么了，20世纪90年代，他尽自己所能。当然她也不是物质女性，当然他也说，一个最终打算写作的人绝不能崇拜物质。**但你从未，从未给他买过一样像样的东西。**

仅在路过的大街的摊边，给他买过一件廉价的棉布外套，看上去是纯棉的，米白的颜色，翻领和口袋的袋沿是棕色，一件休闲的短风衣，花了不到五十元。道良欣喜道，这是你给我买的第一件衣服啊。他立即穿到了身上。

他的亲戚来了她总是不理的，好在有银禾照应，该留饭的就留饭，加个什么菜，银禾自作主张。当然道良的亲戚也是银禾的亲戚。他们说家乡话，湖北的浠川话在房间里哗啦哗啦响着，人人都像隔着一个山头似的喊。海红关上自己的房门，不理，不然就是出门散步，走得越远越好。

你的自私都是因为你更年轻，在婚姻中更有当然的特权么？只有在失去道良之后你才想到这些，而生活早就过去了。

换了瞿湛洋又怎样？一定会很累。你得每天都表现出激情，表现得有趣，要在平凡的生活中表现出永不枯竭的创造力，否则就会坠入无聊和失望，不欢而散。这是注定的。

瞿湛洋这样的人，定然会……你知道任何人都有自己的自由，在感情范畴更不能控制别人，但那个词多难听啊……小三，多么动荡，多么让人不得安宁。偶然的一次大学同学聚会，闲聊之中知道，连当年最正人君子的男生也有了小三，不过还好，那个男生把老婆孩子送到加拿大定居，算是对家庭尽了最大的责任；另一男生，当年的党支部书记，他在舞厅遇到了小三，妻子心情不好，癌症，去世，再婚，顺风顺水。说到小三，众人会心一笑，连女生都没有撇嘴的，自然是有了宽容和共识。只是换了自己会怎样呢？

海红和道良就是这样一种奇怪的关系，她每到一处都会给他发短信，向他报告行程和沿途见闻。有时候，还不错，道良复短信，说那地方他当年也去过，有何种风物。有时候，他却又毫不领情，回一条冰冷的短信说，自从离婚之后我就没有过问过你的行踪。他这样不领情她还是坚持要给他发短信，似乎他，**是这个飘浮动荡的世界的一只铁锚**。

在她生命的中央出现的这处她称之为铁锚的东西，海红对之百感交集，它又沉又痛又稳地锚在她稀里哗啦的烂泥潭里！

她已经成功地摆脱他了，却又如此地需要他。

他常常旁敲侧击，现在艾滋病很多——他就不明说了，好自为之吧。

有时候，他满怀深情地说，这里永远是你的家。有的时候，他却说，只有我才会跟你这样混，他把这种关系称之为混……为了这个虚伪的家庭，我所做的牺牲不比你的小。

这么难听的话却刺激不到海红，海红想着她早就解放了，随时可以离开不再回来。道良呢，说句老实话，也不愿她真的走掉。

啊道良是一个有理想、有道德的人，年轻时候读过车尔尼雪夫斯基之后，就有某种成为新人的冲动，他时刻准备着，一旦海红爱上什么人，他就退出。但是，**你那能称之为爱情吗**？

我们的海红，她总想经历一场伟大的爱情，但眼下，对于一个缺乏独立性的自我，就像一只网眼过大的筛子，人世的珠宝总会全然漏尽。海红站在人生的中年，向着远处眺望，真是白茫茫一片——她的乌托邦多么遥远啊！

这一年，春泱高考，高三的家长会频繁，道良听力减弱，他去开家长会回来总是诉说听不清楚，于是每次总是会让海红提前赶回北京，去开那些令人头痛的冗长的家长会，听校长、分管的副校长、年级主任、班主任、科任老师逐一讲话，又听又记，眼酸手涩。

春泱高中上的不是什么好学校，她各科成绩总分在年级可排前十名，有时候还上过前四、前五，但和全区的排名一比，连个一本高校线都达不到，即使挨着边也是勉强。前景黯淡，状态消极。

道良又陷入了焦虑。

他梦见一张巨大的试卷，中间有一溜小字条，那上头的题目春泱一道都不会做。接着又梦见睡在地上，枕头旁边有一个洞，很深。洞里闹鬼，一个声音告诉他，要用火烧，再用开水烫。决定用火烧，旁边就有很多柴，棍子什么的一堆，把木棍用火点着，往席子底下塞，烧着烧着火和柴都没有了，有人说，你快看那儿！一看，只见地上有用石灰粉撒着画出来的一个人形，这人形会动，他用笤帚使劲打，又让二哥拿刀来，接过刀砍了好几刀。醒来后累得直喘气。

听说高考录取也要找关系，这样相同的分数才可以保险。两人都把此事当成头等大事，分头打电话跑路。道良本来就是大学教师，他早年的同事当上了校领导，不过呢，退了。死马也当活马医吧——人家说，只要上了本校的录取线就没问题。海红呢，在高校也有一两个、两三个朋友，她为难着自己，给朋友打电话。这早已离婚的两口子，从早到晚头挨头，嘀嘀咕咕，请什么样的家教，报什么学校何种专业，两人从不同渠道知道的消息互相通报，及时剪报粘贴，等等。高考前夕，春泱病了，拉肚子，两个人一起陪在医院里打点滴。在这样严重的时刻，少了一个人是不行的。

两匹马，朝着一个共同的目标奔跑，脱了缰绳的那匹自动回到了原有的轨道上。这两人的关系越发紧密了。

日子一天天过去，高考了，他们在考场附近的快捷酒店订了一个房间，海红陪春泱住下来。高考那日，北京下了一场全年最大的雷暴雨，从凌晨开始下，一直不停，全市有八十多条道路堵住了，考生求助交警为历年之最，如此仍有多名考生因路堵缺考。电闪雷鸣，道良和银禾打着雨伞给春泱和海红送早餐，用银禾给安姬惠送鸡汤的保温桶装了牛奶、面包和鸡蛋。雨真大啊！两个人的裤腿都湿了半截。

第二天下午，雨停了，道良和海红一道在考场门口等候高考结束的春泱，三个人一起，在拥挤的人群中照了一张全家福——这情景，谁看了能说他们不是一家人呢！

元旦快到了，武汉的住处冷得像冰窟——到处都是冰的，床上的被子和枕头、桌子上的本子和笔、厨房的碗筷、马桶、椅子、毛巾、笤帚、衣架……海红瘦，身上的热量本来就少，每触到一处她身上的热能就散掉一分，她的热气被寒冷一把一把揪走，身上也一寸一寸变凉。多少个暖水袋、多少床被子都暖不过来她了，冰着身子难以入睡，到天亮脚还是冰冷的。

她要回到北京有暖气的家里去！那个拥挤的、地上有碎屑和头发、卫生间没有装修、厨房的顶板腻着一层油烟的家，在武汉寒冷的冬天里远远地泛起了一层光泽，海红先看到了那张她常年坐着看书的沙发，她用从云南带回来的土布当沙发布，那种粗糙的质感越过长江黄河来到她的指尖……她又看见了自己那张单人床，铺着深蓝色方格子床单，素净雅洁，床尾就有暖气片，那种老式的、涂着灰漆的铁片把暖气送到她的脚底，她在床头放了一只怀表和一个小手电筒，伸手一摸就能准确拿到。

她一刻都不愿意等了，离元旦还有几天，她匆忙把手头的活干完，提前踏上了北去的列车。

长篇小说《北去来辞》发表于《十月》2012年第5、6期

长篇小说《妇女闲聊录》节选

卷三：王榨（人与事）

时间：2001 年 4 月

地点：北京东四十条

讲述人：木珍，女，三十六岁

第一〇〇段　不爱上学

我们村男的大多数是文盲，不上学，不爱上。最多上一两年小学。小王（木珍的丈夫。我很奇怪她把自己的丈夫叫小王，跟在单位一样）四兄弟都没上学，都挺厉害的，混得好，谁都不敢欺负。他大哥不认字，照样当村长，还当过治保主任。有些女孩考上初中也不去，都去广州打工，自己不想上学。现在的小孩都上小学。

我最喜欢的事情？第一是打麻将，第二是看书，第三是打毛衣。

全村有三四个人爱看书，都是女的，有三个是 20 世纪 60 年代生的，一个是 1976 年生的。

看金庸、琼瑶、岑凯伦，还有就是《家庭》。《家庭》是村里订的，杂志一来，我们几个都抢着看。村里有几个爱看书的，都是女的。最小的一个是 1976 年生的，读过一年初中，我 1965 年生的，小学毕业，在村里算是有文化的人。

小王会写自己的名字，不会写信。

第一〇一段　我们在家天天打麻将

我们在家一天到晚打麻将。不睡觉，不吃饭，不喝水，不拉不撒，不管孩子，不做饭，不下地。要是小王做了饭，端给我，我就吃，不端，我就不吃。两个孩子，一儿一女，从小就喝凉水，饥一顿饱一顿。女儿小，娇气，每天要两块钱买零食吃，吃了零食就不吃饭了。儿子懂事，九岁那年自己走了五里地找外婆，让外婆教他做饭。

有两次打麻将都快打死过去了，不吃不喝不睡打了一天一夜，突然眼睛一片漆黑，什么都看不见，也说不出话来，全身发软没力气。当时以为快死了，睡了三天，没死，又接着打。

我们村女的都这样，天天打麻将，都不干活，还爱吃零食，每天不是瓜子就是蚕豆，不然就煮一大锅鸡蛋，一大锅花生，大家围着吃，全吃光。

王榨的人都挺会享受，有点钱就不干活了，就玩麻将，谁不会玩就被人看不起。

玩麻将在我们村有职称，最厉害的叫“泰山北斗”，这人五十多岁，男的，太厉害了。第二名是“牌圣”，三十多岁，特别会算牌。第三名是“大师”，第四名是“教授”，第五名是“教练”。还有“两条龙”，是两个人，一个住村头，一个住村尾，每天都来。还有“天光”，一打就打到天亮，也叫“东方红”。

我们现在都不养狗了，也不养鸡，养了准被偷，干脆不养。全村两个组八十多户人，只有一家养狗，五六户养鸡。

我们不爱种东西，能不种就不种。夏天全村都去偷西瓜，把看西瓜的人都吓晕了，很好玩的。

我们村有好多人去河南修表，都是水货，混的。到北京搞装修，也是混。还有很多人做生意，有一个还跟香港的万梓良，就是那个演电影的，跟他做生意。

第一〇二段　牌圣喝洗脸水得肺病

他是肺炎，肺里积水，是喝洗脸水喝的。

他家兄弟五人，加上一姐一妹，一共七个。他是老三，1963 年生的，去年死了。他这个人读书很好，特别聪明，上高中的时候口渴，没水喝，喝自己的洗脸水，所以得了肺炎。

他治了，没恒心。红十字会免费给他治了四年，去年就到期了。他弟弟有钱，全是弟弟出的钱。弟弟在乌鲁木齐做生意，什么都卖，承包一个商场。牌圣吃药，吃到肚子里不消化，不舒服，就不吃了，偷偷扔了。

他不信算命的，算命的老头说他能活到七十三岁，他不信，看到算命的就赶。

他死的时候三十八岁，老在我家打牌，一打就是半天。死的那几天没来。两个孩子小的十三岁，他弟弟出钱供孩子读书。

牌圣在武汉市租了一个摊位，摆摊，上门修理无线电，也有一点钱。他妻子娘家离王榨一里路，家很穷。牌圣长得可以，他妻子长得也可以。他没死的时候她就找男人，多着呢，叫春梅。春梅先跟他弟弟谈恋爱，后来弟弟又谈了一个，春梅就跟哥哥结婚了。

春梅跟很多男人，没人讲她。她的公爹公婆都知道，也不讲她。给钱。线儿的丈夫跟春梅，线儿去抓春梅，抓着了在床上抓着了。以前线儿的丈夫不抓线儿，这以后线儿的丈夫也抓她。

牌圣不管春梅。

线儿一个人去抓。她丈夫外号叫青蛙，总是过一段时间就说钱丢了，五十、一百的丢，线儿怀疑他跟了哪个女的，偷偷地跟着他，跟到春梅家里，在床上抓到了，两个打起来，没人看热闹。第二天线儿自己出来嚷嚷大家才知道。

青蛙在矿上炸石头，给老板打工，一年到头都有炸的，花岗岩，做建筑材料。没多远，就门前的山，四季山。每天能收入二十元。

去年开始，线儿每天去捡小石头，三十八元一拖拉机，一天就能捡满一拖拉机，别的人不让捡。

线儿有四个孩子，也当外婆了。四十多岁。她丈夫挺蔫的，不爱说话，他老抓她。小王说，青蛙说的，要再抓着一次她跟小王的大哥，就不放了。

第一〇三段　男女的事

双红现在快四十岁了，谁给她钱她就跟谁睡，她丈夫很老实，不管她。

她婆婆九十多岁了，跟毛主席一年生的（注，此为木珍所误），耳朵特别聋，听不见打雷，从“土改”到1976年，只听见过一个雷。

王榨有一个人叫爱党，他老婆本来挺正常，就是怕打雷，她说一打雷，头皮都是木的，头发都竖起来。有一次下雨打雷，爱党老婆去关窗，窗外突然闪进来一大坨红光，有大海碗那么大，一格一格的，可能是蛇精。蛇精进来后，爱党老婆就疯了，她大声唱歌，唱的别人都听不懂，有时候使劲笑，有时候使劲唱。插秧的时候她穿着一件棉袄走下水塘，她一直走，大家都在插秧，没注意看，她走到深水的地方，人就淹死了，死了人还站着，头发竖着。

有三个女儿，小的才一岁，给武汉的一家人收养了。

爱党一直没有再找，他这个人爱说爱笑爱玩，不少人给他做过媒，他不同意，怕委屈自己女儿。他听说双红好搞，谁都能睡，他就想去混一混。

他去她家，上了床，脱了裤子，双红问爱党带钱来没有，爱党说没带钱，双红又把裤子提起来了。

爱党很生气，出了门就跟人说，都说好搞好搞，哪里好搞，还不是要钱。这件事全王榨都知道。

双红一直跟村里的木匠好，木匠人很聪明，能说会道，最会哄女人开心。有一年因为税太重，大家交不起，木匠找了一伙人去上访。团伙里有一个女的，是酒匠的老婆，她喜欢木匠，就跟木匠一起失踪了好几天。大家到处找，酒匠也找，找到木匠家，没有，又到别处去找，没找着。过了几天他们自己回来了，谁都不知道他们是从哪里回来的。

双红为了木匠跟很多人吃醋，跟线儿火，跟木匠的弟媳妇喜儿好。木匠的女人太多，连老婆都气跑了。秧没人插，双红就帮他插，衣服没人洗，她就帮他洗。

但两人好归好，双红跟木匠搞也是要收钱的，不过不是按次收，木匠也没多少钱，个把月才给她一点钱，没多少。所以双红跟木匠的父母说，木匠跟她好只有好处没有坏处。

木匠去海南打工，带了一个妓女回家，我们管妓女叫婊子。住了一年多，双红很生气，没得办法。木匠他妈说，管什么，年轻人好玩就要得。婊子是湖南的，她妈病了，打电话让她回去，她就走了，走了就没回来。

妓女走了以后木匠又跟双红好，久不久给她一点钱。

木匠的妈妈心疼钱，当着大儿子、二儿子媳妇的面跟三儿子媳妇喜儿说，你大哥跟别人好还要花钱，不如跟你好算了，你闲着也是闲着，他大哥也不用给别人钱。喜儿有一天跟我说，这个婆婆真不要脸，让我跟她大儿子睡，说用不着给人家钱。

木匠的三弟叫三伢，三伢也去海南打工，他特别想家，连字都不识一个，又回来了。不是突然回来的，家里知道。三伢回来的当天晚上，他妈把他锁在他自己的房里，然后把木匠和喜儿叫到她的房间里睡觉。三伢被锁在房里，觉得很奇怪，他就把锁撬开了去找他妈，结果在他妈的房间听见大哥和自己媳妇说话，没开灯，黑咕隆咚的，他冲进去，在床上摸到了两个人。

三伢大哭，要投河，说没见过世上有这样的妈，不想活了。他的孩子跟在后面使劲哭，边哭边喊，爸爸不要走爸爸不要走。他妈在他们家门口喊，他家在一个坡上，一喊全村都能听见，他妈喊，哎哟喂——哪个快帮我扯一下哎——

后来，三伢不去打工了，跟喜儿两人在家种地。

木匠就拐了别的村的一个女的到王榨来，女的丈夫到娘家去找，娘家人说，你到王榨木匠家看看。结果找到了，女的回去下死保证，说肯定不跑了。没想到过了两个月，又跑了。在王榨还跟木匠生了一个私生子，两人孩子也不要了，不知跑哪儿去了。

双红一直卖功夫，给人家做小工，有人盖房子就给人拿砖拿泥浆。农忙的时候不盖房，她就帮人家插秧割稻子，每天二十五块钱。她自己也有田，三个人的地，女儿出嫁了，儿子上学。她丈夫也知道她跟别人睡了要钱，管不了，就不管了。人挺老实，以前当过兵。

我们村当过兵的都挺老实，一个比一个苕，征兵的也不知道怎么搞的，千挑万选，选了这么几个最老实的人，部队就喜欢苕人。只有细铁不苕，所以他当不长，别人都当三年兵，他当了两年就回来了，他肯定不好领导。

第一〇四段　绑架

细铁人很好，他就是爱打架，他一个人能打一帮人。他是共产党员，1967 年生的，又黑又瘦，长得跟铁棍似的，打过这么多次架，一次都没被别人打出血。

现在他在新疆坐牢，搞绑架。绑架特别好玩，谁有钱就绑谁，其实他就绑过一次，他这个人特别好，谁找他帮忙他都帮。他绑的那个女的我见过照片，也没多好看，眼睛有点眯，像没睡醒。

他们去新疆做生意，商场的股份，每人两千元的股份。大股东叫王大钱，有一个女秘书，其实是情妇。王大钱是王榨旁边一个村的。女的管钱，细铁想回家过年，想把股份要回来，女的不给，细铁就绑架这女的。女的包里有手机，她的同学正好给她打电话，她就趁机喊救命。

公安抓不到细铁，就抓蛤蟆。蛤蟆跟细铁特别好，像亲兄弟一样，一块打架，一块花钱，不分你我的。蛤蟆给细铁打电话，把他骗回来，细铁就被抓了。这件事细铁知道，细铁的老婆也知道，细铁在牢里说，出来第一件事就是要找蛤蟆算账。

细铁本来一直在北京，人很本分，做木工，就是喜欢打架，你不招他他也不打，挺好的，有困难找他他都帮，不做坑蒙拐骗的事。蛤蟆在新疆发了财，让细铁去新疆，那时候细铁在北京开了家具厂，赚了好几万，就去了。

细铁坐牢了他父母很着急，让他弟弟去了四次。他老婆跟公婆关系不好，大儿子放在娘家，公婆一直在武汉，她把小儿子放公婆家就走。她一直在新疆待着，还做生意，能干，不过不好合作。

细铁很帮人，有什么干不了的，挑稻谷，做木工，做凳子、擀面杖、泥工尺、糖棍、糖签、木门斗，砍树锯树，什么活，让他帮他都帮。我们做米糖要烧掉一棵树才能做一锅糖，晚上上山偷树，四季山，每次都喊村里的人一块去偷。

他绑架那女的后转移了一个地方，女的同学正好找她，她姨丈也找，两个都报警了。细铁心好，把那女的打了一顿就放了，放了细铁就跑了。但那女的丈夫不干，姨丈也不干，要求公安局破案，公安局就抓了蛤蟆，把细铁骗出来，抓了。

好多人都说，细铁心太好，如果把那女的弄死就没事了。

他在新疆坐牢，被犯人打得受不了，吞牙刷自杀，被救过来了。

第一〇五段　死人的事（一）

王榨的人挺爱看死人，一听说哪里死了人，就都去看。放下手头的活，端上一个小板凳，跟赶看戏似的，走上三五里，专门去看死人。去了就坐在人家的堂屋里，中午回家吃午饭，吃完饭再去。

一次是死了香儿。香儿是下湾子张国基的老婆。张国基的事情很奇怪，在中学当教师当得好好的，在自家竹院推了他爸一把，这么巧，刚好倒在砍了半截的竹尖上，竹尖又这么巧，刚好戳进他爸后脖子的对口上，人一下就死了。村里人告状，说他杀父，法院没判，村里老人一生气，十几个人联名又告，就判了两年。在武汉劳改，认识了一个同乡，释放后就跟那同乡上武汉教书去了，香儿自己在家没地种，闲不住，就捡别人不种的地来种。

香儿有一天喝甲胺磷死了，亲戚到她娘家把信（即报丧），路过王榨，我们听说就都跑去看。听说张国基昨天带了个女的回来，肯定是为这事喝的农药（其实没带女的）。

也有人说是张国基喂的甲胺磷，喝了药又没赶紧送医院，张国基自己给她喂肥皂水解毒，快死的时候才找三轮摩托送她上医院，开摩托的人说张国基就坐在香儿的肚子上，一点都不心疼。马连店医院离下湾子只有半里地，到了就死了，死了就拉回家，回到家就每人发根烟，好像老婆死了是件喜事。

张国基的家特别热闹，派出所的来问话，香儿的亲戚来问罪。张国基跪在路边，娘家来一个人就给磕一个头，他穿着一件米色风衣，上面沾了好几块泥。这热闹挺好看的，大家说，这算便宜他了，别村有喝农药死的，人家娘家不干，非要那男的从女方娘家一路磕头磕到自己家，一步一磕，有三里地远。哪家女的喝农药死，娘家都要来闹，来了先要做好吃的，吃得不满意就要掀翻桌子，要砸灶，还要打人。

第一天我没去，听说不怎么好看，死人停在她房间的竹床上，用被子蒙着，头也没有露出来，满屋子农药味，只有香儿的姐姐坐在床边哭，张国基也不发烟了。

第二天我去了。人很多，四五里地远的都赶来了，来了就挤进屋。一群一群的都不认得张国基，都在问，哪个是张国基？好几个人同时答，穿风衣的就是，在楼上。十几个人全要上楼，张家的亲戚挡在楼梯口不让上，大家纷纷弯起腰钻过去，老头老太太，男的女的，都上楼看看张国基，看过就下来了，他们说，看见了，穿件风衣，很嫩相，个不长。

第三天我又去了，这次专门去看这家的女儿，女儿读了大学，在广州工作，女儿也穿风衣，暗红色的，也嫩相，也不长。我们想看看女儿怎么哭，但她不哭，只有儿子哭得伤心。女儿不哭，大家很不满，问她，你知道你妈怎么死的？女儿也不示弱，反问我们，你妈是怎么死的？外婆想打她，她一躲，却打着了她兄弟。这天又正好是外婆的生日，她送给外婆礼物，并学城市人说祝生日快乐。大家在一旁大声说，你妈死了你都不哭，你外婆还生日快乐呢！大家都夸这儿子懂事，说这家分成两派，妈和儿子是一派，爸和女儿是一派。

下葬更好看，娘家要下葬时张国基披麻戴孝。要买三金，金耳环、金戒指、金项链。衣服要买最好的，第一次买的不要，扔了。拣最贵的买，呢子衣料，重新再做。棺材也要买最好的，全杉的那种，几百块一副。下葬的时候，娘家又打了张国基，打来出气，出完气就葬掉了。

第一〇六段　死人的事（二）

有两口子，男的病了，医院说再治还要十万块钱，女的说，不治了，一起跳塘死了算了，就两人一起跳塘死了，捞起来停在路边，用两床棉被盖着，放在两张床板上，等拖拉机来拉到县城火葬。

村里的一个五保户，冬天晚上在被子里烧烘炉，烧死了。样子很难看，双脚烧没了，全身像烧猪一样，黑乎乎的，全是泡。村里有一半女人看了吃不下饭，饿了就吃黄豆，好几天每顿吃黄豆，一想起来就吐。

黄泥坳，两个男孩到河沟抓小鱼，掉坑里淹死了，家里搭了很大的棚子，像唱戏。去看过的回来说，两个孩子的爸爸都在北京开家具厂，给他们拍电报不敢说孩子没了，写的是“父亡速归”。当时有五六个孩子，看见掉下去都不喊人，不远就有大人干活挖沙子，淹死了也不说，晚上孩子的奶奶找人，才说掉河沟里了。一个小孩捞上来时脖子上缠着一条水蛇。

一次一个男的，抱着兄弟媳妇跳塘死了，女的还怀着孕，捞上来停在路边，用两床被子盖着。当时正闹法轮功，都又改回土葬了。

有一夜大风大雨，第二天听说三里桥死了人，大家都骑车赶去。一个很深的沟，两边都是麦子，看稀罕的人把麦子全踩倒了，这家人就在倒下的麦子上铺了一层大粪，结果连大粪都挡不住，来都来了，肯定是要看的，你一脚我一脚，人人都踩一脚屎，大家都踩着大粪看死尸，里三层，外三层，有胆大的还下到了沟里。沟里是公安局的在破案，他们把死尸翻来覆去，后来就把那人的肚子破开了，像杀猪似的，人下水跟猪下水也差不多。破了肚子又剥皮，剥的是头皮。我胆小不敢看，听胆大的在前头说，整张头皮都剥下来了，像个葫芦。这案现在还没破。

第一○七段　外号

线儿火，是闪电的意思。和尚，一个女的，很漂亮，穿着讲究，三十六岁就做外婆了。

象鼻子，一个男的。疤子，身上有火烧疤。

天不收，很坏的意思。连天都不收。平时贩牛，叫打牛鞭。当了二十多年生产队队长，他识字，但不会写，每年结账都是人家算。

地主，小时候白白胖胖的。二眼，眼睛长得好看。林彪，特别瘦，又叫干壳子。安南，长得像电视里的安南，他本来外号叫非洲人。

日本人，一个六十多岁的老头，挖草药。这人坏，所以叫日本人。他挖了一种叫满天星的麻醉药，骗一个女的，让她吃，说很好吃，女的很警惕，只咬了一点点，结果舌头麻了一天。一个男的吃下去，结果一天都没法过。

三类苗，挺瘦，平时没什么精神，发蔫，最爱打架，一听说哪儿有打架的就赶紧去。他儿子叫四类苗。

糊猪，这人特别胖，我也不知道糊猪是什么意思。太胖了不怀孕，来北京检查过，是女方的问题。

武则天，一个女的。测量器、细钉、狗屎、妖精、黄鼠狼、葫芦瓢、疯子、扁头、八杠、骆驼。

反正叫什么的都有。

第一○八段　三类苗

三类苗去学修表，去河南开封学。初中毕业没在家干活，生病，坐骨神经痛。他说去学，实际上没师傅，跟人一块混，混会的，也没真会，就是能混得过去，碰到不会的就拿给真会的修。弄了一个镊子，一个挺小的起子，还有一个眼镜片，有一个筒，按在眼睛上，在外面花钱买，全套工具一百多元，台子是租的，在开封的一个商场。

我们全村每家都有会修表的。

一年下来收入不少。他正跟他老婆离婚，他老婆也修表，也在开封修表。她是钱比命贵，她带着他们儿子四类苗，三类苗找她要钱，她坚决不给。

这女的外号“细堂客”，叫红儿。人很苗条，长得也很好，比三类苗强多了。本来红儿跟另一个男的谈恋爱，三类苗插了一脚，红儿不同意他，他就威胁红儿，说如果她跟别人结婚，他就用炸药炸。她害怕，只好跟他了。红儿原来跟她师傅好，也在河南的一个县。

三类苗要离，红儿不想离，有孩子了。红儿她妈做干渠的时候是连长，跟一个人好了，怀上了她，只好赶紧找人嫁了，又生了一个弟弟，后来她妈死了，她从小没妈，所以不想离婚，让儿子没妈。

三类苗说，钱有五千，老婆靠边；钱有一万，老婆要换。他跟老婆总是打架。去年 7 月，闹离婚闹了三天，晚上 12 点到家还打，大桌子打成三条腿，小桌子打成两条腿，组合柜打得门全掉了，椅子也打碎了，没离成。

他就走了，回开封。红儿一直在娘家待着。10 月份到湖南浏阳做生意，服装生意。

三类苗在开封勾上了一个女的，这女孩叫李文化，挺可怜，才十八岁，从小没父母，是外婆带大的。女孩在商场卖表，三类苗看上她以后，就用蒙汗药，在女孩住的地方，三类苗这人挺狠的，给那女孩喝饮料，饮料里放蒙汗药，是晚上，女孩自己住，她不是开封人。那时候这女孩还是处女，被他搞了以后就非要嫁给他了。

他回来的时候把李文化的照片带来了，给我们看，李文化是四百度的近视眼。三类苗到处给人看照片，跟我说想把红儿甩了。

红儿不相信，两个月都没回家。有一天吵架，三类苗承认了，她就去打那女孩。那女孩怎么打都不还手，把她的眼镜摔了也不还手。打了两次，都没还手。红儿打得也没劲，就不打了。没意思了，就又闹离婚。

女孩一星期打两次电话，三类苗一星期给她打一次电话。到了 10 月底，大家都回家了。从浏阳回家，把卖不掉的东西拿去退货。我们几个人，还有三类苗和红儿，结果又吵，三类苗又跑了，晚上 12 点的火车票。我们三人分头找，没找着，离开车时间只有几分钟的时候，他又回来了。

第二天回到家，他看见我就喊，我再跟红儿过我就是她儿子！

正月十三，细铁不在家了，坐牢去了。三类苗犯病了，坐骨神经痛，脚疼，不算很厉害，往年回家过年十几天就走，这次脚痛待得长些。三类苗一个到道班跟人家打架，他脚痛，不是脚痛别人打不赢他，他是亡命之徒。输了就打电话回家，打给小王的弟弟二眼，二眼出来在门口喊，三类苗被人打了！那天刚好有一队龙灯在我们村玩，门口人多，一听见喊大家马上跑，也没骑自行车，抄近路，走田埂。到了道班，打三类苗的那人还没走，看见一帮人来了，就把三类苗的自行车抡过来。五个人打一个人，那人挣脱了往派出所跑，他脸都被打青了，身上挨了好多拳头。我们的人没敢追进派出所。河堤上全是我们村的人，小王的弟弟说，打架就一定要打赢，赔多少钱都没关系，一定要赢，不赢就没面子。

别村的人都恨我们王榨，说你们王榨怎么这么爱打架，怎么不死一批？

派出所来调解，三类苗被人打了三个窟隆，那人赔了三百元，自行车也还他了。三类苗买了龙香牌香烟，给帮忙打架的人一人一包烟。

第一〇九段　偷西瓜把守瓜的人吓晕了

他们去偷何山的西瓜，每天晚上都去，三五个、六七个人，走五六里路，天很热，一边乘凉一边走。这边山三十人一堆坐着，看那边山，看瓜的两人在坟堆上睡着了。

看瓜的有一瓜棚。去的人每人偷三个，装在大蛇皮袋里，十几斤一个。这次去的人多，胆大，不怕看瓜的，正好看瓜的摘了一大堆西瓜，堆在床跟前。他们偷瓜的在瓜地里摸来摸去，摸不着几个瓜，往瓜棚里探头一看，堆得像小山似的全都在床跟前。人人挤上去，又拍又挑，拣熟的。人很多，大家都拍，拍着拍着就把看瓜的拍醒了，他一看，床跟前黑压压的满是人，就自己吓昏过去了。

大家赶紧跑，回到家每天都吃。

我们从来不种西瓜，要吃就去偷。偷好玩，种不好玩。

四组的一个人在山上种了好几亩西瓜，有半个山坡那么多，他专门在鬼多的地方种瓜，偷瓜的怕鬼就不敢来。那山坡坟地多，埋的都是喝药、上吊、跳水、生孩子死的。

6月西瓜熟了，有一天特别热，有一个小孩喊，今晚偷瓜去！于是一人拿了一个大蛇皮袋，走了半里地，一人偷了三个大西瓜回来。下坡的时候砸破了一个，挺甜的。第二天又去，一个叫王爹的，一人拿了两个大蛇皮袋，都吃不了，就隔了好几个晚上没去。

吃完又去。整个 6 月都没怎么喝水，天天都吃西瓜。渴了就吃西瓜。

有一次去偷，每人都扛了九十多斤。本来不过秤，也不知道多少斤，那人在路上腰扭了，不能走了，别人帮他把西瓜挑回家，在地里拔了两根豇豆架的木棍，是枞木，特别重。回家一称，说怪不得，怎么那么重。

第一一〇段　偷西瓜被电死了

火车是泰山北斗的儿子，十五岁那年偷西瓜被电死了。

他本来有先天性心脏病，在死的这一年，没吃药就好了，很奇怪，跟正常人一样。那时候电视里放《射雕英雄传》，全村只有牛皮客家有电视，看电视的人把他家的鸡笼都压垮了。

对面村姓李，有一个叫猴子的人每年都种西瓜，每年都被人偷。这年猴子想了个办法，在缺口的地方安了电线，四面用刺围起来。晚上我们村的几个孩子约好去偷西瓜，火车走在最前面，他偷偷往上扒，结果就给电抽倒了。剩下那几个孩子不敢喊，只知道跑回家，回家有一公里。到家了也不敢大声喊，只偷偷说。

那时候泰山北斗不在家，在武汉，火车家里只有妈和奶奶，还有两个妹妹一个姐姐，全家只有他一个男孩。全村人都去了，跑到西瓜地，猴子以为是偷瓜的，喊，干吗干吗？大家说，人都被你打死了你还喊。

火车的大伯胆小，不敢抱火车，一看人都死了。小王胆大，把火车的尸体抱到猴子家里，跟他扯皮。村里人都说要猴子赔钱。泰山北斗说，儿子都死了，要钱干什么。猴子就坐牢去了，坐了两年半，回来了。

从那时候起，就不偷西瓜了。

第一一一段　秧苗不够就去偷

冬天把二季稻收了，耕地，种油菜，秧苗不够，就去偷。

专偷外村的。晚上出去怕鬼，一个人不敢去，都是三五个一伙去偷。到了人家的地里，专拣好的偷，越高越好，专门揪高的。

有一次三个人一起去，走四五里地，看见人家下了夹野兔子的机关，叫“抽子”，一根签，顶在地头，铁丝夹，一抽就夹住了。里面夹了一大一小两只野兔，还是活的，就带回来了。

拎到马连店卖，不值钱，才几块钱，觉得不值，干脆拿回家吃了。

第一一二段　偷学校的建筑材料

1995年建小学，包工头是外村的。建学校的砖、木、钢筋、水泥、窗户堆在外面，每样都有人去偷。

村里人说，要是不偷一点，他就会说我们村的人老实，会看不起我们。拣小的偷一点让他心里不舒服。好几个村的人都去偷，我们村的人说就是要去偷。

第一一三段　老壳和大玩意专门偷狗

老壳不是坏人，他就是爱偷狗，他不偷别的东西，就是偷狗。

我们养了一条黄狗，老壳就跟小王说，我迟早要把你家的狗弄吃了。过了几天他又跟我说，我要把你家黄狗药了。

老壳他妈过生日，他们家吃肉，我们家吃白薯，他拿三块肉拌上药，塞到白薯里，放在我家门口的椅子上，结果我家的黄狗没吃着，他家的小狗吃着了。小狗是他侄子的宝贝，还喝过一次牛奶。老壳一看不好，就进我家要两只桶，提了两大桶水，给小狗灌肠。他蹲在我家院子里，用我家的水杯给小狗灌水，才灌了两口，又让我去关院门，生怕他侄子看见了。水灌不进去，地上汪了一大摊，他让我帮忙，我不帮，小王也不理他。后来是我看不过，帮他把小狗的嘴掰开，灌了半桶水下去。第二天小狗还是死了，他侄子哭得躺在地上不起来，他妈骂他绝八代，老壳躲在我家不敢回去。

老壳他爸是个篾匠，老壳给我家编过一只晒腔，挺难看。现在人都爱用塑料，篾匠的活越来越少，老壳早就不做了，他除了偷狗，还捉蛇、捉青蛙去卖。他虽然偷我家的狗，但我没觉得他坏。

后来老壳还是把黄狗药死了，在门口架了一口锅，煮狗肉，大家都去吃。

下湾子有一个人专门偷狗，外号叫大玩意，他偷了狗就养在他家二楼，到天冷就拿到县城去卖，三十多斤的狗能卖到一百六十多块钱。大玩意谁家的狗他都偷，每年冬天，他家二楼上总有十几二十条狗，他走路拿一根棍子，再恶的狗也不咬他。

我家原来养了一只大狮子狗，长毛，卷的，身上有黑有白，花十块钱买来的，养了三年，很厉害，怕它咬人，用铁链拴住。很多人都想买这只狗，我们不卖。开始它的颈圈是皮的，磨断了，小王又用铁丝给它拧了个环。这狗被大玩意偷了。

还有一只狗，灰狗，没养多大，也被大玩意偷了。

第一一四段　偷鱼

王榨这个村就是怪，每天都有人商量晚上搞什么活动，或者偷花生，或者偷甘蔗，不像我娘家，晚上就是串门聊天。

有一次七八个人上县城买鱼药，有专门药鱼的，连泥鳅都能药。每人出几块钱买药。第一天晚上，两人骑摩托去把鱼药放进别人的鱼塘里，过了两个小时，拿蛇皮袋去捡鱼，一看，鱼没了，大家都笑。笑完第二天又凑钱去买药，晚上又出动，这回找到山坡底下一个鱼塘，在山里头，人少，被发现了也没多少人追。下了药就到坡上睡觉，醒了一看，鱼又没了，又白弄了，大家又笑得不得了。

第三天，又去买药，每人十块钱，有七八个人，这回去一个远地方，弄一口大塘，下重重的药，两个小时再去看，又没了。第二天一早，又骑车去看，哎哟喂，塘里全白了，白花花的都是鱼肚子，全是七八斤的大草鱼，别人正拿大蛇皮袋捡。大鱼吃了药，两个小时死不了，到天亮才翻上来，他们去早了，鱼没死，没浮上来。回去一说，大家笑死了，弄了三次没弄着，大家笑死了。

第一一五段　泰山北斗

泰山北斗叫王楚汉，打麻将最厉害，所以外号叫泰山北斗。他有三个女儿，一个儿子。儿子偷西瓜被电死了。

他上过高中，做木工，做得很好，在武汉做，在省委大院待了几年。儿子死后就没去，也没在别的地方做木工，就在家里打牌。

他大女儿嫁在马连店，挺有钱，在新疆做生意，卖鞋、卖服装。二女儿在广西，读了中专，是我们村唯一上中专的女孩。小女儿在家，女婿倒插门，两人都修表。

泰山北斗不信邪，不信迷信，别人不敢说的话他都敢说。以前他跟七组一个姓张的女的好，这女的有两个女儿，没儿子，她看到另一个男的生了两个儿子，就去勾引那男的，于是生了一个儿子。她丈夫也不管她，说反正叫我爸爸就行了。借种的那男的两个儿子都不怎么像他，反倒是姓张这女的生的儿子特别像他。大家就都知道了，两个女人对打，两个男人不管。借种的这个儿子高中毕业，在汪岗剧团当演员，唱楚剧。

大集体的时候泰山北斗是会计，这张姓女的也是会计，就是那时候两人好起来的，后来没听说过。

王楚汉说自己是幼年丧父，中年丧子。去年女儿怀孕，医院说是胃癌，他就哭。结果不是，生了个小外孙女儿。

死了人去吊香，都要跪，就他不跪，他说平生只跪两个人，只跪父母。他岳父死了都没跪。别人说他不孝，他说不孝就不孝，反正不跪。

他辈分小，管我叫奶奶，我们辈分大，吊香里不用跪，要是辈分大的人跪，死的人辈分小，他就受不起。

修家谱的时候，王楚汉用毛笔把他的全抹掉了，他说反正我没儿子。他种半亩田，种一季中稻，收了以后就种麦子，不种油菜。

第一一六段　有个女孩特别苦命

有一个挺好的女孩，叫小莲，十八岁了，她爸她妈老骂她。满河的河水，爸爸就把女儿往水里推，她妈就在家里骂她，骂她细×，说卖×去。她没干错什么事，什么活都干，别人让她帮忙她也肯帮，不管谁叫她干活她都干。她爸妈不喜欢她，喜欢儿子，她有一个弟弟，从来没挨过打，弟弟总是打她。她小学没毕业就回来了。

去年她爸把她往河里推，什么事都没有就往河里推。她弟弟说，跳河去吧，淹死算了。她爸爸死命推她，村里人抱着她，一个老太太把她牵到她家去了。村里人都议论，说这孩子没骨气，就应该跳下去。

9月份，又犯着她爸了，硬往塘里推，四五个女孩扯都没扯住。

小莲的表姐生了一个儿子，七岁，老喝凉水，不吃饭，奶奶带他上医院，看不出症，介绍到黄石，也看不出症，介绍到武汉同济医院，照出八个肿瘤。晚上他自己起来喝水，挺乖的，都是他自己，晚上喝一脸盆水，尿一桶尿。发病的时候头疼，不吃饭，没吃药治，快死了，自己不吃药又好了。真怪。他每天喝娃哈哈，是批发的，上十天批发一箱娃哈哈，他想吃什么就给什么。

百六九说他是天上的童儿托生，来转劫的，是什么神仙的道童，是不可能养大的，这样的孩子都挺乖。百六九说这孩子还要托生一家，这是来讨三万元的债的，用完三万就死了。再托生一家就功德圆满了。每年正月初五初六有童子节，念童子经。

比小莲小的小孩都打她，她打别人都打不赢，打不赢，她就哭，她妈骂她，狗婆子×，细×，叫你回你都不回！她妈拿了一根很长的刺条来了，使劲打她，边打边骂，八门儿死伢了你怎么留着不死！你这个狗婆子×，你去死吧！

很多人扯，把刺条抢下来了。她妈抡起一把锄头，说要一锄头打死她，小莲就掉河里了。从桥上往下跳，平板桥，四米多高，跳下河。河里有齐腰深的水。没事，衣服全湿了，腊月二十六，冬天，大嫂把她拉起来，她妈还在骂，回家还打。

第一一七段　百六九专门管下界

百六九是楚敏的外号，他是专门管下界的。迷信中的说法，分上界和下界。遇到难事找菩萨，叫找上界。人丢了魂就找下界的。百六九管下界，管捉生魂，他六十多岁，会看相。

小王的大哥在稻场打谷，大哥当时是治保主任，百六九路过，看见他，就说，你明年要升官了。大哥说，我明年要升，那好啊，那我今天喝酒了。大哥其实根本不信，他有肝炎，是小三阳，大三阳就没救了。他治不好，长期吃药控制。我们想他病得这么重，明年肯定没命了，还升什么官。没想到，果然，像百六九说的，第二年，他就升了村长。

村里人看地基、看坟地，都叫百六九看风水。有时是林师傅看。

撑头做谱的人外号叫老爷，牵头唱戏，向团长借了一百块钱，不还，结果他老婆就生病了，病得很重，打电话叫两个儿子回来，老婆就死了。人一落气，必须在堂屋烧往生钱，叫买路钱，要是不烧，鬼就不让过去，这个鬼叫黑白无常。她落气很突然，没来得及烧往生钱。她第二天又活了，醒后说的话没人能懂。她快死的时候吃不了东西，来看她的亲戚就给她一点钱，她口袋里有一百多块钱，她醒来就说，钱。没人听得懂，像普通话。

老爷就去找百六九，百六九说，婆婆的寿数到了，只能活这么久。没给治。

婆婆迷迷糊糊，死了两次，后来又死了一次。老爷领着两个儿子儿媳妇，又去找百六九。百六九说，这次差不多，儿子也带了，有孝道。儿子媳妇都求他帮帮忙。百六九说，行，不过很麻烦，阳间的花名册已经去掉，麻烦。他拿一张黄表纸，点着一根香在上面画符，盖上他的印章，烧掉了。说没事了，还能活几年。

真的活着，现在还活着。婆婆说，阴间那边挺好玩的。以前的书记死了，婆婆说她看见以前的书记领着一拨人，在下坡的地方拦着，不让她过，书记头上还戴着一顶草帽。

第二次死过去醒来的时候说，那边每人一间长房子，里头一口锅，下面是睡觉的地方，老太太穿的衣服全打补丁，她姨穿蓝褂，是阴间最好的衣服。书记老婆也死了，穿无袖衣服。阴间那边还挺忙的，拿着铁锹。

我姐去找过百六九，问我伯（就是我爸）的寿。百六九说，你伯没事，寿长着呢。姐说，怎么我伯老病，万一不行怎么办？以前他受苦，现在让他多活几年吧。她让百六九帮着想想办法。

百六九说，也行，大不了换一个。意思是别的人死了替我伯。

他是负责抓生魂的，什么人寿数到了，他就去抓。有一次，兄弟俩去偷树，听见不停的喘气声，像猪喘气。弟弟说，哥，人家偷猪了，我们说不定能捡着猪。他们就没偷树，赶紧赶猪，赶着赶着就没猪了，也没人，什么都没有。第二天，两人从百六九那边路过，百六九说，你们昨晚上碍我的事了，以后别再多事了，再多事把你们也捉走了。

百六九，个子不高，有老婆孩子，外号没人敢当面叫，当面都叫他宋师傅。

第一一八段　老领导是一个老太太

老领导是一个老太太的外号，带七个孙子孙女，姓陈，也叫老陈。她大儿子有一儿两女，两个女儿是双胞胎。二儿子有一儿一女，小儿子也有一儿一女。

二儿子去年死了，病死，一病就死，没看出症来，在河北，在外面火化。全村都知道，就老陈一个人不知道。她家的小孩都知道。她女儿在外面哭，回家不敢哭，眼睛都哭红了，老陈都不知道。

村里人都说，被迷住了。

她女婿打电话回来给女儿，说把骨灰运回来。老陈还不知道人死了。村里人商量，死的这个人有儿有女的就得给他买棺材，光有女儿没有儿子的就不能给他棺材。这是指年轻的，现在也买棺材，有儿子的就隆重一点，买黑棺材，没儿子的买白棺材。

去了三个人，去杨祠买棺材。白棺两百多，上了漆三百多，苦楝木的。上午订，下午拿回家。

买棺材的人走了女儿才把儿子死的事告诉老陈。她哭得自己打自己，打自己的胸，说伤心啊，下去不得啊，我怎么不死啊，我活在世上做么事啊！看的人都哭了。

下午的时候，两个人带着往生钱和炮仗到村口的桥去接骨灰，老陈的两个儿媳妇扶着她，她哭得走不动了，两个人把她拖着回家。村里人来看她，全都哭了，没有不哭的。老陈哭得厉害，哭晕倒了，休克了，赶紧上马连店买葡萄糖，打针。下午安葬。一般按死的日子算，碰到七就是犯七，犯二七、三七、四七都好，犯五七不好，阎王是个哑巴，不讲道理。犯七七最好。

老陈的儿子没犯七，后辈没饭吃。他儿子就得要饭，这是一个习俗。他儿子才三岁，得要一百家的百家饭，要米。他腰里捆一根稻草绳，手里拿一根棍子，他大伯抱着他，拿着一个蛇皮袋，还带了五包烟，谁给米就给一根烟。没有不给的，心好的就给一大升，他说，不要这么多，不要这么多。

晚上做功德，买了一个灵屋，纸糊的，请两个道士，到家里念经，死于非命就要做功德超度灵魂。敲木鱼，打锣，念的时候放鞭炮，过天桥，在桌上放上椅子，道士在上面念经。念完经到指定的地方烧灵屋，他儿子拿着纸幡。

用锯末做的灯，叫路灯，是给死去的人的灵魂回家照的，放在地上，溜一边，有几十个木垛，提篮里装着，边走边放，后面的人赶紧点着。烧完灵屋放炮仗，回家就没事了。

老陈的儿子都不让她种田，她非种，她怕媳妇回来没吃的。种的田不多，成天在田里腻着，不闲着，村头有小卖部，她带的七个孩子整天在那儿玩。

大头犯病，不挺痛的时候就哼哼说，哎哟，奶哎，我么了啊！老陈就说，伢呀，叫我么的啊！大头就打头，打完这边打那边。几个妹妹两三岁，坐成一排，大头喝完一桶水，命妹妹去给他打水，三岁的妹妹就飞快去打来一桶水。

大头爱问他妈要钱，要了钱又不舍得用。他妈出门，对他说，平，妈要出门了，你要妈吗？大头说，你给钱就行。妈给了钱，他就说，你可以走了。大头把钱拿出来给人看，十块十块的捆成一捆，零钱另一捆，他不借给人。

老陈也有钱，每个儿子都给她一点。她还种油菜，吃不完，剩的拿去卖，每年养两头猪，一群鸡。省得很，种一点菜，过年的时候不够吃，第二年就种得多多的，舍不得买菜。

王榨的婆婆都省，媳妇都不省。全村最省的是罗姐。

第一一九段　村里只有一个五保户

这五保户，全村就他一个人姓李。他跟他姐姐住在王榨，没孩子，结过婚，说他不行。跟大头奶奶老陈结过婚，又离了。老陈背着自己的一口箱子要回娘家，大头的爷爷，叫酒葫芦，在路上拦住，让她别回家，跟他一起过。那时候他家里只有一张乘凉用的竹床，村里人晚上就偷偷看这俩人怎么睡觉。

五保户的姐姐家只有四间屋，叫长两间。他姐有三个儿子、一个女儿，谁住舅舅的房子，谁就养舅舅。大儿子住了，但没养他，后来那儿子又盖了房子长三间，是六间。村子里照顾他。

五保户天天都问有什么新闻，或者问，今天哪儿有死人的，要去看看热闹。他叫楚宗，人家说，死了，王榨的楚宗死了。他听了就哈哈大笑。他出门，人家问他上哪儿去，他就说，哪儿死人上哪儿去。

第一二〇　碰到几次鬼

小时候我住的屋子埋过死人，后来做了房子。我们三姐妹睡一个床，父亲在武汉做木工，妈上二十几里地捡柴，没电灯，煤油灯像豆那么大。鬼的手挺凉的，感觉到有人使劲捏我的脚腕。第二天晚上，鬼又来了，这回是捏我的手腕，他的手不是很凉，捏了有一两分钟。

第三天晚上，鬼不捏脚也不捏手，他的手掌在我的脸上摸，摸来摸去。到1998年，我三十六岁了，我问我妈，是不是屋里有鬼，我妈说以前埋过死人。

又有一次，睡到半夜脸上满脸凉水，感觉有人用手指往我脸上弹水滴，真的有水。第二天洗脸，问我妈，妈说，是老鼠撒的尿。还有一次，晚上醒了感觉有人拔我的头发，不疼。

有一年，有个哑巴在我家屋檐窗台下睡觉，“三月三，鬼上山”，到了三月三晚上，他忽然怪叫起来，村子里有不少人都出来了，他比比画画，说有个女孩，这么高，弄头发，往这边，又往那边。

七月半也是鬼出来的日子，这天要泼水饭，煮熟的饭，放上一点水，给没人管的鬼吃，泼在村口。七月半还要烧包袱，把往生钱叠好，封好，写上收的人和寄的人，在家烧，有的在坟前烧。骂人的话说，抢抢抢，你抢包袱啊，你赶紧投胎吧！

我们村信鬼的多，一到七月半，村口一地都是泼水饭。鬼吃的时候人看不见，有小孩能看见，一般说小孩火焰低，能看见。

活人吃水饭，不出三天，这人就会死。

第一二一段　有个男孩叫哈巴

他外号叫哈巴，叫他像唤狗似的，哈——巴。哈巴最穷，小学毕业就出去打工，人长得一般，个又矮。他到北京打工，搞装修，认识一个西安女孩，长得挺漂亮，过年的时候他把女孩带回家，全村人都佩服他。女孩很白，漂亮，长头发，父母在西安做生意，老家在河南。这女孩也姓王。

哈巴每年外出打工只能养他自己，挣不了什么钱。女孩就住他家，开年又带着女孩上北京打工，没找着事干，两人又回王榨。

过一段哈巴又去打工，女孩留在他家。女孩怀孕了，没结婚就怀孕很正常，没人说闲话。1990、1991年以后开始这样。

女孩不会种田，她婆婆干活，她也跟着干，满头大汗，晒得红红的，干完活还洗全家衣服。

第一二二段　我们什么生意都做

什么生意都做。做百货，一个人撑头，把倒闭的商场包下来，没多少钱。牛皮客在北京也没熟人，给了押金四千块，什么都卖。很好玩的，弄一个宣传车，每天二百到三百块，还请乐队，民间歌手，西洋架子鼓，他只上过两年小学，照样做生意发大财。在湖南湘潭做过，请扭秧歌的老太太，一天二十块。

在浏阳那次我去了，卖首饰，把摊位弄好了就挑营业员，像挑猪似的，让她们来报名，拿身份证来，给她十块钱一天，百分之一的提成，自己带吃的。全是女的。我们就玩，在商场里，找一个角落打牌，斗地主，差不多打了一个月。在浏阳百货公司一楼小厅。

后来又去黄石做，还是卖首饰，在良友批发中心，挺大的，在二楼。全是假货，家电、灶具、内衣、化妆品……统统都是假的。那天打假，曝光，上电视，正好那天我看生意不好，没卖。统统没收了。后来找了熟人，没罚款。那时候住在黄棉招待所，五人间。也是二十多天，进货十三块，卖一百，被人发现是假的就给他退，二话不说就退。

我没赚着，不赔不赚，有的人发财了。"安南"老卖刮须刀、随身听、磁带、收音机、照相机、打火机，他是元老了。湘潭那次有人赚了近一万，卖内衣也赚了一万多，好得不行，说"弄一泡牛屎都抢走了"。扭秧歌的二三十人，休息的时候她们也来买，说是便宜。还有洗发水，全是水货，全抢光了，上午拉一车，下午就光了。靠运气。

有个姓汪的，场场都赚十几万，大家都愿意跟他做，这两夫妻的运气好，写一手好字，广告全自己写。今年就是牛皮客做了一趟，不好做，往年正月初几就出门，今年五一过了才出门。

第一二三段　细瘌痢也贩牛

细瘌痢不知道三十加二十是多少，没读过书，看电视都看不懂。他爸爸是篾匠，他跟着学了多少年都学不会，没读过一天书，不会加钱，一碰到要加，就让旁边的人帮忙，他说，你算一下，几多?

矮子的老婆也从来不认识钱，只认得大钱小钱，一百元，要换开，她宁可不换。她嫂子教她，这个是多少，那个是多少，不知道五十块比一分钱多。从来不用钱，从不吃零食，她娘家开铺子的。这人有点弱智。

细癞痢不弱智，他认得钱，就是不会加，他也去打牛鞭。他跟人合伙，都得跟人合伙，一个人弄不好，没读书的人做不了什么事，除非特别聪明。所以得人多。细癞痢的姐姐也不识字，也看不懂电视，电视剧都看不懂，她宁可不看。

第一二四段 我爸爸是最好的木匠

木匠比篾匠厉害，村里有两个篾匠，每家都有竹园，做竹床、米筛、竹椅、床垫、箬箕。但竹椅篾匠做不好，木匠能做，但水货的木匠不能做。

现在很多都是水货木匠，凳子都没人能做了，就我爸爸能做。那种马鞍凳，所有的角都不是直角，老话说，一个凳子九个把，十个木匠九个怕。有一次我家的凳子丢了，后来王榨唱戏，我又看见了，我说，这凳子是我家的，要回来了。整个四季山只有我家有。没人会做。老木匠照着我的凳子做都做不了。洗脸架也难做，糖榨难做，织布机难做，桶难做，木盆也不好做，我爸爸做带腿的木盆，用苦楝木和杉木做。

排骨凳，大小桌子最好做，水货木匠都能做。现在的柜子，买几块现成的木板，一钉就成了。人家的箱子都是方角的，我姐的全是圆角的。

木匠和裁缝是最受尊敬的，钱也多。以前十五块钱一天，现在二十五，管吃，一天一包烟，一天吃四顿，有木匠在家里干活，天天都买肉、买鱼。我爸爸上半年在武汉干，下半年回家，天天都有人来找，他就骗人家，说明天上你家，到时候又不去。他爱干净，脏的人家他就不去。我们子女六人都读书，那时候是20世纪70年代，每人的压岁钱是两元，很多了。每年每人都做两套新衣服，一套短，一套长，细布做的，五月过端午做一套，到年底又每人做一套。

他那时候在武汉做木工，也是私活，大队不让外出，交钱就让走，一天交五块。我们那一大片，我姐第一个穿的确良，我们什么都有，饼干，一买就买一锅。

有一次我爷爷住院，人家就来医院找我爸爸。整个马连店乡，一共二十六个大队，都说只有“三个半”木匠，我爸爸就是其中之一。人家来医院找他做家具，我爸爸说，认识，他是我弟，他问了这家的情况，后来去了。

20世纪60年代的时候，他最多一个月能挣三百块。中药柜、卡片柜都难做，就找他。

王榨没有裁缝。

第一二五段　线儿火就是闪电的意思

线儿火是她的外号，本人叫春英。现在都四十多岁了，娘家不远，她出嫁后全家就上蒲圻市去了，她爸爸在蒲圻市工作，她妈后来都转到市里去了，就她不转，她父母都不同意她嫁到王榨。

是小王的哥哥天不收介绍的，那时候他是铁匠，到他们村打铁，认识她，天不收就要跟老婆离婚跟她在一起。都生了女儿了，一岁多。后来没离，介绍她嫁到王榨，这样两人就更方便了，这么多年两人都好。线儿火的丈夫本来挺喜欢说笑，现在变了一个人，一天到晚拉着脸，像人欠了他钱似的。他长相一般，平平常常，做石头客，家境不错，父亲是大集体会计，一年四季都穿棉鞋，兄弟姐妹四个，喜欢开玩笑。

村里有个挺风流的女的，外号叫和尚，也跟很多男的好。她听她叔叔说，线儿火特别漂亮，那时候她还没嫁到王榨，刚介绍。晚上看电影，是露天的，和尚专门跑去看线儿火，回来说，几好看几好看哪是几好啊！

她嫁的时候没嫁妆，生了三个女儿一个儿子，她大女儿特别好看，三个女儿都挺漂亮。二胎时让结扎，她不做，躲，跑，儿子是第四胎。天不收帮她的忙，生三女儿的时候要罚钱，没罚。她儿子是1988年生的，这一年起，正好是划到重罚里面，天不收又帮忙，又没罚，只牵走了一头一百多斤的猪，大柜也没拉走，没怎么罚。现在生二胎都要罚一万多。

有人说，为什么我家罚她不罚，说了还得罪她们家的人。都怕天不收，他权大。

线儿火随便得很，只要能躺下，就行，不管什么地方，油菜地、后沟、稻草堆、山上，多着呢。天不收上她家多，老上她家，她小女儿问，你为什么老上我家？他不管。

天不收有个店，老给线儿火的孩子吃东西，糖、饼、瓜子、蚕豆。天不收做了结扎，那时候线儿火还没生儿子，她丈夫就没做手术。后来生了儿子，她丈夫用电扇差点把儿子扇死了，不到一岁，吹了一夜，送到滴水县抢救，住了十几天。

线儿火什么时候要钱天不收就什么时候给，她在什么地方打牌，他就在什么地方看牌，线儿火老输，一输，手一伸，他就给钱，当着大家的面。

大嫂知道他跟线儿火的事，她管不了，就每天打牌。闹过一次，没用，她爱面子，晚上偷偷闹。

有一次大嫂去当喜娘，头一天去女方家，缝被装箱。那天，线儿火知道大嫂不在家，她就从后门进去。有人看见了，就喊我，说快快，木珍娘，说个好话给你听。我赶紧去，以为真的有好事。她们在挑石头，说，毛球上你大哥家了。线儿火也叫毛球。我说，这有什么好稀奇的。

二叔也挑石头，他听说了就往回挑，在后门等着，等了一会，他让我等在后门，他上前门。他又叫和尚，和尚说什么事，他说，好事，你在这儿待着。侄媳妇也来了，几个在前门，我晾衣服，很好笑。侄媳妇外号叫八杠，她把耳朵贴着窗户听，没听见。开门了，大家装着要吃糖，大哥那年嫁女，所以要糖吃。一看，线儿火脸都红了，大家都笑。天不收说，吃糖，抓了一大把。

他平时给线儿火买衣服、鞋、金耳环，还给钱，他跟大嫂说钱丢了，经常是一千就掉了几百。线儿火平时爱吃零食，天不收有钱上街，就给她买好吃的，牛肉、小鲫鱼、苹果、梨。

就是不给她家干活。一般男的跟女的好，男的都给女的干活。

线儿火上街跟他约好，其实是两人上街了，买的衣服就说是她姨给的，还带上“林彪”的妹妹，买了柔丝纱，让那女孩说是她姨给买的。买了耳环项链，都说是娘家给的。她姨在县邮局。

后来大哥跟另一个女的好了，那女的叫刘巧，高中毕业，嫁到王榨来的，她比她丈夫大两岁，丈夫做木工，家境还可以。那时候他正当治保主任，是最红最有权的时候。刘巧长得高，不白，有心眼，她跟大哥好，不像毛球（就是线儿火），毛球还悄悄跟踪他们，全村都笑话，说天不收的老婆都没跟她倒跟上了。

我们村吃自来水，得从井里抽到山上的水塔里，每隔一天得有人起早抽，村里给这抽水的人一年四百元。天不收就让线儿火干这差事，她每天都起得特别早，鸡一叫就起，她丈夫都起不来。闹五更。她每次都得从我们房前路过，每次过就咳一声，给大哥一个暗号。大哥就每天早起上厕所。有时候她早上没抽就晚上抽，晚上也咳一声，大哥听了就又上厕所，上干渠那边上。

大哥跟刘巧好了，线儿火就上她家跟踪，有事没事，就装着要买鸡蛋。刘巧说，我们家没养鸡，自己都不够吃的。有时候就装着找猫，上刘巧家找。刘巧说，怪了，隔这么远，怎么跑到我家来了！

有时放牛，线儿火就到坟地去放，坟地高，能看到地势低一点的地方，她有时在地基里搞。有个男的看见了，跟她说，你不给我，我就告诉你家石头客。她只好跟他，她多一个少一个无所谓。

有一个单身汉，外号叫妖怪，又难看又脏，是卖力气的，送粪，把粪挑到地里去，给他十五块钱一天，管吃。我家小王也让他挑，给他煮面吃，他太脏了，他吃过的碗要用开水烫。线儿火不嫌他脏，跟他一个碗吃，一根面条一人一头。有一次闹着玩，线儿火要脱妖怪的裤子，没脱成，线儿火就一把抓住妖怪的下身，妖怪说，哎哟，你别捞着胡子一把揪。在屋里，大家在打牌，线儿火喊人帮脱妖怪的裤子，都不帮。

有一次晚上，线儿火出来跟踪刘巧，她丈夫又跟踪她，她丈夫叫细头。12点了，天不收上刘巧家，刘巧家在村尾，没人上那儿去，一年最多上她家去两次。12点，线儿火在窗口蹲着，听到天不收咳了声，马上就敲门。她喊，开门，开门，猫不见了。其实没猫。天不收听见，就从楼顶跳到外面的坟地上，跑了。

人跑了刘巧才开门，她抓着线儿火，说，你看一下看一下，到底找猫还是找人！闹了半天，非拉着线儿火喊，这时候细头跟踪也来了，刘巧喊，细头哥你看一看，她怎么上我家找你了。

以前两人表面上还挺好的，这件事以后就闹翻了。去年有一次线儿火的外孙过生日，周岁，线儿火让篾匠给孩子做睡觉的床，篾匠在刘巧家的背后。那天天挺黑的，线儿火来我家敲门，小王让我别开。她说把你的电筒借我一下。我没开门，把电筒从窗子递出去。

第二天中午，桂兰看见我就笑，笑得很有味，她说，你来你来，我说个好话给你。我说，什么好话，多少钱？她到厨房里告诉我，昨晚上天不收买了五斤小鲫鱼、三斤蚕豆、两斤牛肉，用黑袋装着，送给刘巧。刘巧晚上没在家，她上别家吃粑了，她的两个孩子都不在家，上晚自习。天不收进不了门，又不好拿回自己家，就放在后沟里。线儿火看见了，她就上我家拿电筒，悄悄把那些东西拿回家。第二天一早，她就把牛肉送到侄子家，早早地就让炒牛肉吃，是熟牛肉，再炒一炒，好吃。

天不收丢了东西也不敢找。刘巧最狡猾，第二天她干脆回娘家。下午线儿火让我到她家吃鸡蛋，我说，还得吃蚕豆呢。我们好几个人，吃了鸡蛋，每人兜了一兜蚕豆回来吃。她还给我们看，洗脸盆里有一盆鱼，她说，这有五斤吧。蚕豆有一大袋。

第二天，很多人干活，在四季山挖地基，做庙，天不收的儿子问他爸爸，鱼多少钱一斤？天不收骂，你嚼什么舌头！刚好那几天，卖猪油的也掉了十四斤，有人去洗衣服，捡着了。全村人都说，这些人真行，有人捡牛肉，有人捡猪油。

刘巧的丈夫做木工，老不在家，以前刘巧有一个相好的，悄悄闹了一次，刘巧一气就跳了干渠，顺河推了二三百米，下着大雨。

这次她就喝农药，刚喝的时候丈夫抢下来了，没喝成。线儿火就说闲话，她们一块上马连店，刘巧也在。线儿火说，想死就能死掉，我要是跳河，一定要跳死，喝农药一定能喝死，没有想死死不了的。

那次线儿火跟踪他们，又守门又叫门，结果天不收从房顶跑了，第二天村里人说，两个女人围着一条螺（男性生殖器）扛了一夜。

线儿火的丈夫老是抓线儿火，山上一边是杉树，一边是松树，杉树刺扎人，密，人少，他们老去那边。农历五月十几，天不收去找线儿火，细头在山上坐着看。天不收一进门，他就回家。进了家门，就把门闩上，把后门堵上，他就到处找，屋里到处找遍了，都没有。后来他找到了楼梯转弯的地方，那地方叫休息台，平时放着两张竹床，在床底下，两人，找着了。

门关着，没人知道，细头的哥是个单身汉，外号叫黄鼠狼，他来了，说要杀人。一个外号叫黑炭的，赶紧来喊我家小王，说你大哥上她家，在她家被抓住了，黄鼠狼拿着刀，要砍人。

小王赶紧拿梯子，从外面翻阳台进去，很多人看，进去看现场。他大哥的裤子没提上来，线儿火的衣服穿上了。细头说要打人。这两人说，你打，打就从这儿跳下去！两人都坐在地上没起来，线儿火死死抱着天不收，他在前面，线儿火坐后面。

我二嫂说，现在叫谁去都不行。我婆婆着急，说让谁去救猴子一命。平常管天不收叫猴子。二嫂说，大嫂能救。

大嫂正在家晾衣服，二嫂让她上线儿火家。二嫂怕她来了脾气不管，好好跟她说。她晾完衣服，就上线儿火家，跟细头说，我的人，上你家玩都不行？这边跟天不收说，哪儿不好玩上这儿玩！领着大哥就走了，带回家了。

下午，线儿火又上另一个人家，大哥也去那人家，这两人一起走了，到汪岗待了一晚上，住在乡旅社。第二天大哥回家了，线儿火待了四天才回家。

开始的时候，两人每次总是约好，一个走前一个人走后，就我大嫂不知道，村里人都明白。大哥的孩子都知道，线儿火的孩子也知道。大哥的儿子说，要是他看见了，非出他们的洋相。

大哥认得字，不会写也不会算，小队的账不会算，每年让刘巧算小队的账，每年每个劳力都要上交义务工，刘巧就可以用算账来顶。大哥给她的好处挺多的。他当治保主任，管松枝，干的松枝一百斤十块，湿的五块钱一百斤，那年他给了刘巧两千斤，没要钱。那年刘巧盖房，地皮费也没要。大队盖学校的树，也批给刘巧盖房。

1997 年，念黄经，村里去了一半人，刘巧没去，跟天不收约好了，没去。那天她伯父家的哥哥来王榨找她，要选举了，他想通过刘巧问一下，村里人对他印象怎么样。他找到二楼，正撞上天不收跟刘巧干事。他回家就打自己的头，看见这个事是最倒霉的，他告诉他妈。他妈骂，这个狗婆子✕，晚上不够，白天还要，我儿不行时了。那年这人挺背的，竞选没选上，去年看出是肝病，他死要面子，人多的时候撑着，没人时龇牙咧嘴，痛得受不了，在床上勒死了，用毛巾。晚期了。

线儿火大概跟了六七个，给钱就行。她很机灵，眼睛很醒，谁跟谁好，她看一眼就知道，我要看几年才看出来。她有四个孩子，三女一儿，大女儿嫁给一个出租车司机，自己买的车，她女儿漂亮，女婿不好看，是王榨的女婿中最难看的。

第一二六段　有个女的叫和尚

这和尚喜欢打扮，比线儿火高档，线儿火只要新的就行了，她要有档次的。她丈夫是开手扶拖拉机的，今年在北京打工，在海淀搞装修。手扶是自己的，以前是大队的。她们家叫“有好网没好篓”，捞得着，装不住，男的会捞，女的不会装。

老话说，三十断红，四十断绿。和尚不管，现在还穿大红的裙子和裤子，她是1960年生的，都四十多岁了。她大女儿都不穿红的，穿灰的蓝的，她小女儿买了红的不穿，她就穿。周围的人说，八十岁的婆婆穿红裙，落得个远望。村里人在背后议论，她不管，越说她越穿，她说，我独要穿，气死你，再不穿，够晚了。

她一年四季脸上都要抹东西，一般人只在冬天抹，用两元一袋的“可蒙”“孩儿面”就行了，她要抹“小护士”，夏天要抹花露水，香喷喷的。她的头发是到马连店烫的，十块钱，半长的卷发，盘起来。线儿火从来不弄头发。

她穿鞋从来都要穿皮鞋，高跟的，什么衣服时髦买什么，没钱就借，村里有钱的人她都借遍了。还贷款，信用社、基金会，哪个人好说话她就找哪个借。有时借二百，她找她妹也借了五百，不让丈夫知道，不还。

王榨田地少，没吃的，每晚都有人去小偷小摸。1986年“严打”，村里的小孩偷了两个手扶的轮胎，回家就给了和尚的丈夫驼子，碰上“严打”，判了两年。村里的民兵连长带着“严打”的人，说办他的学习班，去了就没回来。

她丈夫被抓走的当天晚上，小王的大哥天不收就上她家去了。我生女儿的时候她老来玩，我一个人在家，每天上午她就来跟我聊天，她不怕人知道。

她说王榨这么大，丈夫坐牢后，只有两个男的不想她，全王榨的男人差不多都想她。她丈夫坐牢前她没跟过别的男的。出事的当天，天不收就去了，那时候他是生产队队长。那天晚上，她骂天不收，说驼子犯事了，队长也不帮忙，还好意思来。

驼子家没地方住，住在生产队的保管屋里，本来是放稻谷的，后来生产队解散了，就让她住，在干渠的那边，外边，不在村里，只有她一个人带着女儿住。她家挺热闹，她丈夫不在家，十七八岁的小伙子都上她家打牌，打扑克，三打一，挺时髦的，有对象没对象的都上她家打牌，每天晚上像开会似的，天天去。打牌是借口。

村里人都说，这村没一个童男子。

每天都有人去，玩得夜深了，走的走，留的就留下来。打牌的时候使眼色，有的是兄弟俩一起留。村里有二十多个小伙子。小王的弟弟，叫四伢，那时还没结婚，他妈也看着他，没看好，也去。白天收棉花，晚上打夜工。他妈妈就看四伢老上和尚家，四伢让队长跟家里说，晚上打夜工，他妈等四伢回家，等到1点多，还没回，就上大哥家问，说打夜工怎么还没回来，大哥说，根本没去。我婆婆就上和尚家去了，在外面叫的门，不能闹，一点都不能闹，闹出去就很难找对象。我婆婆把四伢带回家，四伢跟他妈说，妈，好妈，莫作声了，别说！这是婆婆跟我说的。

和尚的丈夫没在家的时候她生了一个孩子，男孩，她原来有两个女儿，丈夫做了结扎，中间打过一次胎。跟她搞的全是没结婚的年轻小伙子，她生了孩子谁来照顾她啊，人家还要找老婆呢！

和尚抽烟，村里好多女的都抽烟，抽龙香牌，软的一块五一盒，硬的两块一盒。和尚这个外号是她小时候取的，好养。

她怀孕了就到县城打胎，又怀孕了，就上丈夫的监狱，在湖北沙市，去了一趟，住了两天。老爹爹老在家里看着她，不让男孩们上她家。有一次，那个男孩上她家，白天，老爹爹推门，推不开，门闩着，老爹爹使劲敲门，就是不开。老爹爹就拿个棍子打门，她只好开门，门一开，老头就拿棍子赶那男孩，和尚就骂她老爹爹，说，老不死的！老畜生！老儿！哪个要你管这些闲事！骂老儿是最侮辱的。

很多人说和尚生的那个男孩是四伢的孩子。她在家生的，接生婆帮接生。生下都说像四伢，我婆婆让人抱出来看，看了三次。

村里谁都知道那些小伙子都跟她睡过觉，不过后来都找着老婆了。

她最后一个孩子，第四个，儿子，像三类苗的哥哥，外号叫河南人的，一举一动都像。没人的时候河南人就偷偷看着这孩子笑。去年河南人在河里游泳，木香在河边洗衣服，她在边上喊，侉子侉子，我以为你是细狗，动作都像。我们在上面偷偷笑，她说她都忘了。

和尚的丈夫也知道。他坐牢回来，回到武汉，我们村的牌圣当时在省委大院当木工，他从头到尾跟她丈夫说了。回家的当天晚上，她睡小床，丈夫睡大床。驼子人还算乐观，他说，我没儿子，只有两个女儿。他知道那两个儿子不是他的。

开手扶的，驼子最早，别人都盖上楼房了，就他还是瓦房。挣的钱和尚全花光了。两人成天打，晚上打。

和尚还最会吵架，拿把椅子，坐在门口，边梳头边骂，慢慢骂，不慌不忙的，说，我就是喜欢穿，你不给钱，不如人家，你这个鸡巴。有时她边骂边哭，说，过路你就被车撞死，过河落河死，过江落江死，出远门被人打死，没用，不会挣，家里没钱花。她丈夫脾气好，每次骂都不吭声。他把他的钱自己放在抽屉锁着，和尚偷钥匙打开，偷偷拿钱花，还偷烟抽。他开手扶，每天十几家，有时给他硬盒的龙香烟，她就偷。

现在她女儿出嫁了，她也当外婆了，四十岁就当外婆。以前男人都给她钱，她有很多钱花，现在连抽烟钱都找她女儿要。她女儿找了一个不怎么好的人家，男的以打牌为生，没手艺，没事干，外号叫“大师”。她大女儿二女儿都上广州打工，她自己没什么钱了，现在还喜欢打扮。

第一二七段　我堂姐投水死了

我堂姐死的时候才十九岁。那时候是大集体，有基建队，很多女孩在乡镇干活，插秧。有八个女孩想集体投水，跳河，后来只有三个人跳，约好的几个没去。政治夜校。前一年喝药的是狗子，二十六岁，也在夜校，他们谈恋爱，二娘不同意。堂姐长得不错，高中毕业，狗子家境不好，又大这么多岁。

插了秧，收割油菜的时候，那天早上我放牛，我姐在薅田，妈在稻场上喊，桂哎，你回来哎。她带着哭腔，我以为是爷爷死了，赶紧回家，到家才知道是堂姐死了。在大岭乡投的水塘，没多深。

第一二八段　冬梅从来不说别人坏话

冬梅是1965年生的，三十多岁了，线儿火和尚还说别人坏话，冬梅从来不说别人坏话。她生得一般，也打扮，没上初中。她跟线儿火的丈夫好，被线儿火抓着了。她又跟四伢的岳父。这岳父在三叉口开了个店，什么都卖，冬梅丈夫在那儿修表，还修无线电，她在那儿摆了个菜摊，后来又不摆了。那老头六十多岁了，她丈夫上武汉，老头晚上就上她家，她跟婆婆同一个大门，小叔子也一起住，她住里头的两间。老头晚上来，让她婆婆抓住了，男的下跪，婆婆说要告他，后来男的给了两千块钱，私了。

冬梅像没事一样，也不辩护，也不说什么。她喜欢打牌，有的男的坏，打着打着就跟她亲嘴，她也没事。有一儿一女。她丈夫肺病死了。老话说，一棵草，都有一滴露水养着。男的喜欢跟她打牌，手经常摸一摸。

第一二九段　桂香

桂香跟那个大眼好，大眼逗人家，逗上了，又跟妻子说，妻子生气，不好说。他妻子跟桂香挺要好的，两人同姓。大眼两口子最喜欢看电影，大队放电影，晚上，让大眼走，大眼说，你先走，今晚我不看。他就上桂香家，俩孩子都看电影去了，桂香丈夫在武汉做泥工，不在家，这两人就逗上了。

我眼笨，看不出，线儿火一看就看出来了。大眼跟桂香只有三次，桂香家是丈夫做绝育手术，大眼家是他妻子做，怕怀孕了，大眼不敢，就跟妻子说，妻子就不理桂香了。桂香丈夫跟大眼也关系好，互相到家里玩，他问大眼到底跟谁了，大眼妻子说，你莫要问，说出来对你没什么好处！

细铁的老婆没人敢惹，说起话来唾沫横飞，气急败坏的，眼睛特别大，喜欢翻白眼，六亲不认。

第一三〇段　秋莲是个嘎姑

秋莲和李丽，两人最脏。李丽是家里脏，穿得还利索，秋莲老是前面的拉链不关，叫大门不关。有一次，大家玩，有一个人喊，秋莲，你的大门没关。她说鸡要进去。只好告诉她，不是那个门，是身上的。

这人有点傻，她的一个哥一个弟三个姐全是吃国家粮的，她父亲过生日，三个姐姐都来，有个姐姐是滴水县人民医院的护士长，带了药给她不长个的孩子吃，还带了一大袋苹果、衣服，都是好衣服，她穿不出样子来。

她家太脏，没养鸡，就一头猪，厨房和牛栏是对门，牵牛要从厨房过。牛栏从来没扫过，堂屋里养一头猪，屋里的地上被猪拱得大坑小坑。睡觉的房子到处都搭着衣服，沙发、桌子、柜子、床，到处都是。她姐姐在她屋里站了一小会，赶紧出来了，说，真脏！让她换衣服，下面裤子那地方又没拉上。她父亲也在，她边走边梳头，她侄女十二岁，看见她裤子也笑，说，大门大了。她姐姐说这么多好衣服不穿，别丢人现眼。让她上小车。

秋莲有羊角风，跟和尚抬潲水喂猪，抬着就倒了。有一次在床上躺着，两手举着，她丈夫从上到下按着。她挺白，村里最白的。也不算很傻，知道照顾自己。从不下地，就洗衣服做饭，孩子四五岁了她老抱着，孩子跟我们说话也会说，跟她说话就说成她那样。她把捂菜说成是捂太，细猪说成是帝姑，衣服说成是低甫，她骂人这样骂，咦咦咦咦——就是你你你你，说鸡要生蛋了，说，滴——滴——要生袋了。她结婚的那天晚上，洞房里一屋子人，喝辣茶，全看着她。那时候不知道她说话听不懂，她突然冒出一句“鹅——喝不得”，声音尖尖的。一晚上，就说了这句话。她把有病说成有笨，她丈夫叫楚明，她就叫成楚毛。

第一三一段　李丽家里最脏

李丽跟公公进一个大门，计划生育的把自行车、电视都拿走了，要封她的门。她生了个女儿，又生了一个女儿，在北京生的，生了就抱回家，后来才送人了，计划生育的就要封门，她公公自己把门堵上了，她就跟公公同一个门出进。她又上北京，待了两年，生了个儿子，抱回家了。

她从来不扫地，屋子里洗屁股的水就在门的后面放着，不倒，尿在洗脸盆里，满满的，白天也不倒，屋子里从不收拾。要是我屋子不收拾，村里的人就会说，太脏了。因为我家来的人多。

我从来不上她家玩，地上从来都是湿的，泥地，没楼房，衣服到处都是，和婆婆共用的堂屋，进门养着一头大猪。右边是猪，左边堆着一堆柴火，厨房里黑黑的。

洗屁股的水第二天洗的时候才倒，谁都说她脏，她不怪人家。她丈夫是泥工，女儿是婆婆帮她养，她躲计划生育，在外面好几年。

我打牌从来不吃饭，在家打，要是小王不做我就不吃。在村里打，每天都有人——不同的人送饭让我吃。让我吃，我就吃，每天都吃。那天快过年了，李丽的丈夫打牌，她做饭，她端给我一碗粥，有咸鱼有腐乳，她就给我腐乳，吃着吃着，吃出一颗老鼠屎，我不好说，还吃，我偷偷踢她丈夫的脚，他说她做过了。

早上她女儿上学，给她几毛钱买方便面，她婆婆不给她女儿吃，公公给，有时候女儿自己炒饭吃。现在九岁了，那时才六岁，炒饭，不洗锅，就这么炒。家里养的鸡跳到灶上，把人的饭吃了，她不知道，接着炒来吃。

儿子的头是瘌痢头，每次一百多元的药，现在好了，禁吃花生、红薯，结的白壳，痛的是红壳。那时候她不管，脓水直流，苍蝇乱飞，孩子总是用双手赶。可以用草药治，贴地长的，地边、路边都有，她没有耐心，不管。女儿刚会爬，放在泥地上，下雨了，才一岁多，瓦房滴水，滴到孩子的棉衣上，2 月份，冷，穿着棉衣，淋得全身都湿了，她也不管。

她不干活，公公好，公公帮，油菜籽打回来，婆婆说公公，又帮她干！李丽打牌，公公一手抱孙子，一手做饭。她出去了，堂嫂给她收拾房子，灶上的碗全堆着，在谁家打牌，送饭来了就不带碗回，我家还有她的三个碗。她有吃的也给人家吃，花生、米粑、苹果、冬天的萝卜、晒干的菜。我们每年都吃她的萝卜，种得多。

李丽懒，晚上睡觉连门都不关，衣服今天堆着，明天堆着，一洗就是一大桶，晒一大片。碗，没碗吃了再洗。

第一三二段　冬花吃得最多

她说，你们家吃饭像喂猫，这么小的碗。她生孩子时，狗头钵有砂锅那么大，她吃了一钵面条、鸡、鸡蛋。她平时也吃得多，煮鸡蛋，一顿能吃十二个，还能再吃两碗面条。她家大人小孩全用大汤碗吃饭，孩子也不胖，但有力气。她说，吃两碗？还没垫肚角呢！吃扯坨粑，我最多能吃两坨，她能吃六七坨。

“双抢”的时候她卖功夫，一天二十元，四五个女人一伙，人家吃不了多少，人家放碗，她没吃饱，不好意思吃了。吃鱼头，塑料桶一桶，给她，她全吃光了。

她丈夫没她吃得多。

冬花爱干净，家里干干净净的。孩子的衣服破烂，她收拾得整齐。谁家的衣服穿不了就给她。1990 年的时候，6 月，正“双抢”，刚好那天结束，插最后的秧，就听见有人喊，冬花，快回来！她大儿子掉水塘了。大家都往回跑，6 月 22 日，淹死了。小儿子十一岁，丈夫结扎了，她后来又生了一个儿子，跟别人生的。1995 年，四十多岁了。

我经常拿个盆上她家去，我说，冬花哎，我又来了。她说，你来就来，我怕你啊！她就给我满满一大盆咸萝卜。我不爱种菜，她给我豇豆、大蒜、青椒，有时候她送过来。我没菜吃就上她家要。

第一三三段　桂香能看见死去的人

桂香没读书，有一次，病得厉害，像神经病似的，躺在床上唱，没人能听得懂。她能看见死去的人，她跟我说，在屋角里，亮亮的一坨升起来了。就糊涂了。

公公怕她跑塘淹死，就把竹床卡在房门睡，她在床上挥手说，哎呀，来了来了，来了来了！她能看见她家的祖人。公公问，在哪里呢？她说，在房里，全在。公公又问，什么样的？她说得清清楚楚，男的女的，多大年龄，穿什么衣服。人家都说她得道了。姑姑说干脆念经，念了有反应，姑姑把她接走了，养病。第一天像正常人似的，亮亮的一坨没跟过去，第二天跟过去了，就又发病了，发作的时候，几个人按不住，劲大。后来她丈夫回家了，她一下就推出很远，劲特别大。她自己清醒后都不知道。在她姑姑家请道士念经，念经后慢慢就好了，本来都不指望她好。差不多闹了一个月。

第一三四段　细枝喜欢看书

细枝像桂香似的，也有这个病，读了初中，神经了就不念了。嫁到我们村，十六岁说媒，十七岁就嫁过来。她婆家三个孩子，两女一男。大女婿是个歪脖子，偏颈，不是偏颈不会要那女儿。二女儿耳朵聋，去学修表，被堂哥扇了一巴掌，就聋了，回家还不说。这二女儿嫁了个丈夫，比她矮，眯着眼睛。儿子挺老实，眼睛也眯，村里人说他“磨盘压不出一句话来”。

细枝爱看书，经常借书看，会写字。犯病时要吃药，刚好犯病时就嫁过来了。她晚上不让丈夫合房，脸上脖子上全是一道道的，她丈夫扁头也找不着对象，也喜欢看书，没手艺，就找了她。她在屋角冲着大树笑，自言自语，跟树聊天，都说是树精占了她的灵魂，叫精占了。

她结婚几十天都不让合房，全村都问她，是不是不想待，她说不是。又问，是不是你妈让你这样？她说不是。全村人都笑扁头，他说细枝的力气大，一下就把他掀掉了。他爸爸急了，说他家娶了个摆设。他爸爸很消沉，说人财两空。其实细枝只有十七岁，还小，不懂这种事。扁头的爸爸就让村里的小伙子教他，扁头很老实，谁问他他都全说，现在问他，他说，现在是叉着的。

一屋子都老实，大姐也挺老实，喊她，她就唔一声。他妈成天干活，不闲着。全家都没有外号，太老实了。

第一三五段　润芳睡觉不关门

就是细枝的婆婆，特别老实，没故事。有一次有人结婚，一家出一人上别人家喝酒，她丈夫喜欢喝酒，就去了。

润芳在家里睡觉，门没闩上，来了个男的，也是本村的，但不知道是谁。这人进来了，上床就睡她，她不拉灯，不知道是别人，以为是自己丈夫，给人家睡了。后来丈夫回来了，喝酒了，又要睡。她说，你刚搞过，怎么还要！丈夫就骂，你妈的×，×被人×了还不知道是谁！

没打她，全村都知道，她丈夫一喝醉就说。她丈夫以前是瘌痢头，叫望良，头发稀稀的，村里也有个女的跟他好，这女的叫绍义。

第一三六段　绍义跟银山好

绍义丈夫也是肺病，1992 年中秋死的，外号叫老爷。他在的时候绍义就跟细枝的公公好了，就是望良。她丈夫不能种田，全是望良帮，俩人经常在绍义家睡觉，她丈夫都不管。他们两口子分床，在后面的一间房。望良晚上回家，穿了绍义的一只鞋，老婆问，哪来的两样的鞋？他说，穿错了。第二天早上就去绍义家换，换了就完了。八月十五，她丈夫死了，这两人也闹翻了。

绍义的妹妹也有肺病，嫁给水李村，也是个瘌痢头，头发只剩几根。她妹妹生了个女儿，不到一岁，妹妹就肺病死了。妹夫的头像个葫芦瓢，只有几根毛，牙齿又稀又长，他把女儿抱给绍义养。绍义有两个儿子，送了一个给别人养，大儿子十五六岁，绍义就嫁给妹夫，上他家了，儿子都不要了。

她妹夫炸石头的，炸死了，炸成肉酱，很多人去看，说葫芦瓢不知炸哪里去了，有人说看见天灵盖了，只有几根毛。线儿火哪儿有死人她就去看，她不怕。我们村的人都挺高兴的，觉得绍义找他冤。就在山那边，我们在这边，没一年的时间，她妹夫有兄弟七人，有一个老母亲，不喜欢绍义，说她克夫，又克死了一个儿子。

她又回家了，回王榨。村里都说她儿子不该接受她回来，说你家又不是她的菜园，由她进由她出，还说莫要她妈算了，莫要她当家是菜园门。

她走时也没跟谁打招呼，回来也没打招呼，没公婆。

绍义回王榨后就跟银山好了，他以前就想跟她好，她不同意。银山是渔客，给各村打鱼的，不在王榨，隔半里路，我们村能看见他们村。银山的儿子是抱养的，只有两个女儿，妻子是哑巴，叫“一声哑”，能说一句话。小女儿也是哑巴。

银山把大女儿给绍义的儿子当媳妇，结婚生了个女儿。银山就在绍义家住下了，没人说他，有时候他小女儿看她的哑巴妈妈伤心，就来叫她爸回去。银山有钱就给他女儿，绍义的儿子爱打牌，当木工，出来装潢，绍义的弟弟在北京开家具厂。她的衣服是银山买的。银山的小女儿出嫁了，不会讲话，挺聪明，打毛线、做鞋垫，看一眼就会，比她会讲话的姐姐聪明多了。

银山打他的哑巴老婆，有一次，种田在一块，打得哑巴都哭了，本来哑巴不会哭。他老婆什么活都能干，能挑一百多斤。村里人爱管闲事，在田边喊，银山，银山，你要不得了，哑巴不能讲话，跟畜生一样，死打不得！

有一次，哑巴到王榨来找她丈夫，看见绍义穿新衣服，她就说，褂子，不要脸！

银山上我家捞鱼，捞一百斤给工钱二十到三十元，或者拿鱼抵人工钱，两三条就给绍义。过年的时候鱼多，有三十斤，就给女儿家。有一种是丝网，围水塘，撒网是打鱼，打四条，留三条，给他一条。老人小孩过生日、结婚、死人，都让他打鱼，他就在王榨住着。现在女儿女婿都在北京打工。他还帮绍义干地里的活，肯定的。

（这段内容跟上面有重复，是闲聊的特点）

第一三七段　秋菊有一个金菩萨

秋菊学法轮功，两口子都学法轮功。她丈夫是油漆工，脾气温顺，秋菊急，两人相反。她家是女人犁田耙田，最有本事的女人才犁田，像男人似的。她也是用牛。有力气，能吃三碗饭。

生了三个女儿，计生罚款，没儿子也不能再生了，绍义的儿子就给她做儿子。

她在家当姑娘的时候，有一个五保户，没人照顾，她照顾，那老人死的时候给她一个金菩萨，她谁都没告诉，就告诉我。1997 年，京九铁路没通车，她一个女的就去贩煤，才十五天，一个女人就弄了八千块。还没盖房，在稻场上打谷子的时候她悄悄告诉我的。这批煤出手在滴水县第二砖瓦厂，她有个堂兄在里头，当时不是现钱。

她告诉我，想把这笔钱用来防老，毕竟儿子不是自己的。后来三个女儿都读了书，又盖房，加上女儿的学费，一学期要一千多块，现在还剩四千。她说这钱不想动了。儿子二十三岁了，也在北京打工，我就是跟他来的，都有手机。他喜欢打牌，钱全输了。去年秋菊给我一百块钱，说要是儿子上你这里借钱，你就给他一百块，你跟他说，你急着要钱用，让他还，还了你就寄回给我。后来他儿子不敢上这儿来借。儿子还挺义气的，他哥哥上他那儿拿了两千。

秋菊想拿那个金菩萨给女儿三人一人打件首饰。我们那里有一种说法，没后代的人的东西最好不要。有小孩生病，怪病，发烧头痛，就去问菩萨，菩萨说，某某没有后代，你要给他钱。秋菊因为要了五保户的金菩萨，所以就没儿子。她婆家五兄弟，大嫂二嫂都是两儿一女，三嫂四嫂也每人两个儿子，就秋菊一个没有儿子。婆家有个姐姐是个瞎子，现在死了。活着的时候，秋菊和二嫂四嫂一起养这个老姐姐，二嫂是师范毕业，但不讲道理，骂这个大姑子，什么都骂，丈夫在跟前骂得更厉害，后来她丈夫宁可不养姐姐了，就秋菊和四嫂养。大嫂因为丈夫死了，三嫂的丈夫得了肺病，就没养。

这姐姐是胃癌，也看了，知道的时候已经是晚期了。这姐姐是五保户，一辈子不嫁，有人要，她父母不让，怕别人虐待她，结果自己人虐待得还狠些。瞎了，自己能洗衣服，能认出村里人。一人养她半年，或四个月，生日轮流办。没病的时候很干净，帮左右邻居看孩子。病得不像样了，在床上大小便，她弟弟进去了就吐，秋菊对她不错，经常帮她擦洗。

秋菊家是法轮功的点。她娘家那个村，是姓李的，她妈最早开始学，学得走火入魔，说死后不用棺材。每晚都有人去，村里十几个人去她娘家学。她挺想让我去学，我说我起不了早，早上 4 点就得起床，晚上讲课到 11 点，还要打坐。学了之后，不准打牌，不准抽烟，不准随便骂人，吵嘴不还嘴，打不还手。有的还能做到，有的就做不到。秋菊全都能做到。还要不供神、不供祖宗。每人一件“真善忍”的背心，夏天穿的，上面印了字，十五块钱一件，开法轮功的会就穿着。

秋菊家是一个点，她是小组长。小组长开会就不知道在哪儿开，有一个大城湾，还有一个细城湾，全是学法轮功的。后来不让学就不学了，有个女的非要学，抓就抓，不怕，乡派出所的来抓，抓过了，关一下，没办法，放了，放了还学。村里有好些人学，李丽的婆婆、“日本人”、蓝大营、秋菊丈夫，六七个人，学了几天，要戒烟戒牌，戒不了，就不学了。

第一三八段　兰花和学东

这两口子爱打架。丈夫学东，外号“九个半”，好赌，兰花没钱花，让他别赌，不听，两人对打。那次一屋子人聊天，不知怎么就打了，学东打兰花，他把兰花按在地上，用脚踩着她的腰。没打坏。后来她躺在床上哭，学东给她煮面条，哄她，没事了，过两天又往死里打。

有一次头打破了，拿着刀，很多人扯，好的时候挺好的，像城里人一样搂着腰，拉着手，都说“好的时候摸不得”。学东比兰花长得强，他家太穷，岳父不要什么钱，愿意把女儿给他，他白得一个老婆。他打扮起来很漂亮的，白，瘦，就是脸长一点。

学东是木工，带着和尚的儿子在北京，兰花的舅舅在北京开家具厂，她也在北京，在家具厂贴胶条，生意不怎么样，正月初来的，一直在玩，兰花上班。去年在北京，他们跟房东合不来，房东就请黑社会的打他们，打得不轻，二十多个黑社会的，把院子围住了，他们只有两个人，黑社会的人几下把两人打昏迷了，用皮带打。昏死过去几小时，房东怕出事，求情，让别打了。村里谁都不知道。

黑社会让他们到什么桥底下，带人再打一次，后来学东三个人去了，没带人去，幸亏，要是带人一定全死光。对方全是人高马大的山东人，一看他们只有三个人，就放了他们。

在家的时候兰花被打破头，就用吸烟的烟灰捂上，或者用火柴盒的黑纸贴上，就没事了，几天一个礼拜就好了。

第一三九段　我女儿命大

有一次，我女儿跟小王去弄松枝，小王要弄一个大的，女儿非要弄，镰刀掉下来，刚好砍到女儿的头顶，一道大伤口，我就骂他，吓得要死，他背起女儿送马连店医院，没几天就好了。

女儿命大，我怀孕的时候，种麦子，往沟里放麦子，要退着干，从后面掉下去，一人多高的岸，怀孕九个月，没事。后来还有一次，很硬的松枝弹到我肚子上，肚里怀着我女儿。生女儿的时候，接生婆说，哎哟，这伢命大，胞衣是紫的。

几个月的时候，会爬了，我把女儿放在床上，我锁上房门，回娘家了。她把箩筐扒过来，掉在箩筐里，屈在里头，透不过气，脸都紫了，小王回来看到她口里流着涎水。还有一次，大眼老婆给她吃米糖，我女儿一岁多，嘴里没牙，卡住了，不行了，我腿都软了。我心里想，完了完了，她死了，我上哪儿找？我拍她的背，拍拍就哇的一声出来了。

我家楼梯挺高的，十一步档的，楼上没楼板，用竹子挡着，她快两岁，我在码柴火，我没看她，听见她喊，妈耶——我说唔，她又喊，妈耶——我一转身，发现她自己爬上去了。我不敢喊，心里说，女儿，千万别动啊！我悄悄地，一下抓着了。我们那儿，每家的第一个孩子都笨，老实，第二个孩子都心眼足，不知为什么。

第一四〇段　二娇和三娇

二娇有四十岁了，是罗姐的儿媳妇。没手艺，丈夫在水泥厂，南溪水泥厂，正式工人，以前当兵的。水泥厂没多少钱。开始承包给私人的时候，效益还可以，期满了，转给另一个人，就不好了。二娇在家种田，水泥厂效益好的时候去当临时工，缝水泥袋，用缝纫机，按件计，说没多少钱。

她两个孩子都在家读书，后来带到水泥厂读，钱比在家贵。穿得一般，家里还没盖房子，只有两间，一间睡觉一间当厨房。

二娇到广州打过工，不识字，没读过书，不行，又回家。在水泥厂干一阵，又上深圳，做服装厂的临时工，半年就回来了。她的小叔子在武汉修表，她也跟着修表，修了一年。

她有个妹妹叫三娇，两人一块去。她们的姐姐高中毕业，姐夫是海军里头的，在广州开了个旅馆，说让她们去当服务员。检查身体，三娇有乙肝，没成。就回家，姐夫让三娇上武汉打工，上一家当保姆，这家也是海军也是大学生。那海军跟妻子不知是不是离婚了，自己一个男人带儿子过。三娇读过书，初中，大眼睛，白白的，长得不错。后来就跟这个海军结婚了。三娇还说，谁要嫁给这个二婚头！好像还不愿意似的。

二娇小时候，她爸爸打她她都不想读书，像个男孩似的，专门上树掏鸟。她的两个姐姐高中毕业，一个弟弟大学生，一个弟也高中，还有一个妹妹也读书了。二娇长得还成，一儿一女，讲话很冲，外号八杠。她跟婆婆不好，没怎么在家，公婆生日才回家。

三娇结婚后不让生孩子，海军的前妻有孩子，所以开始时她不愿意跟他结婚。她丈夫是广东人，公公死了，让带妻子回家，他带前妻回去，不带三娇。二娇说她妹妹真不值。她婶子告诉我的，婶子什么事都说，叫她“话篓子”，说起没停。

第一四一段　打孩子

二娇的大姐，叫桂娇，她打孩子都不让人扯，非要打个痛快。桂娇高中毕业，打孩子就像没文化的人。她嫁到大贵乡，比我们马连店乡落后，计划生育很松，生了两女两儿，四个孩子。大女儿还聪明，二女儿读到五年级，让她数家里几口人，她就数，我爸一个，我妈一个，我姐一个，我一个，我妹一个。数完了，人家问，一共几个？她说，不知道。

爸爸买饼干，让这女儿数，说数多少就吃多少，她数不了，就宁可不吃。她爸爸说，你数一个就吃一个嘛，一个还数不了啊！村里人不认为她是弱智，只说她读书不成。

桂娇打女儿打得狠，她揪着女儿的头发，往墙上撞，不让人扯，非要打个痛快。她大女儿现在在深圳打工，别的病没有，就是头昏。有一次，两个女儿在田里吵架，割稻谷，她走过去，拿镰刀往她女儿头上一啄，头上砍出一个大窟隆，还不让人处理包扎伤口，谁包就骂谁，还不让孩子哭。别人把孩子藏起来，她就坐在门口哭，生气，没打着。

有一次，她大儿子带小儿子，没带好，小儿子掉水塘里了，人家告诉她，小儿子差点没淹死，她就把大儿子踢到水塘里，才几岁，她还不让人家拉，骂人家。去年她女儿头昏，她就后悔了。

桂娇高中毕业，出嫁前在村里是妇女主任。她不同意这个丈夫，结婚晚上就装傻，吃饭时故意抢菜吃，抢三丸，说，抢！又说又抢。她丈夫往死里打她，打到苕坑里，用大石头压在洞口，不让她上来，她回娘家也不说。二娇知道了告诉她爹妈，她爸骂了女婿一顿。

小王从来不打我，我老爱笑。

第一四二段　罗姐最省

她一个月才用两度电，有病从来不吃药，都是用偏方。人是挺好，找她帮忙她都帮。在稻场上，打连枷，我打不了，小王又不打。这活是老头和妇女干的，算轻活，但得两三个人一起干，我家就我一人干，我挺累，她就帮忙。罗姐还帮二娇种田，帮她打连枷。她的丈夫像女人似的。我儿子喜欢上她家吃饭。她有两儿三女。

第一四三段　李胖儿特别瘦

有个女的外号叫李胖儿，特别瘦，有四十多了。她丈夫以前是当兵的，那人，讲道理讲一天都讲不清楚，你讲东他讲西，你七说他八说，你八说他瞎说，怎么都讲不到一块。你不理他，他非要跟你讲，你上哪儿他跟着你到哪儿，非要讲。

李胖儿生孩子，线儿火骗她丈夫说，女人生孩子像狗一样咬人。丈夫弄了油面，线儿火让他不要亲手端给她，说她会咬你的，别进房门。他就信了，用一种叫箱篷的，装垃圾的，把面条放在上面，举着进去。李胖儿问他，他说人家说女人生孩子会咬人。李胖儿就骂，人家让你吃屎你吃吗？人说什么你就信！

后来李胖儿跟楚山好上了，楚山的妻子知道，姓孙，也叫胖儿，叫孙胖儿，人也不胖。孙胖儿两儿一女，这女儿有残疾，左手不长，一直很小，人还白还好看。后来李胖儿跟孙胖儿丈夫好，孙胖儿生气，得了癌症，死了，死的时候小儿子才三四岁，楚山就没人管了，这下解放了，李胖儿的丈夫也管不了。

全村都知道了，就来明的，李胖儿干脆住到那边去，住到那边才离婚。她在前夫家待着从来不下地干活，只做饭，到楚山家还干了几天活。人家说当初不干活是不想在前夫家待。

楚山不只李胖儿一个女人，李胖儿不干。她在前夫家什么活都不干，像太太似的。她跟楚山领了结婚证，发现楚山有别的女的，又不想在楚山家待了。她又不干活，躺在床上不起来，衣服也不洗，残疾女儿才十岁，帮妈妈洗衣服。她还在屋里拉屎，什么都不管，楚山拿她没办法。

后来李胖儿就出走了，听说又在外面结婚了，说是跟算命的瞎子结婚了。钱用光了，又跟大仙，钱又光了，她又走了。又有说她人在黄石，头发全白了，人更瘦了。前年1999年，回王榨，跟楚山办离婚。

楚山说，李胖儿的户口在他家，每年的税都是他帮交，加在一起，要李胖儿给他三万才离婚。李胖儿只给五千，法庭断不了，李胖儿又走了。去年我们在黄石做生意，真碰到李胖儿了，没老，头也没白，带她大女儿的孩子。我问她找人了没有，她说找了一个补鞋的，没回王榨。她的前夫现在还没找着媳妇，有人逗他，说给你找个媳妇，你给我家干活？他真去了，他时常让人帮他找媳妇。

我从来不跟他开玩笑。

第一四四段　木莲一辈子不嫁

木莲生下来眼睛就瞎了，一辈子没嫁，父母怕嫁了人家虐待她，就没嫁。也没找男人，村里都是姓王的，不欺负她，她兄弟媳妇欺负她，不养她，说得难听，你这个老×，我做的你来吃，你这么有味，你莫想在我屋里吃，各人做的各人吃。

那几家的小孩全是她带大的，她根本就没吃闲饭。她也不还嘴，听她骂。她二弟听不过，让别骂，二媳妇说，那你干吗跟我结婚？你跟瞎子结婚好了！二弟生气，打她，只打了一巴掌就不敢打了。一到老二家养，就骂，只好不让她养了。

她洗自己的衣服，能自己补衣服，喜欢听人聊天，爱往热闹地方去，到村子中间，一个露天的地方，人家的门口，屋挨屋，每人从家里拿凳子出来坐，聊天。爱吃肉。

后来得了胃癌，晚期了，临死前在楚国家，想吃鱼，最想吃芝麻饼，一角五一个，很好吃的。滴水县城都没有卖的，得上黄石。她侄子在黄石，带了几个回来，给她吃了，很高兴。她又想吃鱼，楚国在田里弄了一条鲶鱼，让老婆腊梅给她用鲶鱼做面，吃了，吃了一碗多，吃完了说，一辈子没吃过这么好吃的东西，真甜。

她 6 月死的，快死的时候吃的鲶鱼面。在家断的气，村里给了点钱办后事，普通的柞木棺材，二百到三百块一副。抬棺材的人和亲戚吃了一顿。村里给的钱不够，兄弟三人分摊，有的出得多，有的出得少，吵嘴了。我们村另一个五保户，死了就比她热闹，钱是村里给的，他对村里有贡献，学过兽医，教过书。

第一四五段　兴红年轻漂亮

兴红年轻，1976 年生的，挺漂亮的，瘦瘦的，大眼睛，薄嘴唇，全村最漂亮。她跟舅舅在河南博爱县修表，她修得还可以，不算很糟。

兴红不喜欢打扮，她要用贵的化妆品，一百多块一瓶，口红几十元，像油似的，不掉色。她看不上疤子，嫌他不够长，就是不够高，他姐姐还比他高。疤子本来也不是追她，他想追另一个女孩，人家有主了，就追兴红。

那时候疤子也在博爱学修表，跟他姐学，兴红跟我说，晚上出去玩，他强吻了她，还摸了她身上，她放不开，只好同意了。就一起去新疆，第一年疤子没做生意，全靠兴红修表。半年有一万块钱，就用这笔钱做本钱，做服装、鞋的生意，赚不多，只有两万。后来兴红就怀孕了，想先生孩子再结婚，后来还是打掉了。结了婚，第二年正月初一生了个儿子。三十晚上开始生，初一才生出来，有点难。三十下午就到医院了，初一下午才生出来，疤子在新疆，她婆婆去了。找很远一个地方的半仙取了名字，叫王进。

兴红不想再生了，没上环，老打胎，一年打两次，打了有五六次了。最后一次打胎没刮干净，要清宫，在新疆，痛得受不了。后来上环了。

她让疤子别打牌，他发誓不打，拿起一把菜刀，把小指头砍了，伤还没好，又打。

第一四六段　房英最舍不得吃穿

房英快五十岁了，有一儿一女，大女儿一直在河南博爱修表，二女儿在河南安阳修表，小儿子做缝纫，学了几个月就上广州混。她是全村最舍不得的，舍不得吃，舍不得穿，从来不穿新衣服，平时从来不舍得穿，走亲戚才穿一两次，女儿给她都不舍得。“双抢”，谁都吃，她不舍得，她说她心慌，拿了三个鸡蛋，坐在灶上想了半天，三个鸡蛋能卖一块钱，最后还是没舍得吃。

有一次，插秧到最后，她跟别的人来帮我家的工，那天我们吃包面，包面跟大馄饨差不多，还杀了一只鸭，买了二斤肉。她上我家插秧，我给她两人打了两个鸭蛋，还有鸭肉、猪肉，一人一大碗，给她们送去，我想她这么不舍得，给她点好吃的。

第一四七段　金发的发财相不好看

金发是个木工，还行，跟师傅学过三年，手艺好，不出门，外出的话想家，待不住，赶紧回家。他财心重，走路从不慢腾腾的，从来都是大步走，赶时间。他看人家做粑卖，做馒头，学会了。本来有别人上我们村卖，他把别人都赶走，就他一个人卖。村里人说，别人的发财相好看，他的发财相不好看。

他做的馒头小，四口就吃完了，人家的都比他的大。他还脏，让他老婆卖面条，上厕所不洗手，边擤鼻涕边卖面条。这人脾气急，喊他老婆，一声超一声，不来就骂，×你娘，你娘死了。也没什么要紧的事，他老婆不跟他吵。有一次，晚上唱戏，他看戏去了，他用一个大油桶，上面放锅，锅上放蒸笼，晚上没人时，不知是谁，把他的灶悄悄推到河里了，都恨他。一早起来，灶不见了，开水瓶也给砸了。灶捞起来还能用，铁的。

第一四八段　我们村的人花钱花得最厉害

我们组的人就爱借钱花，前村四个组贷款四十到五十多万，我们一个组就借了三十多万。细牛皮说，在新疆，他们花钱最狠，出门就打的，买包烟都打的。连烟带打的，加在一起，五十块钱就没了。上厕所都骑摩托，厕所就在村口。村里人说，这过的才是日子。

细牛皮还有一个外号叫狗屎，意思是只干坏事，不干好事。他的儿子不好养，要找一个亲爷，就是干爹，干爹的外号叫青天，说话很直，他说狗屎发泡，平均每天花一千块。他做生意赚了一点，家里还给他寄，还有五六万贷款没还，他就敢花钱。

基金会起诉他，法院来过一次，给了法院三百块钱。关系好的基金会就不起诉，细牛皮通过小王找我二哥借了两千，我二哥没起诉他，他这回守信用，到日子真还了。去年他做生意，卖首饰，赚了三万多，还了两万。

在新疆他闹离婚。有一个湖南的女孩，姓周，是个妓女，他跟这女的的在一起。他还带回了这女的的照片，回家也闹得厉害。这女孩长得不好看，钱花得最多，买了皮鞋、衣服，给了很多钱，花钱像流水似的。那年过年回家，第二年这两人就没事了。

那年滴水县在新疆做生意的，个个老板，个个都嫖娼，没一个不嫖娼的。一个接一个闹离婚。

细铁人挺好的，以前在北京从不拈花惹草，到了新疆，大家都嫖，他也嫖。要不是嫖娼进不了监狱。

今年你闹，明年我闹，一个都没离成。细牛皮也没离成，他就跟妓女同居了。

楚明带了一个妓女回家过年，老婆还怕楚明和妓女合起来打她。老婆的外号叫妖精。他把妓女带到武汉，老婆也在，老婆把几万块藏起来了，楚明老要老要，她就给了。老婆挺好的，对丈夫好，好言相劝，丈夫躺在床上，她把饭做好端到他手上，洗脸水、洗脚水都端到他手上。

那妓女非要跟他结婚，他把那女的送回新疆，就偷偷跑回来了。楚明也喜欢赌和嫖，王榨在外面混的都这样。

第一四九段　木蓝姐装什么像什么

丈夫比她大十几岁，她说她愿意，大一万岁大一千岁她都愿意。那时候在生产队，我们打赌，让她扮成一个要饭的，在王榨，本村，要是讨得着两升米，就不用干活，一整天都不用干，给她八分工。

平时她就学什么像什么。

她就穿上破棉袄，戴上破草帽，拿上一根棍子，一个破口袋，就去讨。正好那年小兰刚嫁来，头天嫁来，第二天木蓝姐就去讨饭。小兰不认识她，不给，她一顿要饭棍，凶道，你不给？不给就拿你的新鞋！小兰自己做的新布鞋放在床跟前，木蓝姐一把抓着鞋，小兰只好给她一升米，一升等于四斤，十升是一斗。

她又上别家，看见老人小孩，就说，可怜可怜我吧。每人都给了她一点米。

又上一家结婚才三四天的，叫江儿，江儿不给，她就上江儿的新床躺着，说，你妈个×，不给，不给我就在你床上困着！江儿害怕，心想这么凶，哪有要饭的这么凶？江儿就找米，给了半升。木蓝姐大喊，少了，给一升！江儿只好又给了一升。

从江儿家出来，她已经有四升米了！她把破棉袄破帽子一摔，在干渠上笑得要死，大家都笑，她说，你们看看，这多少升了！

当初她就是看到王榨好玩，就让人说媒嫁到王榨。现在六十多岁，死了。她脾气好，丈夫脾气急，老打她，她挺瘦，不经打。我看见过一次，那时候都已经六十多岁了，在稻场上，早上做好了饭，丈夫在稻场上赶碾，赶牛，她做好了没吃，唤丈夫吃饭，丈夫无缘无故地拿着赶牛的鞭子打她，像打小孩似的，没招他没惹他，他就打，她也不跑也不骂。我问，他干吗打你？她说，没么事，习惯了。

她有两儿两女，还抱了两个女儿，加在一起四个女儿。1994 年死的。那天三个人结婚，她小儿子媳妇最后到我们村。最后到不好，小儿媳妇就三年没生养。公公老骂，自己不去看看，自己有什么病都不知道！成天骂。后来看了，是儿子的问题。吃药，好了，吃草药吃好的，就在滴水县看的，生了儿子。又不好，公公又骂，成日兴（兴就是高兴），兴么事兴，生个儿子什么了不得！儿媳妇说，生了吧也有话说，不生吧，也有话说。木蓝姐高兴，大儿子只生了三个女儿。她给孙子起了个名字，叫王正润，高兴就叫润。

木蓝姐肚子长坨，开刀了。只活了两个月，丧事办得一般，丈夫先死一年，也是病死的。

她生第二个女儿时，说惹着鬼了，她看见到处都是鬼，自己在床上，房间里全是鬼，认识的和不认识的鬼。她怀孕时有一天中午到四季山上，那里有一个埋死人的地方，中午她从那里回来，就惹着鬼了，差点没死，回来就生孩子，很危险。她说鬼到处都是，就赶鬼，有的抓着她的头发，有的拿着毛竹条做的大扫帚，满屋子打，乱转乱打。有的鬼根本不怕，有的趴在楼上，有的趴在帐子顶上。

第一五〇段 传说

副县长批给黑帮大哥持枪证，这个老大在新疆被抓，吊了八天，供出来了。

放高利贷叫放马，今天借一千，明天就要还一千一。

县邮局的头，拿了一百万逃到国外去了。从外面寄回的钱，两百块以下就给，两百块以上就不给，他让你存起来。

一个乡长，花八十三万建房子，像宫殿似的。就是我们乡的，第二年换届，退了，没人抓他。他家在后河，三层楼。现在在农村就是这样，什么小官你都要塞钱，办个身份证，除了正常给的十五块，还要给办事的偷偷塞十块。

一个村书记，娶了三个老婆，三姐妹，生了十个孩子。先是大姐嫁给他，他又跟二姐好，大姐气死了。跟二姐结婚，又跟三姐好，二姐就离了。办不了他，村里搞得好，有人服他，有人告状，也有人保，没弄下来。

别的乡的，搞装修没付工钱，五个小伙子趁那家男的不在家，就去把那家女的小便的地方，就是尿尿的地方，是阴唇，对，那两片肉，钻了一个孔，用锁锁上，他们也不要钱了，弄完马上就走。

第一五一段 绑架

我们村另外一个组的，一个男孩，十八岁，跟人在北京混，修表，有一个绑架团伙，他跟人家混，参加绑架，绑一个北京市的男孩，十三岁，没杀那男孩，碰上“严打”，判了七年，现在在北京服刑。

他爸爸一直在北京打工，想用钱给他减点刑，没用，不像在下面，在我们那儿就行，北京不行。他妈妈也没怎么哭，没看见她哭。有好几年了。

第一五二段 八十多岁，九十多岁

村里有个老太太，八十多岁了，身体挺硬朗的。两儿两女，谁都不养她，她的重孙女死了，儿媳妇也吃农药死了，儿子病重，就是她不死。都说是她活得太长，夺了儿孙的福，儿子女儿谁都不要她。她有一个儿子在县城，村里的儿子就把她送到县城，送上了车就不管了，她不认得路，从早上6点找到晚上6点，都没找着，又回来了。

她大儿子给她农药，看着她喝完了，看着她在床上打滚，也不救，看着她死。

我本家的大爷，就是大姑，也是八十多岁，被她儿子杀死了。她的三个儿子都是生女儿，她的二儿子媳妇跑了，扔下孩子不管，她就帮着带。她二儿子到外面混，没有钱，回来找他母亲要钱，母亲不给，就把母亲杀了。

母亲的兄弟想告他，后来一想，他还是亲侄子，就不告了。

我爷爷是上半年死的，他活了九十多岁。死了就好了。上半年死了男的就"一担挑"，什么事都没有了，他一担挑走了。如果死了女的，就不行，就叫"满湾捞"，就得死很多人。

第一五三段　也有人每年都借粮

我们村有一个石头客，他家六口人，每年都得借粮。主要是他们家太能吃了，一家都能吃，他们吃一顿就够我们家吃几天的。他炸石头的时候把眼睛伤了，他妻子喝农药死了，她有点神经，第一胎生了个儿子，身上长满了疮，一岁多就死了。又生了两个女儿，人家都有儿子，她没有，就有压力。那时候抓计生抓得很紧，没办法再生儿子，她就喝农药了，她丈夫不在家，是20世纪90年代的事。他家柴也烧得多，他爸爸去捡柴。

他弟弟还没讨老婆，讨不了，穷，外号叫测量器。以前安电线杆，有人来测量，他跟着学，所以村里人就给他取外号叫测量器。

现在这家的大女儿十六岁了，去打工，修表，现在日子好过些。

第一五四段　鸡尾和他哥

村里有一个人，外号叫细青蛙，在武汉当鸡尾，染上了性病。

他是个光棍，快四十了，在武汉打工，老跟在"鸡"后头，村里人就管他叫鸡尾。泥工，长得不怎么样，又黑又瘦，主要是穷，房子倒有，家里有四兄弟，大哥二哥有老婆，三哥在黄石也讨了一个傻子，领了一个女儿。傻子什么都干不了，但她很爱那女儿，回王榨，谁抱都不给，别人抱，傻子就使劲哭。她在黄石嫁不出去，她父母就让她的几个哥哥，每人每个月给她一百块钱，不管嫁不嫁人都要给。但她嫁了人后就不给钱了，这男的养不了她，又不要这傻子了，又送回了黄石。那女儿留下来了，在大哥家养着，有五六岁了。

细青蛙一直在武汉，听说他染上了性病，治不好了。

去年他大哥媳妇说她公公爬灰，其实是她自己挑逗的，她在家里经常只穿着一个文胸和一条三角裤。叫木菊，她后来跟人跑了，跟唱戏的跑了，上麻城。她跟我们村的细棍好，把她带回她娘家七天，婆婆家来人向娘家要人，娘家说，你们回去问问你们村的细棍，细棍只好到麻城把她带回来。丈夫要打她，她说别打了，你让我干什么我就干什么。过不久，丈夫打牌赢了二百块，回去一看，木菊又跑了。到现在还没找着。

木菊跟她大姐看上同一个男的，趁她姐夫不在家，这两姐妹就跟这个男的睡，三个人睡在一张床上。木菊自己是大哥的老婆，白天就跟二哥睡觉，跟小叔子睡，被人看见了。二哥的老婆最老实，回娘家了。

第一五五段　丈夫把自己的妻子卖了

四季山有四大婊子，不是真的婊子，而是长得漂亮，有名，所以就叫四大婊子。其中有一个女的，她结婚以后生了两个女儿，身体不好，丈夫就把她卖了。在酒馆里，她丈夫下的蒙汗药，人贩子就把她弄走了。

卖到那地方怕她跑，在她脚板上钻了三个孔，用铁丝拴着，又生了个孩子。后来被解救出来，上了滴水县的电视，很多人都看见了，看见她脚板有三个洞。回来后她又在四季山山嘴嫁了人，那男的腿不方便，比她小，她又生了两个女儿。

另一个婊子是我们王榨的，她交了个男朋友，男朋友上大学了，不要她，她就跳河死了。

第一五六段　我们结婚都不领结婚证

我们结婚都不去登记，不领结婚证，现在年轻的也不领，但是发户口本下来，上面也有名字，他们要凭户口本上税。

有个女的嫁到我们村，她要跑，也不用离婚，就从男家跑到另一个男的家住下来，这个男的怕她再跑，赶紧去领结婚证，结果还是跑掉了。

别的村有一个男的，老婆老是跑，找一个，跑一个，又找一个，又跑一个。后来他干脆找了一个“鸡”，这个“鸡”也有丈夫，经常带人来打。这男的也姓王，跟我们村同姓，就到王榨找人帮他打，找多了，干脆他就搬到王榨来了。刚才小王打电话来就是用他的手机打的。

第一五七段　送花

我们村有个女孩，初中毕业，去深圳打工，摔伤了，手臂断了，回家养着。是夏天，天很热，我们大家都在树荫下乘凉，那女孩也在。这时候来了一个麻木，就是摩托车后面有座，像出租车似的，从县城到我们村是二十块钱。

那男孩从麻木下来，喊这女孩，他手里拿着三朵红色的玫瑰，要送给这女孩，女孩怎么都不要。她就是不要。那男孩待了一会，觉得没意思，就走了。

我们就说，人家送你花你怎么不要，这么远送来了？女孩说，你知道三朵红玫瑰代表什么意思吗？我侄媳妇说，代表我爱你。我侄子说，I love you 。大家都笑。那男孩到了河岸上，就把花扔了。他说，去你妈的！

我儿子去河岸玩，把花捡回家，他说这花多好看，扔了可惜。

长篇小说《妇女闲聊录》发表于2004年《十月》长篇小说冬季号

长篇小说《万物花开》节选

第一部：墙壁

在看守所瘤子一直没发作，但我知道它们在我的脑袋里。从前我不太看得见它们，因为它们不飞出来，现在它们一飞就飞出来了。在稻草和尿臊混合的气味里，它们飞出我的脑袋，停留在灰暗的空气中，它们的形状跟医院里的片子相同，看起来，像一朵五瓣的灰色花朵。

就这样，我看见自己光屁股站着，面对墙壁。

我不知道他们要干什么。大概是要挨一顿暴打，这样的事情我听说过。但是他们没有打。

他们让我自己把裤子脱了，面对墙壁站着，双手扶墙。我感到屁股一片冰凉。已经熄了灯，墙头透进一点月光，号子里看上去灰蒙蒙的，灰中带黑。

我不知道他们要干什么。

好半天没有动静，于是我转过身来。他们看着我，不说话。黑暗中，这七八个人的眼睛像猫眼，闪着隐约的荧光。我觉得自己就是一只小耗子，被人扔进了野猫洞。有一个人戴眼镜，我看不清他的眼睛。第二天我才知道，他是这个号子里的老大。

老大晃了一下手，说，算了。

他斜靠着铺位，有气无力的样子。然后他软塌塌地抬起手，冲人堆里晃。众人一动不动，无人吭声。我听见大家的心都揪了起来，悬在黑暗的半空中。

他的手指到谁，谁就慢慢地站起来，两边的人则慢慢出着气，气息软得像鼻涕。

人也像鼻涕。

他一共点了两个人，看上去，是除我之外最小的两个。后指的那个没有马上站起来，老大脱了一只鞋劈头就冲他扔去，在黑暗中鞋好像长着眼睛，不偏不斜，正好打中那人的眉心。那人呀了半声，老大的第二只鞋又扔到了他的嘴上。

两个人对着一面墙站着，低着头，一只手扶着墙，另一只手解裤子。裤子掉到他们的脚背，裤衩掉到脚腕子上，四瓣屁股在黑暗中是灰色的。大小的猫眼靠墙根坐着，看着四瓣灰色的屁股，一动也不动。

老大悠闲地站起来，他微微歪着头，趿着鞋走到两个人的身后。他抱着一个人的腰，把裤子里的东西掏出来，往那人的身上撞，一下一下地撞着，一边发出舒服的叹息声。众人看着他拔出来又插到另一个人身上，那人站得不好，他用膝盖一顶，那人一下双膝跪倒在地，他按着那人的头猛搞一气才松手。

我吓坏了，胡乱把稻草垫子盖在身上。刚盖好，老大就扔过来一只鞋，我只好重新把垫子铺上。

黑暗中猫眼都闭上了，我放松下来，开始闻到一阵又一阵的尿臊味。稻草垫里的虱子咬得我全身发痒，我特别想回家。我想家里的床，想床边塑料桶里的半桶水。这样一想，我后悔极了。

老大是个大学生，在北京上的大学。他干的事跟杀人有关，但没杀死。我一点都看不出，他像个中学老师，知识分子，长得很斯文。他喜欢哭，我不明白一个爱哭的人怎么会杀人。他坐在床板上哭，双手捂着脸，哭得喉结一跳一跳的，像是里面有一只小耗子，眼泪从两边涌出来，腮帮亮亮的。我从来没见过这么爱哭的男人，他哭着哭着就把眼镜拿下来。

如果他没进来，跟我们就是完全不同的两种人。但我进不进号子都差不多，活着不会有什么改变。我们王榨有七八个人进来过，我爸和细铁哥还在新疆坐牢，快出来了，出来该干什么还干什么。这事我替细胖认了，他家给我四千块钱，我觉得没什么不好。

但我不喜欢我睡觉的时候旁边有一个尿桶，不喜欢虱子咬我，我也不知道他们会不会再把我的裤子扒下来。

我不喜欢他们撒尿，好像尿水随时都会溅到身上。我也不喜欢吃这里的饭，每顿都是白菜。但我喜欢听他们说女人，他们让我说，我一说，他们就笑，说我还没长毛就知道想女人了。

他们每次都让我说小梅的事情，老大最爱听我说小梅断气之后我对她做的事情。实际上事情都是细胖做的，但既然我拿了细胖四千块钱，我就要把事情说得像是我干的。说了几遍，我就觉得事情真的就是我干的了。

我问脑子里的瘤子，我是大头还是细胖？瘤子说，是大头。我又问，是谁干的小梅？瘤子说，是细胖。这时我觉得瘤子真是个好东西，它帮我认清事实，让我知道我是大头。

但小梅在月光下赤裸的身体好像就在我的眼前，细胖衣服上的鱼腥味飘到号子里，在七八双猫眼中隐隐约约。老大说，你躺到地上去。我知道，这时候就是要让我当小梅了。秋天的水泥地凉得像冰棍，我一躺下去就打喷嚏，一口气打了十几个，喷出的口水落到我的脸上。老大就让我改躺到稻草垫上，他跨在我身上，一边解我的扣子一边说，这是演出服？我说，是。跳开放的女孩自己缝的，其实就是一块布，在胸口系一个结，下摆都掩不住，一动就露到大腿根。

老大解我扣子的时候手很轻，到底是大学生，文雅。他摘掉了眼镜，眼睛半眯着，俯下身，脸对着我的脸，眼睛对着我的眼睛。但我知道他没在看我，他大概在看他想象中的小梅，或者看一个他喜欢但又永远不可能搞到手的女人。

我的衣服完全被解开了，胸口一片冰凉。

我说，她躺在稻场的地上，八月十五，月亮很亮，稻场上全是豆秸垛，她的身体一半在月光里，一半在阴影中，一半黑一半白，好像有人把她从中间锯开了，看上去很奇怪。我把她抱到有月光的地方。老大问，你抱得动她吗？我说抱不动。同号的七八个人窃窃地笑起来，他们怕值班的队长听见，笑起来就像一群老鼠在吃谷子。

老大没有笑，他等着我往下说。

在这之前我说过两次了，他还要我说。他把我当成小梅，一边听我说，一边在我身上干我干过的事情（其实是细胖干的），他说这就像表演哑剧，他在学校的时候看过哑剧，他想参加学校的戏剧社，但人家不要他，他说这是一种歧视。歧视我知道，就是看不起。

他在我的光身子上抚摸。抚摸的时候他不让我说话，他的手指细长，是凉的，他跟我们王榨的学智哥一样，虽然生在农村，但从来没干过活，家里把他当菩萨似的供着。他反复摸我的脸，我的身上全是骨头，但脸上却有肉。在家我从不干地里的活，所以肉细。他用手指在我脸上按，画圈，也可能是写英语。画够之后他就一上一下地摸我的脸和耳朵，他把我的嘴唇捏起来捻，好像那不是嘴唇而是面团，他还捻我的耳垂。看样子他喜欢肉乎乎的东西。

我已经知道他的习惯了，他的手一停，我马上开始说。我把小梅抱到月光底下，我没拽她的裙子，是裙子自己开的，她的奶坨子露出来，挺在我的面前，一点遮拦都没有，我伸手一摸，又软又凉，肉乎乎的，我又喜欢又心惊胆战。我一害怕就把手拿开，但一拿开又觉得手上空空的没着落，就又放上去。我一揉她，别的事情就全不管了。她就是特别好的一个光身子，我跪在她旁边，全身的血都变轻了，很快地从这边流到那边，又从那边流到这边。我用右手摸她，右手的惊颤一浪一浪传到左手，我又用左手摸她，左手的抖动也一浪一浪传到右手。用两只手摸跟一只手摸完全不同，我两只手按在她的奶坨子上，十指连心，惊颤像闪电一样打到我的全身，我的骨头又酥又轻，呼的一下，全身都腾空了。

老大摸了一下我满是骨头的肩膀，问，她没有戴文胸?

我又回忆小梅的奶罩子，在大棚跳开放的时候，她的奶罩子闪着金色的碎纸，在两个一百瓦的大灯泡下闪着金光。

听我说起大棚里的跳开放，大家都很来劲。我们号里有一半人看过开放，但老大没看过，他看过哑剧和芭蕾舞，但没看过跳开放。大家说芭蕾舞就是大腿舞，电视里有，大腿舞跟跳开放比，大腿舞最多算汽水，跳开放则是白酒，一句话，够劲。

老大就让大家讲跳开放，轮流讲，一个讲完了下一个接着讲。他们都讲得不好，边讲自己边咽口水，讲得自己两眼发直腿根发硬，我们一点都听不出名堂。而且往往一两分钟就讲完了，连个屁都没讲出来。轮到我的时候，我脑子里的瘤子特别活跃，好像又回到了大棚的现场。在黑暗中我的眼睛闪闪发亮，我说，小梅的奶罩子上有很多金色的碎纸，两个一百瓦的大灯泡一照，闪着金光。

她穿着半透明的裙子，绕场一周，奶罩里面的轮廓看得清清楚楚，还有三角裤衩，也隐约能看见。她一走，把下摆带动得一掀一掀的，差不多能看见大腿。她站在台中央，挺着，用手一拉，半透明的纱坎肩顺着她的肩膀滑下来，一下子，上身只剩了奶罩子。她又绕场两圈，再一弄，奶罩也脱掉了，上半身完全光着，像牛奶那么白。她挺着胸绕场走，一走一颤，好像里面装着水。我担心她颠得太厉害，水从里面流出来。她走到边上的时候，里面的人往她身上撒了一把发亮的碎纸屑，纸屑有红的绿的金的银的，她的身上就像长出了珠宝，在灯光下闪闪烁烁，她那奶坨子也沾了些发亮的纸屑，一颤一闪，一闪一颤。大家看得眼珠子都掉出来了，眼珠子纷纷跳出来，人都被定住了，眼珠子自己往台上飞，后面的挤着前面的，像一群马蜂，全是公的，但是没有马蜂的嗡嗡声。眼珠子们围着小梅的光身子，想流口水，但嘴又不知道在哪里；想眨眼，也不知道眼皮在哪里。它们想让小梅冲它们笑一笑，小梅连眼皮都不抬，她的头上戴着一顶金纸糊的皇冠，看上去像一个皇后。

在黑暗中我看不见他们，但他们的眼睛闪着光，照亮了每个人的耳朵。人的耳朵跟嘴一样，总得沾点什么才有着落。

在讲述中，我的瘤子则成了天才。它灰色的花瓣越过墙壁，越过时间，总能准确地回到早已消失的现场。

一连十几天，我们每天晚上都这样消磨时间。他们让我扮演小梅，在号子里走台步跳开放。号子里除了铺位，横的只能走两步，直的也只能走九步，而且不能走大步。

一个男小梅（就是我）就这样出现在拘留所的号子里，他的脑袋比平常人大，脑袋大不是因为他比别人聪明，而是因为里面长了五个瘤子。瘤子长在右边，所以他就往左边歪脑袋。眼睛有点斜，身上骨瘦如柴，衣服里空空荡荡，装满了阴风鬼气。

总而言之，这个丑八怪就是我；总而言之，他们出于无聊，让一个丑八怪代替美女；总而言之，在黑暗中，一个丑八怪可以成功地装扮成美女。

我在号子里走，有时快有时慢。他们半眯着眼，从我搅动的空气来想象一个小梅。我宽大的衣袖碰到他们的脸，他们就会有强烈的现场感。

有一点残月，光线稀薄，我在灰色的号子里走动，我的影子是黑色的。我因为瘦而轻盈，因为终年上墙爬树，我觉得自己会飞檐走壁。因为长了瘤子，我视死如归，因为代替细胖进号子，我觉得自己是细胖，因为代替小梅跳开放，代替她躺在地上让老大脱衣服，我觉得我就是小梅。我在灰黑中走台步，他们看不清我的头，也看不清我骨瘦如柴的身体，他们看到有一个影子在走动，对他们来说，这个影子就是小梅。

我脱掉我的上衣，凉气从前胸后背同时灌到我的气管里，我一下又打了几个喷嚏。喷嚏使我从小梅的影子变回了大头。

如果我不打喷嚏，我也随时会变回大头。我从这边走到那边，有一两只手会碰到我，他们在我身上抓一把，抓到骨头他们就知道我不是小梅。这使我觉得自己是妖怪，我的武器就是自己的影子。

我许多次代替小梅躺在稻草垫上，老大一次次地脱我的衣服。他不再需要我讲，他把我当成一个女人，一次次把我压在身子底下。他有时候让我用嘴当女人。

因此我很快就不用靠着尿桶睡觉了。我的铺位紧靠老大的铺，他不让我倒便桶，让他们把好吃的给我。我想起细胖给小梅的煎鱼，我和他给七姐妹歌舞团送的白菜、茄子、花生，只有土豆大的萝卜和偷来的肉骨头。

老大的身体有一股炒煳的麦子味，他说我身上是一种烤土豆的味，虽然我瘦，但他特别喜欢我身上的味道。他使劲撞击我，每一次都发出号叫声，但他有时候抚摸我，好像也有点心疼我。

有很多次了，我不知道自己是大头还是小梅，或者是我脑子里的瘤子。

号子里经常打人，每一种打法都有一个菜名。一共有三十六道菜，是三十六种打法。我只见过其中的几种。红烧狮子头，是揪着头发打；炒黄豆，把人推来搓去；用尿浇，是腌咸肉；抬起来摔，是爆炒腰花；扒光衣服打，是烤全羊。

因为老大，我一次都没挨过打。

进来过一个复员军人，他说他是冤案，不愿跟我们同流合污。这样，他每天都吃到一个“菜”。到第五天，天还没亮，他在地上滚成了一团，号叫夹杂着呻吟，但老大不让人理他，所有人都靠墙站着，直到政府来人。他吞了牙刷，自杀，但没成功。政府给他吃韭菜，把牙刷拉了出来。他没死成，转到别的号子去了。大多数人没有他的血性，只打一顿就够了。

发烧的时候我觉得自己很奇怪。我躺在原地，我的瘤子带着我的眼睛飞到半空中，它看见大头躺在看守所的稻草垫上，两眼发直，像一条狗。

我的瘤子比我记得的东西更多，它飞翔在王榨的上空，看见猪和狗，蜻蜓和蚂蚁，地里的油菜和我床上的南瓜，一条叫作妞儿的牛，看见我的腿根飞速成长变硬，以及二皮叔、我奶奶、三躲、四丫姨，还有花痴和双兰，细胖小梅和小秋，还有打架的时候飞舞的拳头、明亮的土铳。所有的人和事都在飞奔。万物都在飞奔。

第三部：七姐妹

长头发

我约细胖一块到马连店看录像。听说现在的录像特别开放，什么都有，光屁股的女人，全身上下一块布头都没有。但细胖说那不够好看。他说录像不清楚，像隔着一层雾，还都是外国女人，看着特别不像真人，没看过看看还行，再看就不过瘾了。

他说看跳开放比看录像过瘾多了。

这几天从河南来了一个叫七姐妹的歌舞团，就在后河那边，他去看过一次，大人五元，小孩两元，有唱歌的，有跳舞的。细胖说，最过瘾的是下半场有一个女孩跳开放，特别水灵的一个女孩，胸口鼓鼓的，面对面就在眼底下，眼看着她就把上身衣服脱掉了，奶坨子看得清清楚楚，伸手都能摸着。

他还说这两天大棚来了一个男歌手，是从广州来的红星，那女孩跳开放都跳疯了，不光脱上边，下边也一起脱，全身都脱光，边脱边唱。

于是我们立即动身，他用摩托车带我，半小时就到了后河。我以为跟看庙戏似的，有四面八方的人带着凳子赶来，但直到进村也没看见。细胖也觉得奇怪，一点动静都没有，往常离村口两里地就能听见大喇叭里的声音。

到了场子一看，大棚还在，但门口的大音箱不见了；卡车也在，上面贴着斗大的字，被雨淋得掉了一道道的墨。“村西南空地晚 8 点”，每个字都好像在哭。

细胖到棚里打听，出来说，前天晚上派出所的来了，说他们演黄，把团长铐走了，音响设备都拉走了，他们在这里等把团长放出来，团长还欠着大家的工资呢。

我惦着团长什么时候能放出来，放出来还能不能看上跳开放。细胖见多识广，说就看罚钱，拿钱拿得快，就出来得快；送钱不及时，十天半月一个月都不好说。出来肯定还跳开放，派出所罚了钱一般就算了。

大棚里的女孩在河边洗衣服。树林和河边，影影绰绰，腰在扭，头发在飘，声音如歌似鸟，肥皂的气味从空气中传来，带着一种女孩子的洁爽。河水有一点新鲜的腥气，树叶好像也有一点新鲜的腥气。

前所未见的仙女，穿着人间的衣服下凡了，我的瘤子精神为之一振，它们发出了细小的噼啪声，像是在鼓掌。但不是，它们一个接着一个，从我的脑子里飞出，像狗一样，跑到她们的跟前。

三个女孩，都是长头发，有一个额头上有一排刘海，后面扎着马尾，另两个额头是光的，一个披着头发，一个扎着很大的疙瘩。她们穿着一色黑的牛仔裤，上面穿夹克，里面是紧身衫，箍得紧紧的，身形看得一清二楚，腰细胸高。

女孩们低着头，但她们的眼睛含着光，光又透过眼皮，这样做的意思是，早就看见我们了，但都故意不看我们。

披长发的那个直起腰来绾头发，脸扭到我们这边，细胖认出来就是跳开放的女孩。细胖很兴奋，他说，就是她就是她，那天我挤在最前面，看得清清楚楚，你看她眼睛有点眯，像笑又不像笑，嘴唇下面有颗痣，肯定是她。

细胖说旁边那两个都是跳拉场子舞的，就是正式演出之前在前面跳着热闹，吸引人来，大凉的天穿纱裙，半透明，里面的裤头都能看见。

这时候又来了一个女孩，小小的个子，理了个男孩头，眼睛贼大，忽闪忽闪的，整个人像一颗豆子，紧实、精神，透着喜庆吉利，一看就让人欢喜。我的瘤子也喜欢这个女孩，它放出一圈气泡，浮在豆子女孩的头顶。气泡们一边转圈子，一边发出嚯嚯的叫声。如果豆子女孩抬起头，就会发现这样一个奇观：在她的头顶，五片灰色的花瓣来回飞舞，它们一会组成一朵花，一会又四散转圈，忽上忽下，忽高忽低，像一些灰色的蝴蝶，既奇怪又迷人。

但这个奇观没有人看见。

豆子女孩很淘气，她不好好蹲在石头上，而是叉着两腿，一只脚踏一块石头，这使她不得不撅着屁股。她撅着屁股拿起一件棉毛衫，捏着一头，让它在河水里漂。衣服一道红一道白，沾上水更加鲜艳抢眼。这时我瘤子里的蝴蝶贴到了水面上，它们在水和衣服之间盘旋。我心想她要是不小心手一松，那衣服就顺水漂到我跟前来了。

细胖却使劲捅我，他让我看跳开放那女孩。她正往一件衣服上蹭肥皂，那衣服有点奇怪，有许多带子，剪得七零八落。见我看不出名堂，细胖告诉我，这就是奶罩，现在年轻的女人都戴这个。但我想不通这东西怎么戴。

她们洗完了，天也快暗了。她们端着盆子回到大棚里，大棚亮起了灯，灯光从门口透出来，是一长溜的暖黄，而大棚的轮廓是黑的，就像一座碉堡。

我和细胖在碉堡外张望，一直都没看到她们出来。

第二天一早，我和细胖又到后河去，仍坐在河边。太阳都已经老高了，大棚里一点动静都没有。半天才出来一个小伙子，他拖着鞋到树林那边撒尿，撒完尿又进去了。又好半天，那几个女孩才到河边洗脸刷牙。她们理都不理我们，飞快地洗完脸就又进去了。

想等她们出来洗衣服，但一直不见人影。

倒是看见一个伙计出来淘米洗菜。也没什么菜，只洗一把芥菜。芥菜在我们这里一般没人吃，种倒是种很多，用来晒干，做霉干菜，冬天没菜吃的时候吃。

细胖走过去跟伙计说话，伙计很老实，问一句，他就答一句。

他说老板就是团长，一时还出不来，要罚一万块钱，现在托人去说，看能不能少罚点。还说大伙的钱老板都没给，连跳开放的小梅的钱都没给，小梅她自己愿意干，觉着这活轻松舒服。他说他叫小孟，说现在棚里没什么钱了，就这芥菜，还是后河的人给的，都吃了三天了。

蔬菜

我和细胖一下就有了事情干。我们立即赶回王榨，细胖从他家的菜地拔了几棵白菜，我把院子里豆架上所有的蛾眉豆都一气摘了，我们把菜放在筐里，又赶着送到后河。我们径直来到大棚，把小孟叫出来。他一看见菜，就直搓手。我们说，这是地里长的，不值什么，你们放开吃，明天我们再送点来。我们一边说一边朝里面看，只见里面搭了好些蚊帐，蚊帐和蚊帐间还牵着绳子，绳子上晾着毛巾和细胖说的那种奶罩，中间男男女女围了两堆人在打牌。

他们留我们吃晚饭，我想留下，但细胖使劲扯我的衣服。我只好跟他走了。

第二天我们又去。我从家里带了一袋米，细胖拿了一瓶花生油。小孟见了我们，像见了熟人，他接过东西说，昨天送的菜还没吃完呢，只吃了不到一半。我看到他的鞋特别大，脚后跟用一只别针别住才穿稳了。小孟说像他这样的伙计和跳拉场舞的，老板不给钱，只管饭，谁愿走就走，歌舞团演到哪村都有人想跟来的。小孟说他没上过学，到外面闯也闯不出个名堂来，跟着大棚好玩，还长点见识，不用花钱就能看上跳开放。

说得我和细胖都想当大棚的伙计。

但小孟又说现在不缺人，已经有三个伙计了。那两个管拆装大棚运东西，他管做饭，开演的时候也帮着看门收票。见我们有点失望，小孟便说有一个伙计快要回家娶媳妇了，他一走，就告诉我们。

随后的几天，我和细胖天天都到后河去，每次都没空着手。我们从别人的菜地里摘几只茄子，或者拔两棵白菜，最不济也能掐一把嫩红薯叶让小孟炒来吃。如果我们带来一捧花生米两捧黄豆，他们吃饭的时候就会特别兴奋。

把所有东西都吃过之后，我和细胖就到马连店去偷肉。

两个人搭挡，细胖装着要买肉，他说要到别人家赶生日，割三斤肉。趁他跟摊主瞎扯，我拖了一块肉就装在裤子口袋里，摊主一点都没发现。那块肉看来有半斤多，有肥有瘦，小孟特意打了点酱油，又跟后河的年轻人要了点青蒜，肥瘦肉片跟青蒜一炒，香味把大棚里的人都引了出来，他们扑克都不打了，都站在门口等饭吃。小梅和小秋（现在我们已经知道她们的名字了）还捡了干树枝添到灶膛里。

第二天正好二皮叔给火车家杀猪，我要了两根肉骨头，又和细胖到别村的萝卜地拔了十几棵萝卜，萝卜还没长成，大的不到拳头大，小的只有土豆大小。

我们把萝卜切成方块，跟肉骨头炖了一大锅，每个人都美美地喝上了一大碗。小梅又让小孟把萝卜叶子用开水焯一下再炒来吃，等于是多了一个以前没吃过的青菜。

接下来的一天，我们又想出了新办法，从家里带了黄豆，到马连店用一斤黄豆换一斤豆腐，一斤豆腐有两块，切成片用油煎。豆腐不吃油，只用一点点油就煎好了，再多撒一点盐，吃起来又香又下饭。

我们留下来吃饭，看他们打扑克。细胖的大哥大胖在北京跟人搞装修，细胖手里经常有点钱，他有时候买瓶啤酒跟男的喝，大家就都混熟了。

他们打的牌跟我们差不多，四个人就打拖拉机和升级，三个就打斗地主和跑得快。他们不打钱，看来真是没钱。打升级输了，就别一只臭袜子在脑门上，或者钻桌子、背椅子，有时也在脸上贴纸，也有纸上画一只乌龟，写上这个人的名字。只有一种五个人打的，叫打七，我和细胖都不会打，看着也不太明白。人多的时候他们玩十点半，十来个人围成一圈，由一个来坐庄，每个人发一张牌。还有一种叫钓三皮，也是一个人坐庄，但每人发三张牌。

小孟说，他们整天没事干就打牌，所以会的花样就多些。还有三打一和抓黑五，他们没打。

我看小秋不怎么爱打牌，她一个人坐在一边打毛衣，但她也不是很爱安静，打一会她就要起来转转，转了一会她又觉得无聊。我想她是无聊了才打毛衣的。我邀小秋小梅上我们王榨玩，但她们不想去王榨，要去马连店。

在路上，我和小秋小孟在前面，细胖跟小梅落在后面。我脑子里的瘤子听见细胖问小梅，你跳一次开放老板给你多少钱？小梅说，你问这干吗？细胖说，问问不成吗？小梅说，不成。细胖说，那天你跳开放我看见了。小梅说，看见又怎么样？细胖说，好看，我还想再看呢！小梅说，你就等着吧。细胖问，老板什么时候回来？小梅说，他回来我也不干了，他欠我的钱一直没给，我再也不干了。他回来我让他把工钱给我结了，拿了钱我就回家。细胖说，那我就看不成了？小梅说，你看别人吧，哪个棚都有跳开放的。细胖说，我就想看你。小梅不说话。细胖又问，你家在哪儿？小梅说，说了你也不知道，河南博爱，离这儿远着呢。细胖说，我们村有好几个人要到博爱修表，我跟他们到博爱看你去。小梅说，我不要你看！细胖说，看看还不成啊？小梅说，那你现在看，你看呀！

细胖又问，跳一次老板给你多少钱？小梅说，脱上面给五十，脱下面也给五十，上下全脱了给一百。细胖一听，脚步就停了，停了两步又紧走起来。他追上小梅，冲她说，我给你一百块，你跳一次开放给我一个人看。

小梅不理他，低着头追我们。

于是我们五个人一路走，一路听小孟说他小时候的事。小孟说他最恨他爸爸，他爸打人可狠了，打他，打他妈，打他妹。妈受不了，情愿被人拐走。爸花了五百块钱把她弄回来，回来还打，妈不想活了，喝了一次农药，没死成，后来跟人跑了。那时候他只有十四岁。他爸不让他上学，也不让他妹上学，他一天学都没上过，一个字都不认识，他是到了大棚才学会认自己的名字。他来大棚之前在北京干建筑，跟同乡出来，在工地上干杂活，给师傅打下手，供砖供灰料。在北京干了大半年，一次街都没上过，连天安门什么样都没见过。吃住都在工地上，顿顿都是大白菜，一个月才能吃上一顿肉。干了大半年，也没挣上几个钱，过年大伙都回家，他不想回，又没地方去，到了县城还是不想回家。正好那天碰到了一个歌舞团，叫珠海歌舞团，其实是安阳的，他跟着看演出，连看了七八天，觉得干大棚来劲，就跪在门口，求人家留下来打杂，他们就把他收了。后来那个珠海歌舞团散了，就转到了这七姐妹歌舞团。他说干大棚好玩，也就搭棚做饭，没什么重活。虽然没挣着什么钱，但什么地方都跑了，连北京的昌平、怀柔都去演过。将来买一件像老板那样的西装，再买双皮鞋，讨一个老婆，回老家开一个小卖部，卖点日用品、啤酒酱油什么的。

马连店正好是赶集日，人很多，东西也多，炸糕搞条鸡腿茶叶蛋，样样都有，衣服摊子、卖化妆品的、发卡头饰，连成一溜。两个女孩一路看过来，看得仔细，动手摸了几回，像是喜欢，但什么都没买。

路过茶叶蛋的时候，摊主正把一勺卤汁浇在茶叶蛋上，热气腾起，浓香直灌各人鼻子。大家纷纷扭过头看那茶叶蛋，吸着鼻子说，这蛋可真香。细胖看了看小梅，就掏出钱冲摊主说，来五个！大家都很欢喜，一个人捧着一只热腾腾的茶叶蛋，边吹气边吃起来。小孟说，好久没吃过茶叶蛋了。

仙女

秋天是一个仙女出没的季节，仙女藏在成熟的庄稼里，花生黄豆高粱和红薯，它们的香气就是仙女的香气。花生黄豆收了，高粱也收了，再过几天，红薯也可以收了。二季的稻子刚刚灌浆，一粒一粒的，在谷壳里攒积着乳白色的浆液，谷浆的香气也开始升起来了，万物都在咯吱咯吱地响，连我奶奶这样耳背的人都能听得见。她说，幸亏我种了六个人的地，我们两个人够吃了，你妈一分钱不寄也行了。

马上就到八月十五了，月光朗朗。

我的瘤子里也月光朗朗，五个瘤子好像全都变轻了，它们飞离我的脑袋，在夜空中来回穿梭。在我瘤子的幻觉中，小梅穿了一件像花生壳一样的时装，花生壳散发着奶白色的柔光；细胖拿着一张百元大票，像陀螺一样转着圈。花生壳开了，小梅穿上了一身粉红色的裙子，跟花生衣的颜色一样。她从花生壳里走出来，在月光下走着台步，在细胖的眼里，小梅可是一个花生仙女。仙女也长着人的身体，她把纱衣撩开，两只奶坨子在月光下像玉一样光滑坚硬，根本不像人的身体。纱衣落在地上，仙女一丝不挂，她走到细胖跟前，月亮的光像探照灯一样聚拢，仙女全身月白，山高水深，细胖目瞪口呆。我的瘤子也目瞪口呆。

当然这些并没有发生。

一个人，如果脑子里没有长瘤子，就很难产生不切实际的幻想。小梅想，给很多人看也是一百块，而且现在这钱还没拿到，可能还要一直欠着；给一个人看也是一百，而且马上就能拿到，这事比较划算。同时她觉得细胖长得很好玩，胖胖的，老实厚道的样子，看见她眼睛就发亮，她愿意逗逗他。

细胖就用摩托车把小梅带到了路边的稻场上。稻场四面是一人多高的豆秸垛，像一个密封的舞台，豆秸干燥的气味给细胖一种温暖真实的感觉，跟他自家的柴房里差不多。

刚刚站到稻场上，小梅就打了一个响亮的喷嚏。

小梅说，这么凉，再脱衣服就要感冒了。细胖绕着稻场转了一圈，让小梅在谷仓的一个门洞里脱。小梅在门洞里站了一会，刚脱了外衣，又打了一个喷嚏。小梅说要脱只能脱上面，上下都脱肯定要感冒。细胖说上面就上面。小梅说光脱上面还是一百块。说完她很麻利地脱掉了套头的棉毛衫，里面只剩一副黑色的乳罩，她挺着胸让细胖看了一会，然后才把胸罩解掉，露出两只奶坨子。

细胖吸了一口气，伸手去摸，被小梅一巴掌打了下来。细胖很委屈，说，连个灯都没有，这么暗，看都看不清，说好了上下都脱，现在只脱上面，还不让摸。小梅就让他保证，只摸一下。

他把小梅挤在门板上。小梅说，行了。细胖说，不行。小梅说，行了行了。细胖说，不行不行。小梅扭着身子，气有些不匀。她问，你一共带了多少钱？细胖说，一共就一百块。小梅又说，不行不行。细胖没反应过来，问，什么不行？小梅说，那个。细胖喘着气说，明天我补给你，不补我绝八代。他边说边摸索到小梅牛仔裤前面的拉链，他的手指探进去，触到湿漉漉的毛丛，里面又热又黏。他把自己凑上去，够不着，左弄右弄就泄了。小梅很不高兴，说弄脏了她的裤子。

细胖和小梅在稻场的时候，我在大棚里打升级。我跟小秋一家，小孟跟另一个男的一家。我一出错牌，小秋就骂我笨。每次输了都由我一个人受罚，或者是头上吊两只臭袜子，脸上贴纸也贴两条，钻桌子也钻两次。如果画乌龟，则两只都写上我的名字。

小秋见我替她受罚，好像十分开心，咯咯笑得像只母鸡。

我也装作开心的样子，其实我不开心。我喜欢小秋，但她不喜欢我，她说我太小了，她喜欢比她大很多岁的人。小孟说她喜欢大棚里一个叫康龙的歌手，康龙人长得帅，初中文化，能说会道，在团里兼跑外交，老板挺看重他，把他看成是自己人，对外说他是副团长。这两天他不在，正到处筹钱要把老板弄出来。

我没见过这个康龙，我不想见他。我盼望他被车撞死，或者被派出所抓去关上十年八年，好让小秋趁早把他忘了。但小孟说其实康龙也不喜欢小秋，嫌她小。小梅也喜欢康龙，她是跳开放的，人也开放，有时候晚上熄了灯，她就钻进康龙的蚊帐里，到天亮她还在人家的被窝里呢。不过看样子康龙不会娶她当老婆。

小孟把我心里说得乱七八糟的。

但一看见小秋咯咯笑的样子，我又会高兴起来。我被罚在桌子底下爬，看见小秋穿的皮鞋已经很旧了，鞋头有很深的几道褶，而且还不太合脚，有点大。我想，要是小秋跟我好，我明天就把奶奶的钱找出来，给她买一双好皮鞋。这样想着我就伸手量小秋的脚长，一拃多一点。小秋不知道我在桌子底下干什么，她踢踢我，催我快出来。她踢得很轻。我愿意她踢我。

升级打了三轮，快 12 点了，细胖和小梅才回来。

他们一回来我们就散了。细胖用他的摩托车带我回王榨，路上他大声唱《我等的花儿谢了》，反反复复就是那几句，这是这几天他跟小孟学的，唱累了他才跟我说话。他说大头你不知道，别看这小梅跳开放，她其实是个好女人，心软，人又长得有味道，眼睛眯眯的特别迷人，身上哪儿哪儿都是肉，真是馋死人了。他说明天来给她带一袋煮熟的花生当零食，再带一点炒黄豆，再煮几个茶叶蛋，去年的苕果没吃完，也带上一点，家里还有酸豇豆，用荷叶包上，女孩喜欢酸东西。

他把吃的数了一遍，又想起前几天，小梅在饭桌上说，她好久没吃鱼了。那次我和细胖去马连店弄肉，她们吃上了肉，接着又吃了肉骨头炖萝卜、煎豆腐，就把鱼忘记了。细胖说他一定给小梅弄点鱼吃吃。

细胖一路说话，又像跟我商量，又像自言自语。我一会能听见，一会又听不见。我则想着怎么才能把奶奶的钱偷出来，好给小秋买双高跟皮鞋。

晚上一夜乱梦，我梦见小秋也上台跳开放了。

她穿着我给她买的高跟鞋，身上穿着白纱裙，她把带子一解，小坎肩就掉了，肩膀全光着。我挤在人群里着急，想挤又挤不过去，想喊又喊不出来。这时候台上上来一个男歌手，他们说这就是康龙。小秋看见康龙，立即就把上身脱掉了。我一看不好，嗖的一下跳起身，像电视里的侠客，从观众头上腾空连走几步，一个跟头翻到台上，我照着康龙就是一拳，康龙脸上顿时开了花，鲜血四溅，像雨一样落在台上，连小秋的纱裙也沾上了血，鲜红鲜红的，十分吓人。

从梦中惊醒的时候天已经大亮，我感到头昏脑涨，身子发沉，好像连脑子里的瘤子都是沉的。很快我又睡着了。这回梦见了吃的，有炒黄豆、茶叶蛋、煮花生、肉片炒青蒜、煎鱼、炖萝卜，它们从小孟的口袋里一样一样端出来，全都摆齐了。其中煎鱼的香味特别浓、特别香，我顾不上拿筷子，伸手就抓着最上面的那条，正想吃，却被人一推，鱼掉地上了，我扭头一看，是细胖在推我。他边推边喊，大头大头快起来！

睁开眼，看到真的是细胖。他斜背着一只马桶包，一阵阵的煎鱼香味扑鼻而来。细胖摇着我大声喊道，快起床吧你！脸上是一副着火的样子。在我穿衣服的时候他又是一阵哇啦哇啦，用火烧眉毛的速度说了一串话。

我终于明白，他说的是，七姐妹歌舞团已经走掉，据后河的人说，天刚亮就装好车走了。细胖到的时候只看见一堆垃圾，大棚没有了，小梅、小孟，统统都不见了。

细胖在我家气得直跺脚，连连说，怎么连声招呼都不打，说都不说一声。他一早就让鱼客捞鱼，让奶奶煎好，没顾得上叫我就急着送去，结果连人影都没见着。

我们又生气又纳闷，十分委屈。想来想去，决定去追。

散花

天阴着，有点凉，快到后河的时候飘起了细雨。

我们心里上着火，细雨落在额头上，反倒觉着舒服。路上没什么人，我们一路猛冲，飙得飞快，碰到沟坎或者石头也不躲，颠得屁股生疼生疼的。风刮在脸上，两边的稻田翻着白绿色的浪头。

不知道找到了又能怎么样，但又怎么能不找呢？夜里梦见了小秋，要梦见一个人不是那么容易的，她在你心上才能梦得见。梦一醒来就没有了，但找着她们还能见得着真的人。我慢慢想清楚，找着了也只能是看看她们。如果她们演出，我能看见小秋的拉场舞，细胖能看到小梅的跳开放。如果小秋真的像梦里那样也去跳开放，我也没有资格去拦她，她要是喜欢康龙，我更是没有任何办法。

飙着车很快就到了后河。细胖直接把我拉到原来大棚驻扎的地方，果然连影都没有了，全空了。我往河里看了看，一些发黄的萝卜叶子还挂在河边的烂树枝上，这还是我和细胖弄来的萝卜，现在只有它们才能证明我们的心情。

出了后河上大路有两个方向，一条通向上陂，一条通散花。上陂有个大集，散花集小一点，细胖估计他们去了上陂，我估计他们去了散花。两下里想了想，好像上陂近一点。

我们决定去上陂。路上走了一个多小时，到了上陂，却没有，但听说巴塘那边有一个大棚歌舞团在演。

又赶到巴塘。

果然远远就听到了大喇叭的音乐声，细胖听了两句，就听出是《涛声依旧》，我们在后河大棚里打扑克的时候小孟就爱放这个歌。卡车也有点像，车屁股上也贴了纸：大人五元，小孩两元。但看门的人我们不认识，我们要进去，被他拦住了。我们说找小孟，他说这里没什么小孟，谁要进去都得买票。我们又说找小梅，他不搭理我们，只管吆喝人买票。细胖急得直跳脚，给他比画了一拳，没真打着他。

这时出来一个人，我们一看，也不认识，这才想起问。他们是河南平顶山来的，叫银河歌舞团，不是七姐妹，说起来，他们还认识七姐妹歌舞团的康龙，他就是从七姐妹跳槽到这里的。

一下觉得人很累，又累又饿，我们上午出来，先到后河，又到上陂，接着又赶到巴塘，折腾了大半天，该是吃晚饭的时候了。

来到巴塘集市，看到有些人家在门口上灯，才想起来今天是八月十五中秋节。我们坐在关了门的农机站门口，对面扯坨粑（城里叫驴打滚）的甜香气传过来，我忽然想回家了。

这几天我天天脑子里都想着小秋，一点都没想到我奶奶。现在奶奶从扯坨粑里出来了，她说，大头你这几天去哪儿了，奶奶给你做了扯坨粑，还做了起家糕。她在家门口的竹筒里插上了一炷香，说，大头你也去拜一拜吧，让它保佑你讨个好媳妇。想到奶奶，我肚子更饿了，我说我想回家，细胖不让，他说今晚如果不赶到散花，明天他们或许就走得更远了，追都追不上了，永远都见不着了。

我们在巴塘找了一家面馆想吃米粉，但当天的米粉全卖光了，只好吃面。这里的价钱跟马连店一样，两块钱一碗，用肉汤下的面，有一点肉星，几段小白菜叶子。添一只生鸡蛋打在热汤里，要多加五毛钱。加一只煎鸡蛋，就要多一块钱。一碗蛋面三块钱，实在太贵了。

细胖一咬牙，决定吃马桶包里的煎鱼。鱼包裹得很好，里面一层白菜叶子，外面两层塑料袋。鱼煎得连头带尾，一点都没断，用的是当年的菜籽油，两面都黄澄澄油汪汪的，鱼香十分诱人。一共有六七条，我和细胖一人一条，剩下的仍然用菜叶包好放回马桶包。吃着鱼，我又不想我奶奶了。菜籽油煎的鱼特别香，我仔细吮遍每一根骨头，把鱼头鱼尾全都吃得一点不剩，吃完了面，又要了半碗面汤，全喝光了，全身上下十分舒服。

月亮已经升起来了，白天下过雨，地上虽然有点脏，但天上特别干净，月亮白白胖胖的，好像也吃了鱼和面汤，变得松软和善，神采奕奕。

我们尿了一泡尿又重新上路，月光照着大路，空气清新湿润，我们心情很好。我学细胖唱《涛声依旧》，唱得不对，细胖带了我一遍。然后他又唱起了《心声》，他唱得虽然比大棚里的歌手差，但比小孟却好多了。唱完后细胖特别陶醉，他说他想参加大棚，他不要工钱，也不用他们管饭，先进去再说，听小孟说要是给那个鼓手三百块钱，他就可以教打鼓和口技。细胖觉得跑大棚比干什么都有意思，又能玩，看表演又不用花钱，跟着到处去，还能天天跟小梅在一起。说完细胖又唱了起来，我听着有点耳熟，却想不起来歌名。

9点多我们就到了散花，七姐妹团果然在。

表演正到高潮，尖叫声和口哨声一浪一浪地从大棚里传出来。门口还围了几重人，都是些又想看又不想买票的。守门的正是小孟和另一个伙计，他见了我们很热情，连连回头喊棚里的小秋。小秋早没事了，一听见喊就跑出来领我们进去。

小秋外面套了件外衣，里面还穿着演出的衣服。我第一次见她穿这种半透明的纱裙子。她脸上还化着装，画着弯弯的眉毛，脸上的粉扑得很匀，就像长在她皮肤上，慢慢地红到腮顶，又慢慢地淡到头发根。她的嘴唇亮晶晶，像果冻一样，甜丝丝的。她领我们绕到后门，从那儿进去是后台，也是他们晚上睡觉的地方，一顶蚊帐连着一顶蚊帐，跟在后河的时候一样。

到了台侧，强烈的光线照在小秋的身上，我觉得她更好看了，就像仙女一样，连头发都一闪一闪地发光，仔细看才发现是一些电光纸的碎片。她身上也在发光，纱裙各处缀着一些小亮片，跟绿豆大小一样，有的金色，有的银色。两粒亮片正好镶在奶坨尖的位置上，看起来就像她的奶坨自己闪着光芒。

台下又是一阵尖叫，我连忙往那边看，原来小梅已经开始脱了。

她的上身只剩下了一副奶罩，胸前扑了一些闪光的金粉。灯光暗一阵亮一阵，暗的时候满场嘘声，灯一亮，掌声口哨尖叫声直震耳朵。小梅仰着脸，脸上一片傲岸，跟电视里的时装模特一样。她的头发束起来高高地竖在脑后，戴着一只用硬纸糊成的皇冠，上面贴了金纸，闪闪发光。她抬着下巴绕场一周，然后她的手往胸前一按，奶罩落到地上，顿时，胸前的两坨肉赤裸裸地出现在灯光下。全场的人直着眼，静得连咳嗽声都没有，生怕一出声事情就会有变化。但灯还是暗了，暗了又亮了，亮了的时候小梅又开始绕场一周，由于没有罩子护着，她走起来身上一颤一颤的，看上去真是惊心动魄。她走到我这边的时候，奶坨子和嘴唇下面的那颗痣都看得清清楚楚，我觉得脚直发软。

小梅又戴上了胸罩，又开始绕场。绕到当中的时候她浅浅露齿一笑，软软地说，谢谢光临，欢迎大家明晚再来。据小孟说，跳开放一般第一个晚上不会脱光，一般只脱上面，第二天只脱下面，第三天才有可能上下全脱。

演员上场谢幕，台下都站着不走，人人都跟捅了马蜂窝一样兴奋。马蜂钻进大家的血管里，来回乱窜，血被马蜂一叮，都拼命飞奔，人人都像喝了酒似的，脸上红着亮着，头有点昏，身体有点飘，脚有点软，跟喝醉一样，一个个抻着脖子等着看小梅，小梅却不见了。

散花的大棚也是在河边安营扎寨，跟后河一样。这里的河叫散花河，春天的时候我跟四叔去黄石做生意，就从散花经过，正好我们坐在车上靠河这边，上一单生意他卖内衣，一星期赚了两万，心情特别好。他指给我看散花河，说这河一直流到武汉，流到长江，然后流到大海。他还说等他赚足了钱，就到海南做生意，把我也带上，这样我就能看见海了。但据小孟说，看海用不着去海南，到山东就能看到，他跑大棚全国都跑遍了，连北京都去了三趟，天安门也看过了。

散花河比后河宽，岸上长着竹子，新砍竹子的清香味一阵一阵的，不知是哪家的竹园。大棚紧靠着竹园支着。月亮又圆又白，已经升到了竹子的头顶，像一盏大汽灯，把竹园照得一清二楚。

竹园的竹子特别疏，地上有不少几寸长的竹茬尖，这是新砍了的竹子。我小心绕开茬尖，这玩意尖得跟二皮叔的杀猪刀似的，一不小心就得划破我的鞋。我只顾看脚底下，没走出几步，一抬头就看到了细胖和小梅。

两人面对面站着，谁也没说话，煎鱼的香气像蚊子似的绕着他们转。

这时我脑子里的瘤子嗡的一下醒了过来，瘤子说，傻瓜，快别过去！我就停了下来。我轻着脚步退到竹园外面，再绕到河岸上，然后坐在离他们两三丈远的地方。我一路走，脑子里的瘤子却停留在原来的地方，一切它都看见了。

细胖拿出煎鱼，小梅接过就走。细胖说，你别走。小梅说，不走干吗？细胖说，上次说好让我看，只看了上半身，还有下半身没看呢！小梅说，那你明天晚上来，明晚上我脱下面。后天晚上也行，后晚上下都脱。

细胖说，我要一个人看。小梅一扭头，不搭话。细胖说那你把钱还一半给我。小梅说，太冷了。细胖说，刚才你还说热呢，正好你还穿着台上的衣服，一扯就脱了。细胖就伸手去扯，两人扭成一团，细胖把小梅按在了地上，他压上去，有一阵没声音，但一会小梅又挣扎着起来了，细胖一推，小梅往后一倒，结果噗的一下，仰面倒在了竹园里。

我听到一声奇怪的声音，就在小梅快要贴近地面的时候，噗的一下，听到这个声音我全身一激灵，鸡皮疙瘩一下全都冒出来了。身上一阵发痒，又一阵发冷。我的瘤子也木了，一时听不见任何别的声音。

不知道发生了什么事情，只觉得又冷又奇怪。

过了好一会，我听见细胖喊小梅，他的声音也变得有点怪，他喘着气，发着抖，哑着嗓子喊，小梅——

我突然明白，那噗的一声是什么声音了，那是二皮叔杀猪放血的声音，锋利雪亮的尖刀，以闪电的速度，带着鬼神的力量，噗的一下捅在猪脖子正中，就是这样，噗的一声，刀尖捅进了命门，猪连痛都来不及就断了气。

在竹园里怎么会有这个声音？

没有人杀猪，只有竹子、河水和月亮，是什么东西变成了刀呢？

小梅一直没有动静。

一切真是太奇怪了。我走到跟前，细胖说，完了。他坐在地上，不停地说，怎么办呢，这下可怎么办呢？细胖说，我们赶快跑吧，逃到新疆去。

我壮着胆探了探小梅的鼻子，还有气。我把她的头抱起来，抱不动，像一块大石头，我觉得人的脑袋不会有这么重。我和细胖两个人抱着小梅往上拔，使出全身劲才把她拔出来。她后脖子的正中插在了一支新砍的竹茬的茬尖上，那地方叫对口，是一个人的命门，会功夫的人往那儿插一根筷子就能把人弄死，那地方长了疮，就叫对口疮，没救。

但小梅还没断气，送到医院还是就地等她断气，我们又没了主意。

细胖不停地问我怎么办。我绕着小梅转了几圈，决定先离开这里。

我们把小梅弄到摩托车的后座，我再紧挨着她坐上去，一左一右抓着她的胳臂，下边也同样一左一右用我的脚面托着她的脚。月光朗朗，竹影婆娑，我们骑着摩托，仓皇出逃。

细胖在家睡了两天，然后他又骑着摩托车到处闲逛，但他不去赶大棚，也不去马连店看录像，而是往后河那边去。他奶问他，他就说去药鱼。过了没两天，就听说黑臼塘那边的一个深坎里发现了女尸，全村的人都赶去看了，有的人上午去看了下午又去，看到天黑才回来。回来说，那女孩挺漂亮，很白，奶坨高高的，细腰，里面连裤头都没有；公安的人说女孩身上有精液，基本断定是奸杀。第二天村里的人又去看，回来说，人很多，里外十几层人，后河、巴塘、上陂、散花都有人来看，把那片稻田都踩成烂泥了。稻田的主人家连夜泼了粪，但想看女尸的谁都不怕脏，人人踩了一脚粪，臭烘烘地围着看。那女孩实在是好看，穿着吊带裙，在胸口系着，一解就开，法医验尸的时候解开了，全身光着，后来又系上了，大腿盖不上，能看见腿根。后河散花的人都认出这女孩就是七姐妹跳开放的小梅。七姐妹已经去山东了，公安的人明天就派人去山东。

我和细胖都没有去看。

细胖来找我，让我跟他一起去新疆。我不想去，我又没有杀人，而且我脑子里有五个瘤子，百六九和同济医院都说我活不长了。细胖说要是被抓住，肯定要判刑，判了刑，以后就找不着媳妇了，他家把媳妇都给他说好了，过年就要娶过来，亲都认过了，房子都盖好了，礼钱也给了，他奶就等着抱重孙子了。细胖说着就呜呜哭了起来。哭了一会他又不哭了，他问我是不是想好了真的不走。我说我去了我妈肯定嫌我，我爸在新疆蹲监狱，我妈给人做饭，她又生了个双胞胎，见了我准烦。

细胖忽然问我是不是还不到十六？我说还差几天，老历八月十九的。他眼睛立即就放出了光，他在我的肩膀后背膝盖乱拍了几下，说，不满十八岁不判刑，你不跑正好，要是他们抓你，你就替我认了那事，反正也不判你刑，我让我爸给你三千块钱。我一时有点蒙，没说出话来。他马上又说，加到四千。这样我就点了头。他说你肯定不会有事的。

事情就这样决定了。

像光一样飞

我的瘤子在看守所里没有发作。相反，它比任何时候都更安静，既不痛，也没有特别口渴。我睡在紧靠着尿桶的地方，尿臊味太呛了，这是我最难受的地方。

在尿臊味中我半醒半睡地躺着，感到自己正坐在细胖的摩托车后座上，小梅坐在我的前面，我像驾车一样抓着她的两只胳膊。她的身子发沉，直往我身上倒，长发撩到我的鼻子上，有一股血腥味，跟鱼腥味有点像。她脖子后的对口还在渗血，细胖用包煎鱼的塑料袋往那儿包扎了一下，但没什么用。细胖上车之后我就把小梅往他后背靠，我只拿着她的胳膊。

我们在路上飞驰。

月光铺天盖地，白得晃眼，好像天兵天将都已经知道了消息，就埋伏在路边的稻田里。水稻一浪涌着一浪，我的瘤子里满是放大了的风声，呼嚓呼嚓地响，使人不由得心惊肉跳。

我们只顾沿着大路狂冲，根本没想到辨别方向，经过一个集镇的时候我们停了下来，路边有一个卫生所，半掩着门，我们停下来，不知道该不该送小梅进去抢救。我们在屋檐的阴影里发愣，白得吓人的月光照不到身上，这使我感到镇定了一点。刚喘了两口气，一辆拖拉机迎面开过来，车灯的光柱扫过来，惊得我和细胖同时别过脸。

车一过又慌里慌张上路。

走出了半碗茶的工夫，我发现事情有点不对。一开始我不知道是什么地方不对劲，月亮惨白惨白的，两边的稻田动荡起伏，风吹得后脑勺凉飕飕，凉得跟平时不一样，那是因为头发根出了汗，后背也出汗了，风一吹，就像浇了冰水。

但还是不对劲。我想摸一下自己的后脖子，手刚一松，小梅的上半身差点全靠在我身上了。我赶紧抓住她，这一抓，直接碰到了她的手，又冷又重，简直就像死人的手。

我吓得一下头全麻了。

细胖把车停在路边的稻场上，这正是那天他把小梅从后河的大棚里带出来，给她一百块钱，让她给他跳开放的那个稻场。我们一路狂奔，顾不上看路，原来不觉中又到了后河。

稻场上到处都是豆秸垛，月亮已经不在头顶上，所以豆秸垛的阴影比较长。我们在阴影中，就像在一个阴影的地洞里。

小梅已经断气了，她平躺在地上，身上半是月光半是阴影。

细胖跪在地上摸她，手很轻，好像她还活着。他的手从她的脸落到她的脖子，突然停了下来，他说，小梅，这是什么东西？他把她挪到月光下，然后抱起她的头来摸她的后脖子，一边自言自语说，怎么会系着一个塑料袋？太难看了！他抱着她的上半身使劲扯，还不时地用牙齿咬，他的头一次次埋进她的颈窝，胸口则不停地压在她的胸上，看上去就像一对男女在亲热。小梅外套一直敞着没扣，里面穿着跳开放的裙子，在胸口系了一个结，细胖把小梅脖子上的塑料袋扯弄开的时候，她裙子上的结也松了。

她的裙子敞到了两边，全身都露了出来。

在中秋的月光下，小梅赤裸的身体像玉一样又白又凉，她的乳罩不知什么时候开了，两只奶坨子毫无遮挡地挺立在月光中，显得特别大，但看上去却又是孤零零的。下面还穿着一条小裤衩，没有了裙子，裤衩也显得没有了依靠，孤单得让人揪心。月光虽然明亮，但她两腿之间满是阴影，神秘，深不可测。

他觉得她没有死。他埋下头，好像一只蚂蟥找到了它的食物。他用脸蹭她的全身，她的腰、腿，然后他就把她的裤衩弄下来了。他把她的两腿分开，阴影在飞，云在飞，一片盖着一片，豆秸垛、树木、月亮、仓库、远处的路，统统变得灼热，就像一锅将开的水。细胖全身燃烧起来，他的手脚、胸口、腿根，不知哪一块最先烧起来，它们在一瞬间坚硬如铁，又轻盈如水，脱离了他的身体和大脑，缠绕着小梅越来越凉的身体，如同飞蛾扑向火光。

每到夜晚，我就看见瘤子像花瓣那样，它们从我的头顶飞出，飞到号子里仅有的一块月光中。小窗在墙和屋顶交界处，隔着好几根铁棍子，月光也是一道一道的。灰色的花瓣在月光里上下翻飞，有时也像蝴蝶，也像树叶，也像眼睛，它们像号子夜晚的空气那样深灰，没有人能看见它们。

这些灰色的花瓣就是我，我经历过的事情它们经历了，我没经历的事情它们也经历了。它们长在我的身体里又从我的身体飞升，整个世界历历在目。

长篇小说《万物花开》发表于《花城》2003 年第 1 期

打开我们的文学理解和打开文学的生活视野

——从《妇女闲聊录》反省“文学性”

张新颖　刘志荣

一、追问“作者”的概念

张新颖：上一次我们讨论《妇女闲聊录》是在10月份吧？那次无意中谈起，没想到谈了很多，主要由这部作品的内容谈到当代中国农村社会的种种问题，发了很深的感慨。这次是不是就不谈这个了，专门来讨论一下这部作品的“文学性”问题怎么样？前几天我在研究生当代文学选修课上让学生讨论《妇女闲聊录》，一个比较普遍的感觉是：一方面，看了这个作品感觉“震撼”——“震撼”这个词是学生用的，不是我的概括；而另一方面，又有一个很大的疑惑，就是这个作品的“文学性”，到底这个作品有没有“文学性”，“文学性”表现在什么地方，似乎没办法解决这样一个问题。

刘志荣：这个问题比较大。我们是不是先从一个比较具体的问题入手？我在阅读的时候遇到的第一个问题就是：这个作品的作者是谁？是木珍还是林白？我们可以从这个问题开始，会自然地谈到你的学生所提的关于“文学性”的问题。

张新颖：你是想把“文学性”分解成若干个问题，分开来解答？第一个就是文学作品的作者问题。

刘志荣：对。因为如果按照传统的“作者”的概念，《妇女闲聊录》这个小说的作者就有点不那么符合了。它与我们一般的对文学作者的理解有很大的出入。

这也会带出另一个问题：林白在这个作品的写作过程里究竟起了什么样的作用？我们开始看这个作品的时候，都会觉得非常震撼：一个普通的劳动人民开口说话了，而她一旦开口之后，我们发现她的世界那么丰富、生动。其中的事情，有些我们过去是知道的，但并没有给予太多注意。这样，一个有意思的问题就在这里显现出来了：为什么会是林白这个作家，这个过去我们认为是很个人化的，几乎集中全力在写自己的内心世界，自己心中的记忆、想象与幻想的作家，是她突然注意到这个世界？即使我们把她的作用降低到极点，认为她所起的作用仅仅是倾听、整理，问题还是会浮现出来——为什么刚好是她能够去倾听、整理，从而把这整个世界给你呈现出来？此外，林白在这个作品中并不添油加醋，如同她在《后记》里所说的，这是她“最朴素的”“最口语化”的作品，这也很有意思，非常值得注意。为什么这样朴素地呈现民间世界的作品，刚好会是林白完成的呢？如果这样追问下去，林白的作用就会显示出来。因为，木珍所叙说的这个世界，并不是随便什么样的心灵都能感受到的；况且即使感受到了，也并不是人人都能做到耐心地去倾听并把它呈现出来。

张新颖：你似乎是顺着一个问题说下来的，但我觉得还是两个问题。

第一个就是追问作品的作者。如果我们把这个问题再仔细想一想，就会牵涉到文学的起源、小说的起源问题。比如说我们一般的读者面对这样的作品，他就会产生这个疑惑：作品的作者是谁？而且你刚才说的时候用了“传统”这样一个词。“传统”上的小说是有一个作者的，他是雨果，是巴尔扎克，或者是曹雪芹……但如果将这个“传统”再往前推，推到“最初”的文学呢？你就不知道作者是谁了。比如说《荷马史诗》，我们只是假定它的作者是荷马。且不去管是否真有此人，即使确有一个叫荷马的人——假设《荷马史诗》的作者就是他——那么这个作者与《巴黎圣母院》的作者是雨果也是两种不同意义上的。《巴黎圣母院》是雨果这个人“创作”出来的，但《荷马史诗》却不是某个人的个人创作，荷马很可能是一个整理者、加工者、最终成形者，这当中当然不排除他个人的创作成分。随口说个更近的例子，就像《聊斋志异》的作者，是蒲松龄还是那些无名的讲故事的人？按照我们现在一般的说法它的作者当然是蒲松龄了。但是这个作品真正的来源在哪儿？如果这样一讲，我就觉得这个问题是很有意思的，这样就牵涉到文学——特别是叙事性的文学——最初的起源问题。这个起源我们其实已经遗忘很久了，以至于我们说“传统”已经是指非常成形的个人化的作品，我们把这个当作起源。其实在这之前还有一个更悠久的传统和起源。起源在哪儿，文学作品的作者不明，很可能就是一个集体创作，或者是一个民间流传的东西；而在后来发展的缓慢过程中，它就变成专属于某个人了。作者的概念越来越明确，以至于到后来就变成天经地义的。在这样一个过程中，一方面文学不断成熟、精细，而另一方面也有可能变成这样：文学本来是野生的，没有规矩地随便长，但在成长的过程中枝枝蔓蔓都被修剪了，然后它就变成按照一定规矩生长出来的那么一个东西。它的确是变精致了，但同时它也越来越丧失了野生的力量和趣味；它越来越和别的东西划清界限，同时也就越来越狭隘了。我觉得这是一个问题。

第二个问题是：为什么偏偏到了今天，林白成了这么一个作者，成了一个倾听、记录和整理的人。我觉得可以分成这么两部分来讨论。

刘志荣：这样一讲就比较有意思了。其实与“独创性”“个性”相联系在一起的近代意义上的“作者”“作品”这些概念，是自浪漫主义时期起，才成为主导性的文学观念的。由于浪漫主义者对“独创性”和“个性”极端重视，它们便不仅是描述性的概念，更成为对“作者”“作品”的要求。一个作家如果没有个性，没有很鲜明的、标志性的特点，便不会被视为一个值得注意的甚至是合格的“作者”，一般的文学批评家和文学史家也便不会去关注他。

这种很近代的“作者”概念，它是有很多局限性的。一个本来很丰富复杂的世界在进入文学领域时，你一定要让它具有“个性”“独特性”“独创性”，就会导致像你刚才所说的，本来是枝枝蔓蔓的大树被“修剪”。而典型的浪漫主义文学观念还要更进一步，它把文学看成个人心灵的产物，这样的“作者”（“创造者”）概念，它一开始就有个假设，作者的心灵不但是丰富的独创性的来源，更赋予杂乱复杂的世界以秩序和意义，所以，最极端的浪漫主义的观点——把诗人看作世界的立法者，并不像一般人所认为的那样不可理喻，它自有自己内在的论述逻辑。但这种观念的局限性是非常大的，它所包含的弊病我们今天已经可以看得很清楚了。浪漫主义所奠定的许多观念，包括这种“作者”概念，实际上一直被以后所继承，即使是在形形色色的强烈反对浪漫主义的现代主义者那里，也不见得就能够抛弃“作者”概念以及由之对独创性的要求，甚至往往更变本加厉。

“独创性”的“作者”，“文学是个人心灵的产物”，这些观念可能隐含着深植在我们的文学制度中的弊病，而正因为是“深植”着的，这个弊病是我们通常所意识不到的。放到我们比较了解的中国当代文学发展的语境里看，这种弊病就变得非常清楚了。因为这样的一种“作者”概念，以及与之有机联系的对独创性和独特性的追求，最后使得文学变成了非常封闭的，完全是个人心灵的东西，这实际上使得我们对文学的理解变得非常狭隘。

而更有意思的是，即使不少的作家、理论家意识到这个弊病，渴望文学进入一个大的世界，他们的实践也会常常与之脱节。因为，这种狭隘性内在于我们膜拜强大的、“独创性”的“作者”这一文学制度之中。譬如，现在有很多人讲文学要“关心”社会、“关心”生活，但文学和更广大的世界交流，可以有两种完全不同的态度：一种是把自己完全放下来，置身这个世界，让这个世界丰富复杂的信息自然涌入到你的心灵里去；而另外一种则是依然带着非常强烈的先入为主的观念、非常强烈的“作者”（“创造者”）冲动进入这个世界，实际上依然是企图用自己的想法规范和宰制世界。

张新颖：就是一个个人去剪裁这个世界。当以这样一种方式去深入世界、深入生活的时候，其实他觉得个人的概念是大于世界、高于世界的。当个人比世界大、比世界高时，个人的视角就变成一把剪刀，它可以去剪裁世界。

我在关于《妇女闲聊录》的短文里就说过，作家走进辽阔的生活世界，如果还一直带着文学的矜持和艺术的优越感，就不可能真正投身和融入其中。他没有对世界充分敞开，世界也不会向他充分敞开。我们说文学来源于生活，所以作家向生活世界学习，看起来是个低姿态；但我们又相信文学高于生活，所以他面对生活世界的时候不可能不带着文学的矜持和艺术的优越感。他要从生活世界中提炼出精华，把它“上升”为文学和艺术。这个根深蒂固的观念，仔细追究起来非常有意思，会暴露出很多似是而非的问题。今天说到这里，可以明白的一点是，文学面对辽阔生活世界的矜持和优越感，原来是跟假设了“独创性”“个性”特征的“作者”概念紧密相连的。

刘志荣：是这样的。我觉得这很危险。即使在那些已意识到我们的文学已经变得非常狭隘封闭，因而渴望摆脱这种弊病的作家和理论家那里，“作者”的概念仍然暗含着这种危险，更何况人们经常意识不到这种危险。

张新颖：当“个人”成了一个出发点、一个归宿、一个判断标准的时候，这个世界就变小了。文学上的具有独创性的个人概念，到文艺复兴之后的古典主义时期还没有完全确立起来。到了浪漫主义时期就不同了，浪漫主义者把具有独创性的个人看成是独立的，与别人完全不同，具有独一无二的个性。这种个性的东西可以不完整、不完美，但它是独特的，因为是独特的，是唯一的，所以也就有特别的价值。19 世纪，作家和艺术家是“圣器”（sacred vessel）、品类超凡、灵魂独特、身份独特的观念，十分流行，按照以赛亚·柏林的说法，这样的观念主要源于德国浪漫主义。

二、追忆文学的初始形态

张新颖：话题扯远了，再回来。回到这个问题之前，我其实一直是想讲文学最初的起源，那样一种没有后来在文学里形成的种种规范，也没有明确的“作者”概念的最初形态。而后来这些文学的“规范”已经成了创作者的无意识，已经被束缚在一个狭小的区域里，和最初人们根本没有意识到那些“规范”的时候相比，完全是两种状态。在规矩尚未建立起来的时候，那样一种叙述的领域其实是很大的，没有受到后来这么清楚的边界意识的制约。

比如就从我们的自身经验来讲，我就在想，其实我们最初受到的文学教育并不是在我们已经知道“什么是文学”的时候。那时我们可能还不识字，家里老人讲的故事，街坊邻居说家长道里短——这就是最初的文学教育。教育者与被教育者都是无意识的。讲故事的人没有意识到，你在听的时候也并不觉得自己是在学习文学，可是最初的文学教育恰恰是这样建立起来的。后来上学了，开始识字、读书，慢慢开始学习文学，在学习文学的过程当中开始认识到什么是文学，什么不是文学。在出现了这样的认识之后，就把自己最初受到的文学教育完全排除了。你觉得那不是文学；你的爷爷或外婆给你讲的故事，邻居的闲言碎语，那肯定不是文学，只有你在书上学的才是文学。这样一来，我们个人接受文学的历程，从好的方面来讲，对于文学的认识可能是越来越“深入”和“精细”了；但从另一个根本的方面来讲，却是越来越狭隘了。随着你对文学的认识越来越“深入”和“精细”，被你排斥在文学之外的东西也越来越多，能够进入到你文学意识里的东西却越来越少。从我们个人体会总结出的这样一个过程，也正是我们中国20世纪对文学认识的过程，它也是一个看起来似乎变得越来越“深入”和“精细”，但同时也一定是越来越狭窄、很多东西被排斥的过程。当我们已经走了这么长的一段路，我们对文学的狭隘认识已经变得有点顽固化了的时候，我们再看《妇女闲聊录》，就会产生出这个东西是不是文学的疑惑。从我们已经建立起来的意识出发，这样的疑问当然很自然；但如果没有这样一个过程，假设能够返回到最初的状态，也许就根本不会产生这样的疑问。

刘志荣：好的文学本来就不讲规矩，那是一种混沌初开的状态，虽然可能是比较杂乱的，但它带着一股昂然的、没有被各种概念框架整理过的冲劲和生命力。

你刚才讲到大家的疑问，我觉得《妇女闲聊录》能让人震撼的地方刚好就在这里。因为一般受过文学教育的人，至少是中文系的老师和学生，都会提出这样的疑问：这到底是文学还是闲聊？如果是闲聊，它的文学性又在哪里？而事实上它的文学性，正好就在这里。

张新颖：谈到“闲聊”，可以插一句。我们20世纪建立起来的小说观念，其实是一个西方观念，是近代以来的西方小说的观念。它传到中国，经历了一个世纪的漫长过程。现代以来的中国人对小说的认识，其实是西方近代以来对小说认识的翻版。反省到我们对小说认识的西方来源，再考虑我们自己关于小说的来源，“闲聊”其实正是中国小说的某种来源。中国古人说小说是街谈巷语、道听途说，不就是“闲聊”？反观我们自己的小说来源，《妇女闲聊录》倒正是一部“正宗”的小说。

刘志荣：现代以来，我们关于“小说”甚至“文学”的认识，其西方来源几乎已经成了摆脱不掉的约束。我们的作家在创作的时候，脑子里已经有了“什么是小说”“典型的小说应该是什么样子”的模式，这就对作家造成了很大的限制。我们看到的好多小说，好像端着架子，假模假式的，这与先有一些被树立起来的文学样板有很大的关系——当然这些样板也是在不断地换来换去的。所以，我们会觉得一个值得作家费心去写、值得评论家去评价的作品，一定有很多特点，但事实上，这些标准在很大程度上是非常狭隘和虚假的，因为你是在和一些样板以及这些样板建立的标准在联系，而不是和你生活的世界发生联系。从这个角度讲，所谓“闲聊”——或者说你说的中国小说的“正宗”，就很有意思。它没有经过剪裁，是很随便地讲出来的，在这种闲聊的过程中，生活世界中许多非常丰富、非常生动的东西，就不知不觉被带了进来，这里的生动性是你事先有一些文学样板、一套文学标准，再跟着它们去创作所不能达到的。这样，这种街谈巷议的东西，就要比有意识的创作丰富和有趣得多。

张新颖：我理解你的意思。街谈巷议直接和生活产生联系，而我们现在的小说主要和小说本身，尤其是西方小说产生联系。原来的联系是文学与生活之间的，现在则是文学与文学，或者用你的话来说就是文学与文学样板之间的联系。这样一说，基本的差别就清楚了。像《妇女闲聊录》，就是提供了一个生活世界的信息。但我更想说的是，《妇女闲聊录》比起我们现在一般的作品，不仅开阔了我们看生活的视野，同时也开阔了我们看文学的视野。

刘志荣：其实这就是一个问题。

张新颖：不是，你把它当成一个问题会有点危险。因为这很容易滑入人的一个惯常思维：你肯定《妇女闲聊录》，就因为它有很多生活。但我现在不这样说。我是说它首先丰富了我们对于文学的看法。我先不讲生活，或者留在后面一个问题讲。我觉得“闲聊”就是文学。

刘志荣：但是“闲聊”和我们一般所说的“文学”相比，不仅带来的东西更多，“有很多生活”，形式上也更加丰富、更加自由，不受拘束。所以，我还是觉得你所认为的两个问题，就是一个问题，至少这两个问题有非常内在而紧密的联系。

《妇女闲聊录》之所以能够丰富我们对于文学的看法，首先是因为我们的文学观念、文学写作乃至整个文学体制，一直有一种对西方的模仿的东西在里面，这种模仿即使在先锋文学那里也很清楚。它可能不是模仿以前的创作模式，但它有另外一种自己追寻到的文学传统，或者说文学样板。而这种模仿和样板，刚好也是西方的，而一旦有样板，就自然有限制，没法回到根本，回到原初……失去了那种未受约束的、万物初生时的自由、开阔和无穷的可能性。

这种限制既表现在对文学的理解上，也表现在对生活的理解上，因为在对文学的理解越来越狭隘的同时，我们和我们的文学对生活的理解也越来越狭隘，越来越“规范”，我们的文学越来越失去了自由活泼地与生活世界发生关系的能力，甚至遗忘了像“街谈巷议”“闲聊”这样的最为原初的文学形式，以至于我们在看到它时会惊异：这是文学么？它的文学性在哪里？

《妇女闲聊录》可以打开我们对文学的理解，而它之所以能够打开，正在于“闲聊”这种原初的文学形式，它是基于生活世界的，本身就携带着大量丰富生动的生活信息，直接让我们感受到我们一般的、精致的、狭隘的、专业化的，也是打着模仿的烙印的、“于身不亲”的文学形式所没有的那种生命的芜杂流动的活力。这并不是重新回到“文学模仿生活”的老路，而是说，文学和生活世界的关系，除了我们惯常所认为的那种狭隘的“作者”式的关系外，还可以发生另外的自由活泼的关系。至少，作家向生活世界敞开，可以让我们的文学变得更加生动，更有弹性，生活本身的那种蛮荒的、混沌的气质也会自然地进入到文学里面来。

我说得比较芜杂，但也可以说得简单些，打开我们的文学理解和打开我们的生活视野，其实就是自由表达和自由观看、领会的问题，而这两个问题，其实是一个问题，就是生命如何摆脱各种外在内在的制约，回复原初的自由、活泼、开放的问题。

张新颖：你这样说我就同意了。“打开我们的文学理解和打开我们的生活视野”，我就想把第二个“我们”换成“文学”，这样就变成顺着的一回事了。我们怎样理解文学和我们怎样看待生活，以及文学怎样看待生活，应该是能够顺起来的，不能割裂成不相沟通的区域。

三、为什么是林白

张新颖：谈到这里，可以转入讨论另一个问题了。你一开始讲的，为什么林白成了这样一种作品的完成者？你自己怎么看呢？

刘志荣：我想这个问题大家多多少少都会意识到。大概不少人都会在阅读时注意到，在这部作品中，林白并不添油加醋，而是用木珍自己的话来讲述这个世界，她采取了一种很低的姿态，结果效果非常强烈，让我们既觉得非常亲切、非常随意，另外又感到非常吃惊：为什么普通人民通过林白的笔说出来的话那么丰富、那么生动，比文人刻意的创造有意思得多？

我在想，林白采取这么一种低姿态，与我们过去对她的印象太不一样了，因为林白过去刚好就是一个自我意识非常强、“作者”姿态非常张扬、心灵相当封闭的作家。不过，按照我的理解，也许越是这种沉浸在个人心灵世界里的作家，当她看到另一个世界或者通过别人发现了这个世界的时候，她的震惊感就越是强烈，甚至强烈到完全放弃主体介入，只是耐心地去倾听的程度。她会发现，原来还有这么一个丰富生动的世界，而她对这个世界完全不知道，或者知道得不多。她对这个世界惊愕到了什么程度，在这个作品中能够看得非常清楚。像她把这个世界中任何细枝末节的东西都记录下来了——有很多重复的、琐屑的事情是我们一般人根本不会去记录的：比如喊鸡、喊狗的声音，还有反复出现的那个村子里乱搞的事情，她都巨细无遗地记录了下来。我觉得她一定是吃惊到了非常厉害的程度，才会不嫌重复琐屑，不厌其烦地把这些全部记录下来。这就是广阔的生活世界对一个有着非常局促的心灵世界的作家的震撼。

从这一点上讲，林白能够呈现出这个世界，恰恰跟她原来是非常个人化的作家有很大关系，这刚好是一种相反相成的关系。越是这样的作家，她因为某种机缘，或是自己对自己过去的世界感到厌倦的时候，她越是能发现这个外面的广阔天地，对之产生浓厚的兴趣，也越是能在这个世界面前保持一种低姿态，尽量过滤掉自己的主观性。

张新颖：你说到林白的震惊感，这可以把木珍对待一件事情的态度和林白的态度做一个对比，就非常明显了。生活在那个世界里的木珍，她就是呼里哗啦、随随便便一讲，而这个东西你可以想象在林白那里获得的异乎寻常的反应。喊鸡、喊狗，在木珍眼里这些当然都不算个事情……

刘志荣：在木珍眼里这是大家都知道的事情，非常平常，在林白那里却非常惊奇，原来是这样的，从而感到浓厚的兴味。

张新颖：这样看来，这个作品就出现了两个叙述者：一个是木珍，她是直接生活在这个世界中的叙述者，她的叙述就非常随意自然；另一个是暗含的叙述者林白，她带着非常吃惊的态度把这些都记录、整理下来。一个自然的叙述者，还有一个震惊的叙述者。

刘志荣：而这个震惊的叙述者的震惊，也刚好就是林白能够发现这个世界的原因。

张新颖：也正是因为有了这种震惊，她才有可能去写这样一种作品。这个世界已经让我感到震惊了，所以我一定要把它记录下来给你们看。有没有可能会有这样一种心理？

刘志荣：这个肯定会有，可能你们这些批评家起的作用也不小。因为《万物花开》后面附录了一段《妇女闲聊录》，你们说附录的感觉比前面文本还好。林白会受到这种启发，或者即使没有批评家这种有意识的引导，她也会……

张新颖：还是谈震惊。那么这个震惊有什么意义呢？

刘志荣：这个意义很大。林白可能不熟悉现在乡村的生活，但比如像我们两个，虽说不上熟悉，但至少是了解的。可为什么了解的人不会像林白那样把这个世界巨细无遗地呈现出来？我觉得林白震惊的意义就在于此。比如，我回家的时候，在汽车上听两个老太太说话，我会觉得非常生动。她们讲儿子、儿媳、家里、家乡各种乱七八糟的事情，什么都讲，但是你不会想到去把它们记录下来，或者你不会觉得把它们记录下来会有多大意义，林白却把它们都记录下来了。而阅读她记录下来的这个文本，让我大吃一惊的是，即使我们曾经熟悉或了解的很多事情，我们却已经把它给遗忘了，或者有时候是有意识地把它给排斥、压抑掉了。怎么会遗忘得这么多、这么久呢？这种遗忘是很可怕的事情。

张新颖：这个“遗忘”显然很有意思。它就在你眼前，但是你却把它遗忘，或者说视而不见。

刘志荣：有一些人，比如一直生活在城市的人，他是根本不知道。他没有这种生活经验。

但除此之外，还有各种各样的叙述，是在有意识地引导、制造着歪曲和遗忘，比如我们的媒体，有意识地引导、制造出了特定的农民、农村的形象，制造出特定的改革开放后的农村的形象，制造出各种新闻片、纪录片里的民工形象，文学也参与到这种制造里面去。而这些形象，不论是肯定还是否定，采取的都是一种居高临下的态度，把农村、农民引导到你已有的概念里去。而一旦引入到这样的概念之中，尽管你可能用了很多生动、丰富的细节，但最后给予的实际上还是一种先入为主的概念框架，实际上并没有增添多少东西。我觉得这是一种优越感的表现，它制造了各种遗忘，在重新剪裁之后形成了固定的叙述机制。而这种叙述机制实际上已经为大多数人所接受，所以对其中的很多偏见和遮蔽习焉不察，这样，这种有意识的遗忘就显得相当可怕。

另外一种态度，就是视而不见、听而不闻的态度，也就是会忽视这个世界，或者即使对之有感情，也了解，但仍然没有或者没法把它表达出来。

张新颖：我想这其实与我们的文明体制或知识体制有关，因为这些是被排斥在体制外、不被这个体制所认可的。它也是在文学之外的，这样写就不是文学。那么既然所写的内容与写法都在体制外，都是对现有知识体制与文学体制的冒犯，被冒犯的本能反应就是否定它们的文学性。所以，大家就会有疑问：它的文学性在哪里，它的作者是谁？

刘志荣：如果引申到这里，林白的意义就显出来了。我们的文学与知识体系是把木珍这样的表达排斥在外的，木珍自己也不会觉得那是一个很有意思的世界，于是只有像林白这样一个感到很吃惊的人，把这个世界给记录、呈现出来。它至少可以让我们回忆一些已经被忽视和遗忘了很久的东西。

张新颖：这样就牵扯出很多相互关联的问题。

刘志荣：是。我曾经想出这样一个副标题：《当人民开口说话的时候》。

张新颖：这太夸张了吧？

刘志荣：《当木珍开口说话的时候》，这样总可以了吧？当木珍开口说话时，会让你感觉很吃惊，我们的文学体制建立起来的农民形象完全给破坏掉了。那么活生生的一个人，她可能不像你认识那么多字，不像你念过那么多书，但她讲她的世界时的那种生动、泼辣、生机勃勃的感觉，跟文人脑子中想象的农民的形象差别太大了。大概木珍在农村也算是少数，是特例，如果这样的人会写作，而且没有受到过多的干扰和压力的话，也许会比大多数文人写得好。她的叙事大胆、流畅，让你很吃惊，这与文学体制制造出来的农民形象是完全相反的，后者总是低三下四、受尽压制却敢怒而不敢言，如果再向以前的启蒙传统中追溯，就是麻木。总而言之，似乎“他们不能表达自己”，只能别人去代言。但我们看到木珍开口说话时不是这样，她有自己的主体意识，虽然不是知识分子想象的那样，但她就是一个有自己独立人格的个人。

我觉得到木珍一旦开口说话之后，它至少可以让我们反省我们的文学体制和知识体制的不少荒谬之处。比如，可以在人和人之间起标志性的区分作用的“农民”概念，可能也是制造出来的，本来大家就都是平等的人，只是从事着不同的职业，有着不同的生活世界，从根本上来说是平等的，但为什么我们的知识体系和形象体系，会让一种职业、一个世界凌驾到另一种职业、另外一个世界上面去？

此外，比如木珍讲了很多乱七八糟的事情。通常这些事情我们总是会顺理成章地把它们归结为农民的落后、愚昧等，但这不但是太过粗略，有时候简直就是荒谬，像这个村子里的人，在男女关系上比较混乱，乱搞，其中有个女人，平时似乎和谁都可以搭上关系，似乎谈不上什么“爱情”，但我们如果稍微留意一下的话，我们会注意到她和其中一个男人的长期关系，明显与和别人不同，当这个男人又和别的女人勾搭时，连他的妻子也不关心，这个女人却会为此去跟踪那个男人。木珍并没有详细叙述、分析这个女人的心理，她也没有这个能力，但我觉得这就是一个很有意思的爱情故事，而且这背后隐藏的爱情心理和法国小说中巴黎沙龙里贵夫人争风吃醋时的心理没有什么两样，它非常生动，也涉及了人内心中比较复杂、微妙的东西。不过因为这种事情出现在农民身上，我们惯常会把它看成是比较粗俗的，不像贵夫人的偷情那么“高雅”，但木珍的叙述不但完全没有居高临下的感觉，也没有低三下四的卑琐的感觉，她就能够把自己生活世界里的事情自然生动、理直气壮地叙述出来。我觉得这是非常重要的，它让我们看到了一般的老百姓绝对不是我们的文学制造出来的那个样子，他们可能会有些混乱、肮脏，但绝对有属于他们自己的生活世界和心灵世界，一点也不比知识分子简单。

四、“生活世界”通过“说话的声音”进入到写作里

张新颖：我听你讲的时候思想有些岔开了。这种不平等它跟写作有关。因为你假设木珍能写作，但其实不能假设，这之间存在着很大的鸿沟。说话和写作之间的差别很大。基本上，说话这种民间性很强的表达每一个农民都会；而写作是一种知识制度里面的规范行为。

我们有时候把这个问题看得很简单，从说话到写作可以很自然地跨越过去，但其实存在一个鸿沟。知识分子写作，农民说话。如果农民要写作的话，一定要有一个身份的转换。从大的方面而言，是从某一种体制转到另外一种体制；从小的方面讲，需要一个基本的文字训练过程。经过这样的转变之后，

写作已经不是说话了。你刚才有个假设，假设木珍如果写作一定会比很多文人写得好，不能说没有这种可能，但更大的可能是木珍写作的时候会和很多文人写得一样，甚至更差。为什么呢？因为写作本身内含着一个规训的过程，经过这个过程之后，木珍也就变了。

刘志荣：写作本身需要训练，在经受过这个训练之后，可能在写作的时候，反而会把有意思的东西过滤掉。

张新颖：从20世纪中国文学史上可以看到，很多写农民的人，他原本就是农民，经过身份的转换变成一个知识分子，虽然有可能还带着农民气，但他写出来的东西就不一样了，就不是像木珍说话的那个样子了。你说的文人对于农民的塑造，很多就是由转换了身份的农民完成的。我觉得这里面可以反省的，是一个写作制度的问题。说到根本上，声音和文字的差别是很大的。说话是声音，写作是文字。简单一点说，语言的音本位和字本位的分歧，是立足点的不同。如果在民间，一定是声音的立足点。所以费孝通在《乡土中国》里就非常明确地说，文字这个东西是庙堂性的，文字最初是庙堂中的知识分子使用的，农民一般是不用文字的。费孝通在讲扫除文盲时说这个工作做不好，因为农民的生活世界不怎么需要文字，说话差不多就够了。

刘志荣：你讲的时候我在想，写作本身就是一个驯化的过程，这个过程会把很多丰富的东西过滤掉，甚至可能把它完全压抑掉。那些我们感到很有活力的作家，比如莫言，最大的特点就是努力克服被驯化，他找到了一种方式刚好可以突破写作训练的限制。既成文学体系的封闭性和僵硬性，如何找到另外一种写作来突破它，让它变得更有弹性、更有包容性，如果能够顺着这个问题思考下去，意义就非常大了。

张新颖：林白发现了一种方式——说话。本来我们的文学方式是写作；而说话的方式是更自由的，也就是“闲聊”。

刘志荣：你刚才说文字是庙堂的，声音是民间的，这样一种简单的对比可以让我们看到根本上的问题，但如果你把它绝对化，也是有问题的。我们可以尝试一个稍微复杂一些的模式，不把这二者看作完全对立的，而是“你中有我，我中有你”，更进一步，我们可以思考如何让这二者中间有充分的交流，即使做不到充分，至少也还是存在一个交流、沟通的管道。

张新颖：对。我是有意识地简单化了。

如果交流能够顺畅的话，我们应该能在写作中听到说话的声音。我觉得声音这个概念是蛮重要的，像鲁迅说过“无声的中国”，耿耿于怀的就是声音的缺失。再比如当前的小说很多没什么意思，提不起精神，有一个很重要的因素，我以为，就是里边没有说话的声音，声音不丰富，只能看到写作的训练，看到对写作技巧的掌握和对已经定型的文学观念的臣服，却听不到说话的声音。

刘志荣：最可怕的是本来很有生气的作家也会被文学体制一步步驯化，驯化之后他也会给你制造出一个复杂的世界，但你从中明显可以看到驯化的痕迹，有时甚至是烙印，这对于一个从民间世界里走出来的作家来说是致命的。

我们可以继续反思一下文字和声音的问题。我们的经典里记录下来的东西，这些东西当然是庙堂的，但如果追溯到最初，它们却也是来源于生活世界的，有各种丰富的声音。譬如《尚书》里就有各种说话人的声音，当然这些说话者是统治者，比如文武周公，但它们最初也是生活世界中的声音，只不过后来它们变成了经典，要求大家学习、模仿。这个经典化的过程，就把原初的许多东西遮蔽掉了；而模仿的过程，又把模仿者本身所携带的许多生活世界的信息给过滤掉了。如果从这个角度去考虑的话，我们的经典里最精彩的东西，它本来是有一个生活世界以及民间大地的根源的，那么声音与文字这二者之间，是存在着交流的管道的。我们可以这么考虑这种交流：一方面让来源于生活世界的更加丰富的声音进入到文字里；另一方面也可以让文字里记录传承的人类智慧，通过声音进入到生活世界中去。有这样一种畅通的不断循环交流的机制，我们的文化才可能健康地、生生不息地发展下去，否则从中间打成两截，可能就会出现各种毛病。

张新颖：其实是已经出了毛病。

刘志荣：譬如现在的文学为什么不好看，就因为“生活世界”进不来。

张新颖：可不可以简单一点这么说，“生活世界”通过“说话的声音”进入到文字写作里？

刘志荣：这样至少可以让我们的文字不那么贫血。

2004年11月23日上午在复旦大学中文系会议室

“万物花开”闲聊录

——林白访谈

一、北京与武汉：文化权力以外的写作

陈思和：林白你这次是从北京到武汉，然后从武汉绕到上海来，听说你是准备离开北京，到武汉文学院去当专业作家？我觉得，对你这样一个从边缘地区进入北京定居的作家，走出这一步是非常不容易的。现在整个社会、经济发展趋势，是边缘逐步向中心集中，农村向都市集中，小都市向大都市集中，许许多多来自内地的作家也都开始集中在北京、上海这样一些大城市。你在北京已经有了房子，有了户口，有了丈夫和孩子，而且有相当高的知名度，在这种情况下，要决定离开北京到武汉去当一个专业作家，你觉得，这是你深思熟虑的结果，还是一时冲动？不会是因为爱上了一个武汉的什么人？

林白：（笑）那，我一定憋口气，争取在武汉爱上一个人，不然心里觉得亏得慌，把你的话给辜负了。我自己在北京十几年，说句老实话，已经有点厌倦了。北京这个城市，对我来说始终是别人的，它是个异乡。我在那里虽然生活了十几年，还是分不清楚东南西北。我在北京生活得越久，异类感就越强烈。虽然有自己的家庭，还时不时地感到流离失所，内心有一种惨痛和伤怀。在北京我的生活很空旷荒凉，始终没有自己的社交圈子，面对北京这样一个巨大的城市，待得越久越觉得冰冷坚硬。往哪一个方向看都没有暖意，真的有一种叫天不应叫地不灵的感觉。前天在武汉我就是这样跟李修文讲的，是我的原话。肯定有人认为我夸张了，但我心里就是这样想的。我想，如果

有一个什么机会，能够到一个什么地方去，让自己的生活有一点新的改变，能寻找到一个新的生活空间，我很愿意的。

陈思和：武汉对你来说也不是个陌生的地方，读大学就在那个地方。

林白：对，我跟武汉的缘分很奇怪的，也不知道为什么。我高考填志愿的时候，第一志愿就是武汉大学图书馆系，我也没去过武汉，武汉也没有我的亲戚。之后在那里念了四年书，然后分到广西。

陈思和：那你这次回到武汉，感不感到一种亲切感？

林白：也没有。但是从概念上去想的话，那种楚文化——我也不怎么喜欢"文化"这个词——这种楚地气息，可能还是跟我有气息相通的地方。我自己是岭南人，岭南巫文化有很多鬼神，楚地也有很多鬼神的传说，所以我想，还是应该有一种深处的，从根底上跟我气息相通的东西。

陈思和：那么，北京还是有些细微之处让你感到厌倦了？

林白：我没有具体厌倦什么。北京对我来说，它不是一个血肉的北京，它是个抽象的北京，是个符号化的北京，所谓的政治中心、国际大都市。我觉得是有被排斥感的。北京有很强烈的艺术气氛，它有摇滚，有实验戏剧，有很多流浪艺术家去寻找机会，北京能够刺激他们，它还是一个有活力的城市，有它的文化吸引力。我也不是特别喜欢武汉。我就是在北京感到厌倦，也就是对现在的生活状态，一天到晚在家里写东西的生活状态感到厌倦。作家还是应该有新的生活空间。然后武汉有这样一个机缘，邓一光他们要改变武汉文学院的生态。很多朋友觉得我放弃北京户口是一件大事。在这个事情前后，我写了一篇小说，叫《狐狸十三段》，第一主题就是异类感，故乡已经不存在了，除了前往他乡无处可去。而且调动是一件难度很大的事，邓一光做了很多努力，池莉也出面了。所以啊，武汉就是火坑，我也要把它当成爱人的怀抱。

二、从《一个人的战争》到《万物花开》：生命能量的释放

陈思和：我过去写过一篇《林白论》，讨论你的创作。我觉得你有一个非常有意思的地方，你一直被大家称作女权主义、女性主义的作家。但你的女性主义跟国内其他的女性主义有很不一样的地方。很多女性主义可能是先接受了西方的女性主义的理论，然后用这个理论来调动自己的生活经验，来迎

合或者图解理论。这是中国女性小说的一个基本特点。但是你林白相反。林白的女性主义，某种意义上说，是你自己的经历和遭遇。比如《一个人的战争》里，女性主义意识都是从与男性权力为中心的社会关系中体现出来的。林白从来就不是一个自觉的女性主义者。你是凭感性出发，本来是非常希望能够被这个男性为中心的权力社会所接受。从地域上说，边缘被中心接受，从个人来说，是女性被男权社会所接受。所以，你看《一个人的战争》，主人公就是不断从边区北流，到武汉，又到北京，整个的一个进入中心的天路历程，她不断地朝中心走。而这个过程当中，我就注意到一个情况，每次写多米性爱的遭遇，她遭遇男性，没有一次多米是非常真心地去拒绝男性，不管是被甜言蜜语迷惑，是被骗的，还是真心恋爱，甚至是被强暴，自觉不自觉，她都有一种希望被接纳的愿望。可是不管她的愿望多么好，很快地，她总是被拒绝。这实际上是有象征意义的，就是一个女性，在男性社会里面，她企图成为男性社会的被接纳者，可是男性社会并不接纳她，所以，她经历的是一个被一再拒绝的过程。然而在拒绝当中，女性主义产生出来了。这是在男性社会的遭遇中产生出来，而不是自觉的。《一个人的战争》刚发表的时候，批评家都觉得很难完全把它归类于女性主义、女权主义。到了后来，《说吧，房间》大家比较认同了，因为《说吧，房间》是一个比较完整的女性主义的文本，两个女性的遭遇，包括很多场景的描写，都带有某种概念的演绎。而在《一个人的战争》里，始终写的是一个孤立无援的，一再被拒绝的，哪怕去讨好也被拒绝的状态。这种状态产生出绝望和反抗，甚至是故意的报复。所以，我宁可把《一个人的战争》作为你的代表作。另外你的几个中篇也非常好。

作为一个艺术家，我觉得你的女性主义的心路历程带有某种复杂性和个案性，它不是一个共性的东西。这种个案性通过艺术家特殊的手段表达，就是你的创作风格中比较显著的。暴力主义和唯美主义两者之间的结合。刚才周立民也说过，在中国，女作家一般可能更多的是对生活常态的描述，这种常态的生活，把握不好就成为对平庸生活的复述。而你的创作始终是在非常态里，不是说你表现天崩地裂的事件，而体现在心理上，在平静的生活中却有着人物心理的极度夸张。

就像《致命的飞翔》那种暴力性。用审美的方式去写，可以把血溅得像天女散花。这种东西，如果一个男性作家来写，很可能就是渲染残酷和血腥，而你不是，用唯美的方法去处理它。你写暴力不完全是让人震惊，还有让人感觉到内心积郁的东西都喷发出来的一种快感。这是生命力的爆发。小说写到结尾，所有的东西都找到一个突破口，喷出来了。这样一个结尾，实际上就是前面那个女性不断被伤害，积蓄下来的一种生命的能量。

林白："生命的能量"这个说法很适合我。

陈思和：但我觉得《万物花开》恰恰相反，正好是在你就要做出选择，从北京到武汉去之前夕，从京城里离开，到边缘去。实际上，你走的是你的生命历程，如果北京是终点，到了北京，在北京住下来，目的达到了，但你终于看破了这个被所有的人向往的权力文化中心，这个中心究竟是什么？你看到了这跟自己生命追求的价值，到底是一个什么样的关系。所以，你在朝北京进发的时候，《一个人的战争》就是你个人生命痕迹的延伸。而现在你要往回走了，往回走，我觉得是有原因的。其实，你即使到了北京，重要作品的场景都是写以前的生活。这就是说作品里反映的，还是以前的生活场景，而不是北京的生活场景。这很重要。这个问题决定了你林白不可能把多米的故事搬到京城再继续写下去。

林白：这是很怪的。我在北京很封闭。我写过一篇文章，《内心的故乡》，也提到北京，引用了王粲的一句诗，虽信美而非吾土，这是《登楼赋》里的。不能说北京不好，但再好也跟我没有太大关系。所以我现在有一个机缘，其实也是有点天遂人愿，简直是奇迹了。现在全国作家协会都不要专业作家了，到处都说消化不了专业作家，武汉文学院也已经满了，然后就出来这么一个机缘。

陈思和：这对你来说可能就是一种转折。这种转折，它包容的东西在《万物花开》里面体现出来了。我是很欣赏《万物花开》后记里面谈的，一个古怪的、神秘的、歇斯底里的、自怨自艾的，然后也性感、优雅、魅惑的女人不见了，然后就出现了另外一种东西。一些先锋作家，本来都描写过一些古怪的人物，可是到了20世纪90年代以后，大多数作家都转变了，回到世俗，或者讲得好听一点，平实了，不那么偏激了。可是林白你却相反。你在偏激的、异端的东西里，那种"生命的能量"仍然保留着，可是场景不一样了。这个场景，我觉得，是找到了一个力量来表达，也就是说，一个从边缘来的人，在北京找了很久没有找到的东西，回过头来，在民间找到了。当然，民间是不是已经真的找到，这是不是真的民间，是不是代表所有的民间世界，这些问题都是可以深入讨论的。但是，你是迈出了很好的一步，看到了中国真正的力量在哪儿，所谓的一种生机。我是很喜欢“万物花开”这个名字。它原来的名字叫……

林白：最早就叫“万物花开”，没动笔就有这个名字了。写完后觉得“万物花开”太张扬，又打算叫“散花记”或“散花”，在《花城》发表时还想叫“散花记”，田瑛坚持，就算了。现在觉得“万物花开”也对。

陈思和：“万物花开”好。它既能容纳很多东西，同时又能打开，能将内在的力量释放出来，但这种释放不是将所有的东西杂陈在那里，它需要消耗心力的。这种力量从哪里来呢？

林白：这点我最说不清楚，《万物花开》的素材是采访来的，基本故事是我虚构的，但并不是有了素材和虚构了一个故事就能写出这样一部长篇的，它正好触发了我内在的生命能量，这种触发是外界的，确实有天意的成分。当然生命能量是我自己的。

三、生命与自由：《万物花开》所表达的主题

陈思和：谈一谈创作过程。

林白：前提是我走了黄河，写了《枕黄记》，在《枕黄记》之前是《玻璃虫》嘛，还是自我的东西。写的是一个人在她的时代里如何梦想。写完《玻璃虫》之后就觉得人很空虚。我每写完一部长篇都空虚。我就愿意在写作过程当中，我就觉得踏实，对自我、对世界，能够有一个恰当的位置，待在这个位置的时候会很舒服。一旦长篇写完了，整个人都悬空了，内心真的感到极度的空虚。正好我听李敬泽说，他要去走黄河。我一听，哎哟！走黄河啊，怎么回事？他就告诉我，中国青年出版社要弄一帮人去走黄河，给两万块钱，还要给一个笔记本电脑，就每个人写一本书。我一听，好事啊！而且它能够提供生活资源，就是白走，不给钱，我想去玩玩也挺好的。然后我就决定去走黄河。其实话一说出来，马上就后悔了，因为我一天到晚在家里写东西，你要我去走黄河，应付那么多人，我怕得要命，我一点都不会跟人家喝酒、讲话，我是高度怕人的。我马上就很紧张，很焦虑，不知道该怎么办

好。但我答应下来了，两万块钱给我了，笔记本电脑也给我了，不行了，就逼着你去。幸好有很多朋友，杨志广陪我走了陕西那一段，青海的肖黛陪我走了青海，河南的陈鱼，一个写诗的女孩，就陪我走了那一段。然后所到之地，你必须采访黄河边上的农村和农民，我也想不到什么话题，就问他，家里几口人，有多少亩地，家具是多少钱，生一个孩子要多少钱，坐月子吃什么。然后就记下来。我就养成一个听人家讲点什么东西、自己记录这么一个习惯。第二年，刚刚写完《枕黄记》，我、李敬泽还有邱华栋几个，到云南香格里拉去，结果只有我和李敬泽，所到之处就拿出本子来记。本来没这个毛病的，李敬泽自己说的，我们走黄河落下的毛病。

我们家来了湖北亲戚，浠水的，闻一多的故乡，是我先生老马的侄女，叫小云，到我们家帮着干家务。她是三十多岁的农村妇女，小学文化。她来了，我就问她，你在家几点钟起床啊。哎呀，她说，我们在家通宵打麻将。她根本不是我想象的勤劳、善良、贤惠的农村妇女。她说，家里也没多少地可种。他们村子很怪，基本上是个“二流子村”，特别喜欢打架，每年过年都要打架，打架像狂欢，一说到打架，全村男的，女的，都拿起扁担，冲出去了，打架了，打架了，大家都很兴奋。她讲得眉飞色舞的。讲他们家里的事情，怎么跟公家人作对，她丈夫是杀猪的，她也没有多少文化，但她的叙述能力很强，讲得非常生动，非常精彩。我说，这个东西我要记下来，像走黄河似的。结果她越讲越多，我就整整记了三个本子。后来我想，这够我写个长篇的了。走黄河的时候，如果有人给我讲这个东西，我肯定写在《枕黄记》里头了，我还发什么愁，有什么焦虑呀。当时我也不知道写成一个什么东西，这挺难写的，可能也写不成。我在北京双裕买了一个房子，那地方叫火神营，我就在那里开始试着写。结果，一坐在电脑前面就写出来了。我写东西，很难有一个完整的构思，我从第二部《游荡》开始写的。第一部是后来结构上需要再加的。我觉得行，这个东西能写，然后就这么写下来的。基本的创作是这样的。

陈思和：写有瘤子的大头那部分是后来再加出来的？

林白：小云讲了一个叫大头的人，但大头所有的故事都是我加给他的，包括监狱，包括他去跟人家看跳开放。跳开放不是小云讲的，是有一个纪录片导演，叫吴文光，他做了一个杂志叫《现场》，《现场》里面有一个“跳开放”的介绍，我就受到启发。监狱呢，我有一个朋友叫徐晓，她坐过牢，在北京一个刊物《记忆》上，她说过她在监狱里的生活。还有一年跟王朔、阿城、陈村、方方等拍电影，叫《诗意的年代》，王朔也讲了几句监狱里头有同性恋等。这些故事统统是我虚构出来的，材料就是这么来的。大头呢，有一个原型，但所有的故事跟他是无关的。这个小孩现在死了，但他不是在监狱里头，他是病死的。我这里写他在武汉同济医院拍的片，五个肿瘤像花似的，灰色的花朵。其实他长了八个肿瘤，一天要喝一盆水。八个肿瘤我觉得太不像真的了，太像假的了，我就写五个得了。有这么一个小孩的，我就拿他来做叙述人。平淡的叙述没什么劲，我就把他脑子里的瘤拿来叙述。

陈思和：这部小说最好看的是第二部。第一部等于是个框架，把故事撑起来了，最后第三部是一些细节交代一下。南帆也谈到这个问题。南帆的看法是，它写了两种性的欲望，一种是民间的自然的欲望，这在改革开放以后，跟商品经济结合起来，就变成了另外一种“跳开放”了，就是那个小梅。我记得方方写的那个《奔跑的火光》里也有这类故事，这个问题是现实生活中的一个重要现象，是大量存在着的。

林白：我在别的地方也看到，就是大量的农民跳脱衣舞。

四、民间文化与知识分子叙述：当代文学的活力及困境

陈思和：我读了《万物花开》以后，一直是有点兴奋。我在很长时间一直在探讨一个问题，民间的力量到底在哪里？因为当代民间的生活状态并不是完全游离于我们的经验。我记得1996年我们一起去瑞典开会，在飞机上你与我谈起韩少功的《马桥词典》，很激动。我有一个明显感觉，不知对不对，《万物花开》里面有很多结构上的、叙事上的特征，就有《马桥词典》的影子。小说里也出现了对一个词、一个概念，也就是对语言的特殊的关注，追求它们背后的意义。我看到里面好几个片段，都有这种感觉。

一个作家对民间的关系，首先就是从语言上来认可的。他首先就是问，老百姓为什么说这个话？它的本原跟他原来的知识背景有什么不一样？然后他就进入到一个民间的世界。民间的世界，说到底是老百姓阐述出来的。如果没有人阐述，作家未必了解。他自己眼睛看出去，跟老百姓阐述出来，这是两个完全不一样的世界。通常知识分子是不愿意听民间，他是通过书本，

通过学理，通过他的理解，然后想象出一个民间的姿态。而你是怎样把民间的经验与你的生命沟通起来的?

林白：现在我想起来，这部小说的主题之一应该是生命与自由，这应该是一部关于生命与自由的小说，就是“万物花开”这四个字所表达的。但在这之前我并没有意识到，我以为它是自己长出来的一个东西。

可能自己对自己还是有一种期待，不愿重复自己，希望有所突破，能够有改变。但是，不是说，我要追求一种突破，从“一个人的战争”到“万物花开”，还是有一种自然生长。我觉得“万物花开”真的是有一种生命能量的爆发，有一种活气在里头。这种状态可能就是你说的，确实是从民间来的，找了一种资源，就接通了。

以前我们家保姆全是小姑娘，十六七岁，干两年，找对象结婚，就回去了。小姑娘没有生活经历，她是一种没完成的女性，中年女性就有大量大量的东西。小云是一个农村妇女，也去跟着经商，大家跟着一块，两千块钱本钱买一些东西回来就卖，卖首饰、玉手镯啊、金耳环啊，她统统都知道该怎么运啊，住在哪里，然后怎么卖。她经常说，很好玩的！她干活干得很高兴，你看我穿的毛衣，这都是她打的。她本身是生机勃勃的，对生活非常有热情，而且，她对苦难有自己的看法，我们觉得很焦虑的事情，她都不焦虑。很怪的。她儿子从大坝上摔下来了，她就问她女儿，你哥死了没有?没死。哦，没死，行了。知识分子——像老马也不是知识分子，他跟一般的知识分子有很大距离的，从根子上来说，他是一个乡村知识分子——但他就是非常强烈地焦虑，而我们家小云，就是书里那个木珍，她一点也不焦虑的，所以我要老马，要我女儿统统都向她学习，学习她的生活态度，对生命的态度。她的生活态度对我影响也很大，她的勃勃生机对我有很大的触动。我们家来了这么一个人，家庭气氛很不错……

陈思和：其实，她的快乐与你的态度有关。你看鲁迅，鲁迅对闰土的写法是，他对闰土是充满了欢乐的回忆，可是，当闰土看到他时，反而无话可说了，倒退一步，就是叫了一声“老爷”，其他一句话都没有了。从知识分子眼睛里看，农民是木讷的，不会说话的。恐怕很多下乡知青都有这个感觉。农民本来是有很多语言的，但在陌生的城里人面前他就变得木讷。为什么?因为语言不一样。就好像我们不懂外语的人到外国去，跟外国人说话，几句话就讲完了。他不是没有话要说，问题是无法充分细腻地表达，他跟你表述的时候，只能这样简单几句来表述。知识分子在这样的立场上看农民，农民肯定是没话说的，农民不会跟他敞开心扉，唠唠叨叨地说。比如，你林白愿意听这个农村妇女的话，所以就有收获，但一般城里人是不喜欢农村保姆多说话的，觉得你多嘴多舌，啰唆什么？

林白：可能十年前，我也不愿意听她说，家里来个亲戚，我烦得要命。现在我就能听了。她刚来我们家时，就很拘谨，反应很慢，东西放在哪里，生刀不能切熟菜，等等，都不知道。但是，她一跟我讲家乡里的事情，讲得很好，我很喜欢听，她就越来越有劲，讲得眉飞色舞，越讲越好。

陈思和：一个作家叙述出来的民间，只是知识分子理解的民间。所以，闰土跟鲁迅之间无法说话，是因为两个人之间没有沟通。闰土没有想到，我家那些事情也可以跟大先生讲。他讲来讲去就是孩子多啊，经济困难啊，除了这个，他不知道讲什么。所以知识分子就感觉农民是沉默的，农民是苦难的。

林白：比如说，打架，我说打架特别好，你给我讲打架，所有打架都讲给我听，所以我写打架的部分段落写得很好。

陈思和：鲁迅其实是这方面最下功夫的，他应该是最清醒的作家，他能够写出阿Q，能够注意到农民爱说话的另一面。阿Q是多嘴多舌的，而且阿Q爱打架，爱欺负人家。但问题是，他站在启蒙立场上要解释这样的现象，他就用国民性，用劣根性来解释，你就是精神胜利法嘛。从知识分子的角度理解，你是那么苦了，而你不知道苦，那就是，你是麻木的。

林白：他不是麻木，这是他的生活态度。小周刚才说得很好，中国的民间，一代代人的生活方式和生活态度的变化都不是很大的，那么，在这种情况下，反倒能够保存我们面对灾难、面对苦难、面对自然的变化时的一些本能的反应。这在民间能够找到。然而，“本能”是人性最裸露的，跟世界的冲突是最直接的。知识分子被文明、被道德教化、被政治力量层层地阉割，而处于农村的，或者城市最底层的，本能是最粗野、不遮盖的，同时也是活力所在。

像小云她家在村里就是一个中心，所有的人都到她家去聊天。所以，她们家里用电用得最多，她很大方的，人们都到她家来吃花生米和蚕豆。这本身是不是也是一个公共空间？一种关于语言的交流。他们绝对是有他们自己的观点，自己的方式。

陈思和：这些问题我们很多城里人看不到。我们就看到这些人穷啊，苦啊。中国现代化起步比较慢，所以整个民间的文化状态应该说还是保存了，但是它里面有些问题。什么问题呢？原来中国的民间有上层，当然它跟国家意识形态是有差别的，比如宗法社会、家族社会，它是代表了民间意识形态，同时又代表了国家意识形态，压抑着民间的自然状态，一个是没有开化的、野蛮的东西，一个是带有文明教化。它跟上面的国家意识形态就构成了一个相辅相成、相生相克的复杂的关系。民间有的，但这个民间又是被压抑的。被压抑当中，它又构成一种比一般读书人更有生命力的东西。而且古代的时候，官员都是从农村来的，他是乡村的一个学生，一个知识分子，在农村就是种地，跟农民在一起，了解民间的疾苦，然后通过考试，慢慢考上来，最后做官了，管理国家还是在民间。所以，民间不断地提供生力军到庙堂，庙堂经过文明化，经过儒家的教育，再反馈到民间，它是一个自然的循环。而一旦这个机制被破坏掉，民间就从另外一个角度泛滥，暴力就出来，然后就出现农民起义啊、造反啊，最后又慢慢恢复到一个新的平衡。20 世纪 50 年代以后我们把民间上层的这一中介因素摧毁掉，由国家直接统治民间，当时的乡村基层组织是大队，就建立了党支部，再上去就是人民公社。它的每一级全是代表国家权力机构，不再是一个民间宗法组织。

所以，现在农村搞选举，就有一种试图恢复民间上层权力机构来自治民间的意味，但不知能否有成效。民间缺了这个中介层面是有问题的，民间有一种生命能量积蓄着，得不到发泄，就是说，民间本能因素与国家意识形态的关系，一旦没有处理好的话，民间就会以一种更加粗暴的、更加野性的东西爆发出来。这是我们今天研究民间，一个非常特殊的问题。这几年实行了改革开放政策，经济发展了，物质能够刺激中国民间发财的欲望，就是让一部分人先富起来。以前的传统权力意识形态实际上崩溃了，村民小组组长现在要去发号施令，如果没有钱，这个村民小组组长也没人尊重。所有的东西都在赚钱为主导的启发、引导下，整个农村传统伦理意识形态也是崩溃了。

这两个崩溃，把人性当中最具有野性的但也是最积极的能量统统调动出来。但调动起来以后，它马上就出现问题了，我们中国不可能给那么多农民提供发财机会，而当本来的一套农村秩序在这样的状态下迅速瓦解，很多问题就出来了。而且，农民本来很自在，可是现在为了赚钱，要进入到一个很不自在的领域，那就是城市，这个地方把他当劳动力，就是所谓的“民工”。而他是带了自身的农民文化进入到民工阶层，在现代化的城市里面，他是底层的一个阶层，那这个阶层如何跟他自己乡下的东西协调，这里面就出现很多问题。

《万物花开》把这两个问题结合到一起。最近写民工题材的创作突然多了起来，我发现这样的小说都有一个程式：第一，写民工受苦，受欺负，最后死掉；第二，民工的性欲得不到解决。这是城市调料，是我们都市人给民工想象的一个生活图景。在这个前提下，现在中央领导比较重视“三农”问题了，似乎就可以更加理直气壮地把农民写成受到伤害的、现代制度下的奴隶。一个富有责任感的作家，他从理念上来把握和描述中国的民间，当然是可以这样理解的，但也导致了大量民工小说的概念化。除了性爱，作家不知道农民还需要有什么东西，农民对生活的看法，他的生活欲望与理想，作家并不理解。

《万物花开》我觉得非常好地描写了当下的民间状况。首先它与当代社会生活的关系是那么紧密和融洽，它不是作家想象中的、是在深山老林里面与世隔绝的民间，它写的是中原地区，当代中国改革开放过程当中的政策发生了重要影响的民间，一个正在发生深刻变化的民间。你看，那个生瘤子的小孩子其实在经济上并不贫穷，那里农民基本上都有收入，不是西北地区非常穷的农村了，商品经济已经侵入了那个地区。

林白：去年我还没手机的，他们早就都有手机，而且还有两个手机，都是打工的。他一年赚个几千块、万把块钱，他们搞装修，他可以给人家刷油漆，不识字也出来，一帮家乡的人互相带，然后他也能赚到些钱。

陈思和：这就是一种生活态度，中国几千年来传统的农民进入到商品社会的一种生活态度。小说里还有一个细节也很有意思，那个大头，他整天要喝“娃哈哈”。“娃哈哈”就是现代社会的一个标志。商品经济给农民带来了富裕，这一细节写得非常好。在这里，你看到生活的烙印深入到农村，这不是我们通常理解的，一讲到两极分化，好像城市里面都是天堂，农村里农民还在饥寒交迫，至少湖北这样一个中原发达地区的农村，商品经济已经渗透到最底层的农民的日常生活。

林白：但是，这就带来另外一个问题，由于他们处于最底层的出卖劳力的一种生活，而且农村的生活简单，他们的生活方式和生活的主要形态，还是传统的文化所决定的，所以当他收入上去了，他就有了一种富余，这种富余不是金钱上的，而是精力、时间、体力。原来的农民，他终身要在土地上耕种，种出一点点粮食，交公粮都交掉了，家里还吃不饱，最后还要靠救济粮。可是现在的农民，只要一个男人在外面打工，赚几千块钱——当然民工欠工资是另外一回事——他足够养家了，这样，老婆也不种地了，男人也不耕地了，也不养猪了，平时吃菜都是买来的。

陈思和：都商品化了。然后，他有大量的精力、大量的生命的能量，富余出来了。那么，富余出来以后怎么办？这里就出现一个巨大的文化的空白。这是《万物花开》所要表现的。而且，这个部分正好是被民间的原始状态的文化所笼罩。就是说，我们国家没有在为农民提供他们现代化的物质对象的同时，给他们提供现代化的精神层面上的内涵。这个工作过去是有人做的，但是现在是几乎没人关心。你看，小说里为什么大量的农民都打牌啊，打架啊，乱搞啊，说闲话啊。这就是他们的精神生活啊。

林白：小云说，一年的活，我一个月就能干完了。原来他们生产队的集体劳动，大家都磨啊。小云她家四口人，地是一亩三分地，田是两亩多一点，“双抢”，两个星期就行了，割麦子最多割一个星期，一年的活最多一个月就干完了，而且一百斤稻谷，只卖三十多元钱，农民都不爱种地。不过现在又爱种了，今年，一百斤稻涨到八十多元了，还要涨。小云讲的主要是这两个东西，一是打架，再一个就是谁跟谁相好，我手头弄的一个《妇女闲聊录》，有大量性的内容，我们想不到的。她告诉我说有一个光头，村里唱戏，戏还没开始，他就跳上台说，他想找一个婆婆做伴，让大家介绍，后来就找着了，后来他就死在这个老太太身上了。

陈思和：我过去问过高晓声，改革开放了，农民都不种地了，都进城去做生意的现象到底好不好？高晓声说，农民苦啊，你不知道，农民的这几亩地啊，几天就可以种完，可是为了挣这点工分，大家天天都在那儿，精力都被浪费掉，现在等于把这个时间给富余出来。如果这些农民安心在农村，他们的生活形态不变的话，他就有富余的时间出来，什么“跳开放”啊，打麻将赌博，一系列的东西都会泛滥。打架就是暴力，性与暴力永远是生命的两个基本形态。没有物质的东西（就是异化的东西），也没有精神的东西来消耗这些富余的时间和精力，它一定是表现为这两个形态。

在这个意义上，我觉得林白你这部小说是很贴近现实的，解释中国农村的一种图景。跟这个图景相应的是一种文化状态，是民间的生活态度，民间是怎么看待苦难的？就是说，中国的民间历来苦，但实际上是一种文化在里面。我有次装修房子，三个工人他们跟我说清楚，我们要喝酒，炉子要烧的，我给他们专门租了一间房子烧饭。他们说，我们都是黑户口，到那里万一给警察抓住怎么办？他们有一个人是有证件的，他就负责在那儿烧饭，每天端过来。我有一次过去，他们三个人唱着山歌，一面做，一面唱，收音机开得很响，中午就是吃老酒，吃完睡觉。我们都是想象，民工就是一点欢乐都没有的。可是不是这么一回事情。他在底层，他也有自信啊，你看，我的墙漆得多好！他有职业自尊的。我觉得这就是普通人的一种自尊，一种岗位的尊严。

林白：太有了，特别是一个手艺人。

陈思和：也许他一方面也受欺负，被拖欠工资，被人剥削得很厉害，但一方面他也有他的尊严。我觉得作家应该写出这样的东西。

林白：《万物花开》就有人批评，农民怎么那么潇洒的！知识分子不了解真正的农民，真正的农村生活应该是怎么样的。农村生活也是各种各样的，小云那个村子有点特别，她的娘家村就不是这样的，所以连老马都说，小云那个村很荒唐，哪有不种菜买菜吃的。但小云说就是这样的。

陈思和：民间的欢乐就是过去讲的小青虫。它的生命非常短暂，但短暂的过程当中，它会一瞬间开花，它每一天都在那儿挥霍，生命过去就过去了。所以民间的力量，你不能考虑一个过程，它没有过程的，它就是生存的形态，一个形态就是一个状态。

林白：这一定要讲清楚，这是非常重要的，否则人家一看，《万物花开》怎么像歌功颂德似的，说，大头就这么潇洒啊！其实他觉得反正要死的，死了就拉倒，而今天活着就要欢乐。这个村，叫李榨，我给它改个名字叫王榨，他们真是这样的，他们有钱就花，女的都打扮得很厉害的。我问小云，村里女的穿什么鞋，她说都穿高跟鞋，就是现在流行的，前面长长尖尖的那种。

所以这真的不是城里人想象的那样，包括两性关系，包括那个小云的丈夫，我在小说里写成小王，大家都知道的，小王在家跟另一个女的相好，他还老把钱给那个女人，小云很生气，但也没办法。

陈思和：风俗是这样。

林白：大家都觉得，很正常的，老婆不在家，他就跟另外一个女人。

陈思和：所以，《万物花开》这部小说，一个是表现出当下中国民间的原生态，还有，它肯定了民间有这种抗拒灾难的力量，这个力量恰恰是我们最宝贵的。隐藏在民间的这个最大的肯定性、积极性，我们往往是把它忽略，把它抽象成一个麻木的状态。

林白：觉得知识分子有力量去拯救人家。

陈思和：小说里有一个很好玩的细节，就是杀猪。我们不妨把它跟《红旗谱》里的一个细节相比较，《红旗谱》也有一个杀猪细节，故事内容也有些相像。村公所要垄断杀猪，可是《红旗谱》就利用这个细节把它变成共产党怎么领导农民起来斗争，是一个意识形态的觉悟故事，而《万物花开》写的就是自然的民间生活，农民为了捍卫自己的利益，他自发地也会斗争的。

林白：这是现代的生活，是逼真的。小说的前面部分是我的叙述。小云提供了素材，但是很多东西得靠我的想象，包括杀猪的时候，猪的感觉，还有，人家要抓二皮叔，我想最好让他长上翅膀，让他去拔鸭子的毛。有创作的个性在里头。我的想象，我的叙述，我的语言，我的能量，跟民间接通了。个性不是我刻意做出来的，个性是我与生俱有的，然后我在写作的时候，自然流露出来。所以前面那部分正文就是我的一个创作。

后面的《妇女闲聊录》是绝对真实的，不是我想当然，是口述实录。说原生态是完全可以的。小云讲了很多村里的事情，我要把它弄成一个文人的东西也是可以的，可味道没那么足。而且嚼过一遍，就丧失了很多东西。所以《妇女闲聊录》完全是小云的，我觉得，我不能取代她的表述，我模仿她也是不对的。我的叙述如果用她的语言也是不对的，我就没有了自性。一个人一定要找到自性。自性是美感的关键。作为个人写作也是这样，如果我写一个笔记小说，模仿她的口气，这是农民的语言，原汁原味，但我觉得，这已经不是我的自性。每个不同的阶段，有不同的自性，这样才是对的。

小云在后面的《妇女闲聊录》讲得很精彩，我的正文写得也很精彩。但我们是两种话语，所以要放到一起。《花城》发表的时候，把后面的附录去掉了，我觉得是很可惜。这必须是一个统一的、完整的系统，这样来构成一个长篇。而《花城》只发前面部分，就像一个中篇似的，分量也轻多了。《妇女闲聊录》其实是很精彩的，书出版以后，很多人，像蒋韵、韩少功、魏微、程青啊，都觉得后面的《妇女闲聊录》很有意思，朴素、直接、鲜活。我从报上看到，韩少功说《妇女闲聊录》自由而简捷，是一把切入现实的快刀。所以，我说，我就再继续整理《妇女闲聊录》，整理出一个新的长篇来。

（整理者：陈婧祾）

2004年2月19日于上海文学编辑部

在场者还有：周立民、陈婧祾

发表于《上海文学》2004年第9期

选自陈思和《海藻集》